martín cereza

wurde 1951 in Wörschach/Steiermark geboren.
Er lebt mit seiner Familie in Kössen/Tirol.

Seine bisher erschienen Werke

Blaueis Tod
Rotglut Tod
Moorland Tod

Packende Thriller aus der Feder eines Insiders,
der weiß, wovon er schreibt.

martín cereza

Rachsucht TOD

Roman

Bibliografische Information der Deutschen Nationalbibliothek :
Die Deutsche Nationalbibliothek verzeichnet diese Publikation in der Deutschen Nationalbibliografie, detaillierte bibliografische Daten sind im Internet über dnb.dnb.de abrufbar.

TWENTYSIX
Der Self-Publishing-Verlag
Eine Kooperation zwischen der Verlagsgruppe Random House und BoD – Books on Demand

Herstellung und Verlag:
BoD – Books on Demand, Norderstedt.

ISBN: 9783740733346

Neuauflage 2021

Petra
Maximilian Hannah
Martin
Fiona Mattea

Sie sind mein Lebenselixier

1

Klak…klak…klak…klak…

Das monotone Geräusch drang in ihr nebelverhangenes Unterbewusstsein.

Es ließ sie erwachen aus dem schrecklichen Traum, der ihre blutjunge Seele aufgewühlt hatte. Zitternd hoben sich die von Tausenden Tränen verkrusteten Augenlider.

Dunkelheit.

Undurchdringliche, bedrohliche Dunkelheit.

Behutsam versuchte sie, eine Hand zu heben, um über ihre Augen zu streichen, sich Sicht zu verschaffen, dem grauen Nebel der Ohnmacht zu entfliehen.

Vergeblich.

Sie konnte ihre Arme nicht bewegen.

Taubheit beherrschte Hände und Füße. Ein Gefühl, als hätten sich Millionen von Ameisen unter ihrer durchscheinenden Haut eingenistet. Als krabbelten sie von den Spitzen der Zehen über die Fersen, die Waden hoch und wieder zurück.

Allmählich gewöhnte sich das vertrocknete Auge an die bedrohliche Finsternis. Nach und nach formten sich schattenhafte Umrisse. Sie drehte den Kopf zur Seite und merkte schaudernd, dass Arme und Beine festgebunden waren. Ein schmaler Lichtschein kroch unter einer geschlossenen Tür in den feuchten Raum. Verzweifelt zog sie wieder an den Fesseln.

Keine Chance, ihre Nackenhaare sträubten sich, kalte Schauer ließen sie frösteln.

Klak…klak…klak…klak…

Da war es wieder, dieses unheimliche Geräusch. Ihr Kopf schmerzte. Die Kälte ließ sie zittern.

Das dünne T-Shirt und die kurze Sporthose konnten den zarten Körper nicht wärmen. Angestrengt starrte sie in das grauschwarze Dunkel des Raumes. Eine Tür, ein Schrank sowie ein geschlossenes Kellerfenster schälten sich wie bedrohliche Schatten aus einer schwarzen Wand. Sie lag auf einer Art Feldbett, einem Gestell aus braun lackierten Stahlrohren. Die schmutzige Matratze verbreitete einen faulen Gestank. Ihre Beine waren am Rahmen mit Kabelbindern festgezurrt. Ebenso die dünnen Arme.

Panische Angst erfasste sie von Neuem, ließ sie schluchzend an den unbarmherzigen Fesseln zerren.

Klak…klak…klak…klak…

Ruckartig drehte sie den Kopf zur Seite. Von hier kam das nervende Geräusch. Am Boden stand ein alter Eimer. Wasser von der Decke tropfte hinein.

Langsam begann ihr Gedächtnis zu arbeiten. Im schmerzenden Kopf setzten sich Teile der Erinnerung wie Scherben eines zerbrochenen Kruges zusammen.

Das breite Eingangstor zur Schule.

Die Freundinnen, Mattea und Valentina.

Die von Heckenrosen gesäumte Auffahrt.

In einem verschwommenen Bild nahm die vertraute Umgebung Formen an. Dann der stechende Schmerz am Oberarm. Der Sturz und der große Mann, der sie in ein anfahrendes Auto zerrte, danach Dunkelheit.

Dicke Tränen traten wieder aus ihren dunklen Augen, suchten einen Weg im eingefallenen Antlitz über die spröden Lippen in den leicht geöffneten Mund, dem sich ein leises Wimmern entrang.

»Mama wo bist du? Bitte komm zu mir? Mir ist so kalt!«

Der junge Körper bäumte sich verzweifelt auf.

Die Kellertür wurde aufgestoßen. Wie ein greller Blitz fuhr das Licht der nackten Glühbirne in die Augen der gequälten Kreatur. Verzweifelt schloss das Mädchen die gekränkten Lider.

Unsagbare Angst beherrschte ihre Seele, Angst vor den Stimmen, Angst, die Augen zu öffnen, Angst vor der Umgebung, Angst vor dem, was kommen würde....

Zwei Männer unterhielten sich lachend. Eine schrullige Hand fasste ihr Kinn, drehte den schmalen Kopf zur Seite.

Vorsichtig öffnete sie die schmerzenden Augen.

2

Das weit geöffnete Fenster beflügelte die Morgensonne, den großzügig gehaltenen Büroraum im ersten Licht des Tages erstrahlen zu lassen.

Auf dem eleganten Ledersofa lagen Bücher, Zeitungen und Zeitschriften verstreut. Der ausladende Schreibtisch war so platziert, dass sich ein schöner Blick auf die Dächer der Wiener Innenstadt auftat.

Es war Anfang April. Der Frühling hielt langsam Einzug in Österreichs Hauptstadt an der Donau.

Frischer Ostwind wehte durch die engen Gassen, trug den Blütenduft der Peripherie in die Stadt. Die kalte Luft erfüllte den Raum mit angenehmer, morgendlicher Frische.

Max Bulla hatte es sich im hohen Bürostuhl bequem gemacht. Die Füße in den eleganten Lederschuhen ruhten auf der aufgeräumten Schreibtischplatte. In der winzigen Porzellantasse erkaltete der Rest eines Espresso.

Genussvoll zog er an einer Zigarette. Es galt ein striktes Rauchverbot im gesamten Gebäude. Max Bulla scherte sich nicht darum. Er brauchte dieses Ritual jeden Morgen. Zigarette, Espresso, Zeitung, ohne diese drei Dinge ging es nicht.

Der Bildschirmschoner seines Notebooks zeigte eine lächelnde, ausgesprochen hübsche Frau. Das sonnengebräunte Antlitz wurde von einer Mähne pechschwarzen Haares umrahmt. Dunkle Augen lagen unter schön geschwungenen Brauen. Die rassigen Gesichtszüge ließen die Südländerin erahnen.

Maria-Dolores war Spanierin.

Max betrachtete das Bild aufmerksam. Ein zufriedenes, geradezu liebevolles Lächeln huschte über sein Gesicht. Die Gedanken wanderten zurück auf die Insel zum kleinen Appartement im Herzen von Los Gigantes. Vor einem Jahr hatte er es erworben. Ein Verwandter seiner Frau hatte es vermittelt. So oft als möglich verbrachten sie ihre Freizeit nun dort. Erst vor einem Monat waren sie aus einem längeren Urlaub zurückgekehrt.

Max hatte schon wieder Sehnsucht nach Teneriffa. Den halben Jänner und den gesamten Feber waren sie auf der Insel gewesen.

Er dachte an die Mandelblüte, die eben zu Ende gegangen war. Hoch oben an den steilen Hängen der *Montañas,* rund um die kleine Bergstadt Santiago del Teide stellten zu dieser Zeit Hunderte Mandelbäume ihr rosa/weißes Blütenkleid zur Schau.

Er dachte an die herrlichen Wanderungen, die er zusammen mit Maria-Dolores gemacht hatte. Über die alten Steige, vorbei an uralten Wasserkanälen und verfallenen Schäferhütten. Immer mit traumhaften Ausblicken auf die umliegenden Vulkanberge belohnt.

Er dachte an den feinsandigen Strand von *Playa de los Guíos*, der nur wenige Minuten von ihrer Wohnung entfernt lag, dachte an die urigen Bars und

Lokale am Hafen und an den wunderschönen Blick über die weißen Jachten hinüber zu den gigantischen, über vierhundert Meter in den Atlantik abfallenden Felsen des auslaufenden Teno-Gebirges, durchbrochen vom *Barranco de Masca,* der wildromantischen Masca-Schlucht.

Dieser wunderschöne Ort verdiente wahrhaftig seinen Namen: *Los Gigantes.*

Ein kleiner gelber Briefkasten am unteren Ende des Bildschirmes verkündete das Eintreffen einer neuen Nachricht. Träge nahm Max die Beine vom Tisch. 07:03. Eigentlich bin ich noch gar nicht im Dienst, dachte er belustigt, also kann ich mich ruhig mit privaten Mails beschäftigen.

Er war heute früher als gewöhnlich unterwegs. Zusammen mit Maria-Dolores hatte er bereits um 06.00 die Wohnung verlassen. Loly, wie er seine Frau nach alter spanischer Familientradition liebevoll nannte, hatte einen Vertrag als Dolmetscherin bei den Vereinten Nationen in der Wiener *UNO-City.* Zusammen spazierten sie jeden Tag zum nahen Schwedenplatz, nahmen in Carlos Italo-Café ihren Espresso und eilten danach zur Station, um die *U 1* zu besteigen. Loly in Richtung Kagran, er bis zum Stephansplatz. An schönen Tagen schlenderte Max zu Fuß über den Stephansplatz zu seinem Büro in der Johannesgasse.

Seit Anfang 2010 war er wieder zum *Ärmelschoner* geworden, wie er seinen derzeitigen Job ironisch zu nennen pflegte. Er saß im Ministerium der Finanzen, wusste nicht so recht, wofür er zuständig war und was er den lieben langen Tag anstellen sollte. Er öffnete das nagelneue Notebook, gab sein Passwort ein und war wie immer überrascht, wie schnell sich das kleine *MacBook* hochfahren ließ. Zärtlich strich er über das silberfarbene, extrem flache Gerät. Ein Geschenk seiner Frau, das ihn täglich an sie denken ließ. Und so breitete sich auch heute wieder dieses wärmende Gefühl in seinem Inneren aus. Er freute sich bereits jetzt auf den noch fernen Feierabend.

Der Absender der neu eingegangenen Mail war ihm nicht bekannt.

»Sicher eine dieser sinnlosen Werbungen«, murmelte er, während er die Nachricht öffnete. Sie bestand aus einem einzigen Satz. Kurz und prägnant in englischer Sprache.

Wir haben deine Tochter

Mehr stand da nicht. Kein Name, keine Forderung, kein Bezug, nichts. Nachdenklich betrachtete er den Bildschirm. Was sollte das heißen? Er hatte keine Tochter, hatte überhaupt keine Kinder.

Schon lange nicht mehr….

In seinen Ohren lag plötzlich dieses fröhliche Lachen und ein hübsches Jungengesicht tanzte vor seinem geistigen Auge.

Hastig griff er nach dem Flachmann. Der kräftige Schluck Wodka vertrieb die trüben Gedanken, unterdrückte die Bilder und beruhigte seine brennende Seele.

Mürrisch wollte er die Mail löschen, da kam ihm eine Idee. Er griff zum Telefon.

»Hallo? Ja, Bulla hier. Was? Nein, Max Bulla aus dem vierten Stock Zimmer 0404. Sie sind der Mann für die elektronischen Anlagen im Haus, oder irre ich mich?«

Er wartete geduldig, bis sein Telefonpartner erklärt hatte, wofür er zuständig sei.

»Okay, das ist gut. Können Sie vorbeikommen? Ich möchte Ihnen etwas zeigen, besser gesagt, Sie etwas fragen. Danke, ich warte.«

Max hatte aufgelegt und ging zum Fenster, um es zu schließen. Es dauerte über eine Stunde, bis endlich zwei Männer eintrafen, die sich mit einem kurzen, »IT-Support«, was immer das sein sollte, vorstellten. Max Bulla deutete auf sein Notebook.

»Mein privates Gerät. Lesen Sie das bitte.«

»Gerne, Herr Bulla. Wenn Sie Ihr Passwort eingeben, damit sich die ausgesprochen hübsche Dame vom Schirm verabschieden kann, dann gerne.«

»Entschuldigen Sie mein Fehler«, murmelte er nervös und klopfte die Kombination in die Tastatur.

»Oha, das schaut nicht gut aus. Haben Sie eine Tochter?«

Der Mann sah Max fragend an.

»Nein. Ich habe keine Kinder. Die Sache ist seltsam, deshalb habe ich Sie gerufen. Können Sie herausfinden, wer der Absender ist? Diese Adresse kenne ich nicht.«

Die beiden Männer unterhielten sich eine Weile in ihrer Computersprache. Wie bei den Ärzten, dachte Max, da versteht man auch nie, was sie eigentlich meinen.

»Es ist sehr verwunderlich, dass diese Mail überhaupt ankommen konnte. Normalerweise landet so etwas im Filter. Wie ich sehe, haben Sie ein ausgezeichnetes Schutzprogramm installiert. Wirklich seltsam. Wenn Sie nichts dagegen haben, leiten wir das Ding auf eines unserer Geräte weiter. Dort schauen wir uns die Sache in Ruhe an. Es ist zwar eine private Angelegenheit, interessiert mich aber. Wenn es für Sie okay ist, melde ich mich wieder, Herr Bulla, hallo, Herr Bulla, haben Sie mich verstanden?«

Max Bulla stand nachdenklich am Fenster. Sein Blick ruhte am Turm des Stephansdomes.

»Was sagen Sie… ja, ja, das ist in Ordnung, nett von Ihnen, danke sehr.«

»Nichts zu danken. Sagen Sie, wie lange sind Sie schon im Haus? Habe Sie hier noch nie gesehen.«

»Seit dem Umbau, warum fragen Sie?«

»Nur so Herr Bulla, habe mich gewundert, weil ich in diesem Büro bisher nie etwas installiert habe. Einen neuen PC könnten Sie auch einmal beantragen. So ein altes Standgerät wie dieses haben wir schon jahrelang nicht mehr im Programm. Wir melden uns. Servus.«

Max setzte sich wieder an seinen Schreibtisch. Er fand keine Erklärung, aber irgendetwas stimmte mit dieser Mail nicht. Der *Bauchaffe*, wie er sein Gefühl von Intuition zu nennen pflegte, sagte ihm, dass es bei dieser Sache irgend einen Hintergrund gab. Aber welchen?

In der Zwischenzeit war es 09:30 geworden. Er nahm seinen Mantel, schloss das Büro ab und ging gemächlich über Stiegen und Gänge nach unten. Den Aufzug benützte er nie. Für seinen Geschmack zu viele Leute, zu viel Geschwätz und zu viel unangenehmer Geruch nach Schweiß, Parfüms und alten Socken.

In der nahen Himmelpfortgasse gab es ein kleines Wirtshaus, ein *Beisel*, wie es der Wiener liebevoll nennt. Dorthin führte ihn wie jeden Vormittag um diese Zeit sein Weg.

Max war Frühaufsteher. Jeden Morgen schlüpfte er um 04:30 aus dem Bett. Sommer wie Winter tagtäglich. Der morgendliche Lauf am Donaukanal war ihm so zur Gewohnheit geworden, dass er keinen Tag darauf verzichten wollte. Frühstück zu Hause war ihm fremd. Der Espresso im *Da Carlos* zusammen mit Loly, genügte ihm.

Später dann, so gegen zehn Uhr, brauchte er sein *Gabelfrühstück,* wie es ihn Wien seit ewigen Zeiten üblich war. Ein kleines Gulasch, ein Würstl mit Saft oder eine Semmel mit Pferdeleberkäse, das waren die Dinge, die einen Tag erst richtig schön werden ließen. Dazu ein Seidel Bier oder ein Glas sommerlichen Spritzwein und die Welt sah sofort ganz anders aus. So war es auch heute. Genussvoll führte er die Gabel mit dem köstlichen Stück Gulasch zum Mund.

Das fiepende Telefon zerstörte jegliche Vorfreude. Er wischte mit der Serviette über die vom herzhaften Saft benetzten Lippen, bevor er den Apparat aus der Tasche holte. Eine anonyme Nummer. Mürrisch betätigte er die Taste *Ablehnen*. Er hasste Anrufer, die sich nicht deklarieren wollten.

Zurück auf dem Weg in sein Büro, traf er im Stiegenhaus Dr. Kumerla, Leiter der Abteilung, die seit einigen Jahren seine neue Heimat war.

»Morgen Bulla. Na, wie war das Frühstück?«

Soll ich ihn jetzt auch *Kumerla* nennen, dachte Max ärgerlich.

»Guten Morgen Herr Rat, alles in Butter. Ich bin gestärkt und strebe großen Taten zu. Einen schönen Tag wünsche ich Ihnen, bleiben Sie gesund und Ihrem Amtseid verbunden.«

Dr. Emil Kumerla wusste, dass Max Bulla ihn nicht leiden konnte, dass er ihn verachtete, hasste. Da dies aber auf Gegenseitigkeit beruhte, lächelte er nur süffisant und ging seines Weges.

Max sah dem schwer übergewichtigen, stets korrekt gekleideten Mann nach. Kalte Wut stieg in seinem Inneren empor wie immer, wenn er Kumerla zu Gesicht bekam. Seit nunmehr fast auf den Tag genau sechs Jahren saß er in dieser verdammten Abteilung fest. Bei derlei Begegnungen kroch die Erinnerung wie eine Viper in seine Seele, vergiftete seine Gedanken und ließ das zerstörerische Angstgefühl in Form einer Panikattacke neu aufleben.

Er hetzte in sein Büro, riss den Aktenschrank auf und suchte hinter verstaubten Ordnern nach seiner *Medizin*.

Mit einem langen Zug vernichtete er den Rest des Inhaltes. Er fühlte das wärmende, beruhigende Gefühl des Alkohols, sank zufrieden in seinen breiten Bürostuhl und wischte sich den kalten Schweiß von der sonnengebräunten Stirn.

3

Ein warmer Frühlingsmorgen lag über der Weinstadt Krems.

Die Fußgängerzone der schönen Stadt am östlichen Ende des Weltkulturerbes Wachau war bereits zum Leben erwacht. Dem italienischen Reisebus, der am Südtiroler Platz gehalten hatte, entstieg eine Reisegruppe aus Mailand. Fröhlich plaudernd folgten die Italiener ihrer Reiseleiterin durch das altehrwürdige Steinertor in die Altstadt.

Die Kaffeehäuser hatten im Freien gedeckt. Auch die unzähligen Souvenirläden, Boutiquen und Geschäfte präsentierten ihre Kostbarkeiten vor den Eingängen. Vormittags lag stets eine mystische Stimmung über den alten Gassen. Die gepflasterten Flächen dampften von der Straßenwäsche am frühen Morgen. Aus den Konditoreien wehte der verführerische Duft diverser Köstlichkeiten. Das herrliche Aroma frisch gerösteter Kaffeespezialitäten lag in der jungfräulichen Luft und an den Hauswänden wanderte das morgendliche Sonnenlicht zaghaft in die Tiefen der belebten Fußgängerzone.

Karel Horace hatte dafür kein Auge. Er saß am winzigen Tisch eines kleinen Cafés und studierte die Tageszeitung. Manchmal ließ er seinen Blick über die Straße schweifen, als interessiere ihn das rege Treiben.

In Wahrheit hielt er Ausschau nach Leuten, die ihn möglicherweise beobachteten. Männer und Frauen des Bundeskriminalamtes, des Landeskriminalamtes oder der örtlichen Polizei. Er wusste, dass für seine Person seitens gewisser Schnüffler immer Interesse bestand.

Karel Horace war Geschäftsführer der Import-Export Firma *HoKa.com* mit Sitz in Wien. Geboren 1965 in Prag, floh er im Alter von drei Jahren mit seinem Vater Leo vor den Wirren des *Prager Frühlings* nach Österreich und bekam Asyl.

Leo Horace, ein vom russischen KGB ausgebildeter Geheimdienstmann, war damals zu den Amerikanern übergelaufen. Er erhielt in Österreich eine neue Identität. Seine Frau sollte erst 20 Jahre später nachkommen. Vom US-Geheimdienst unterstützt, führten Vater und Sohn in Wien ein erträgliches Leben.

Karel Horace hatte gerade ein Studium der Betriebswissenschaften begonnen, als seine Mutter endlich legal nach Österreich ausreisen durfte. Leo Horace erkannte seine Frau nicht wieder, als sie ihn im psychiatrischen Krankenhaus der Stadt Wien besuchte. Ständiger Alkoholmissbrauch hatte Leo in die Schizophrenie getrieben. Er starb kurz nach dem Besuch seiner Ehefrau.

Sohn Karel brach Anfang der Neunziger sein Studium ab, nützte die Aufbruchstimmung nach der Ostöffnung und gründete die *HoKa.com* Die Firma beschäftigte sich ausschließlich mit dem Handel von Waren aller Art nach Russland sowie in die Nachfolgestaaten der UdSSR. Das Geschäft begann schnell zu blühen, hatte Horace doch frühzeitig Kontakte zu den richtigen Leuten im Osten geknüpft. Dass ihm die ehemalige Tätigkeit seines Vaters nunmehr Türen öffnete, die anderen Geschäftsleuten verschlossen blieben, hatte er nie für möglich gehalten. An den Schaltstellen der Macht in den wichtigen wirtschaftlichen Bereichen saßen nun sehr oft Personen, die vor der Öffnung dem KGB angehört hatten und daher alte Kameraden von Leo Horace waren. Geradezu ein Glücksfall für den Sohn.

Dass er nach und nach in gefährliche Strukturen hineingezogen wurde, indem er Geschäfte machte mit einer Organisation, die im allgemeinen Sprachgebrauch *Russenmafia* genannt wurde war ihm egal. Solange er genügend Geld einfahren konnte, dachte er über derlei Dinge nicht nach.

»Alles im grünen Bereich, Boss. Keine Schnüffler unterwegs.«

Fredy Kapeck setze sich an den kleinen Tisch und schob seine Sonnenbrille auf die hohe Stirn.

»Ich habe dieUmgebung überprüft. Nichts. Keine Spur von Bullenärschen.«

Horace hob den Blick. Seine kalten Augen musterten den Mann, der sich zu ihm gesetzt hatte.

Fredy Kapeck war der Prototyp des *Wiener Strizzi*. Fast kahlköpfig fielen die verbliebenen blonden Locken weit in seinen Nacken. Die protzige Goldkette am Hals, die goldene Uhr am Handgelenk sowie sein breiter Ring stammten mit Sicherheit aus einem türkischen Basar. Einige Finger waren vom Nikotingenuss dunkelbraun gefärbt. Das bis zum Nabel geöffnete Freizeithemd gab einen durchtrainierten Oberkörper, geschmückt mit allerlei Tätowierungen frei.

»Okay Fredy. Ich brauche dich nicht mehr. Verschwinde!«

Ohne ein weiteres Wort erhob sich Kapeck und machte sich eilig davon.

Karel Horace warf einige Münzen auf den kleinen Teller mit dem Kassabon und legte die gefaltete Zeitung auf einen der Stühle. Wieder schweifte sein unruhiger Blick suchend umher. Zufrieden machte er sich schließlich auf den Weg durch den antiken Bogen der Stadtmauer.

Vorbei am geschichtsträchtigen Gebäude des Klosters, schlenderte er die Steiner Landstraße entlang. Stein war nicht immer Teil der Stadt Krems gewesen. Jahrhundertelang hatte es ein eigenes Stadtrecht besessen. Erst im Jahre 1938 wurde der geschützte Altstadtteil in die Stadt Krems eingegliedert.

Vor ihm lag ein wuchtiger Altbau, der durch mehrere Neubauten erweitert worden war. Neben einem breiten Einfahrtstor war eine riesige graue Granittafel angebracht. Unter dem Bundesadler prangten die Worte: *Justizanstalt Stein*.

Horace stand vor Österreichs Hochsicherheitsgefängnis mit mehr als 800 Häftlingen. Hier saßen nur die schweren Jungs. Mörder, Räuber, Terroristen.

Alles was mit langer Haft bedroht war, gab sich hier ein Stelldichein. Die denkmalgeschützten Gebäudeteile der alten Haftanstalt waren anno 1839–1843 ursprünglich als Kloster erbaut und genützt worden. In den Neubauten findet sich mittlerweile alles, was im modernen Strafvollzug Standard ist. Wer hier landete, der war für lange Zeit von der Gesellschaft weggesperrt und musste sich den im Vollzug herrschenden Gesetzen unterwerfen. Auf der einen Seite den Vorschriften der Anstaltsleitung, andererseits, und das war weitaus wichtiger, den geheimen Normen der Unterwelt im Knast.

Karel Horace stand vor dem Eingangstor für Besucher. Er atmete einmal tief durch, gab sich einen Ruck und trat ein.

Die helle Eingangshalle wirkte spartanisch.

»Mein Name ist Hillinger, Alfons Hillinger. Ich habe eine Besuchererlaubnis bei Igor Kuzimov. Hier ist mein Pass, bitte sehr.«

Die junge Beamtin prüfte den gefälschten Pass, machte Eintragungen in einen PC, verglich das Foto mit dem Inhaber und gab ihm das Dokument zurück.

»Legen Sie bitte alle beweglichen Sachen, die sie mitführen oder am Körper tragen, in diese Lade. Dann gehen Sie langsam durch die Schleuse.«

Horace befolgte die Anweisungen. Schon beim Eintritt in das Justizgebäude hatte er die Standorte der Überwachungskameras ins Auge gefasst. So gut es ging, verbarg er sein Gesicht. Er hatte sein Aussehen zwar durch Brille und Oberlippenbart verändert, auf einem Video würden ihn die Bullen früher oder später aber erkennen. Es sei denn, sein Gesicht wäre wegen schlechter Qualität des Videos nicht ausreichend zu vermessen.

Nach dem Durchqueren der Schleuse wurde er mittels Körperscanner abgetastet. Ich fliege nicht in die USA, dachte er schmunzelnd. Der Karton mit seinen Habseligkeiten verschwand in einem hohen Regal.

»Keine Sorge. Sie bekommen ihre Sachen zurück, wenn Sie uns wieder verlassen.«

»Hoffentlich. Ich habe nicht vor, zu bleiben.«

Die junge Beamtin lachte.

»Das glaube ich gerne. Einen Augenblick, sie werden abgeholt.«

Es dauerte etwa zehn Minuten, bis ein weiterer Beamter erschien.

»Hillinger, Alfons Hillinger? Sind Sie das?«

Horace wollte schon sagen - *ist sonst noch jemand hier* - verbiss sich aber die Bemerkung.

»Ja, ich bin Hillinger. Ich bin Alfons Hillinger.«

»Guten Tag. Gehen wir. Sie gehen voraus. Keine Gespräche mit anderen Personen auf den Gängen, keine Zurufe. Ich führe Sie in den Besucherraum des Hochsicherheitstraktes.«

Der kleine Raum war einfach eingerichtet. Eine Sitzbank, eine Ablage vor einer Panzerglasscheibe, eine Gegensprechanlage und vier Überwachungskameras in den oberen Ecken. Zwei Beamte führten Kuzimov in den Raum hinter Panzerglas.

Er trug normale Straßenkleidung. Jeans, helles Polohemd und moderne Sportschuhe. Seine 55 Jahre sah man ihm nicht an. Seit sechs Jahren saß er bereits hier ein. Offenbar hatte er Gelegenheit zu sportlichem Training. Seine Muskulatur machte jedenfalls diesen Eindruck.

Das kantige Gesicht, die buschigen Brauen über den schwarzen, asiatisch anmutenden Augen, die hohe Stirn und der dunkle Teint, nichts hatte sich seit Horaces letzten Besuch vor drei Jahren verändert.

Die Beamten führten den Häftling an die Ablage vor dem Glas, wo er betont lässig Platz nahm.

Karel Horace hatte ein leichtes Kribbeln in der Bauchgegend. Nervosität machte sich breit, er kannte das Gefühl. Es befiel ihn, wenn er in die Nähe dieses Mannes kam. Die Wächter verließen den Raum. Hinter einer breiten, getönten Glasscheibe nahmen sie Platz. Von dort aus konnten sie das gesamte Geschehen überblicken. Ob sie das Gespräch mithören konnten, wusste niemand. Mit Sicherheit wurde es aufgezeichnet.

»Mein lieber Freund. Schön dich wieder einmal zu sehen. Du hast mich lange nicht besucht. Gehst wohl nicht gerne in den Knast, nicht wahr? Ich kann dich verstehen.«

Der Gangster lachte laut über seinen Witz.

»Guten Tag, Igor. Freut mich, dass du so herzlich lachen kannst, scheint dir nicht vergangen zu sein in dieser schönen Umgebung.«

Ein leichter Schatten fiel über die markanten Gesichtszüge des Häftlings. So als könnte er es nicht ertragen, wenn sich jemand über ihn lustig machte. Seine schwarzen Augen waren plötzlich kalt und unpersönlich. Lange starrte er sein Gegenüber an, bevor er wieder zu sprechen begann.

»Es ist okay, dass du gekommen bist. Ein wenig plaudern wird mir guttun. Ist nicht immer einfach hier. Der Knast verändert die Menschen. Ich bin oft sehr einsam. Seit Andrej nicht mehr hier ist, ist es noch schlimmer geworden. Du weißt doch, dass Andrej draußen ist, oder?«

»Ja, Igor, ich weiß es. Er wurde im Zuge der Weihnachtsamnestie vorzeitig entlassen. Drei Jahre haben sie ihm geschenkt. Auf Bewährung. Schön für ihn.«

»Ja, das ist schön. Hast du ihn einmal getroffen? Ich meine draußen. In der Freiheit?«

»Nein Igor, ich habe keine Ahnung, wo er sich rumtreibt, hat sich nie gemeldet bei mir. Warum fragst du?«

»Das ist auch gut so. Lass dich nicht mit diesem Kerl ein, er ist eine falsche Ratte. Glaube mir, der bringt nur Schwierigkeiten in dein Leben. Vergiss ihn.«

Igor Kuzimov starrte bei seinen Worten zwingend in die Augen des Besuchers, als wolle er ihm etwas sagen, etwas, das niemand sonst hören durfte.

»Alles gut, Igor. Ich habe nicht vor, Andrej Bellow zu treffen. Ich kenne ihn gar nicht persönlich.

Interessiert mich nicht der Kerl, also mach dir keine Sorgen. Ich weiß, was ich zu tun habe. Mein Haus bleibt sauber. Saubere Geschäfte, saubere Kunden, keine Probleme. Habe ich recht?«

Es sah Igor Kuzimov lächelnd an. Nur dieser registrierte das kurze Aufblitzen in den Augen seines Gegenübers. Die Bestätigung für ihn, dass Horace verstanden hatte.

»Wie gehen deine Geschäfte? Hat sich der Markt beruhigt? Erzähle mir.«

Hörte man Igor Kuzimov so locker plaudern, entstand der Eindruck, er sei ein einfacher Geschäftsmann, der sich mit einem Freund über die Marktlage unterhielt.

Die Wahrheit hatte ein anderes Gesicht, ein grauenhaftes, skrupelloses geradezu menschenverachtendes. Es war die schreckliche Fratze des Schwerverbrechens, der Organisierten Kriminalität in all ihren Facetten.

Igor Kuzimov war der Kopf einer Organisation die sich *Qilich* nannte. *Qilich* ist usbekischer Wortschatz. Es bedeutet sinngemäß *Schwert* oder *Dolch*.

Kuzimov stammte aus Usbekistan. In einem kleinen Dorf am Ufer des zu Zeiten seiner Geburt noch riesigen Aralsees geboren, trat er mit achtzehn Jahren zusammen mit seinem Zwillingsbruder Oleg in die Sowjetarmee ein. Nach der Grundausbildung kämpfte er mehrere Jahre in Afghanistan. Bei einem brutalen Häuserkampf in einem Bergdorf verlor er beinahe sein junges Leben. Der scharfe Krummsäbel eines Gegners hatte sich in seine rechte Seite gebohrt. Schwerste innere Verletzungen waren die Folge gewesen. Nach einer Notoperation im Lazarett stand er mehrere Tage an der Schwelle des Todes. Das Glück wollte es, dass zwei verletzte Offiziere ausgeflogen wurden. Mit diesem Transport kam er mit und landete in einem Militärspital in Rostov, wo ihm eine Niere entfernt werden musste. In einer Militärbasis am Don verbrachte er die Zeit der Rehabilitation.

Dort kam es zum Kontakt mit den Leuten des *Komitee für Staatssicherheit*, kurz KGB. Nach seiner Genesung absolvierte er eine fundierte Ausbildung als Agent dieser Einheit und tat sich vorwiegend ob seiner Kaltschnäuzigkeit und Skrupellosigkeit als Mann für besondere Fälle hervor. In zahlreichen Einsätzen rund um die Welt verfeinerte er sein Handwerk als ein mit allen Wassern gewaschener Guerillakämpfer, um nicht zu sagen Mörder.

Mit Auflösung des KGB im Jahre 1991, quittierte er den Dienst. In dieser Zeit des Umbruches begann die glorreiche Ära der Oligarchen. Politische Günstlinge, die sich unter der schützenden Hand der Mächtigen Staatseigentum aneigneten, um in der Folge riesige Vermögen damit zu erwirtschaften. Kuzimov leitete für einen dieser neuen *Fürsten* dessen Sicherheitsdienst. Was unter dem Titel *Security* lief, betraf nicht immer Sicherheit.

Im Gegenteil. Diese Leute erledigten die Drecksarbeit für ihre Herren.

Erpressung, Entführung, Mord, das war Kuzimovs neues Aufgabengebiet. Im Dunstkreis der Oligarchen erkannte er bald, dass für ihn *ganz oben* kein Platz war. Dazu fehlten ihm die Kontakte sowie die schützende Hand im Kreml.

Sehr schnell erkannte er aber auch, dass in der neuen russischen Gesellschaft das Geschäft in allen Facetten des Verbrechens nur darauf wartete organisiert zu werden. Gemeinsam mit seinem Bruder begann er auf eigene Faust, Drogen auf Donauschiffen in den Westen zu schmuggeln. Sie machten damit ein kleines Vermögen. Genug, um ein luxuriöses Leben führen zu können.

Während dieser Zeit legte Kuzimov den Grundstein für sein eigenes Verbrechersyndikat. In Anlehnung an seine Kriegsverletzung nannte er die Organisation, *Qilich - das Schwert*.

Jedes Mitglied hatte beim Eintritt einen Treueschwur zu leisten. Im Rahmen einer martialisch gehaltenen Zeremonie wurde jedem Neumitglied auf der Innenseite des linken Unterarmes der *Scimitar*, ein orientalischer Krummsäbel, tätowiert.

Bald stieg *Qilich* zu einem der gefährlichsten Verbrechersyndikate des Landes auf. Neben seinem Hauptquartier in Rostov unterhielt Kuzimov, eine Art Filiale in Wien, genauer gesagt die Handelsfirma *HoKa.com,* deren offizieller Geschäftsführer Karel Horace war. Von hier aus betrieb *Qilich* die Geschäfte in Westeuropa.

Horace lebte gut davon, solange er sich an die Vorgaben und Befehle von Igor Kuzimov hielt.

»Es gibt Probleme mit den EU-Sanktionen einerseits und den Gegenmaßnahmen andererseits. Was soll man machen, einzelne Märkte sind eingebrochen. Es heißt abwarten und hoffen, dass die Ukraine-Geschichte bald ins Lot kommt.«

Kuzimov nickte nachdenklich, während er mit geschicktem Fingerspiel seiner scheinbar gefalteten Hände dem Gegenüber heimliche Zeichen übermittelte. Eine Art *stummer Sprache*, auf deren Erlernen der gewiefte Agent Kuzimov bei jedem führenden Mitglied der Organisation bestanden hatte. So gelang es ihm relativ einfach, seinem Besucher mitzuteilen, wann er ihn über das heimlich eingeschmuggelte Handy kontaktieren würde, um neue Anweisungen zu erteilen und wie die Codierung in den als Lesestoff mitgebrachten Büchern zu erfolgen hatte.

»Tja, mein Freund, du hast recht. Man muss abwarten. Ich habe noch eine Bitte, bring mir ein paar neue Bücher, du weißt, was ich gern habe. Die Bibliothek hier ist ganz gut, aber nicht auf dem neuesten Stand.«

»Mache ich gerne Igor. Also dann alle Gute. Wir sehen uns. Halt die Ohren steif.«

Der Gangsterboss nickte, sagte kein Wort und winkte nach den Aufsehern.

4

Loly war bereits zu Hause.

Die bunte Schürze umgebunden, stand sie in der Küche und bereitete das Abendessen. Rhythmisch wippten ihre Hüften zur Musik von *Los Sabandeños*, während sie die Steaks würzte. Auf der Arbeitsfläche der kleinen Küche stand das obligatorische Glas Wein. Es gehörte zum Kochen wie die Zutaten zur Speise.

Sie wischte die Hände an der Schürze ab und griff zum Glas, als ihr Max liebevoll einen Kuss auf den schlanken Hals drückte. Erschrocken zuckte sie zusammen.

»Du wirst mir noch den Tod bringen mit deinen Überraschungsangriffen!«

Lachend drehte sie ihren geschmeidigen Körper zu ihm. Ein inniger Kuss unterband seine Versuche, ihr zu antworten. Wie ich sie liebe, dachte Max und drückte Loly fest an sich.

»Du bist zu früh dran, Maximiliano, heute keinen Aperitif bei Carlo genommen? Ich bringe dir ein Glas. Das ist übrigens ein herrlicher *Veltliner*, woher hast du ihn?«

»Der kommt aus Rohrendorf im Kamptal. Kurz vor Krems. Erinnerst du dich an das schöne Weingut? Ich habe sechs Karton gekauft. Du kannst also eine Weile daran nippen.«

»Als ob nur ich trinken würde. Du redest, als sei ich Alkoholikerin, was ich bei genauerer Betrachtung wohl auch bin. Trinkt man täglich einige Gläschen, ist man dabei, habe ich zumindest gelesen. Egal, ich genieße das, besonders mit dir mein Herz.«

Sie hoben die Gläser, Loly gab ihm einen Kuss und wandte sich wieder den Steaks zu.

Max setzte sich an seinen Schreibtisch, legte die Ledertasche auf die Ablage und öffnete sein Notebook. Eine neue Mail war eingegangen.

Wieder der unbekannte Absender.

Kein Betreff, kein Wort.

Im Anhang lag eine Videobotschaft.

Max spürte ein eigenartiges Gefühl, als ob das Blut in seinen Adern gefrieren wollte. Sein Inneres wehrte sich gegen die Logik, den Anhang zu öffnen. Loly sang in der Küche fröhlich zur Musik des einzigartigen Chores aus Teneriffa.

Sie würde ihn nicht stören. Er gab sich einen Ruck. Das Video begann zu laufen. Auf den ersten Blick war klar, dass es sich um schlechte Qualität handelte, vermutlich mit einem Smartphone aufgenommen.

Max Bulla, einiges gewöhnt aus einem langen und harten Berufsleben, schauderte beim Anblick der Bilder.

Gänsehaut, kroch über seinen Rücken und verlor sich in den sich sträubenden Nackenhaaren.

Angewidert starrte er auf den Bildschirm.

In einem Kellerraum, so sah es zumindest aus, stand ein verrostetes Feldbett. Auf den schmuddeligen Wolldecken lag ein Mädchen. Ein Kind noch. Arme und Beine waren an die Bettverstrebungen gefesselt. Außer T-Shirt und kurzer Sporthose trug die Kleine keine Kleider am Leib. Sie versuchte, den Kopf zu heben, wollte in die Kamera blicken und sprechen. Die Stimme schien ihr zu versagen. Sie zerrte an den Fesseln, ihr Kopf fiel wieder zurück. Neuerlich hob sie ihn an. Jetzt kamen Worte über ihre Lippen. Verzweifelte Sätze den Tränen nach zu schließen, die über ihre blassen Wangen liefen.

Sie versuchte, etwas mitzuteilen, doch es gab keinen Ton. Nur grauenvolle Bilder eines geschundenen, kindlichen Körpers. Die Kamera schwenkte zur Seite und erfasste einen Schriftzug an der einst weiß gewesenen Betonwand des Kellerloches.

I am Nikita

Die Worte waren in roter Sprühfarbe an die Kellerwand geschrieben worden. Das Mädchen kam wieder in sein Blickfeld. Sie lag erschöpft auf dem Bett. Die Kamera wurde nahe an ihr ängstliches Gesicht geführt. Max studierte die Züge, sah die leicht schräg stehenden braunen Augen mit den kräftig geschwungenen Brauen, die zierliche Nase und die vollen Lippen eines schönen Mundes. Das Kinn samt Grübchen und die blauschwarzen Haare.

Neuerlich kroch ein kalter Schauer über seinen Rücken, seine Hand begann zu zittern, wie immer, wenn der grausame innerer Teufel, der *Dämon*, wie er den Zustand nannte, nach Stoff rief.

Stoff der Ruhe einkehren ließ, der das Zittern nahm und die Angst vertrieb.

Stoff mit Namen *Wodka*.

»Ich bin fertig, Schatz! Kommst du?«

Max schlug auf die Tastatur, versuchte, das Video zu stoppen. Verzweifelt schob die zittrige Hand die Maus hin und her.

Alles umsonst. Loly stand bereits hinter ihm.

Der Bildschirm war schwarz, die Liste mit den Mails erschien. Max klappte das Notebook zu, wollte sich so schnell als möglich erheben.

»Aber hallo, Max! Was schaust du dir da heimlich an? Darf ich das nicht sehen? Hast du ein Geheimnis vor mir? Was ist los mit dir, du zitterst ja. Was regt dich so auf? Komm schon klapp das Ding hoch, ich will sehen, was dich so erregt!«

Lolys spanisches Blut hatte zu köcheln begonnen. Sie würde keine Ruhe geben, bis sie wusste, was er vor ihren Blicken zu verbergen suchte. Ihre Eifersucht würde ihn zur Verzweiflung bringen.

Max wusste das, er kannte diese Temperamentsausbrüche nur zu gut.

»Es ist eine dienstliche Sache, Loly. Nur Dienstliches. Braucht dich nicht zu interessieren.«

Der Versuch war gescheitert, bevor er noch richtig begonnen hatte. Loly schob ihn zur Seite, klappte den Deckel des *MacBook* hoch, studierte die Mail-Eingänge und startete das Video.

Gebannt blickte sie auf die schrecklichen Bilder.

»Madre de Dios! ¿Qué es eso?«

In ihrer Aufregung war sie in die Muttersprache verfallen. Wütend stoppte sie das Video, sprang auf und trommelte mit beiden Fäusten auf seine Brust. Heiße Tränen flossen über ihr von heftigem Zorn gerötetes Gesicht.

»Mutter Gottes, was ist das? Max, was machst du da? Bist du noch zu retten, du schaust dir Kinderpornos an? Oder was sonst soll das werden? Erkläre es mir. Sofort! Hörst du? Erkläre mir dieses Video, bevor ich endgültig ausraste.«

Zärtlich streichelte Max ihre Haare und Schultern. Langsam nahm sie wieder Vernunft an. Fragend blickte sie in das unruhige Antlitz ihres Mannes. Plötzlich stieß sie ihn von sich und rannte in die Küche. Im letzten Moment konnte sie die beiden Steaks retten.

Max, der sich einen doppelten Whisky eingeschenkt hatte, war neben seine Frau getreten.

»Lass uns hinsetzen und die Steaks genießen, Loly. Vertraue mir, ich weiß nicht, was es mit dieser Mail auf sich hat. Jedenfalls ist es nicht das, was du denkst. Es ist nicht so, wie du vermutest, also beruhige dich, wir werden die Sache gemeinsam aufklären.«

Die Steaks dufteten herrlich. Max öffnete die dunkelfarbene Flasche *Reserva 2006* eines legendären *Riojas,* den Lieblingswein seiner Frau.

Behutsam dekantierte er den edlen Tropfen über einer brennenden Kerze in die schlanke Karaffe.

Schweigend begannen sie die zart gebratenen Lendenscheiben zu verspeisen. Max schenkte den Wein in die hohen Gläser, erhob seines und sah Loly in die Augen.

»Auf meine einzigartige Frau, auf ihre Schönheit, auf ihre Klugheit und auf die Liebe, die ich für sie empfinde, immer empfinden werde. Auf uns meine Liebe.«

Mit ihren wunderbar dunklen Augen sah sie ihn lange an, bevor auch sie ihr Glas hob.

»Auf den Mann, den ich liebe und der mir hoffentlich eine Erklärung liefern kann. ¡Salud!«

Sie stellten die Gläser wieder auf den Tisch. Genüsslich speisten sie weiter, tranken den herrlichen Wein und sprachen kein Wort. Auf den leeren Tellern waren noch die Konturen der einmaligen Soße zu sehen, ein Zeichen für deren perfekte Zubereitung.

Max nahm einen tiefen Schluck. Er räusperte sich, bevor er zu sprechen begann.

»Ich weiß nicht, wo ich beginnen soll, Liebling. Wir kennen uns seit fast fünf Jahren, sind drei Jahre verheiratet. Eines vorweg: Die Sache hat nichts mit einer anderen Frau zu tun. Was ich sagen will, ist, es hat aktuell nichts, ich…, es ist so, dass…«

»Was ist los mit dir, Max? Was stotterst du herum, erzähle mir die Wahrheit, sonst nichts, verstehst du? Ich will wissen, was los ist.

Mein Gott, du zitterst wie ein junges Lamm im Wind. Beruhige dich, komm, nimm einen Schluck, das hilft dir.«

Sie reichte ihm den exklusiven Wein. In seiner zittrigen Hand schwappte der edle Tropfen leicht an den Innenseiten des Glases auf und ab. Lange starrte er auf das Spiel der tanzenden Wellen und Luftbläschen, als könne er die schreckliche Vergangenheit seines verpfuschten Lebens darin lesen.

Mit einem einzigen Zug leerte er das Glas. Langsam zog sich der *Dämon* in seine dunkle Höhle zurück.

Der Alkohol hatte ihn, wie schon so oft, vertrieben.

5

Fredy Kapeck legte sein Kartenblatt samt *Full House* auf den Tisch.

Hämisch grinsend strich er den Gewinn ein. An die zweitausend Euro hatten den Besitzer gewechselt. Zwei der Mitspieler erhoben sich. Wortlos verließen sie das schummrige Hinterzimmer am Wiener Gürtel. Fredy sah sein Gegenüber fragend an. Der offenbar betrunkene Mann winkte ab und erhob sich ebenfalls.

»Keine Kohle mehr im Sack, Fredy. Ich muss jetzt sowieso weiter. Wir sehen uns. Mach's gut, alter Junge.«

Fredy rollte die Scheine zusammen, umwickelte sie mit einem Gummiband und steckte das Geld in die Tasche. Dabei kamen unzählige Tätowierungen an den Unterarmen zum Vorschein. Besonders stach ein schön gemachter Krummsäbel auf der Innenseite seines linken Unterarmes hervor.

Im Lokal war um diese Zeit noch wenig los. Der volle Abendbetrieb würde in zwei bis drei Stunden erfahrungsgemäß kurz vor Mitternacht einsetzen. Dann trafen die Mädchen ihre Freier draußen auf der Straße sowie drinnen an der Bar und an den Tischen. Vereinbarungen wurden getroffen, Preise ausgehandelt und Scheine wechselten die Besitzer.

Danach ging es in die Zimmer im ersten Stock, wo der Job erledigt wurde.

An der halbrunden Theke saßen einige blutjunge Mädchen und Frauen in der typischen Aufmachung des Straßenstriches. Sie unterhielten sich in irgendeiner slawischen Sprache, rauchten und tranken Energy Drinks mit Wodka. Ihren Gesichtern war der Stress des aufgezwungenen Lebens im *Milieu* anzusehen. Als Fredy eintrat, blickten einige von ihnen ängstlich in seine Richtung.

Doch der schien heute bei guter Laune zu sein. Er bestellte einen Drink und schlenderte an das Ende der Bar, wo er neben dem bereits wartenden Karel Horace Platz nahm.

»Wo warst du so lange? Ich warte schon eine halbe Stunde. Was soll das? Ich habe zu tun, außerdem gibt es Anweisungen vom Boss.«

»Mach dir nicht in dein gestärktes Hemd, Horace. Hier ist mein Revier, meine Bar, meine Mädels, hier gebe ich den Rhythmus vor. Also reg dich ab. Noch einen Drink auf Haus?«

Horace war sofort wütend. Das hier war nicht sein Stil. Unterste Stufe der Wiener Halbwelt. Zuhälter wie Fredy, Nutten von der billigsten Sorte und ein Publikum, das weit unter seinem Niveau lag. Er bevorzugte die schicken Bars in der City, wo die Schönen und die Reichen verkehrten, dort fühlte Karel Horace sich wohl, nicht hier in diesem stinkenden Loch.

»Ich war gestern beim Boss. Er will wissen, wie weit die Sache gediehen ist. Was hast du unternommen? Gibt es schon ein Ergebnis? Los, mach schon Fredy, spuk es aus.«

Fredy Kapeck genoss die Überlegenheit im Schutze seiner kleinen, kriminellen Gürtelwelt. Er hasste das großtuerische Gehabe von Horace. Was war der schon? In seinen Augen ein billiger *Tschech,* ein aus der Heimat geflohenes Arschloch, sonst nichts. Fredy konnte nur hier, in seiner kleinen Welt als Zuhälter und Stundenhotelbesitzer aufbegehren. Das wusste er genau. Draußen in der Welt der großen Kaliber eines Kuzimov, da musste er kuschen, musste tun was Horace forderte.

»Wir sind an der Sache dran Karel, keine Sorge. Der Kerl hat sich bisher nicht gemeldet. Wir haben zweimal eine Nachricht abgesetzt. Die Zweite mit Video im Anhang. Einen Anruf hat er nicht angenommen. Er glaubt, er kann sich weiterhin verstecken. Er täuscht sich Karel. Wenn er wirklich das Schwein ist, das wir suchen, dann wird er sich bald melden, glaube mir. Spätestens wenn wir ihm ein Video zukommen lassen, in dem sich Kurt mit der Kleinen beschäftigt. Der kann es nicht erwarten, sich an sie ranzumachen. Du kennst Kurt?«

Horace wusste zu gut, wen Kapeck meinte. Kurt war ein krankhaft pädophiler Irrer. Ein Kinderschänder, der für seine Abart bereits mehrmals in einer Sonderanstalt für psychisch Kranke eingeliefert worden war.

»Bulla ist der Kerl den wir suchen, ganz sicher. Da gibt es keinen Zweifel, Fredy. Setzt ihn ordentlich unter Druck, alles andere erledigen wir. Ich verlasse mich auf dich. Du weißt, was passiert, wenn wir versagen, und du kennst die Regeln der Organisation, also reiß dich zusammen. Die Sache eilt. Der Boss rechnet damit, bald aus dem Knast zu kommen. Wie das gehen soll, weiß ich auch nicht. Du kannst aber sicher sein, dass er einen Weg finden wird. Bis dahin will er die Sache erledigt haben. Er hat seine Gründe. Ich erwarte deine Vollzugsmeldung in den nächsten Tagen. Wo habt ihr die Kleine?«

Horace schob sich eine Zigarette zwischen seine schmalen Lippen. Er sah den Zuhälter zwingend an.

»Wo das Mädchen ist, das geht dich einen Dreck an. Wir sorgen schon für sie. Vielleicht behalten wir sie. In Pflege sozusagen. Ein paar Jahre für Männer wie Kurt und danach? Diese jungen Dinger aus dem Osten sind schnell erwachsen, und Frischfleisch tut dem Markt immer gut, was meinst du, Horace.«

»Du bist und bleibst ein Dreckschwein, Kapeck.

Kuzimov, niemand sonst wird dir sagen, was mit dem Mädchen zu geschehen hat. Hast du mich verstanden? Du machst, was ich dir gesagt habe, sonst gar nichts. Und lass dich nicht zu irgendeiner Schweinerei hinreißen. Ich warne dich!«

Horace warf seinen Zigarettenstummel provokant auf den schmierigen Boden der Bar.

Hastig verließ er das schummrige Lokal.

6

«Wir wollen uns gemeinsam an die Sache ranmachen, mein Herz.«

Max bearbeitete nervös sein linkes Ohrläppchen,
rückte seinen Stuhl zurecht, sah Maria-Dolores zaghaft in die dunklen Augen, bevor er zögernd zu sprechen begann.

»Wie soll ich anfangen…,verdammt, es ist so
kompliziert. Zuerst muss ich dir gestehen, dass ich
nicht der Mann bin, den du zu kennen glaubst. Max
Bulla ist nicht mein richtiger, ich meine nicht mein
angeborener Name. Seit sechs Jahren habe ich eine
neue Identität. Ich bin zu einem anderen Menschen
gemacht worden. Meine Vergangenheit wurde ausgelöscht. Amtlich vernichtet, wenn du so willst.

Um es kurz zu machen, ich bin in eine Art Zeugen-Schutz-Programm integriert. Seit 2010 lebe ich
ein völlig neues Leben. Es ist schwer für mich, darüber zu sprechen, genau genommen darf ich das
nicht. Sollte in gewissen Kreisen publik werden, wer
ich wirklich bin, bedeutet das den sicheren Tod für
mich. Es ist extrem gefährlich, meine ursprüngliche
Identität preiszugeben. Diese Leute, vor denen ich
mich verstecken muss, verstehen es bestens, ihre
Gegner kaltblütig und gnadenlos zu liquidieren.«

Loly hatte beide Hände wie zur Abwehr erhoben,
in ihrem Gesicht stand blankes Entsetzen.

Sie starrte Max Bulla an, schien Welten entfernt zu sein. Irritiert suchte sie nach Worten.

»Stopp! Halt, Max! Ich bin hier falsch, nicht wahr? Im falschen Film, oder? Es ist ein schlechter Traum? Mein Gott, Max, du bist mein Mann. Ich heiße Maria-Dolores Bulla-Conderra, ich bin deine Ehefrau. Wir haben geheiratet. Das kann nicht alles Lug und Trug sein!«

In den weit geöffneten Augen lag unsagbare Angst. Spontan ergriff sie seine Hand und hielt die Innenseite an ihre Wange, über die nun heiße Tränen flossen.

»Nein, mein Liebling. Es ist kein Traum. Ich sage die Wahrheit. Ich bin zwar immer noch der Mensch den du geheiratet hast. Es hat sich auch nichts an meinem Charakter geändert, ich bin dein Max.

So wie du ihn kennengelernt hast, nur der Name stimmt nicht. Oder doch. Ach, ich weiß selbst nicht mehr, was ich sagen soll. Komm Loly, setzen wir uns auf die Couch. Ich glaube, ich brauche deine Hilfe. Es ist etwas eingetreten, was mich total überfordert. Wenn es so ist, wie ich vermute, ist es grausam und furchtbar. Es stellt unsere Liebe auf eine harte Probe.«

Wie in Trance ließ sich Loly an der Hand in den gemütlichen Wohnraum führen. Sie bewohnten eine sanierte Altbauwohnung, mit hohen Räumen, schönen Doppeltüren und herrlichen alten Sprossenfenstern, die bis zum Boden reichten.

Der Raum war mit modernen Möbeln eingerichtet, die einen wunderschönen Kontrast zum alten Parkettboden, zu den Orientteppichen und den hohen Fensterrahmen bildeten.

Max holte sein Notebook, setze sich auf das bequeme Ledersofa und stellte den PC auf den kleinen Glastisch mit antikem Sockel. Loly hatte sich vom ersten Schock erholt. Sie schmiegte sich einfühlsam an ihren Mann.

»Aber was hat das alles mit diesem Video zu tun, Max? Kannst du mir das endlich erklären?«

Max Bulla öffnete das Video neuerlich, ließ es gänzlich ablaufen, ohne ein Wort zu verlieren. Danach klappte er das Notebook zu, trug es zum Sekretär und setzte sich wieder neben seine Frau.

»Ich muss wieder etwas weiter ausholen, Schatz. Vorher muss ich dich aber bitten über alles, was wir nun sprechen, absolutes Stillschweigen zu bewahren. Wenn ich dir erst einmal meine Geschichte erzählt habe, wirst du verstehen, warum ich das extra betone. Ein Wort in die falschen Kanäle und wir beide sind in höchster Gefahr.

Mein jetziger Job im Ministerium der Finanzen ist nur eine *Legende,* ein erfundenes Leben, wenn du so willst. Ich war jahrelang als verdeckter Ermittler im Einsatz, *Undercover-Agent,* so nennt es der moderne Sprachsatz. In diesem Job war ich sehr erfolgreich. Durch einen Zufall konnte ich mich in eine gefährliche verbrecherische Organisation einbringen die von Drogenschmuggel über Mädchenhandel,

Zwangsprostitution und Zigarettenschmuggel so ziemlich alles im Programm hatte. Soweit so gut. Am heutigen Morgen erhielt ich nun diese Mail.

Wir haben deine Tochter

Da ich den Absender nicht kannte und auch keine Tochter habe, maß ich der Nachricht keine Bedeutung zu. Beim Frühstück erhielt ich einen anonymen Anruf, den ich ablehnte. Könnte auch damit zusammenhängen, weiß ich aber noch nicht. Als ich vorhin mein Notebook öffnete, fand ich die zweite Mail vor. Ich öffnete sie, den Rest kennst du.«

Max musste durchatmen und einen Schluck Wein nehmen. Er war sehr erregt. Seine Finger zitterten wieder. Er fuhr sich mit beiden Händen durch sein volles Haar. Loly, mittlerweile völlig ruhig, sagte kein Wort. Sie wartete auf weitere Ausführungen.

Er glaubte in ihrem Gesicht einen Hauch von Traurigkeit zu erkennen. Das sonst so aufgeweckte Glitzern ihrer wunderschönen Augen war verschwunden.

Erneut begann er zu sprechen.

7

Bis lange nach Mitternacht hatten sie geredet, wobei Loly hartnäckig versucht hatte, tiefer in die verbrannte Seele ihres Mannes einzudringen, was der jedoch nicht zuließ. Er bereute bald, seine Frau überhaupt eingeweiht zu haben. Die immense Gefahr, seine neue Identität zu gefährden, war realistisch. Was dadurch in Gang gesetzt werden könnte, daran wollte er gar nicht denken.

Nach einem unruhigen Schlaf kroch er um 04.30 aus dem Bett. Den Morgenlauf absolvierte er in weitaus höherem Tempo als gewohnt. Voll auspowern, alles geben, laufen bis zum Umfallen, das sollte helfen, die trüben Gedanken loszuwerden.

Völlig fertig schleppte er sich in die Wohnung zurück. Die heißkalte Wechseldusche bescherte ihm einen klaren Kopf.

Im Büro angekommen, galt sein erster Anruf Martina Kerbel. Sie war seine Betreuerin im Bundeskriminalamt. Über sie war die Abwicklung des Zeugenschutzes gelaufen. Sie war sein einziger Ansprechpartner. Seit Jahren traute Max Bulla keiner Telefonanlage, keinem Mobiltelefon und keinem Computer. Für ihn kam in derlei Angelegenheiten nur das persönliche Gespräch an Orten, die einzig er festlegte, infrage.

Sie trafen sich auf der Donauinsel, wo sie gemächlich die noch leere Uferstraße entlang spazierten. Martina Kerbel war direkt von ihrem Frühsport gekommen. Sie trug noch den Trainingsanzug mit dem Schriftzug FBI am Rücken. Ein Erinnerungsstück an ihre Ausbildung in den USA. Um den Hals hatte sie ein grellgelbes Handtuch geschlungen.

»Schieß los, Max. Was ist so dringend, dass ich meinen Gesundheitslauf abbrechen musste? Hoffentlich keine Probleme, ich hasse Probleme am frühen Morgen, sie verderben mir den Tag. Also los, was kann ich für dich tun?«

Max Bulla redete nicht lange herum, berichtete von den Nachrichten, dem Video und dem anonymen Anruf. Mehr brauchte die Agentin vorerst nicht zu wissen.

»Das ist wirklich eigenartig. Du hättest mich nach der ersten Mail umgehend kontaktieren müssen, das ist dir klar? Mensch, Max! Wir haben es Hunderte Male durchgesprochen. Alles, was nicht in das normale Schema passt, erfahre ich. Erfahre ich sofort umgehend auf der Stelle! Was hast du dir dabei gedacht, diese IT Leute aus dem Ministerium zu holen? So ein Schwachsinn. Wirst du langsam alt? Hoffen wir nur, dass das keine Folgen nach sich zieht. Ich brauche die Namen der beiden Männer, muss die Kerle überprüfen.«

In Max kroch die Wut langsam hoch. Er mochte Martina Kerbel. Was er hasste, war diese kaltschnäuzige, wichtigtuerische Art, sich zu artikulieren.

Es passte nicht zu seinem Frauenbild. Ihm war bekannt, dass sie eine Zusatzausbildung an der *FBI-Academy* in Virginia/USA genossen hatte, und aus Erfahrung wusste er, dass Menschen, die diese harte Schule durchgemacht hatten, neben überwiegend positiven Aspekten auch Negatives angenommen hatten. Diese hochmütige, befehlsgebende Art der Sprache war ein Beispiel dafür.

»Okay, es war mein Fehler. Ich dachte, die Leute könnten mir helfen, die Mail-Adresse herauszufinden. Du hast recht, es war dumm von mir. Aber so schlimm wird das doch wohl nicht sein, Miss *Special-Agent*?«

»Verarschen kann ich mich am frühen Morgen auch alleine, Max. Es geht um deine Sicherheit, um die Sicherheit deiner Frau. Nur darum geht es um sonst nichts. Aus diesem Grund hast du dich an die Spielregeln zu halten, ob dir das nun passt oder nicht. Was vereinbart wurde, ist einzuhalten. Du hast diesem Pakt zugestimmt, erinnerst du dich? Also sei bitte vernünftig und lass uns wie erwachsene Menschen miteinander reden.«

»Was bleibt mir übrig, Martina? Ihr habt mich an der Leine und ich gehorche brav wie ein Schoßhündchen. Ohne dich bin ich hilflos. Du gibst vor, wie ich lebe, was ich tun darf, was nicht, wen ich treffen darf, wohin ich keinesfalls gehen darf und, und, und! Es kotzt mich an, so zu leben. Du kannst dir gar nicht vorstellen, wie ich mein neues Leben hasse. Ich bin noch topfit im besten Alter.

Wie es derzeit aussieht, bin ich jedoch bereits am Ende meiner Tage angelangt. Jeden Tag in dieses idiotische Büro. Wozu? Um die Zeit totzuschlagen, um sinnlos alleine rumzusitzen? *Dem Herrgott den Tag stehlen*, so nannte man das früher, aber so habe ich mir das nicht vorgestellt und so war es auch nicht vereinbart. Wir hatten abgemacht, ein paar Monate, höchstens ein halbes Jahr. Jetzt sind sechs Jahre daraus geworden, Martina! Sechs sinnlose Jahre. Es geht nicht so weiter. Eine andere Regelung muss her, verdammt. Ich drehe sonst noch durch!«

Sie waren stehen geblieben, Martina deutete auf eine der Rastbänke. Es war ein herrlicher Frühlingstag, die Wasserfläche des Donauarmes glitzerte im Morgenlicht. Einige frühe Fischer gingen in kleinen Ruderbooten ihrem Hobby nach. Der Blick auf die Stadt bildete einen schönen Kontrast zum ruhigen Naherholungsgebiet Donauinsel.

»Ich kann dich gut verstehen, Max. Es ist nicht einfach für dich. Nach einem turbulenten Leben als Ermittler ein langweiliges Dasein am Schreibtisch. Das ist schwer zu ertragen. Du solltest aber nicht vergessen, warum es so gekommen ist. Eine neue Identität bedeutet unweigerlich ein neues Leben. Besser wäre damals gewesen, aus dem Staatsdienst auszuscheiden, um irgendwo ganz neu zu beginnen. Es war deine Entscheidung zu bleiben.«

»Meine Entscheidung, meine Entscheidung, du machst es dir leicht. Ich wollte damals aussteigen. Mit einer angemessenen Abfertigung wollte ich irgendwo im Ausland ein neues Leben beginnen. Das weißt du, Martina! Du warst dabei, als diese Dinge besprochen wurden. Meine Vorstellungen seien nicht zu erfüllen, es sei nicht möglich, hieß es damals. Stünde mir laut Gesetz nicht zu. Für Beamte gibt es keine Abfertigung. Nicht vorgesehen in den Bestimmungen für Staatsdiener. Auch dann nicht, wenn diese als Polizisten in Sondereinsätzen tätig waren. Eine verdammte Scheiße ist das, wenn du mich fragst! Hätte ich nach all dem, was ich für das Land getan habe, wieder bei null anfangen sollen? Ein halbes Leben im Staatsdienst einfach so hinschmeißen? Die Pensionsansprüche verlieren? Ich habe in unzähligen Einsätzen mein Leben riskiert für dieses Land. Habe mir den Arsch aufgerissen, wofür?

Wir können Ihnen einen ruhigen Job in einem Ministerium Ihrer Wahl anbieten.

Ich Idiot bin darauf eingestiegen. Ihr habt mich reingelegt, Martina. Großartig reingelegt.«

Max war aufgestanden, zündete sich eine Zigarette an und ging an das Ufer des grünblau schimmernden Wassers.

Der *Dämon* war wieder da. Schleichend kroch die Angst in seine Seele, die Hände begannen zu zittern, der Puls raste. Aus dem Nichts kommende Wogen attackierten seine innersten Gefühle. Der plötzliche Druck in der Brust nahm ihm den Atem. Hastig griff er in die Innentasche seiner Lederjacke. Der kalte Stahl des Flachmanns fühlte sich beruhigend an.

Er machte einen tiefen Zug, bevor er das wichtigste Utensil in seinem derzeitigen Leben zurück in die Innentasche schob.

»Du solltest deinem neuen *Freund* nicht vertrauen, Max. Auf Dauer bist du damit schlecht beraten.«

Martina Kerbel stand neben ihm. Sie legte ihren Arm um seine Schulter, spürte das unruhige Zucken seiner durchtrainierten Muskulatur. Behutsam berührte ihre Hand seinen verspannten Nacken. Vorsichtig begann sie zu massieren. Max schien weit weg zu sein. Wie in Trance starrte er auf die Skyline der Stadt. Er schüttelte die beruhigende Hand der Agentin ab, drehte sich um und nahm wieder auf der Bank Platz.

»So kommen wir nicht weiter, wir wollten mein aktuelles Problem besprechen. Setz dich zu mir, Martina. Was schlägst du vor, wie gehen wir die Sache an.«

Der Alkohol schien ihn beruhigt zu haben, er machte eine einladende Handbewegung. Martina zog ihre Trinkflasche aus der Halterung und hielt sie ihm hin.

»Trink einen Schluck, Max. Ist nur reinstes Wiener Hochquellwasser, schmeckt gut, tut gut.«

»Ich habe eine Wasserallergie, danke«, lehnte er grinsend ab.

»Also dann lassen wir's losgehen. Du hast die Mails bereits auf deinem PC, Martina. Ich habe sie hier auf meinem Tablet gespeichert. Das ist die erste Nachricht und hier die zweite mit Video.«

Er öffnete das Programm, ließ das Video ablaufen. Martina Kerbel betrachtete jede Einzelheit konzentriert, hielt den Bildlauf an, spulte vor und wieder zurück. In ihrem Gesicht arbeitete es.

»Schrecklich, mein Gott. Was ist das für ein Mädchen? Ein Kind noch Max. Hast du eine Ahnung, was das soll?«

»Wenn ich das wüsste, hätte ich es dir gesagt. Es muss sich um einen Irrtum handeln. Ein Fehler beim Provider oder Server, was weiß ich. Ich habe keine Ahnung. Mir tut das Mädchen so leid, es ist einfach furchtbar. Könnt ihr die Adresse lokalisieren? Dem Kind muss geholfen werden, Martina!«

»Du weißt, dass so etwas nicht einfach ist. Mich interessiert derzeit viel mehr, wie die Nachricht auf dein Notebook gelangen konnte. Ich glaube nicht an einen Irrtum. Ich will unseren Experten nicht vorgreifen, denke aber, dass das Ding bewusst an dich versendet wurde. Ist es so Max, dann wird es gefährlich, brandgefährlich für dich und nicht nur für dich. Auch für deine Frau. Das ist dir doch klar?«

»Was redest du da, Martina? Ich habe keine Ahnung, worum es hier geht. Ist dir das Kind egal? Wichtiger ist euch, woher die Nachricht kommt? Bist du noch ganz bei Trost? Was hast du dort, wo andere Menschen ein Herz haben? Du kotzt mich an!«

Er drehte sich angewidert zur Seite und fummelte umständlich eine zerknüllte Zigarettenpackung aus der Tasche seiner Bomberjacke.

»Langsam Max ganz langsam. Natürlich gehen mir die Bilder dieses Videos nahe, und ich würde dem Kind liebend gerne sofort helfen. Wenn du mir erklärst wie dann auf der Stelle. Aber wer sagt uns, dass dieses Video echt ist? Hast du eine Ahnung, was heutzutage an Mist im Netz verbreitet wird? Ist es aber echt und absichtlich an deine Adresse gesandt worden, dann haben wir ein Problem.«

Max zog gierig an seiner Zigarette und schwieg.

»Okay mein Freund. Noch einmal von vorne. Lass uns gemeinsam nachdenken und die Sache analytisch angehen. Kommen wir zum Anbieter deines Anschlusses. Du verwendest doch den von uns erhaltenen Anschluss?«

»Natürlich, was denkst du? Glaubst du, ich bin zu blöd, um zu wissen wie ich mich zu verhalten habe? Wir verwenden ausschließlich die von euch als sicher bezeichneten Netzverbindungen. Nur diese, sonst nichts.«

»Das ist gut. Somit kann ich ausschließen, dass es hier ein Leck gibt. Die Frage ist: Besteht die Möglichkeit, dass jemand über eure Kommunikationsmittel an deine vorherige Identität rankommen konnte? Wenn du die von uns gesicherten Anschlüsse verwendest, ist das so gut wie unmöglich.«

»Gut. Und was ist mit den E-Mails? Die können ohnehin nicht mich betreffen. Noch einmal Martina. Ich habe keine Tochter. Ich hatte einen Sohn, ja, einen Sohn hatte ich. Du kennst die Geschichte.

Eine Tochter hatte ich nie. Also was soll der Blödsinn? Vergessen wir die Sache.«

Ein leiser Piepton kündigte den Eingang einer Nachricht an. Beide warfen einen Blick auf ihre Smartphones. Nichts.

Auf dem Tablet war eine neue Mail eingegangen.

Letzte Chance, heute 18:00, Stock im Eisen Platz

Eine Weile sagten beide kein Wort, starrten auf die kurze, unheilvolle Nachricht. Martina fasste sich zuerst.

»Verdammt noch einmal. Was geht hier vor? Wer sind diese Kerle?«

Max stand unschlüssig da, holte eine neue Zigarette hervor und zuckte seine Schultern.

»Wie soll ich das wissen? Ihr seid die Profis. Was glaubst du, warum ich hier mit dir herumstehe? Mach einen Vorschlag *Miss Special Agent*, ich halte mich da raus.«

»Kannst du deinen idiotischen Zynismus bitte außen vor lassen? Wie es scheint, wirst du dich bei dieser Sache nicht raushalten können. Sie betrifft dich ausschließlich dich, vergiss das nicht. Ich für meinen Teil schließe einen Zufall mittlerweile aus. Nach drei Mails wäre das mehr als unwahrscheinlich, es müsste den einfältigsten Versendern auffallen, dass sie eine falsche Adresse beschicken, oder? Was meinst du mein Freund?«

An seiner halb abgebrannten Zigarette hatte sich ein langer Aschenteil gebildet, der nun auf das Display des Tablets fiel.

Ärgerlich wischte Max mit dem Jackenärmel über das Gerät. Die Schrift verschwand und machte der Hauptseite Platz. Nachdenklich lag sein Blick auf den digitalen Postkörben.

»Tja Martina, du könntest recht behalten. Langsam wird mir die Sache suspekt. Ich überlege mir gerade, was es für einen Sinn machen sollte, dass mich meine Vergangenheit nach so langer Zeit einholt? Wer könnte dahinterstecken?

Die Bosse von damals sind weggesperrt oder haben sich in die Ewigkeit verabschiedet. Wer also sollte mich bedrohen? Mich mit einer Tochter, die ich nicht habe erpressen? Nein, Martina, es ergibt keinen Sinn. Absolut keinen Sinn.«

»Es ergibt einen Sinn, wenn wir feststellen können ob jemand, du weißt, wen ich meine, hinter deine neue Identität gekommen ist. Wir müssen erfahren, wer deine E-Mail Adresse geknackt hat.

Also noch einmal Max. Denk nach, wer könnte das geschafft haben. Vor allem wie? Es muss eine Lösung geben, es gibt immer eine Lösung.«

«Wie bringen euch die da drüben diese Hartnäckigkeit bei? Oder ist dir das angeboren? Ich habe dir gesagt, ich telefoniere und surfe erstens so wenig wie möglich, zweitens ausschließlich über die von euch zugeteilten Anschlüsse.

Wen rufe ich schon an?

Meine Loly, manchmal eine Firma, ein Amt. Sonst nichts. Ach ja, meine Mutter einmal im Monat draußen in Baden im Heim.

Das wäre es dann gewesen. Mit allen anderen Leuten spreche ich über öffentliche Leitungen. Aus Telefonzellen Martina, du weißt, was das ist? Das sind diese kleinen Häuschen.«

»Kannst du mit Ernst bei der Sache bleiben, vernünftig mit mir reden? Du rufst also deine Mutter an? Wie war gleich ihr Name? Elfriede Dragner, wenn ich nicht irre«, unterbrach sie ihn zornig.

»Richtig, Frau Elfriede Dragner, geborene Haas. Wohnt in einem Heim in Baden bei Wien. Diese Frau, meine liebe Mutter, rufe ich an. Einmal im Monat. Wo ist das Problem?«

»Hast du die Nummer dieses Altenheimes?«

»Jetzt nicht mehr. Seit einem halben Jahr hat Mama ein Mobiltelefon. Du weißt schon, diese großen Dinger mit den riesigen Tasten für Senioren. Meine Schwester hat es ihr zum 85.Geburtstag…«

Ganz plötzlich verstummte er. Wie ein Blitz traf ihn die Erkenntnis, sein Gesicht färbte sich rot, er griff wie automatisiert zum Flachmann.

»Verdammt verdammt! Was hast du dir dabei gedacht, Max. Verfluchter Mist!«

Martina Kerbel stampfte mit ihren Laufschuhen auf den Kies vor der Bank wie ein ungezogenes Kind. Hastig zog sie ihr Telefon aus der Jackentasche. Im Aufstehen wählte sie eine Nummer und sprach erregt in das Gerät.

Max schien mit seinen Gedanken weit weg zu sein. Verloren saß er auf der Bank, einem Häufchen Elend gleich.

Zwei kräftige Schlucke hatten ihn den ersten Schock überwinden lassen. Ihm war klar, dass er einen Riesenfehler begangen hatte. Es musste den Leuten der *Organisation* ein Leichtes gewesen sein, ihn auszuforschen.

Sie hatten seine Mutter überwacht. Das hatte er stets gewusst. Aus diesem Grund konnte er sie bestenfalls einmal im Jahr treffen. Die Leute vom BKA hatten das Zusammentreffen immer bestens organisiert. Meist brachten sie die alte Frau im Krankenwagen zu einer Untersuchung in eine der Kliniken der Stadt Wien. Dort, gut abgeschirmt, konnte er dann ein bis zwei Stunden mit ihr zusammen sein.

Der alten Dame war natürlich nicht bekannt, dass ihr Sohn seit Jahren nicht mehr ihren Nachnamen trug, dass sich Carl Dragner nunmehr Max Bulla nannte, dass er offiziell nicht mehr im Polizeidienst tätig war und dass aus ihm ein *Niemand* geworden war.

Wenn er sie die letzten Monate auf dem Mobiltelefon kontaktiert hatte, musste dies für die Leute, die mit ihm noch eine Rechnung offen hatten, geradezu ein Geschenk gewesen sein.

Die *Organisation* verfügte über ausreichend Spezialisten, die sich in die Telefongesellschaft einklinken konnten, sodass es ein Kinderspiel war, den mobilen Anruf zurückzuverfolgen und in weiterer Folge Mail und neue Identität auszuforschen.

Max war verzweifelt und zornig. Er hätte sich die Haare raufen können über so viel Dummheit.

Zum ersten Mal machte er sich Gedanken darüber, was der Alkohol aus ihm gemacht hatte.

Zum ersten Mal seit langer Zeit musste er sich eingestehen, dass er einem menschlichen Wrack sehr nahe gekommen war.

Einer plötzlichen Eingebung folgend, sprang er von der Bank auf, zog den Flachmann aus der Tasche und warf das gute Stück mit einem verzweifelten Urschrei in den Donauarm.

Erschrocken fuhr Martina herum. Beinahe wäre ihr das Telefon aus der Hand gefallen ob des grauenhaften Schreies von Max Bulla. Zwei junge Mädchen auf Rollschuhen starrten den am Ufer stehenden Mann furchtsam an. Eilig entfernten sie sich.

Max wankte zur Bank zurück. Er setzte sich. Ein Gefühl innerer Befreiung hatte von ihm Besitz ergriffen.

»Ich kriege dich, du Schweinehund, ich kriege dich. Du machst mich nicht fertig, du nicht«, flüsterte er immer wieder vor sich hin.

»Darf ich erfahren, was du zu sagen hast? Oder führst du neuerdings Selbstgespräche? Das mit der Flasche ist das Beste, was ich je an dir gesehen habe. Bravo Max! Gratuliere! Ein Anfang ist gemacht. Sehr gut. Du wirst das schaffen, ich kenne dich. Du wirst aber auch einen klaren Kopf brauchen.

Ich habe gerade mit dem Büro telefoniert. Du gehst normal zu deiner Arbeit. Wir werden dich dort besuchen, um das weitere Vorgehen zu besprechen. Mach dir Gedanken, was die mit dem Mädchen bezwecken wollen. Vielleicht fällt dir ja auch dazu noch etwas ein. Bis später Max, wir sehen uns.«

Martina Kerbel trabte leichtfüßig davon.

8

Der schattige Biergarten war gut besucht. Noch eine halbe Stunde bis Mittag, spätestens dann würden alle Tische im gemütlichen Lokal am *Unteren Belvedere* besetzt sein. Der traditionelle Gasthof war ein beliebter Treffpunkt für Menschen aller Couleurs aus den umliegenden Botschaften.

Max hatte einen kleinen Tisch im hinteren Bereich gewählt. Vor ihm stand ein Glas Bier aus der exzellenten Hausbrauerei. Nur er und die Bedienung wussten, dass es alkoholfrei war.

Ein elegant gekleideter Mann in seinem Alter setzte sich wortlos zu ihm. Sie erweckten den Eindruck von Geschäftspartnern, die sich hier zum Mittagessen trafen.

»Du hast dich verändert, mein Freund. Hätte dich beinahe nicht erkannt.«

Der Mann sprach leise, ohne Max anzusehen. Sein Blick ruhte interessiert auf der Speisekarte, als könne er sich nicht entscheiden, welche Köstlichkeit er ordern solle.

Können diese alten Agenten ihre verblödeten Angewohnheiten nie ablegen, dachte Max und musste über das Gehabe seines Gastes lächeln.

»Ja, Boris, ich habe mich verändert. In jeder Hinsicht verändert. Wir haben uns lange nicht gesehen.

Wie die Zeit vergeht so viele Jahre wie im Flug entschwunden«.

Max machte eine schwingende Handbewegung, als wolle er einen Flügelschlag andeuten.

»Du siehst prächtig aus, Boris. Habe gehört, du bist zum Kulturattaché befördert worden. Gratuliere. Aus und vorbei die Einsätze an der Front. Ich gönne dir die Ruhe in der Wienerstadt.«

Die Bedienung, ein ausgesprochen fesches Mädchen im Dirndlkleid, war angetreten, ihre Bestellungen aufzunehmen. Sie nahmen eine Schweinshaxe für zwei Personen samt Beilagen und zwei Glas Bier.

»Stimmt es, dass es dich eigentlich nicht mehr gibt? Der gute alte *Charly* wurde gelöscht, wie man hört. Wie darf ich dich nennen? Oder hast du keinen Namen mehr?«

Der Ukrainer lächelte ein wenig hintergründig. Eine Reihe blendend weißer Zähne leuchtete in seinem sonnengebräunten Gesicht. Boris Jelzov war ein dynamischer, attraktiver Mann, dem es die Frauen nie schwer gemacht hatten.

»Max, sag einfach Max zu mir, das genügt. Mehr kann und will ich dir vorläufig nicht sagen. Ich will auch gar nicht wissen, woher du deine Gerüchte hast. Du verstehst mich doch?«

»Natürlich verstehe ich dich, Max. Ein schöner Name. Passt zu dir. Maximilian, maximal… das passt. Immer volle Kanne, immer an vorderster Linie.«

Boris lachte und boxte ihm freundschaftlich in die Rippen.

»Diese Zeiten sind vorbei, Boris. Seit Jahren vorbei. Ich bin am Abstellgleis gelandet, ausgetrickst, abgehalftert, nenne es, wie du willst.«

Das Angstgefühl war plötzlich da. Langsam, gnadenlos unausweichlich, beschlich ihn der hässliche Teufel der Panik. Er hätte jetzt viel dafür gegeben, den Flachmann griffbereit zu haben. Hastig nahm er einen Schluck aus dem eben eingetroffenen Bierglas.

Boris beobachtete ihn interessiert aus schmalen Augen, sein erfahrener Blick sagte: *Ich weiß, was dir fehlt mein Junge.*

Mit knallharter Selbstbeherrschung brachte Max ein säuerliches Lächeln zustande. Boris räusperte sich dezent und klopfte ihm auf die Schulter.

»Was kann ich für dich tun? Ich hoffe, ich kann dir helfen. Eine Sache aus unserer gemeinsamen Zeit oder was ist es, Max? Komm schon, rede mit mir, das lenkt dich ab und vertreibt die Dämonen.«

Max sah ihn dankbar an. Boris hatte ihn durchschaut, hatte sein Problem erkannt, das erleichterte die Sache. Langsam legte sich die Gefahr, die innere Ruhe kehrte zurück, auch ohne Schnaps.

Max lächelte.

»Es geht um meinen Aufenthalt in Moskau.

2005 war das, glaube ich. Wir beide haben uns damals heimlich getroffen. Ich war froh, dich als Informanten gewonnen zu haben, der Beginn unserer Freundschaft, Boris, erinnerst du dich?

Du hattest dieses hübsche Mädchen dabei. Lena Potinova. Na, macht es *Klick* bei dir?«

»Natürlich erinnere ich mich an Lena, ein ausgesprochen süßes Ding. Sie war eine meiner Informantinnen. Du hast sie damals abgeschleppt. Oder irre ich mich? Jedenfalls war sie ordentlich verwirrt, als du weg warst. Niemand konnte ihr sagen wer du wirklich bist. Warum fragst du nach ihr?«

Max Bulla stocherte nachdenklich im knusprigen Fleisch der mittlerweile aufgetischten Stelze herum.

»Du hast recht, Boris. Wir verbrachten damals die Nacht zusammen in ihrer Wohnung. Ein Fehler von mir, ich weiß. Wir waren beide benebelt von deinem Wodka, und so ist es passiert, mein Gott.

Was ist aus dem Mädchen geworden? Was macht sie jetzt? Ist sie noch immer beim Staatsschutz?«

Die Miene des ehemaligen ukrainischen Geheimagenten war nachdenklich geworden. Genussvoll kaute er an einem Stück des vorzüglichen Fleisches. Als sein Mund leer war, begann er zu sprechen.

»Lena war sehr traurig, Max. Sie konnte nicht verstehen, dass du plötzlich verschwunden warst. Verschwunden, ohne Abschied zu nehmen, ohne ein Wort, ohne eine Nachricht. Sie war nicht dumm, sie konnte sich einen Reim auf deine Tätigkeit machen. Trotzdem war sie traurig.«

Langsam führte der Ukrainer einen weiteren Bissen zum Mund. Max verfolgte angespannt seine Bewegungen, ungeduldig strich er sich durch sein dichtes, langes Haar.

»Boris, du darfst nicht glauben, dass mir das damals egal war. Was sollte ich tun? Ich war verdeckt unterwegs, durfte keinesfalls meine Tarnung verlieren. Es war eine brandgefährliche Zeit. Du weißt das nicht wahr? Ich hatte gerade dein Vertrauen gewonnen.«

»Ich weiß Max, ich weiß alles. Lena wusste es nicht, und niemand durfte ihr die Wahrheit sagen.«

Die beiden Freunde aßen schweigend fertig. *Dirndlkleid* servierte ab und brachte zwei Tassen Kaffee. Dazu stellte sie einen kleinen Teller süßer Backwaren auf den Tisch.

»Du hast mir noch immer nicht gesagt, was Lena mittlerweile treibt?«

Boris rührte gemächlich in seiner Kaffeetasse.

»Lena lebt nicht mehr Max. Ein Jahr nachdem du Moskau verlassen hattest, wurde sie bei einem Einsatz erschossen. Es war ein Feuergefecht mit Banditen am Hafen. Lena war kurz nach eurer Affäre vom Staatsschutz zur Sondereinheit für Terrorbekämpfung gewechselt. Ich wollte ihr das ausreden, hatte aber keine Chance. Es tut mir leid, Max. Ich kann dir keine bessere Nachricht überbringen. Lenas Leiche wurde nie gefunden. Nach den Aussagen des Einsatzleiters wird vermutet, dass sie in die Fluten gefallen war. Genaue Angaben konnte auch er nicht machen. Nach meinen Informationen eine dubiose Geschichte, die nie aufgeklärt wurde. Man suchte tagelang mit allen Mitteln nach ihr, die *Moskva* gab sie nicht frei. Eine schlimme Sache.«

Plötzlich waren die Wogen da. Max glaubte, sein Herz würde aussetzen. Kalter Schweiß stand auf Stirn und Nase. Er versuchte, gleichmäßig zu atmen, flüsterte vor sich hin.

»Verschwinde, hau ab, gottverdammter Mistkerl, scher dich zum Teufel. Lass mich in Frieden.«

Es dauerte zwei Minuten. Danach beruhigte sich sein Nervenkostüm wieder. Boris nickte verständnisvoll.

»Seit wann?«

»Seit heute, wenn du den Entzug meinst.«

»Oh, das ist hart, Max. Gib ihm Saures, lass nicht nach, es ist zu schaffen, glaube mir.«

»Ja. Locker ist das zu schaffen, ich weiß es. Ist nur der innere Schweinehund.«

Max lächelte gequält und griff mit fahriger Hand nach der Kaffeetasse.

»Ich verstehe dich, Max, solche Nachrichten können die stärksten Männer in Bedrängnis bringen. Ich habe dir aber noch nicht alles erzählt. Es gibt da noch etwas, was dich interessieren dürfte. Acht Monate vor ihrem Tod erfuhr Lena, dass sie schwanger war. Sie wollte das Kind nicht. Für eine Abtreibung war es jedoch zu spät. Das Baby wurde wegen medizinischer Komplikationen zwei Monate zu früh per Kaiserschnitt geboren und sofort zur Adoption frei gegeben. Soweit ich informiert bin, ist es ein Mädchen mit dem Namen *Nikita*. Sie ist kerngesund und lebt in St.Petersburg, bei ihren Adoptiveltern. Sie muss jetzt um die zehn Jahre alt sein.«

9

Vor seinen Augen tat sich ein prachtvolles Blumenmeer auf.

Ein Schleier bunter Gewächse auf einer von der Sonne durchfluteten Wiese. Der milde Sommerwind dirigierte die Blütenpracht in einem Ozean tanzender Farben. Inmitten der wogenden Gräser und Blumen auf dem Rücken liegend, verlor sich sein Blick im tiefblauen Himmel. Ein Friede, wie er ihn bisher nie gekannt hatte, legte sich auf seine aufgewühlte Seele. Zärtlich hielt er Verenas Hand. Wie ein schlafender Engel lag sie neben ihm. Mit ihren langen blonden Locken spielte die sommerliche Brise. Auf dem riesigen Ableger eines blühenden Baumes schaukelte Mario lebhaft auf und ab.

Er trug eine weiße Leinenhose. Sein sonnengebräunter Oberkörper war nackt. Aus seiner Armbeuge floss ein feines Rinnsal dunkelroten Blutes, tropfte auf die makellos weiße Hose und verlor sich im Leinenstoff. Langsam rutschte der Junge den Ast entlang, bevor er leichten Schrittes auf der Blumenwiese landete.

Aus dem fröhlichen Kindergesicht war eine hasserfüllte Fratze geworden. Zwei blutunterlaufene Augen starrten ihn an. In der Hand hielt der Junge einen Stock. Wütend schlug er damit auf seinen Vater ein....

Max erwachte von den dumpfen Schlägen. Er wusste nicht, wo er sich befand. Verwirrt rieb er sich die Augen. Immer noch war das dumpfe Klopfen in seinem Ohr. Zum wiederholten Male hatte er diesen fürchterlichen Albtraum.

Allmählich begriff er, dass jemand an seiner Bürotür war.

»Ich weiß, dass du da bist, Max! Mach die Tür auf. Ich bin es, Martina. Max, verdammt noch einmal, mach endlich auf, wir müssen miteinander reden, bitte!«

Taumelnd erhob er sich.

Die aufschwingende Tür hätte ihn beinahe umgeworfen. Martina fasste ihn rechtzeitig am Arm und führte ihn zum Sofa.

»Mein Gott, Max. Was um alles in der Welt ist passiert? Du siehst aus, als hättest du drei Tage gesoffen. Was ist los mit dir? Wir hatten uns verabredet, schon vergessen?«

Sie bereitete einen Espresso, reichte ihm die Tasse zusammen mit einem Glas Wasser. Aus glasigen Augen starrte er sie an, als hielte ihn der furchtbare Albtraum noch immer gefangen. Langsam kehrte die Erinnerung in den von grässlichen Gedanken gequälten Schädel zurück.

Nach dem Treffen mit Boris war er in sein Büro gegangen. Er wollte nur noch schlafen, wenn möglich für immer schlafen. Zwei *Rohypnol* erfüllten ihm diesen Wunsch jedoch nicht.

Martinas Klopfen hatte die Träume zerbröseln lassen. Er rieb sich zum wiederholten Male seine geröteten Augen.

»Willst du mir erzählen, was sich seit dem Morgen zugetragen hat? Was dich dermaßen umgeworfen hat? Max, es ist 16:00 Uhr. Wo warst du seit unserer Verabredung am Morgen?«

Sein Tunnelblick war auf die Dächer der Innenstadt gerichtet. Vor dem geistigen Auge lief das Video ab.

Ich bin Nikita.

Er sah die Gesichtszüge des Kindes, die Ähnlichkeit der Mutter Lena Potinova, ihre leicht schräg stehenden braunen Augen mit den kräftig geschwungenen Brauen, die zierliche Nase und den schönen Mund mit den vollen Lippen. Sein Herz verkrampfte, er bekam kaum noch Luft.

Ein Hustenanfall rüttelte den gequälten Körper. Mühevoll erhob er sich und torkelte zum nahen Fenster. Tief inhalierte er die hereinströmende Kaltluft. Martina war neben ihn getreten. Fast zärtlich strich sie über seine Haare.

»Komm mit mir, Max. Komm schon, leg dich auf das Sofa.«

Behutsam führte sie den willenlosen Mann zur Sitzgarnitur, schob ein Kissen unter seinen Rücken und reichte ihm neuerlich den starken Kaffee. Er trank die Tasse in einem Zug und griff zum Wasserglas.

Allmählich erholte er sich.

»Danke, Martina. Danke, dass du gekommen bist. Ich bin völlig fertig. Das Mädchen, das Kind auf dem Video, es könnte sein, dass sie meine Tochter ist.«

Irritiert blickte er in ihre Augen. Sie sah seine Tränen.

»Was sagst du da? Ich verstehe nicht...«

»Komm Martina, setz dich zu mir. Ich muss dir eine Geschichte erzählen«, unterbrach er sie.

Max Bulla erzählte von seinem Aufenthalt in Moskau, von seiner Nacht mit Lena, von deren Tod und von dem Kind, das sie geboren, aber nie gewollt und verschenkt hatte.

»Meine Güte, ich kann verstehen, dass dich diese Nachricht umgeworfen hat.«

»Ja, beinahe umgeworfen. Und das alles ohne Flachmann!«

Max lächelte gequält.

»Eine Frage, Max, wie kannst du so sicher sein? Sie könnte deine Tochter sein, ich sage, *könnte*.«

»Richtig könnte. Was mich aber bestärkt, ist die Tatsache, dass ich im maßgeblichen Zeitraum vor der Geburt mit Lena geschlafen habe und Nikita nach den Aussagen von Boris ein sogenanntes *Sieben-Monat-Baby* ist. Na, klingelt es bei dir endlich?«

»Okay, das hat etwas. Wobei es immer noch sein könnte, dass diese Lena einen anderen Mann in dieser Zeit bei sich hatte.«

»Könnte auch sein. Ich habe ein anderes Gefühl. Boris schilderte mir, dass Lena sehr traurig und enttäuscht war, als sie von meinem Verschwinden erfuhr. Ich glaube nicht an einen anderen Mann.

Der Bezug zu mir ist da. Die Mails, das Video, alles deutet in diese Richtung. Ich bin sicher, Nikita ist meine Tochter. Du weißt, was das bedeutet?«

Die BKA-Agentin nickte nachdenklich. Sie griff zum Telefon. Max ging zum Fenster, wo er sich eine Zigarette anzündete und die flatternden Tauben auf dem Giebel des Nachbarhauses beobachtete.

»Wir haben entschieden, dass du auf keinen Fall zum abendlichen Treffen gehen darfst. Wir überwachen den *Stock im Eisen Platz*. Die haben einen guten Platz ausgesucht. Die Ecke Stephansplatz/KärntnerStraße/Graben ist gut für ein Treffen, weil schwer zu observieren.

Außerdem flanieren um diese Zeit enorm viele Menschen über den Platz und die umliegenden Gassen. Vielleicht haben wir Glück und können einen unserer Freunde lokalisieren. Wir werden sehen.

Ich muss jetzt los, Max. Es wird das Beste sein, wenn du nach Hause gehst und dich ausruhst. Ich melde mich wieder bei dir. Mach's gut, wir sehen uns.«

Martina schlüpfte in ihren Mantel, schnappte sich die Umhängetasche und eilte zur Tür.

»Moment noch. Was soll ich Loly erzählen? Ich meine ich muss…«

Er räusperte sich.

»Ich muss ihr die Wahrheit sagen.«

»Ich würde ihr nicht die ganze Geschichte erzählen. Warte, bis wir genauere Erkenntnisse haben.«

»Wie stellst du dir das vor? Wir leben zusammen, wir sind verheiratet. Ich habe keine Geheimnisse vor ihr. Wissen wir, was noch auf uns zukommen wird? Wie sich das ganze Schlamassel entwickeln wird? Nein, Martina. Ich sage Loly, was vorgefallen ist. Sie weiß sowieso von dem Video, also, was soll passieren?«

»Okay Max. Ich will aber wissen, was genau du ihr erzählst oder erzählt hast, sind wir uns einig?«

Er wollte etwas erwidern. Zu spät, sie hatte die Tür bereits von außen geschlossen.

10

In der verspiegelten Fassade des *Haas-Hauses* leuchteten die herrlichen Farben der Dachornamente des Stephansdomes im sanften Dämmerlicht.

Auf dem ausladenden Platz am Fuße des ehrwürdigen Kirchenhauses herrschte geschäftiges Treiben. Unzählige Touristen aus aller Welt bummelten über die gepflegten Innenstadtflächen.

Fotografierend, fröhlich lachend, die herrlichen Bauten bestaunend, strahlten die Menschen pure Lebensfreude aus. Straßenkünstler gaben sich Mühe, ihre Bewunderer bei Laune zu halten, sie zu animieren, ein paar Münzen in die aufgestellten Hüte zu werfen.

Max Bulla hatte sich die braune Baseballmütze tief ins Gesicht gezogen und den Kragen der Lederjacke aufgestellt. Er hoffte, dass die kräftige Hornbrille und der aufgeklebte Schnauzer sein Aussehen soweit verändern würden, um nicht erkannt zu werden.

Schrulligen Geheimagenten ähnlich aus Filmklassikern der Sechziger, schlenderte er am Graben entlang, betrachtete scheinbar interessiert die luxuriös dekorierten Schaufenster, blieb in einem der alten Hauseingänge stehen, machte die im Mundwinkel hängende Pfeife aus und verschwand schlussendlich im Laden einer spanischen Modekette.

Mit dem Lift gelangte er in die Bar im obersten Stockwerk. Dort fand er einen Fensterplatz, von wo aus er freies Blickfeld auf den *Stock im Eisen Platz* hatte.

Es war 17:20. Genug Zeit, sich in Ruhe umzusehen. In der Bar herrschte wenig Betrieb. Die Nachmittagsgäste waren verschwunden, das Abendgeschäft würde erst später anlaufen. Die gertenschlanke Bedienung stellte das Wasser auf den kleinen Tisch.

»Noch einen Wunsch der Herr?«, lispelte sie arrogant. Er schüttelte den Kopf und richtete seinen Blick auf den Platz tief unter dem riesigen Glasfenster. Bisher hatte er keine Passanten ausgemacht, die in sein Schema gepasst hätten. Martinas Leute kannte er nicht und sonst waren keine verdächtigen Individuen zu sehen. Er schenkte sich etwas Wasser in das hohe Glas. Zu gerne hätte er jetzt einen Whisky genommen. Er spürte den Satan des Entzuges, wusste, dass das Ungeheuer in seinem Inneren lauerte, immer bereit auszubrechen. Seine Hand zitterte leicht, als er das Glas wieder absetzte.

Ein neuer Gast schlenderte vorbei, setzte sich drei Tische weiter an die Glaswand und stellte eine Fototasche auf den Stuhl. Gemächlich schraubte er ein größeres Objektiv auf die Kamera, die er der Tasche entnommen hatte und prüfte die Einstellungen. Er legte das teure Stück auf den Tisch, um seine Bestellung aufzugeben.

Die schamlose Betrachtung der wippenden Hüften des Mädchens, zauberte ein wölfisches Grinsen auf seine Lippen. Als sie mit dem Kännchen Tee zurückkam, zahlte er sofort und gab ein saftiges Trinkgeld. Max konnte nicht verstehen, was der Kerl der Kleinen zugeflüstert hatte. Sie reagierte mit einem dezenten Kichern, ehe sie mit aufreizendem Gang entschwand.

Er taxierte den Ankömmling.

Allerweltstourist? Zu typisch, fand er. Der Bursche hatte wenig eines Urlaubsgastes an sich. In seinen Bewegungen fehlte dieses neugierige, nur ja nichts versäumen wollende, stets umherblickende Gehabe eines Städtetouristen. Dieser Mann verhielt sich eher wie jemand, der genau wusste, was er beobachten wollte.

Jemand, der ein konkretes Ziel hatte.

Plötzlich drehte er den Kopf. Ihre Augen trafen sich und er schien zu überlegen, ob er sein Gegenüber kannte. Max hielt dem Blick stand, nickte freundlich und wandte sich wieder seinen Beobachtungen zu.

Drei eiskalte Schweißperlen suchten sich ihren Weg über seine Wirbelsäule, er atmete schwerer und versuchte so teilnahmslos wie möglich zu wirken. Max hatte den Kerl erkannt, konnte sich nicht an dessen Namen erinnern, wusste aber mit Sicherheit, dass er der *Organisation* angehörte.

Er hatte ihn zuletzt vor vielen Jahren gesehen. Ein rücksichtsloser, brandgefährlicher Bursche. Max überlegte fieberhaft, während er scheinbar interessiert den Stephansdom betrachtete.

Was verschlug ein derartiges Kaliber des Syndikates nach Wien? Es war klar, dass es mit dem Treffen zu tun haben musste. Er sollte um 18:00 am *Stock im Eisen Platz* sein, hatten die Peiniger des Mädchens gefordert. E-Mails und Aufforderung zum Treffen stammen von der *Organisation,* so viel war jetzt sicher.

Obwohl er es bereits vermutet hatte, traf ihn diese Erkenntnis wie ein Hieb in den Magen.

Die *dämonische* Attacke auch!

Langsam kroch das Unbehagen hoch, sein Puls begann zu rasen, der Brustkorb wurde wie durch ein unsichtbares Korsett eingeschnürt, das gequälte Herz klopfte bis in die Schläfen.

Mit äußerster Disziplin gelang es ihm, sich zu erheben und den Weg zur Toilette anzutreten.

Er warf sich mehrere Hände eiskaltes Wasser ins Gesicht, versuchte die verkrampften Atemzüge zu beruhigen, kontrollierte den Puls, konnte die Schläge nicht fühlen und geriet neuerlich in Panik.

»Es ist nichts, es ist nur diese Attacke! Es passiert dir nichts, dein Hirn spielt dir wieder einmal einen Streich, beruhige dich, es ist nichts, du bist organisch gesund. Denk daran, was der Arzt gesagt hat, es sind deine Nerven! Denk an etwas Schönes, verdammt, lass dich nicht unterkriegen«.

Verzweifelt murmelte er die Worte immer wieder vor sich hin. Langsam atmete er ruhiger, der Krampf in seiner breiten Brust löste sich. Er wusch sich mit dem eiskalten Wasser den Schweiß aus dem Gesicht.

Nach einigen Minuten war der Anfall vorbei. Das grauenhafte Gefühl der Angst löste sich langsam in Luft auf.

Ganz ohne Flachmann. Max war stolz auf sich.

Seine fahrigen Finger umklammerten den Rand des Waschbeckens. Aus dem Spiegel blickte ihm ein fremdes Gesicht entgegen. Der klitschnasse Schnauzer war nach links abgerutscht und erweckte den Eindruck, sein Antlitz habe sich verschoben. Wie nach einem Schlaganfall.

Plötzlich musste er laut und anhaltend lachen. Zum Glück war er allein im Toilettenraum. Er richtete den Bart, trocknete sich ab und warf einen letzten Blick in den Spiegel.

»Siehst wieder perfekt aus, alter Junge. Wieder einen Sieg errungen, ich bin stolz auf dich.«

Max hatte laut gesprochen. Er brauchte derlei Aufmunterungen nach seinen Anfällen. Sie waren ein wesentlicher Bestandteil seiner Selbstfindung, seines Kampfes gegen den inneren Schweinehund, gegen die Panikattacken und das Leiden seiner verdunkelten Seele.

Es war mittlerweile 18:00 geworden. Der Fotograf hatte ein kleines Stativ auf den Tisch gestellt. Durch die Kamera beobachtete er den Platz vor dem *Stock im Eisen*. Zwischendurch hörte man das leise Surren des Auslösers.

Es war absolut nichts Ungewöhnliches daran. Ein Gast machte Aufnahmen eines der schönsten Plätze der Welt in der Abenddämmerung.

Max Bulla wusste es besser.

Er holte sein Smartphone aus der Tasche, verfasste eine kurze Nachricht, die er Martina sendete und winkte der Kellnerin, um zu bezahlen.

Unbemerkt von seinem Gegner verließ er das Lokal und nahm den Lift nach unten. Vor dem Haus konnte er sehen, wie Martina zwei ihrer Leute hastig anwies, nach oben zu fahren.

Sie nahm keine Notiz von ihm, obwohl er nur knapp an ihr vorbeiging.

Was so ein falscher Bart und eine alte Hornbrille alles bewirken können, dachte er belustigt, während er über den Stephansplatz in Richtung Schwedenplatz spazierte.

11

Loly's fröhlicher Gesang drang aus der Küche in den Wohnraum.

Der Esstisch war geschmackvoll gedeckt. Auf dem Beistelltisch stand eine Flasche *Grüner-Veltliner* aus Rohrendorf, darauf wartend geöffnet zu werden, um als feiner Begleiter des Abendmahles ihrer beider Gaumen zu erfreuen.

Behutsam pirschte Max sich an, fasste seine Frau weich an den Hüften und hauchte einen Kuss auf den straffen Nacken, was sie so erschrecken ließ, dass das scharfe Schneidemesser der zarten Hand entglitt und klirrend auf dem Marmorboden landete.

»Max! Bist du verrückt geworden, mich so zu erschrecken. Eines Tages falle ich um und bin tot«.

Temperamentvoll schwang sie beide Arme um seinen Hals, ihre Lippen fanden sich zu einem innigen Kuss.

Max versank in ein tiefes Tal voller Seligkeit und Geborgenheit.

»Loly, mein Herz. Ich liebe dich so sehr. Mehr als mein eigenes Leben. Ohne dich wäre ich ein Niemand, eine Null, ein Gefangener meiner kranken Seele, der früher oder später zur Pistole greifen würde, um dem sinnlosen Dasein ein Ende zu setzten.«

Erschrocken fasste sie ihn an den Schultern. Ihr fragender Blick bohrte sich in seine feuchten Augen.

»Mein Gott, Max! Mein Bärchen, was ist nur los mit dir? Du zitterst schon wieder am ganzen Körper. Setz dich hin, ich mache dir einen Drink, der hilft dir auf die Beine.«

»Nein Loly, nein, damit ist endgültig Schluss. Keine scharfen Sachen. Ich trinke keinen Schnaps mehr. Aus, Schluss, Amen. Bring mir bitte ein Glas Wasser.«

Er hatte sich auf den Hocker der Küchenbar gesetzt und rieb sich beide Schläfen. Zu seiner Überraschung war der Dämon in seiner Höhle geblieben, vorläufig zumindest.

»Hier mein Herz, trink erst einmal und dann erzählst du mir, was dich so maßlos aufgeregt hat. Deine Liebesbotschaft tut mir gut, der zweite Satz hat mir aber weniger gefallen.

Das war nicht dein Ernst? Das mit der Pistole meine ich, das war ein Scherz? Wir haben uns ausgesprochen. Ich glaube, ich habe den ersten Schock überwunden, du weißt schon wegen deiner wahren Identität und so.«

Er sah sie lange über den Rand des Glases an, während das eiskalte Wasser seinen Magen aufwühlte. Als er das Glas abgestellt hatte, zog er sie an seine Seite und umfasste zärtlich ihre schlanke Taille.

»Ja Loly, eher ein Scherz. Obwohl ich manchmal drüber nachdenke, was wohl wäre, hätte ich dich nicht kennen und lieben gelernt. Ich glaube, es ist höchst an der Zeit für ein offenes Gespräch, eine Beichte, wenn du so willst«.

»Das Essen ist so gut wie fertig, Max. Was hältst du davon, wenn wir uns an den Tisch setzen, den Wein öffnen und uns in aller Ruhe unterhalten? Komm, nimm die Teller, aber Vorsicht, sie sind sehr heiß.«

Er umhüllte die vorgewärmten Teller mit einer Stoffserviette, brachte sie zum Esstisch und öffnete den Wein. Beide Gläser goss er halb voll, bevor er am Tisch Platz nahm.

Loly stellte die Platte mit dem dampfenden Mahl in die Mitte und legte die Schöpfkelle bereit. Schweigend aßen beide eine Weile, bis Loly zum Wein griff und das Glas anhob.

»Auf uns, mein Herz. Schau nicht so traurig, du machst mir Angst.«

»Ich habe dir neulich Abend bei Weitem nicht alles erzählt, Loly. Es fällt mir nicht leicht über gewisse Dinge zu sprechen.«

»Ich dachte, wir würden uns gegenseitig uneingeschränkt vertrauen? Haben wir uns nicht geschworen, in allen Lebenslagen die Wahrheit zu sagen? Max, wenn es dein Alkoholproblem ist, das kenne ich bereits keine Sorge. Ich wusste es von Anfang an. Ist es schlimmer geworden? Komm schon, raus mit der Sprache ich werde dich nicht zerfleischen.«

Das Glas neuerlich hebend lachte sie aufmunternd.

»Loly, dir würde ich mit geschlossenen Augen mein bisschen Leben anvertrauen.

Das musst du mir glauben. Ich habe dir nur einen kleinen Teil erzählt, weil ich dich schützen wollte.«

»Schützen? Mich schützen? Wovor musst du mich schützen, Max?«

»Vor meiner Vergangenheit und vor der Wahrheit. Der schrecklichen Wahrheit.«

12

Die Morgendämmerung kämpfte gegen die zaghaften Reste einer stockdunklen Nacht.

Seit mehr als sechs Stunden saßen mein Partner und ich im Dienstauto, das wir hinter einem Baucontainer am Handelskai geparkt hatten.

Observation von Drogenkurieren, so lautete unser Auftrag.

Von einem Informanten aus der *Szene* hatten wir erfahren, dass auf dem angerosteten Lastkahn, der uns gegenüber vor Anker lag, eine größere Menge Heroin gebunkert sei, die im Laufe der Nacht an Land gebracht werden sollte. Einzelheiten gab es keine. Also hieß es, warten, warten, warten.

Eine von vielen langen Nächte neigte sich langsam dem Ende zu. Am Heck des von den dunklen Wellen der Donau umspielten Schiffes wehte die russische Flagge zaghaft im Nachtwind. Auf dem Dach des im Vergleich zur Länge des Frachters winzig wirkenden Führerhauses hatte man eine kleine österreichische Fahne gehisst. Die traditionelle Verneigung der Seeleute vor dem Gastland.

Eine schöne *Verneigung* ging es mir durch den Kopf. Überfluten unser Land mit Drogen aller Art, zerstören damit das Leben unserer Jugend und machen Kohle ohne Ende mit ihren üblen Geschäften.

Neben mir am Beifahrersitz schnarchte Ingo. Seit drei Jahren waren wir ein Team in der Drogenfahndung. 1982 hatten wir uns erstmals in der Polizeischule getroffen. Ich hatte gerade mein Jura-Studium abgebrochen, er kam aus dem Bankwesen. Beide wollten wir Polizisten werden, Kriminalkommissare, das war unser Ziel, unser Traum. Nach einigen Jahren auf der Straße Verkehr regeln und Strafmandate ausstellen sowie zwei Jahren Ausbildung bei der Kriminalpolizei fanden wir wieder zusammen, diesmal im Drogendezernat.

Auf dem Oberdeck des Schleppkahns kam langsam Bewegung in die Sache. Kurz hatte ich den Schein einer Lampe gesehen, dahinter den unwirklichen Schatten einer Person.

»Ingo, wach auf mein Freund, es geht los. Mach schon. Da oben bewegt sich etwas.«

Ich rüttelte ihn an der Schulter, was mir ein ungehaltenes Brummen und einen nicht jugendfreien Fluch einbrachte. Er rieb sich die Augen und nahm einen Schluck vom mittlerweile erkalteten Kaffee. Ungehalten richtete er seine geröteten Augen auf die schemenhaften Umrisse des Donauschiffes.

»Da ist nichts, Charly, gar nichts ist da los. Du hast geschlafen und geträumt, mein Junge. Tut mir leid, das werde ich melden müssen, schlafen im Dienst…«, weiter kam er nicht.

Zwei Gestalten schlichen über die wackelige Gangway und sprangen auf den schwarzen Asphalt am Kai. Einer der Männer trug einen Rucksack.

Gebückt bewegten sie sich am eisernen Geländer entlang, bis sie die zu dieser Zeit menschenleere Uferstraße erreichten. Ihr Ziel war offenbar die Fußgängerüberführung gut dreihundert Meter östlich von ihrem Standort. Dort hielt eine dunkle Limousine, in deren Innenraum kurz ein Licht aufflammte.

»Verdammte Kacke, da vorne wartet jemand auf die Typen, die Karre haben wir übersehen, Charly! Ich rufe Verstärkung.«

Ingo sprach hastig in das stationäre Funkgerät, gab kurz Standort und Sachlage durch, bevor er den Hörer wieder einhängte. Wir zogen unsere Waffen, blieben aber noch im Fahrzeug und beobachteten die Männer, die auf der gegenüberliegenden Straßenseite etwa auf Höhe unseres Wagens angekommen waren. Sie hatten das kurze Lichtzeichen gesehen und beschleunigten ihre Gangart.

»Die hauen ab, Ingo! Wir müssen raus, mach schon. Wir schnappen sie uns, wir können nicht warten.«

Ich war aus dem Auto gesprungen und vor den Container getreten. Ingo kam hinter mir um den Wagen herum, die Waffe im Anschlag. Ich sprintete los, hastete über die Straße auf die beiden Männer zu.

Ingo gab mir Deckung von der anderen Seite aus. Hunderte Male eingespielt und abgesprochen.

»Halt! Stopp! Polizei! Police! Stand still!«, brüllte ich die Männer an. Ich war stehen geblieben und hielt meine Waffe im Anschlag.

Unsere Gegner hatten auch angehalten. Sie starrten beide nach vorne, zum Wagen, dorthin, wo ihr Ziel lag.

»Hände hoch, ich will die Hände sehen! Hands up!«

Keiner der beiden Typen rührte sich, wie angewurzelt standen sie da. Einer flüsterte irgendetwas in einer slawischen Sprache.

»Achtung Charly, die hecken was aus!Hands up! I want to see your hands«, brüllte Ingo.

Langsam hob der links stehende Kerl seine rechte Hand, der andere rührte sich nicht.

Urplötzlich schwangen beide Männer herum. Ich sah die Waffen in ihren Händen, ließ mich auf ein Knie fallen und feuerte sofort. Im ohrenbetäubenden Lärm mehrerer Schüsse sah ich einen der Gangster fallen. Der letzte Knall erreichte mich aus weiter, unwirklicher Ferne. Ich fühlte keinen Schmerz, nur ein dumpfes Klopfen, als hätte mich ein schwerer Hammer mit ungeheurer Wucht getroffen und in die Luft geschleudert, um mich dann auf den schwarzen Teerbelag der Uferstraße zu werfen.

Ich spürte den harten Aufprall nicht. Der graue Himmel über mir schien sich auszudehnen und wieder zusammenzuziehen, um dann auf mich zu stürzen. Langsam drehte ich mich zur Seite, wo ich Ingo auf dem Gehsteig liegen sah.

Reglos mit dem Gesicht nach unten, lag er da. Meine linke Hand war unter dem Körper eingeklemmt, eine warme Flüssigkeit sickerte durch meine Kleidung.

Blut!

Verdammt ich bin getroffen.

Gnadenlose Angst erfasste mich.

Die Welt drehte sich vor meinen Augen, aus der dumpfen Umgebung vernahm ich Schritte. Plötzlich war da ein Gesicht, wenige Zentimeter vor meinem. Ich konnte seinen schlechten Atem spüren. Mein panischer Blick verlor sich in seinen eiskalten schwarzen Augen. Die riesig erscheinende Pistole in seiner ebenso riesigen Hand war auf meinen Kopf gerichtet. Sein klobiger Stiefel fixierte meinen Unterarm, meine Hand, mit der ich krampfhaft die Dienstwaffe umklammerte.

Aufreizend gemächlich fasste seine freie Hand meine damals schulterlangen Haare. Er hob meinen Kopf, was einen schier unerträglichen Schmerz in mir auslöste. Lautes Stöhnen drang aus meiner Kehle. Seine dunkle Stimme war reines Eis, frei von jeder Menschlichkeit.

»Du hast meinen Bruder, meinen Zwillingsbruder erschossen. Ich sollte dir eine Kugel in deinen verlausten Schädel jagen, so wie deinem Bullenfreund, dort drüben«, seine Stimme senkte sich zu einem Flüstern.

Das schlechte Deutsch klang trotzdem überlaut in meinen Ohren.

»Ich werde es nicht tun. Oh nein, ich werde dich am Leben lassen, wo du leiden wirst, wie ich jetzt leide, das schwöre ich bei meinem Bruder.«

Mit einem Fuß trat er mir die Waffe aus der Hand und nahm sie an sich. Dann ließ er mich zu Boden fallen.

Ich konnte den Schrei nicht unterdrücken, zu scharf war der Schmerz in meiner Brust. Meine letzte Wahrnehmung war seine Hand in der Innentasche meiner Jeansjacke, dann erlöste mich ein weißer Nebel von Schmerz und Qual, weit entfernt vernahm ich die Sirenen der Einsatzfahrzeuge, bevor es vollends dunkel wurde.

Das Zimmer war strahlend weiß, mit hell leuchtenden Sonnenstrahlen geflutet. Aus dem zarten Schleier vor meinen Augen löste sich eine hellblaue Gestalt und schwebte auf mich zu.

Engel tragen keine blauen Kleider, also bin ich noch nicht im Himmel, ging es mir durch den Kopf.

Später erzählte man mir, dass ich schon unterwegs dorthin gewesen war. Im Rettungswagen hatte mein Herz genau eine Minute ausgesetzt. Der Notarzt holte mich von meiner Reise in die Ewigkeit zurück. Nach vier Tagen kam ich wieder zu mir. Laut Aussagen der Ärzte war das Projektil zwischen zwei Rippen eingedrungen, hatte mein Herz gestreift, einige Blutbahnen verletzt, um dann seitlich wieder auszutreten. Ich hatte Glück gehabt.

Der *Engel* in blauer Montur war meine Frau Verena. Sie trug die für Besucher der Intensivstation vorgeschriebene Schutzbekleidung samt Kappe.

Ich spürte den zarten Kuss auf meiner Wange und war glücklich wie vor fünfzehn Jahren, als ich unseren kleinen Sohn Mario zum ersten Mal in den Armen halten durfte.

»Hallo, mein Schatz, bist du alleine hier? Wo ist Mario?«

»Sprich jetzt nicht Charly, es ist alles gut. Mario ist in der Schule, er lässt dich grüßen. Ich darf nur fünf Minuten bleiben. Die Ärzte sagen, du hättest unglaubliches Glück gehabt und wirst wieder ganz gesund. Ich komme am Abend wieder. Schlaf jetzt, du brauchst deine Kräfte.«

Verena begann leise zu schluchzen, ihre Tränen tropften auf mein Gesicht. Ich konnte sie spüren. Wie lauwarmer Tau kullerten die Perlen über meine Wangen. Ganz klar sah ich sie vor mir, der Schleier war weg. Ich wollte etwas sagen. Sie war verschwunden. Schwarze Nacht hatte mich wieder umhüllt. Aus weiter Ferne hörte ich die Worte der Krankenschwester.

»Das ist ganz normal Frau Dragner. Ihr Mann war vier Tage im Tiefschlaf, er braucht jetzt noch seine Ruhe. Morgen sieht die Welt schon ganz anders aus, sie werden sehen. Es macht keinen Sinn, wenn sie abends wieder kommen. Morgen wird er schon kräftiger sein.«

Nach zwei Wochen war ich wieder halbwegs auf den Beinen. Wir saßen im Aufenthaltsraum der Klinik und genossen den Blick auf den von der Sonne durchwärmten Park. Verena hatte zwei Bücher mitgebracht, die vor mir auf dem Tisch lagen.

»Mario kommt später auch noch vorbei, er will dir unbedingt den letzten Mathe-Test zeigen. Er macht seine Sache wirklich gut in der neuen Schule.«

»Das hört man gerne. Wie kommst du ohne mich zurecht?»

»Ach Charly, was glaubst du wohl wie? Ich bin sonst auch viel alleine, wenn du im Dienst bist. Also mach dir keine Sorgen, es ist alles okay. Ich soll dich grüßen, von den Nachbarn, von der Frau Huber aus der Bäckerei und vom Metzgermeister Planer. Er freut sich schon, wenn du wieder einmal vorbeikommst.«

Ich musste lachen.

»Das glaube ich gerne, ihm fehlt wohl seine beste Kundschaft für Leberkäse. Du kannst dir gar nicht vorstellen, wie ich mich auf eine deftigere Kost freue. Hier ist das Essen nicht schlecht, aber wenn ich an deine Schnitzel denke, das Wasser rinnt mir im Mund zusammen.«

Unser belangloses Geplauder tat mir gut. Es lenkte ab von den trüben Gedanken, die mich seit einiger Zeit quälten. Tag für Tag kam die Erinnerung an den Schusswechsel ausführlicher zurück.

Der Besuch meines Gruppenleiters Daniel Koller hatte die Lage nicht verbessern können. Die endgültige Nachricht von Ingos Tod traf mich schwer. Dass er bereits beerdigt worden war und ich ihm nicht einmal die letzte Ehre hatte erweisen können, kam zu meiner Trauer hinzu. Ich wusste jetzt auch, dass einer der Gangster tot war, von mir erschossen. Es würde eine Untersuchung geben. Sobald ich dazu in der Lage war, würde die Staatsanwaltschaft einen Augenschein am Tatort anordnen. Alles musste ins letzte Detail erhoben werden. Das war das kleinste Problem für mich. Mehr Sorgen bereitete mir der Umstand, dass der zweite Gangster, vermutlich der Zwillingsbruder des Toten, meinen Dienstausweis, meine Geldbörse samt Personalausweis sowie meine Dienstwaffe an sich genommen hatte. Daniel hatte mir erzählt, dass es sich bei dem Kerl um einen Igor Kuzimov handeln würde, ein Russe, der in den letzten Jahren aktiv am Drogenhandel auf der Donau beteiligt gewesen war. Kuzimov sei mit dem Rucksack, in dem sich wohl die heiße Ware befunden hatte, geflohen. Die wartende Limousine konnte nicht identifiziert werden. Als die erste Streifenbesatzung eintraf, war Ingo bereits tot gewesen, ich bewusstlos und außer dem getöteten Gangster niemand anzutreffen. Seit ich wieder halbwegs auf dem Damm war, lauerte ein Gedanke in meinem Hinterkopf, eine stumme Bedrohung, eine Gefahr. Ich konnte das Gefühl nicht zuordnen, war aber sicher, dass es mit dem Kampf am Hafen zu tun hatte. Eine beunruhigende

Angst beschlich mich stets aufs Neue. Ich kam nicht dahinter, was der Grund dafür war.

»Wo bist du mit deinen Gedanken, Charly? Sieh mich an, ich bin es, Verena. Was ist los, du starrst in ein Loch und bist so weit weg.«

Ich riss mich aus meiner düsteren Welt, versuchte zu lächeln. Die Wunde in meiner Brust schmerzte noch immer stark. Ich fühlte mich nicht gut.

»Entschuldige mein Herz, es tut mir leid. Du besuchst mich und ich bin mit den Gedanken irgendwo. Wenn du nichts dagegen hast, möchte ich mich wieder ins Bett legen, ich fühle mich etwas schummrig. Der Kreislauf ist noch immer ein kleines Problem. Du kannst an meinem Bett sitzen und wir plaudern dort weiter.«

Verena stand auf, drückte mir einen Kuss auf die Lippen und schob mich im Rollstuhl zurück ins Krankenzimmer. Eigenartigerweise fühlte ich mich im Zimmer sicherer, geborgener, als wäre es mein zweites Heim geworden. Ich legte mich nicht in mein Bett, sondern blieb mit Verena am Tisch sitzen, bis sie sich verabschieden musste.

Vom Fenster des Raumes hatte ich freies Blickfeld auf den Vorplatz der Klinik. Die riesige Fläche diente auch als Parkplatz. Verenas weißer *Mini* stand direkt unter meinem Fenster. Ihr Blick suchte mich, sie winkte fröhlich, bevor sie einstieg und davonbrauste.

Gerade wollte ich den Rollstuhl wenden, da erblickte ich die dunkle Limousine.

Wie ein schmerzhafter Blitz schoss die Erkenntnis in mein vom Trauma aufgeweichtes Gehirn.

Schlagartig erinnerte ich mich an die geflüsterten Worte des Gangsters.

Ich werde dich am Leben lassen, wo du leiden wirst, wie ich jetzt leide, das schwöre ich bei meinem Bruder.

Ich starrte gebannt auf den ausladenden Platz unter mir. Es gab keinen Zweifel, das war der Wagen, auf den die Typen am Ort der Schießerei zugelaufen waren. Ich erkannte die Marke, ein eher neuer *Audi A 8,* mit slowakischen Kennzeichen. Am Steuer saß ein Kerl im Trainingsanzug, deutlich erkannte ich drei Streifen am Oberarm der Jacke. Den Beifahrer konnte ich nur erahnen. Ein Mann mit dunkler Brille und Baseballmütze.

Dieser Wagen folgte dem *Mini* meiner Frau.

Eiskalte Tropfen rollten kleinen Perlen gleich meine Wirbelsäule entlang. So schnell ich konnte, schnappte ich mein Mobiltelefon aus der Lade des Kästchens am Bett.

»Charly! Hallo, alter Schwerenöter, schön dass du mich anrufst, geht es dir wieder besser?«

Im Hintergrund hörte ich die typischen Geräusche fröhlicher Menschen in einem Biergarten. Daniel gönnte sich ein Bier nach Büroschluss. Meine Stimme zitterte.

»Daniel! Verena war gerade hier. Sie ist mit dem *Mini* weggefahren und jemand ist ihr gefolgt, ich glaube, es ist dieser Kuzimov. Ihr müsst sie suchen.

Man will ihr etwas antun! Schnell, schick eine Streife los. Ein schwarzer *Audi A8* mit slowakischen Kennzeichen, *BA-21* und danach *x* oder *y,* ich konnte es nicht genau erkennen, der Fahrer trägt einen…«

Daniel unterbrach meinen hysterischen Redeschwall mit seiner sonoren Befehlsstimme.

»Stopp, Charly! Stopp! Immer langsam mit den jungen Pferden. Wie kommst du darauf, dass Kuzimov der Wagen gehört und er deiner Frau etwas am Zeug flicken will? Soweit ich mich erinnere, kannst du nur den Parkplatz einsehen, danach hast du keinen Einblick auf die Straße. Also, es kann genau so gut sein, dass deine Frau nach links abgebogen ist und der andere Wagen nach rechts habe ich recht? Ganz ruhig, mein Junge. Erzähle mir, was dich zu deiner Annahme veranlasst.«

Ich holte tief Luft, das Einatmen schmerzte höllisch in meiner Brust. Mein Herz klopfte bis zum Hals, Schweiß rann über meine Stirn. Ich wusste nicht, wo ich beginnen sollte, um Daniel meine Vermutung plausibel zu erklären. So, dass er verstand was ich meinte. Ich wollte weitersprechen, da stürmte die Stationsschwester in mein Zimmer und steuerte zielbewusst auf mich zu. Mein Bettnachbar hatte nach ihr geläutet.

»Herr Dragner, was machen sie den?

Wir legen uns jetzt sofort ins Bett und das Telefon geben sie mir.«

Resolut nahm sie das Handy an sich.

»Wer immer am anderen Ende ist, Herr Dragner kann jetzt nicht weitersprechen, er meldet sich später.«

Das Telefon verschwand in ihrer Manteltasche. Im nächsten Augenblick fiel ich in ein schwarzes Loch.

Alle Kabel und Schläuche waren wieder angelegt worden. Der Oberarzt stand am Bettende und machte Notizen in sein Tablet. Er lächelte gütig, zufrieden über mein Aufwachen.

»Da sind wir ja wieder, Herr Dragner. Sie hatten uns für ein paar Minuten verlassen. Keine Sorge, nur der Kreislauf. Worüber haben sie sich denn so aufgeregt, wenn ich fragen darf?«

Dr. Hornauer, der junge Oberarzt lächelte und fasste meine Hand. Sie musste kalt und schweißnass sein, zumindest hatte ich dieses Gefühl.

»Herr Doktor, meine Frau ist in allerhöchster Gefahr. Sie müssen mir mein Telefon zurückgeben. Es ist notwendig, dass ich meinen Boss anrufe.»

»Das ist nicht nötig, Herr Dragner. Er hat sie angerufen. Schwester Anna war so frei und hat abgehoben. Er kommt hierher, in spätestens zehn Minuten können sie persönlich mit ihm sprechen.«

Ich betrachtete den Ständer mit der tropfenden Infusion. Waren das zwei oder drei Flaschen?

Verdammt, die schläfern mich wieder ein, war mein letzter klarer Gedanke.

13

Winzigen Brillanten gleich schimmerten die Tränen in ihren schönen Augen. Mit der Serviette tupfte sie eine kleine Schweißperle von ihrer Oberlippe.

Max nippte am wasserverdünnten Weißwein. Sein Gesicht spiegelte die Erinnerung an Tage wieder, die er lieber vergessen hätte, deren Erwähnung ihm sehr schwerfiel.

»Carl, *Charly* Dragner….? Wenn ich ehrlich bin, gefällt mir Max Bulla besser. So werde ich dich auch weiterhin nennen, mein Bärchen. Es tut mir leid, ich muss mich erst an diese Dinge gewöhnen. Nein, du tust mir leid, ach was, ich weiß schon nicht mehr, was ich sagen soll.«

Sie leerte ihr Glas.

»Hast du eine Ahnung, was das jetzt alles für mich bedeutet für uns bedeutet, Max? Du bist nicht der Mann, den ich kennen gelernt habe, nicht der Mann, in den ich mich verliebt habe. Du hast eine Familie, eine Frau, einen Sohn. Mein Gott!«

Die Hände vor dem traurigen Gesicht, begann sie zu schluchzen. Verzweifelt suchte Max nach den richtigen Worten.

»Loly, bitte Loly, beruhige dich, ich weiß, wie sehr ich dich verwirrt habe. Es ist mein Schicksal, dass es so kommen musste. Ja, ich habe dich belogen, habe dir mein früheres Leben verschwiegen, aber aus einem einzigen Grund.

Ich durfte dir diese Dinge nicht erzählen, aus Sicherheitsgründen, um dein Leben, um unser Leben, unsere Zukunft nicht zu gefährden. Ich bin immer noch der Mann, den du kennengelernt hast, ich bin Max Bulla, dein Ehemann, der dich über alles liebt. So wird es auch bleiben, für immer und ewig, das schwöre ich.«

Zärtlich erfasste er ihre Hände, die ein völlig verweintes Gesicht freigaben. In ihren geröteten Augen lag tiefste Enttäuschung. Leise begann sie zu sprechen.

»So einfach ist das nicht. Was ist mit unserer Ehe? Alles ist ungültig, du hast mich unter einem falschen Namen geheiratet. Das Eheversprechen ist nicht gültig. So wie ich das sehe bist du ein Bigamist, ein Schwindler, ja, ein Heiratsschwindler bist du!«

Da war es, das spanische Blut, das Temperament ihrer Vorfahren, der Stolz einer *Condesa*. In einer heftigen Bewegung entriss sie ihm ihre Hände. Ihr Blick war plötzlich klar und wild. Zornig sprang sie auf ihre langen Haare in den Nacken werfend, funkelte sie ihn an. Max wusste nicht, wie er sie wieder beruhigen konnte.

»Loly, mein Schatz, sei vernünftig, lass uns in Ruhe darüber reden. Setz dich wieder. Ich muss dir die Geschichte zu Ende erzählen, erst dann wirst du verstehen, warum ich so handeln musste.

Also komm schon, setz dich wieder. Bitte!

Lass uns nicht streiten, wir lieben uns doch!«

Als habe sie eben einen flammenden Flamenco beendet, die Arme in die Hüften gestemmt, das Haupt trotzig erhoben, stand sie vor ihm.

In einer ruckartigen Bewegung nahm sie seinen Kopf in ihre Hände, beugte sich leicht nach vor und küßte ihn hingebungsvoll.

»Erzähle mir weiter«, flüsterte sie in sein Ohr, »ich liebe dich.«

14

Leise Stimmen aus einer fernen Welt drangen in meine Ohren.

Ich hörte sie, doch es interessierte mich nicht, was sie ausdrückten, und so verloren sich die Worte nach und nach in einer düsteren Unendlichkeit. Es war wieder still, ich schwebte in weicher Watte.

Vor meinen Augen tanzten wunderschöne farbenprächtige Kreisel, dazwischen wieder die fernen Stimmen.

»Wir sollten ihm das jetzt nicht zumuten. Ich schlage vor zuzuwarten, bis er kräftiger ist.«

Ich öffnete die Augen.

Mein Blick war klar und erfasste drei Menschen an meinem Bett. Oberarzt Dr. Hornauer, Schwester Karin und mein Boss Daniel Koller. Sie blickten mich überrascht an.

»Was wollt ihr mir nicht zumuten? Wozu soll ich kräftiger sein? Sagen Sie schon, Herr Doktor.«

Ich versuchte meinen Kopf zu heben, was mir einige Schwierigkeiten bereitete, letztlich aber doch gelang. Schwester Karin betätigte die Steuerung, der obere Teil des Krankenbettes hob sich und bot nun eine gute Stütze für meinen Rücken. Fast aufrecht sitzend nickte ich dem Oberarzt auffordernd zu.

»Es geht um die laufenden Ermittlungen, Charly. Ich wollte dir darüber berichten. Doktor Hornauer meinte, wir sollten dich noch schonen.«

Daniel Koller lächelte süßlich, als wolle er eine jungfräuliche Nonne um den Finger wickeln.

»Okay Daniel, spar dir deine Schauspielerei und versorge mich mit der Wahrheit. Was wollt ihr mir verschweigen? Keine Angst, es geht mir wieder gut, also was ist so…«

Von einer Sekunde auf die andere war die Erinnerung wieder da!

Verena, der *Mini*, die schwarze Limousine Kuzimov!

Leichter Schwindel erfasste mich, ich spürte den Schweißausbruch und das Kribbeln im Nacken.

»Verena! Ihr ist etwas zugestoßen, das wolltet ihr mir verschweigen, stimmt's?«

Meine Stimme versagte, die letzten Worte waren ein jämmerliches Krächzen. Ich sah, wie Hornauer der Schwester ein Zeichen gab. Sie stellte sich direkt an mein Bett, als wollte sie verhindern, dass ich zur Seite kippte. Der Oberarzt räusperte sich.

»Sie haben recht, Herr Dragner. Ihre Frau hatte einen Unfall mit dem Wagen. Sie ist von der Straße abgekommen. Man hat sie geborgen und in die Unfallklinik gebracht, dort wird sie versorgt. Mehr ist uns bisher nicht bekannt. Ich werde Sie informieren, sobald ich mehr darüber weiß.«

Ich wusste es verdammt! Ich hatte es geahnt und nicht verhindern können.

In meinem Kopf wirbelten Hunderte Gedanken umher, es fiel mir schwer, mich zu konzentrieren. Mario, wo war er? Wie spät war es eigentlich, er wollte mich besuchen, hatte Verena gesagt.

Mit den Fingern rieb ich meine Schläfen. Was ist in meinem Kopf los, hat sich da ein Bienenschwarm eingenistet?

Daniel saß neben meinem Bett. In seinem Gesicht konnte ich lesen, dass es um Verena nicht gut stand. Er nickte leicht und mir wurde klar, wie ernst die Sache war.

»Daniel, du musst sofort in Erfahrung bringen, wo Mario ist. Er wollte mich besuchen, ist aber bisher nicht aufgetaucht. Du musst ihn finden und beschützen, bitte Daniel.«

»Keine Sorge, Charly, dein Sohn war hier. Knapp, nachdem du eingeschlafen warst. Er war auch noch hier, als ich gekommen bin. Er ist über den Unfall seiner Mutter informiert. Wir haben ihn auf seine Bitte hin zu deinen Eltern gebracht. Dein Vater ist auf dem Weg zur Klinik, um Verena zu besuchen. Alles wird wieder gut. Du wirst sehen, Charly, es klinkt sich alles wieder ein. Und jetzt versuch ein wenig zu schlafen. Ich komme morgen früh vorbei, dann weiß ich mehr über den Unfallhergang und den Zustand deiner Frau. Keine Sorge, mein Junge, sie ist in guten Händen, das wird wieder.«

Er fasste meine Hand und hielt sie eine Weile gedrückt, bevor er ging.

Auf mein Verlangen setzte mich Schwester Karin in den Rollstuhl und fuhr mit mir los.

Über endlose Gänge, Personenlifte und letztlich durch den kleinen Park erreichten wir den Bereich der Unfallklinik. Anfänglich wollte man mich nicht zu ihr lassen. Verena sei an lebenserhaltende Systeme angeschlossen. Ich könne daher nicht mit ihr sprechen. Ich bestand darauf, sie zu sehen.

Als ich an ihrem Bett saß, sie reglos mit geschlossenen Augen, glattrasiertem Kopf und bläulich geschwollenem Gesicht da liegen sah, wusste ich, dass meine Verena sterben würde.

Lange verweilte ich stumm bei ihr, hielt ihre kalte Hand und konnte nicht begreifen, warum sie hier lag. Warum sie, warum Verena?

Eine Antwort habe ich bis heute nicht gefunden.

Eine lange Nacht neigte sich dem Ende zu. Durch das östliche Fenster konnte ich das Morgengrauen sehen, das prächtige Farbenspiel eines beginnenden Tages. Eines Tages, der zum schlimmsten meines Lebens werden sollte. Ich wusste es nur noch nicht.

Die Visite nach dem Frühstück verlief problemlos. Meine Werte hatten sich leicht gebessert. Ich fühlte, dass mein Körper langsam, ganz langsam zu alter Stärke zurückfinden würde, während sich meine Seele immer schneller in die Gegenrichtung auf den Weg machte.

Die Sorge um Verena machte mich verrückt. Ein völlig neues Gefühl von Angst hatte sich in meinem Inneren breitgemacht. Anfangs schrieb ich es der Verletzung zu, doch dieser Schmerz war ein anderer. Es war ein Gefühl, als säße ein Ungeheuer in meiner Brust festgekrallt in meinem Herzen bereit, jederzeit hervorzubrechen. Ich hatte gerade meine Medikamente eingenommen, heute war schon wieder eine zusätzliche Pille dabei gewesen, war nach der beinahe schlaflosen Nacht eingenickt, als Dr. Hornauer in Begleitung eines anderen Arztes in das Krankenzimmer trat.

»Das ist Professor Aller, Herr Dragner. Wie fühlen Sie sich?«

In Hornauers Augen lag eine Art Traurigkeit. Er hatte sein Tablet dabei und warf einen Blick darauf.

»Haben Sie schon alle Medikamente genommen? Wie ich sehe ja. Herr Dragner, warum wir hier sind, es geht um Ihre Ehefrau Verena Dragner. Die Unfallklinik hat uns vorhin informiert. Es tut mir leid, Ihnen sagen zu müssen, dass ihre Frau am Morgen ihren Verletzungen erlegen ist.«

Ich nahm die furchtbare Nachricht wortlos, ja geradezu teilnahmslos hin. Später sagte mir Schwester Karin, dass die zusätzliche Pille eine aus der Kategorie *Nervenberuhigung* gewesen sei. Die vom Medikament ausgelöste Gleichgültigkeit verstärkte meine tiefe Traurigkeit und löste eine Art Traumwelt in mir aus. Innerhalb weniger Sekunden lief das Leben mit Verena, es hatte immerhin mehr als fünfzehn glückliche Jahre gedauert, wie in Zeitlupe vor meinem Auge ab. Ich war nicht in der Lage, auf die Worte Dr. Hornauers zu antworten. Wie aus weiter Ferne hörte ich ihn weitersprechen.

»Professor Aller ist der Leiter unseres Krisenteams, er wird bei Ihnen bleiben und Sie in Ihrer Trauer unterstützen. Ich muss jetzt gehen. Mein aufrichtiges Beileid, Herr Dragner.«

Ich nickte geistesabwesend, starrte ins Leere und fühlte, wie meine Welt einzustürzen begann.

Zum ersten Mal, seit ich in diesem Zimmer lag, stach mir das Kreuz an der Wand ins Auge. Lange blickte ich den gekreuzigten Heiland an und dachte: Warum? Warum hast du es zugelassen? Es half mir nicht weiter, es konnte auch meine Tränen nicht stoppen, die heiß und nass über meine eingefallenen Wangen kullerten.

Drei Wochen nach diesem Tag durfte ich die Klinik verlassen. Meine Eltern und Verenas Mutter, ihr Vater war vor Jahren verstorben, hatten bereits alle Vorbereitungen für eine würdevolle Verabschiedung getroffen. Zur schlichten Feier mit anschließender Urnenbeisetzung waren engste Verwandte, einige unserer besten Freunde sowie Kollegen von Verena und mir geladen. Wir trafen uns nach der Zeremonie in einem Gasthof. Fast alle Trauergäste waren bereits gegangen, als sich Daniel Koller zu mir setzte. Seit dem Tag in der Klinik hatte ich ihn nicht mehr getroffen, auch seine wiederholten Anrufe abgewiesen.

Ich wurde einfach nicht damit fertig, dass er meine Aufforderung, Verena zu bewachen, in den Wind geschlagen hatte.

Ich kämpfte zwischen Vernunft und Zorn, zumal ich nicht akzeptieren konnte oder wollte, dass Verenas Tod einfach nicht zu verhindern gewesen war. Selbst wenn Daniel damals sofort reagiert hätte, wäre er zu spät gekommen.

Wie die Ermittlungen ergeben hatten, war der Kleinwagen meiner Frau rund acht Kilometer von der Klinik entfernt, in einem Waldstück am Stadtrand von der Fahrbahn abgekommen und 150 Meter in eine Schlucht gestürzt. Die kriminaltechnische Untersuchung am Wagen sowie die Spurenauswertung am Unfallort erbrachten den Beweis, dass der Wagen abgedrängt worden war. Lackrückstände am Blech des Kotflügels und ein Glassplitter auf der Straße deuteten auf eine schwarze Limousine der Marke *Audi A 8* hin.

»Die Staatsanwaltschaft hat die Untersuchungen in deiner Causa eingestellt. Deine Stellungnahme wurde vollinhaltlich akzeptiert. Eure Amtshandlung war gerechtfertigt, der Tod des Gangsters eine Folge von Notwehr beziehungsweise Nothilfe. Der tödliche Schuss stammte aus Ingos Waffe. Deine Schüsse waren nicht lebensbedrohend.«

Welch grauenvolle Ironie des Schicksals.

Daniel Koller erwähnte mit keiner Silbe, dass er die Stellungnahme verfasst hatte und ich nur unterschrieben hatte.

Der Umstand, dass nicht ich, sondern Ingo den Bruder von Kuzimov getötet hatte, brachte mir Verena nicht zurück.

Ich werde dich am Leben lassen, wo du leiden wirst, wie ich jetzt leide, das schwöre ich bei meinem Bruder.«

Es war eingetroffen. Ich durchlitt unsagbare Seelenqualen, machte mir immer dieselben Vorwürfe. Große Sorge bereitete mir auch der Umstand, dass sich in meinem Kopf immer grausamere Rachegelüste formten.

»Danke Daniel. Danke für deine Unterstützung und danke für die Spendensammlung unter den Kollegen. Ich habe das Geld für Mario angelegt. Verzeih mir meine Sturheit in den letzten Wochen, ich war ungerecht. Mein Geist war verwirrt und die Traurigkeit macht mich verrückt. Es ist so schwer zu begreifen, zu realisieren, dass Verena nie wiederkommen wird, dass es meine Schuld ist.«

»So darfst du nicht reden, Charly«, unterbrach er mich.

»Es ist nicht deine Schuld. Es ist die Schuld dieser Verbrecher, sie tragen die alleinige Schuld. Wir werden die Gangster eines Tages fassen und der gerechten Strafe zuführen.«

»Ja oder auch nicht. Was macht das schon für einen Unterschied? Mario hat seine Mutter verloren, in einem Alter, wo er sie so sehr gebraucht hat. Es wird nichts wieder werden, wie es einmal war. Mein Leben geht weiter, es muss weitergehen.

Die Zeit heilt alle Wunden, heißt es so schön. Ich habe nie geglaubt, dass ich diesen blöden Spruch einmal für mich in Anspruch nehmen muss. Nun ist es soweit.«

Seit dem Tag, an dem mir Verena genommen worden war, wohnte in meiner geschundenen Seele mein neuer Freund.

Ich gab ihm den Namen *Dämon*.

Seine Lieblingsbeschäftigung: Panikattacken.

Damals gab ich ihm erstmals Schnaps. Ich bildete mir ein, dass es das war, was er wollte.

Einer von vielen Fehlern, die ich in meinem Leben gemacht habe.

Ein halbes Jahr später verkaufte ich unsere Eigentumswohnung. Den gesamten Erlös legte ich auf ein Sparkonto für Mario.

Es sollte seine Ausbildung sicherstellen.

15

Dichte Schwaden grauen Nebels schufen einen mystischen Kontrast zum dunklen Tann.

Ähnlich geheimnisvollen Wesen aus einer längst versunkenen Sagenwelt zogen sie träge aus dem schwarz anmutenden Fichtenwald, legten sich auf die feuchten Wiesen, wo sie letztlich vom ständigen Nordostwind zerrieben wurden.

Das alte Gehöft am Waldrand passte in die Szenerie, als wäre es von einem findigen Regisseur für die Inszenierung eines spannenden Mysterien-Thrillers hingestellt worden.

Hier, am äußersten Rand des Waldviertels, hart an der Grenze zu Tschechien, trifft man mit etwas Glück auf einen Traktor, der eines der weitläufigen Felder bearbeitet. Mit mehr Glück vielleicht auf ein einsames Auto. In den seltensten Fällen wird man hier auf Menschen treffen. Diese haben die Gegend längst verlassen. Waren es bislang noch einzelne alte Landbewohner, die hier ihren Lebensabend verbracht hatten, so sind große Teile der Gegend nach deren Tod verlassen öde und leer. Da und dort zeugen verfallene Gebäude von aufgegebener Landwirtschaft und Viehzucht.

Das Haus am Waldrand erschien noch in einem halbwegs annehmbaren Zustand. Der dazugehörige Stall war bereits dem Verfall preisgegeben.

Dach und Wände der ehemaligen Unterkunft von Kuh und Kalb waren teilweise eingefallen. Einzelne morsche Streben ragten aus der Holzruine, die jetzt Vögel und andere Kleintiere in Besitz genommen hatten.

Über den holprigen Zufahrtsweg näherte sich ein schwarzer Kastenwagen. Im Lichtstrahl der Scheinwerfer kamen die Nebelschwaden erneut zu einem schaurigen Auftritt.

»Wie ich diese Gegend hasse. Der Herrgott war mit Sicherheit besoffen, als er das hier geschaffen hat. Neblig, kalt und am Arsch der Welt. Der Teufel soll die Ecke holen.«

Fredy Kapeck spuckte seinen Kaugummi aus dem Fenster, während er einem Schlagloch auszuweichen versuchte und prompt in ein noch größeres geriet. Sein Beifahrer und Freund Jo Horvath, seines Zeichens Spezialist für Schlägereien und deshalb seit Jahren bewährter Türsteher vor Fredys Lokal am Gürtel, fluchte gotteslästerlich. Er war mit dem Kopf an die Seitenstrebe des Führerhauses geknallt.

»Kannst du nicht aufpassen? Idiot! Fahr einfach langsamer, du bist nicht mehr auf der Landstraße, noch nicht kapiert?«

Fredy Kapeck lachte laut und stieg auf dem mittlerweile erreichten Vorplatz des Gehöftes so stark auf die Bremse, dass Jo mit Sicherheit durch die Frontscheibe katapultiert worden wäre, hätte nicht der Gurt seine Pflicht erfüllt. Er klopfte seinem Beifahrer auf die Schulter.

»Wir sind da, Jo. Schnall dich ab, steig aus und mach dir nicht in die Hose.«

Aus dem alten Bauernhaus fiel matter Lichtschein auf die nächtlichen Besucher. Hinter den winzigen Sprossenfenstern konnte man den Schatten eines Mannes erkennen. Neben der Haustüre baumelte eine schmutzige Glühbirne, die soeben angegangen war. Ein Mann trat auf den Vorplatz. Seine schwarzen Augen, die gekrausten Haare und die dunkle Hautfarbe gaben ihm das typische Aussehen des Nordafrikaners.

»Hallo Adis, alter Kohlensack. Alles im grünen Bereich bei euch? Wir bringen neue Gäste.«

Kapeck lachte übermütig. Er hatte den Alkohol einer langen Nacht noch im Blut. Adis Borells steinerne Miene verriet nicht, was hinter der schwarzen Stirn vorging.Der eisige Blick musterte sein Gegenüber, dessen Lachen abrupt abbrach.

»Ich habe es dir bereits einmal gesagt, Kapeck! Nenne mich nicht *Kohlensack!* Heute sage ich es dir das zweite und letzte Mal…*comprendido*? Du willst mit meinem *Cuchillo* Bekanntschaft machen? Ein glattes Messer zwischen deinen Rippen, ist es das, was du willst?«

Wölfische Züge spielten um die wulstigen Lippen des schwarzen Mannes. Seine Augen wurden noch eine Spur kälter. Kapeck war blass geworden, in seinem Inneren kochte es. Die Vernunft siegte, da er wusste, wie gefährlich Adis Borell war.

»Sorry, Adis, wollte dich nicht beleidigen, wirklich nicht. Ist mir so rausgerutscht, okay? Lass uns ins Haus gehen, wir haben etwas zu besprechen. Es ist sehr wichtig, vom Boss persönlich angeordnet. Also kommt schon Jungs. Ich will hier nicht übernachten.«

Borell drehte sich ohne ein weiteres Wort um. Mit dem wippenden Gang des Afrikaners verschwand er im Eingang. Fredy und Jo folgten ihm. Im Haus roch es nach Moder und altem Fett. Die ehemalige Stube war verdreckt. Nichts deutete darauf hin, dass hier Menschen wohnten. Der alte Kachelofen war bereits in sich zusammengefallen, die Bank davor eingebrochen. Lediglich ein Tisch mit vier Stühlen schien nutzbar. Die Männer setzen sich. Eine niedrige Tür an der Hinterwand wurde knarrend geöffnet. Der eintretende Mann musste sich tief bücken, um sich nicht am Türkranz zu stoßen. Sein hellblondes Haar bildete einen schönen Kontrast zu den stahlblauen Augen. Irgendwie passte seine Erscheinung nicht in diesen Rahmen. Er glich eher einem Surfer am Strand von Malibu.

Vic Vorinov war Weißrusse. Jung, attraktiv, Mädchenschwarm und eiskalter Berufsverbrecher.

»Oh, welche Ehre, die Crème de la Crème aus Wien verirrt sich zu uns. Was treibt euch in den trostlosen Norden? Ihr wollt uns ablösen? Das wäre ein Ding, was meinst du Adis? Wir könnten wieder einmal ein wenig Stadtluft vertragen, ein paar süße Dinger, ein heißes Pokerspiel und etwas Spaß.«

»Hallo Vic« begrüßte Kapeck den Russen und reichte ihm die Hand.

»Sieht leider nicht danach aus. Wir haben eine Lieferung im Wagen. Anordnung von allerhöchster Stelle. Muss hier untergebracht und besonders beschützt werden. Es darf ihr kein Haar gekrümmt werden. Ist anscheinend enorm wichtig und wertvoll. Sie darf auf gar keinen Fall mit dem anderen Gesindel in Verbindung kommen.«

Borell rollte einen Zigarrenstummel von einem Mundwinkel zum anderen. Sein starrer Blick ruhte auf Kapeck, so als erwarte er eine weitere Erklärung. Vic Vorinov fuhr sich mit der Hand durch sein langes Haar und nickte nachdenklich.

»Sieht nicht nach Urlaub aus, was Adis? Und du hast keinen Schimmer, was es mit der ominösen Fracht auf sich hat, Fredy? Du sprichst von *ihr?* Ein Mädchen also. Wie alt? Hübsch? Woher? Wie heißt sie? Verdammt noch einmal, lass dir nicht alles aus der Nase ziehen!«

»Ja, ein Einzelzimmer für ein Mädchen. Das ist alles. Mehr weiß ich auch nicht. Die anderen sind Ware wie sonst auch.«

»Ein Weib? Was sollen wir mit ihr? Und Einzelzimmer? Nein, das kommt nicht infrage. Ihr braucht die Tussi erst gar nicht ausladen. Nehmt sie wieder mit und bringt sie sonst wohin. Hier ist kein Platz für sie. Wir haben genug Ärger mit den Jungs.«

Kapeck war ob des Zornausbruches von Adis Borell zusammengezuckt, hatte sich aber sofort wieder in der Gewalt. Im Wissen, dass er im Auftrag des obersten Bosses handelte, wandte er sich mit einer Arroganz an den Schwarzen, die er sonst nie gewagt hätte. In seinem Gesicht konnte man die Genugtuung geradezu lesen. Er hatte endlich Gelegenheit, den großen Adis Borell in die Schranken zu weisen. Mit voller Rückendeckung. Eine einmalige Gelegenheit, die es auszukosten galt.

»Tja Borell, wenn du dich auch noch so aufregst, du hast zu gehorchen und den Befehl auszuführen den ich dir vom Boss überbracht habe. Mehr gibt es dazu nicht zu sagen.«

Adis Borell starrte ihn an. Seine Hände waren zu Fäusten geballt. Er brauchte alle Selbstbeherrschung, um sein Gemüt zu beruhigen. Man konnte die knisternde Spannung fühlen. Vic stand auf und legte die Hand auf die Schulter seines Partners.

»Ich mach das schon, Adis. Lass nur, wir kriegen das hin. Also Fredy, dann bring das wertvolle Stück herein. Wir wollen endlich sehen, auf was wir aufpassen müssen wie auf unsere Augäpfel.«

Jo Horvath riss ruckartig die seitliche Schiebetür des Transporters auf. Im Inneren brannte kein Licht. Ein scharfer Geruch von Schweiß und Urin schlug ihm entgegen.

»Verdammt habt ihr euch wieder in die Hose gemacht oder was stinkt hier so?«

Langsam kam Bewegung in den Laderaum.

Im Halbdunkel waren menschliche Wesen zu erahnen, die sich langsam von dem mit Pappkarton ausgelegten Boden erhoben. Hintereinander sprangen die Knaben ins Freie. Sie zitterten in der frischen Waldluft des Nordens. Wie auf einem Exerzierplatz stellten sich in einer Reihe auf. Ihre traurigen Augen starrten ängstlich auf Adis Borell und Fredy Kapeck, die drohend vor ihnen standen. Von den sechs Jungen war keiner älter als zwölf Jahre. Sie steckten in billigen Jeans und ausgewaschenen, viel zu weiten Wollpullovern. In den jungen Gesichtern lag neben Neugier und Traurigkeit ein Ausdruck von Trotz, vor allem aber blanke Angst.

»Zwei der Kerle werden dir gefallen, Adis. Sie gehören zur dunklen Sippe wie du, Afrikaner. Die anderen vier kommen aus Afghanistan. Ich habe keine Ahnung, wie sie heißen, welchen Glauben sie haben und wo sie genau herkommen, aber das werdet ihr schon rausbekommen, denke ich. Außerdem ist es ohnehin nicht so wichtig. Hier beginnt ihr neues Leben, nur das zählt.«

Kapeck grinste gemein und fuhr einem der zurückweichenden Buben durch dessen struppig verfilztes Kraushaar.

Die grobe Hand Borells fasste den am nächsten stehenden Knaben am Arm und bedeutete den anderen mitzukommen.

Im Bauernhaus angekommen, brachte er sie in eine Kammer im ersten Stock. Hier war eine Zwischenwand herausgebrochen worden, um den Raum zu vergrößern. Borell schob die sechs Neuankömmlinge in eine Ecke, wo drei schmutzige Matratzen mit ebenso schmutzigen Decken aus alten Militärbeständen lagen. Mit stummen Nicken befahl er, sich hinzusetzen. Insgesamt waren nun achtzehn junge Burschen im viel zu kleinen Schlafsaal verteilt.

»Vlad, komm her zu mir, aber dalli,« rief Borell.

Ein kräftiger Junge erhob sich vom einzigen Bettgestell im Raum.

»Du weißt, was zu tun ist. Zeig den Neuen die wichtigen Dinge und erkläre ihnen, dass du hier im Raum der Boss bist. Du berichtest mir später.«

Als er wieder in den Hof kam, waren die anderen damit beschäftigt, die Pappkartons vom Boden des Fahrzeuges zu entfernen. Horvath trug einen Eimer mit Urin zu einem Zaun und entleerte ihn.

»Wo ist das Weib?«

Der Laderaum war leer, keine Frau weit und breit. Kapeck war auf die Ladefläche gesprungen. Mit schnellen Handgriffen entfernte er eine Trennwand an der Frontseite und klappte sie nach vorn.

Da saß sie.

Ängstlich zusammengekauert auf dem Boden des schmalen Versteckes.

Borell starrte Kapeck misstrauisch an.

»Seid ihr komplett wahnsinnig geworden«, stotterte er fassungslos ob der jungen Gestalt vor seinen Augen.

16

Der melodische Klingelton unserer Hausanlage schwang durch die Wohnung wie eine Symphonie.

Nachdem ich unsere Eigentumswohnung verkauft hatte, mietete ich mich in einem Haus am Rande des Wienerwaldes ein. Der erste Stock war groß genug und bot meinem Jungen und mir bequem Platz.

Die Hauseigner, ein älteres Ehepaar, behandelten Mario wie einen Sohn. Das war für mich sehr wichtig. So brauchte ich mich nicht darum zu kümmern, ob er regelmäßig eine Mahlzeit bekam und seine Wäsche in Ordnung gehalten wurde.

Der Job bei der Drogenfahndung kam für mich nicht mehr infrage. Ich arbeitete zu dieser Zeit im Innendienst. Nebenbei hatte ich begonnen, mein Jurastudium fortzusetzen.

Alles schien gut zu laufen, bis die Hausbesitzerin von uns *Tante Anna* genannt bei mir läutete. Sie bat mich, mit ihr nach unten zu kommen.

Bei Kaffee und Apfelstrudel saßen wir in ihrer gemütlichen Küche. Sie tat sich offenbar schwer, die richtigen Worte zu finden.

»Was ist passiert Tante Anna? Ist irgendetwas nicht in Ordnung mit Mario?

Wollen Sie die Miete erhöhen? Sagen Sie mir bitte, was Sie bedrückt, es kann nur ein kleines Problem sein.«

Nervös spielte die alte Dame mit der Kaffeetasse.

»Ich weiß nicht, wie ich es sagen soll, es ist wegen Mario. Ich kann mich auch irren, doch irgend etwas stimmt nicht in letzter Zeit. Ich fühle mich verpflichtet, mit Ihnen darüber zu sprechen.«

»Dafür bin ich Ihnen sehr dankbar. Sie wissen, wie sehr mir Mario am Herzen liegt. Was hat er falsch gemacht, erzählen Sie bitte.«

Mit einer Serviette wischte sie einige Kuchenkrümel vom Tisch in ihre hohle Hand.

»Falsch gemacht? Er hat nichts falsch gemacht, gar nichts. Er ist immer gleich lieb. Was mir Sorgen bereitet, ist das Mädchen. Ilona, die kleine russische Studentin. Wie lange sind die beiden zusammen? Ein halbes Jahr? Nein, fast schon wieder ein Jahr. Wie die Zeit vergeht.

Nun, auf jeden Fall hat sich etwas ergeben, was ich Ihnen nicht vorenthalten kann. Ich glaube, dass Ihnen nichts aufgefallen ist. Sie sind so viel unterwegs, tagsüber im Büro oder an der Uni, an den Wochenenden lernen. Sie sollten auch etwas kürzer treten. Nehmen Sie den guten Rat einer alten Dame an, Herr Carl.«

Sie sah mich mit ihren treuen Augen, auf denen die Oberlider schwer lasteten, sorgenvoll an.

Ich musste lächeln.

»Ja, ich weiß, sie haben ja recht. Es dauert nicht mehr lange, dann habe ich meinen Abschluss und werde mich sofort bessern. Ich könnte dieses Leben nicht führen, hätte ich nicht Sie, die Sie sich wie eine Mutter um meinen Sohn kümmern. Was ist Ihnen also aufgefallen, reden Sie nur, ich bin auf alles gefasst«, sagte ich unbekümmert, nicht ahnend was auf mich zukommen würde.

»Also die Sache ist folgendermaßen. Ich glaube, es war vor vier oder fünf Monaten. Ich arbeitete im Garten, als mir ein eigenartiger Geruch in die Nase stieg. Zuerst dachte ich, Mario hätte auf der hinteren Terrasse ein Feuer gemacht. Ich hielt also Nachschau und fand die beiden jungen Leute tatsächlich dort. Von einem Feuer keine Spur, die beiden hatten sich einen ordentlichen *Joint* gedreht und pafften vor sich hin. Glauben Sie mir, ich weiß was ein *Joint* ist.

Mitte der sechziger Jahre rauchten wir diese Dinger auch. Zumindest haben wir es versucht, aus Neugier oder um älter zu wirken, glaube ich. Na ja, dachte ich mir, sie müssen diese Erfahrung auch machen. Ich setzte mich zu ihnen. Wir führten ein gutes Gespräch. Ich glaube, ich konnte die Kinder davon überzeugen, dass Rauschgift, wenn es auch nur Marihuana ist, keine gute Entscheidung ist. Danach habe ich nie mehr etwas in diese Richtung gemerkt. Letzte Woche war ich dann in der Innenstadt. Ein wenig bummeln, ein bisschen shoppen, Sie wissen schon.

In der U-Bahn Station am Stephansplatz sah ich Ilona. Ich hätte sie beinahe nicht erkannt. Sie trug so einen Pullover mit Kapuze und Sonnenbrille.

Ich wollte schon zu ihr hingehen, traute mich dann aber nicht wegen der komischen Typen, die bei ihr standen. Die Neugier ließ mir aber keine Ruhe und so beobachtete ich die Gruppe eine Weile.

Als ich gerade weitergehen wollte, sah ich einen älteren Burschen auf die jungen Leute zugehen. Sie schienen auf den Mann gewartet zu haben. Soweit ich sehen konnte, wurde blitzschnell untereinander etwas ausgetauscht. Aus der Entfernung konnte ich nicht ausmachen, was es war. Danach löste sich die Gruppe rasch auf und jeder eilte in eine andere Richtung davon.

Lachen Sie mich jetzt bitte nicht aus Herr Carl, aber ich bin absolut sicher, dass da Rauschgift im Spiel war. So wie die Leute ausgesehen haben, die blassen Gesichter, die unruhigen Blicke, ja ich bin mir sicher und es macht mir sehr große Sorge.«

Tante Anna nahm einen kleinen Schluck Kaffee. Mir fiel auf, dass ihre Hand plötzlich leicht zitterte. Sie war aufgeregt. Mein Puls hatte ebenfalls einen Sprung gemacht.

Tausend Dinge gingen mir gleichzeitig durch den Kopf. Erfahrungen aus meiner Zeit im Drogendezernat. Geschichten über Jugendliche, fix und fertig von unzähligen Heroinspritzen, verwahrlost unter Brücken lebend. Plötzlich sah ich die Unterarme von Einstichen gelöchert, von Entzündungen blau und rot angelaufen. Ich sah die toten Augen der jungen Leute, die Hoffnungslosigkeit in ihren Blicken. Sah die beiden Mädchen, beinahe noch Kinder, in der dunklen Garage, die Spritzen noch in den Armbeugen, beide tot.

Ich schüttelte mich. Nicht mein Junge, nein, Mario gehört nicht dazu. Und Ilona? Konnte ich für sie die Hand ins Feuer legen? Was hatte Tante Anna wirklich gesehen?

Sie war eine ältere Dame, hatte sie sich geirrt?

In meinem Inneren herrschte Chaos, während ich an diesem Abend auf die Heimkehr Marios wartete. Gegen Mitternacht hörte ich endlich seine Schritte im Flur. Ich wusste, ich musste vorsichtig vorgehen. In letzter Zeit war er stets aufbrausend gewesen, eine Phase der Pubertät, wie ich mir einredete.

»Hallo Mario schönen Abend gehabt?«

Erschrocken hielt er inne.

»Trinken wir noch ein Bier zusammen? Morgen müssen wir nicht früh raus, also was meinst du?«

»Ich habe keine Lust, bin müde. Ich leg mich hin. Gute Nacht.«

Ehe ich antworten konnte, war er in seinem Zimmer verschwunden, ich hörte den Schlüssel rasseln. Er hatte sich eingesperrt. Seit wann sperrt er die Türe ab? Ich dachte an die Geschichte von Tante Anna. Zweifel nagten in mir und ließen mich nicht einschlafen. Die Sorge um Mario hatte sich in meiner Seele eingenistet. Ich nahm mir vor, ihn am nächsten Morgen einfach darauf anzusprechen.

Wir saßen zusammen beim Frühstück. Mario war bester Laune. Ausgeschlafen und geradezu aufgekratzt erzählte er mir einige lustige Vorkommnisse aus der Schule.

Wir alberten herum und beschlossen, eine Radtour zu machen. Es wurde ein wunderbarer Tag, der meine Zweifel und die Sorge rasch verschwinden ließ.

So vergingen mehrere Wochen, in denen ich hart an meiner Prüfungsarbeit werkte. An Tante Annas Worte dachte ich nicht mehr.

Eines Abends, ich war mit Kollegen auf ein Bier gegangen, fand ich Mario schlafend vor dem laufenden Fernseher. Ich schaltete das Gerät aus, schlug eine wärmende Decke über ihn.

Da sah ich es.

Ein Pflaster knapp unter der Beuge des linken Armes. Mit einem Mal waren alle nagenden Zweifel wieder da. Lass dich nicht verrückt machen, redete ich mir ein, es kann ihn was gestochen haben, vielleicht hatte er eine Impfung oder er war Blutspenden.

Plötzlich kam mir in den Sinn, wie wenig ich über den Tagesablauf meines Sohnes wusste.

Nach dem Tod seiner Mutter hatte ich mich intensiv um ihn gekümmert. Mit der Zeit flaute alles ab. Ich beruhigte mein schlechtes Gewissen mit der Tatsache, dass der Junge bei Tante Anna in besten Händen war.

Trotzdem fand ich in dieser Nacht keinen Schlaf.

Zeitung lesend saßen wir beim Sonntagsfrühstück. Mario hob den Blick und sah mich an. Eine eigenartige Aggressivität lag in seinen Augen. War es Trotz? Die übliche Auflehnung des Pubertierenden gegen den Alten?

»Warum starrst du mich die ganze Zeit über an? Ist was? Gefällt dir meine Frisur nicht oder was ist los?«

»Woher stammt das Heftpflaster in deiner Armbeuge?«

Instinktiv legte er seine rechte Hand auf den linken Arm. Das Pflaster war nicht zu sehen, der Ärmel des Sweaters verdeckte es.

Ich bemerkte die Unruhe in seinem Antlitz und wusste mit einem Schlag, dass ich ihn auf dem falschen Fuß erwischt hatte. Gleichzeitig spürte ich den Stich in meiner Brust, meine Nackenhaare sträubten sich, ein kalter Schauer lief über mein Genick.

»Was hast du gespritzt? Raus mit der Sprache. Was ist es? Sag es mir, komm schon. Ich kann dir helfen. Was ist es? Bitte sprich mit mir!«

Er war blass geworden. Seine Hände verkrampften sich ineinander. In den Augen konnte ich die Tränen sehen, er stand kurz vor einem Ausbruch. Verbissen kämpfte er dagegen an. Schweigend, trotzig, niedergeschlagen, traurig.

Meine Stimme schien mich im Stich zu lassen. Wie ein Krächzen kamen die nächsten Worte über meine Lippen.

»Mein Gott, Mario, warum? Warum machst du so etwas? Wir haben so oft darüber gesprochen. Ich war sicher, dass dir nie etwas Derartiges passieren würde. Woher hast du das Zeug? Von Ilona? Bitte Mario, sprich mit mir. Wir kriegen das schon wieder hin, keine Sorge. Aber du musst mir die Wahrheit sagen.«

»Es tut mir so leid, Papa.«

Jetzt schossen die Tränen über seine Wangen wie kleine Sturzbäche.

Ich nahm ihn in meine Arme und hielt den schlotternden Körper fest an mich gedrückt, während ich tröstend auf ihn einredete.

17

Max war aufgestanden.

Sein Mund war staubtrocken. Mit aller Kraft stemmte er sich gegen das Verlangen nach einem scharfen Drink. Erzählungen aus der Vergangenheit seines Lebens waren für ihn schwer zu ertragen.

Sie wühlten sein Innenleben auf, machten ihn unsagbar traurig.

Mit einer Flasche Wasser kam er aus der Küche zurück. Loly nippte am Weinglas. Der Kummer in ihren schönen Augen traf ihn tief im Herzen.

Langsam zog sie Max auf ihren Schoß, strich behutsam über sein langes Haar und hauchte ihm einen Kuss auf das Ohrläppchen.

»*Madre de Dios, Maximiliano,* was erzählst du mir? Es ist unfassbar, so schwer für mich zu begreifen. Es ist, als kämmst du aus einer anderen Welt, als wäre das alles eine Art Fiktion. Mein Gott, ich fürchte mich vor der Fortsetzung deiner Geschichte.«

»Keine Angst, Loly. Das ist alles Vergangenheit, alles längst vorbei. Ich hatte diese Dinge mit Ausnahme von Mario und Verena vergessen. Ich habe alles verdrängt. Es macht mich traurig Liebling, dass ich dich damit belasten muss.«

»Das braucht es nicht. Wir kämpfen alles gemeinsam durch. Wir lassen uns nicht unsere schöne Zeit, unsere große Liebe und unser Glück zerstören.

Niemals. Wir kämpfen Seite an Seite, wie in den großen Schlachten unserer Ahnen.«

Aufmunternd prostete sie ihm zu. Sein Telefon fiepte, er beachtete es nicht, legte seinen Kopf an ihre Schulter und schloss die Augen.

Am liebsten würde ich für immer einschlafen, dachte er verzweifelt.

»Willst du mir die Geschichte zu Ende erzählen oder lieber ein andermal?«

»Nein, nicht später, ich will dir jetzt alles erzählen, es muss sein«, sagte Max und entzog sich ihrer Umarmung.

»Wo war ich stehen geblieben?

Ach ja, Mario weinte bitterlich. Du kannst dir vorstellen, dass wir beide nervlich angeschlagen waren. Mario gestand mir, dass er seit zwei Monaten Heroin spritzte. Er erhielt das Zeug von Ilona, die ebenfalls süchtig war.

Ich redete lange auf ihn ein, bis er bereit war, sich einem Entzug zu stellen. Aus meiner Zeit bei der Drogenfahndung kannte ich eine erstklassige Privatklinik in der Nähe von Wien, die sich mit allen Facetten von Sucht beschäftigte. Diesen Kontakten hatten wir es zu verdanken, dass Mario sofort aufgenommen wurde. Es war Sommer und wir mussten daher die Schule nicht informieren.

Mario war gerade fünf Tage in der Klinik, die Entgiftungsphase war in vollem Gange, als mich der behandelnde Arzt zu sich rief.

Ich erinnere mich, als wäre es gestern gewesen. Wir saßen in einem herrlichen Wintergarten mit Blick auf den weitläufigen Park der Anstalt. Der Arzt hatte Kaffee und Gebäck bringen lassen. Nach einer kurzen Einleitung kam er gnadenlos zum Punkt.

Mario war zu Beginn der Behandlung Blut abgenommen worden, um ein sogenanntes *Großes Blutbild* zu erhalten. Diese Analyse hatte zweifelsfrei ergeben, dass mein Sohn HIV-Positiv war.

Mario hatte sich mit dem Aids-Virus infiziert.«

Max erhob sich, seine Stimme hatte versagt. Er ging zum großen Fenster, blickte versonnen in die Nacht hinaus. Loly saß wie versteinert auf dem Sofa. Es war still im Raum.

»Ich war damals furchtbar verzweifelt, fühlte mich unendlich hilflos und gleichzeitig so schrecklich schuldig.

Schuldig an der Suchtkrankheit, schuldig an der Infizierung, schuldig am Tod von Verena und schuldig am verpfuschten Leben meines einzigen Sohnes. Tagelang wusste ich nicht, was ich tun sollte. Es war eine grauenvolle Zeit.«

Er setzte sich auf das Ledersofa und griff nach der Zigarettenschachtel. Max rauchte nie in der Wohnung. Heute gab er der Sucht nach. Gierig sog er den Rauch ein.

»Was soll ich sagen, Loly? Für mich brach mit diesem Tag meine kleine Welt endgültig zusammen. Zuerst der Unfalltod, nein, der gemeine Mord an Verena und nun diese grauenhafte Erkenntnis.

Gemeinsam mit dem psychologischen Betreuer überbrachte ich Mario die Nachricht.

Damals war eine derartige Diagnose noch sehr oft mit dem sicheren Tod behaftet. Mario wusste das, trotzdem nahm er es relativ gelassen hin. War es der Schock oder die Medikamente, die er erhielt, ich weiß es nicht. Er sagte kein Wort, blickte mir lange in die Augen. Dann erhob er sich, umarmte mich innig und verließ den Wintergarten.

Am nächsten Tag rief mich die Klinik an.

Mario war in der Nacht verschwunden.

Ich drehte durch vor Sorge. Mit Unterstützung meiner alten Kollegen suchte ich nach ihm.

Wir klapperten seine Freunde ab, seine Stammlokale, seine Lieblingsplätze am See und im Wald.

Er blieb verschwunden.

Als ich erfuhr, dass auch Ilona unauffindbar war, legte sich panische Angst auf mein Herz. Plötzlich fühlte ich, dass ich meinen Sohn nicht lebend wiedersehen würde.

Am dritten Tag nach seinem Verschwinden meldete sich Daniel Koller. Sie hatten das Mädchen und Mario gefunden, in einem verlassenen Gartenhaus, in der Nähe des Westbahnhofes.

Sie waren zusammen aus dem Leben geschieden. Eine Überdosis Heroin.«

Mit verlorenen Augen saß Max da. Die Asche der fast fertig gerauchten Zigarette fiel zu Boden.

Er reagierte nicht, starrte traumverloren vor sich hin, als wäre er weit weg.

Wieder fiepte sein Telefon. Loly stand auf und holte das Handy. Zärtlich strich sie über seinen Kopf und legte den Apparat neben sein Weinglas. Er beachtete es nicht.

»Komm Max, komm mit mir Liebling, lass uns ins Bett gehen. Du brauchst Ruhe.«

Verloren sah er sie an.

»Ruhe, das wäre schön. Leider wird es die nicht geben, denk an das Video, an das Mädchen, an die Dreckskerle, die sie in ihrer Gewalt haben.

Verflucht sollen sie alle sein!«

Er hatte laut geschrien, die Erregung war wie aus dem nichts gekommen, wie ein Vulkan ausgebrochen.

»Entschuldige, Loly! Entschuldige. Ich bin so durcheinander, verzeih mir, bitte. Es kommt alles wieder hoch, die Vergangenheit, Mario, mein Junge. Alles. Verzeih mir bitte.«

Zärtlich nahm sie ihn neuerlich in den Arm und hielt den zitternden Körper lange umschlungen.

»Es gibt keine andere Möglichkeit, mein Herz. Ich muss die Geschichte zu Ende erzählen.

Drei Jahre waren seit Verenas Beerdigung vergangen. Wieder stand ich auf dem Friedhof, diesmal um die Urne unseres Sohnes neben die seiner Mutter zu stellen. Niemand kann sich vorstellen, wie es in mir aussah. Ich war am Ende meiner Kraft, am Ende meines Lebens, am Ende meines Glaubens an einen Gott, der solche Dinge zuließ.

Ich hatte niemanden.

Viele meiner Freunde versuchten mich zu trösten, keinem gelang es.

Am liebsten hätte ich mir selbst mein beschissenes Leben genommen. Ich hatte nicht die Kraft dazu, war zu feige, hing trotz allem an diesem Leben.

Und dieses Leben ging weiter Loly, irgendwie ging es weiter. Der Alkohol wurde endgültig zu meinem Partner, begleitete mich durch ein langes Tal der Tränen.

Ich war wieder in die Stadt gezogen, in ein kleines Apartment im Zentrum. Eines Abends kam ich nach Hause und fand ein Kuvert, das jemand unter der Wohnungstür durchgeschoben hatte.

Stockbetrunken, wie ich wieder einmal war, schenkte ich dem Schreiben keine Beachtung. Erst am nächsten Tag las ich die Nachricht. Es waren nur zwei Zeilen, geschrieben auf einem roten Blatt Papier.

Ich habe dich am Leben gelassen, damit du leiden wirst wie ich, erinnerst du dich, Bullenschwein? Jetzt kann mein Bruder in Frieden ruhen - wie deine Frau und dein Junge. Auge um Auge.

Mehr stand da nicht. Ich habe diesen Brief noch immer. Damals schwor ich, den Schreiber dieser Zeilen zu töten. Ja, ich wollte Kuzimov töten, ich wollte meine Frau rächen. Für mich stand fest, dass er der Mörder von Verena war.

Damals hatte ich noch keine Ahnung, dass der Dreckskerl auch Mario auf dem Gewissen hatte.

Ich hätte misstrauisch werden müssen, hätte ich die zweite Zeile ernsthafter gelesen.

Dort stand es - *und dein Junge!* - aber das begriff ich erst viele Jahre später.«

Wieder fiepte sein Telefon. Diesmal nahm er den Anruf an.

»Hallo Max. Martina Kerbel hier. Warum zum Teufel hebst du nicht ab oder rufst zurück? Es gibt Neuigkeiten.

Unser Freund Igor Kuzimov ist ausgebrochen und spurlos verschwunden.

Bist du zu Hause? Okay, wir sind in zwanzig Minuten bei dir. Bleib wo du bist.«

18

Samstagabend, April 2016.

Im ZDF lief das *Heute-Journal*, als Martina Kerbel und ein Mitarbeiter aus dem BKA auf dem Sofa von Max Bulla alias Carl *Charly* Dragner Platz nahmen.

Loly brachte Kaffee, Wasser und Knabbergebäck. Sie nahm gegenüber der Polizistin Platz. Max war nervös, schon den ganzen Abend quälte ihn der *Dämon*. Hastig stellte er das Wasserglas ab und sah seine Kontaktperson beim BKA herausfordernd an.

»Leg los, Martina. Was genau ist passiert? Kuzimov ist abgehauen? Wie ist das möglich? Ich dachte, *Stein* sei das sicherste Gefängnis in Österreich?«

»Du hast recht, es sollte das sicherste Gefängnis im Lande sein. Aber wie man sieht, gibt es auch dort Mittel und Wege, um wieder in die Freiheit zu gelangen. Kuzimov klagte im Laufe des gesamten Tages über starke Schmerzen im Unterbauch. Er wurde zweimal vom Anstaltsarzt untersucht. Am Abend veranlasste der den Krankentransport in die Kremser Klinik. Verdacht auf Blinddarmdurchbruch.

Keine dreihundert Meter nach der Gefängnisausfahrt wurde der Krankenwagen von mehreren bewaffneten Männern gestoppt. Es gelang ihnen, die Freilassung des plötzlich kerngesunden Häftlings zu erzwingen.

Fahrer und Begleitschutz wurden offensichtlich mit Gas betäubt, genaueres ist noch nicht bekannt. Fest steht, dass die Gangster das Ufer der Donau erreichten, dort von einem schnellen Motorboot aufgenommen wurden und stromabwärts flüchten konnten. Die bisherige Fahndung verlief ohne Erfolg. Das gestohlene Boot wurde inzwischen auf Höhe *Hollenburg*, das liegt 11 km östlich von Krems, gefunden. Von den Männern keine Spur. Wir müssen davon ausgehen, dass Kuzimov mittlerweile Wien erreicht hat und untergetaucht ist.«

Einen Augenblick war es mucksmäuschenstill im Zimmer.

»Kuzimov? Igor Kuzimov? Ist das der Mann, von dem du mir erzählt hast?«

»Ja, das ist der Mann, Loly. Der Mann, der meine Familie zerstörte. Der Mann, der bis heute für einen großen Teil seiner Untaten nicht zur Verantwortung gezogen werden konnte, weil die Beweise nicht reichten. Der Mann, der wahrscheinlich hinter den ominösen Mails steckt und der Mann, der vermutlich dieses Mädchen gefangen halten lässt.

Das ist kein Mensch, Loly, das ist eine Bestie, eine gefährliche, gnadenlos kalte Bestie. Ich weiß, wovon ich spreche, schließlich stand ich einmal in seinen Diensten.«

»Max, du solltest diese Dinge nicht…«

»Ich habe vor meiner Frau keine Geheimnisse, Martina. Schon vergessen? Ich werde Loly alles erzählen, mein früheres Leben, mein Leben dazwischen und mein heutiges Leben, soweit sie dieses nicht kennt. Also unterbrich mich bitte nicht.«

Er warf der Agentin einen zornigen Blick zu.

»Okay, Max, okay. Alles ist gut. Reg dich nicht unnötig auf. Es ist alles okay. Ich möchte dich nur bitten, deine Lebensläufe später darzulegen. Jetzt gibt es wichtigere Dinge zu tun.«

Das Telefon ihres Begleiters schrillte laut. Der Mann erschrak, entschuldigte sich und verschwand im Vorraum, um das Gespräch entgegenzunehmen.

»Dir ist doch klar, Max, dass du in Gefahr bist? Kuzimov hat es auf dich abgesehen. Wir müssen davon ausgehen, dass er deine Legende enttarnt hat, dass er weiß, wie du jetzt heißt, wo du wohnst und so weiter. Diese Mails hängen mit Sicherheit damit zusammen, das ist Fakt. Es geht ihm nicht nur um Rache, Max. Die hatte er schon. Es geht um ganz andere Dinge, um Dinge in der Zeit vor seiner Verhaftung. Du weißt, wovon ich spreche? Er will etwas von dir zurückhaben. Um das zu bekommen, wird er alles tun. Alles! Darauf kannst du dein Leben verwetten. Er wird nicht aufgeben, bis er hat, was er will. Der Kerl scheut vor nichts zurück. Du weißt, wozu dieser Misthund in der Lage ist. Keiner kennt ihn besser als du, keiner weiß besser Bescheid, welche Macht er einzusetzen in der Lage ist, wenn er das will. Ich habe veranlasst, eure Wohnung rund um die Uhr zu bewachen. Zwei Beamte in Zivil wurden dafür abgestellt.

Ich schlage vor, dass ihr die nächsten Tage im Haus bleibt, zu eurer eigenen Sicherheit.«

»Wie stellen Sie sich das vor?«

Loly war aufgestanden.

»Ich habe einen Job zu erledigen. Morgen ist Sonntag, das würde gehen, aber Montag muss ich ins Büro. Eine mexikanische Delegation ist heute angekommen, ich werde Montag schon sehr früh gebraucht. Ich kann nicht zu Hause bleiben. Ich bin selbstständige Übersetzerin und habe vertragliche Verpflichtungen, die ich einhalten muss.«

»Gut, dann bringen wir Sie Montag unter zivilem Polizeischutz über die Donau zur UNO-City. Max bleibt hier. Sobald wir Näheres wissen, erfährst du es zuerst, ich verspreche es dir.«

Martinas Begleiter war wieder eingetreten.

»Es war das Büro. Scheint so, als hätten sie zwei von Kuzimovs Helfern erwischt. Einer ist der Kerl, den Sie vorgestern im Haas-Haus gesehen haben, Herr Bulla. Der andere ist ein Ukrainer. Die beiden hatten eine falsche Fährte gelegt, um vom wahren Fluchtweg Kuzimovs abzulenken. Unsere Leute vermuten, dass der sich nach Bratislava absetzen will oder dies bereits getan hat. Grenzübergänge und Flughäfen werden überwacht.«

»Gut, wir werden sehen was passiert. Es wird Bewegung in die Sache kommen, jetzt, wo Kuzimov wieder frei ist. Solltest du in irgend einer Art und Weise Forderungen erhalten, ich erfahre es zuerst, Max. Ist das klar?

Und noch einmal: Bleibt in der Wohnung auch nicht kurz zum Bäcker oder so okay? Ihr verlasst die Wohnung nicht! Wir brechen jetzt auf alles Gute.

Ich schaue morgen am Nachmittag vorbei. Bis dann auf Wiedersehen.«

Max trank das Glas mit Wasser in einem Zug aus. Auf einmal war es ruhig in der Wohnung. Loly kam mit der Weinflasche aus der Küche und setzte sich zu ihm.

»Ich nehme an, du bleibst beim Wasser?«

Max nickte und füllte sein Glas erneut.

»Ich stelle mir einfach vor, es wäre 12 Jahre alter Scotch, meinst du, das hilft?«

»Möglich, Max, gut möglich«, Loly lachte hell.

»Ich bewundere dich. Wenn es dich stört, bringe ich die Flasche weg. Ich muss keinen Wein mehr haben. Ich weiß nicht, wie es dir geht, ich finde jetzt sicher so schnell keinen Schlaf mehr.«

»Ich auch nicht. Eine gute Zeit, um aus der Vergangenheit zu erzählen.«

19

Wien 2001

Wir beginnen mit dem Landeanflug auf Vienna International Airport, bitte.....

Ich öffnete die Augen und blickte verstört in das hübsche Gesicht der Flugbegleiterin, die mich behutsam geweckt hatte. Vom Flug hatte ich nicht viel mitbekommen. Kurz nach dem Start in Amsterdam war ich selig entschlafen, was nicht verwunderlich war, zumal die letzte Nacht eine aus der Kategorie *schlaflos* gewesen war. Die Abschiedsparty in der Bar, *de blauwe ruiter,* in Den Haag hatte bis in die frühen Morgenstunden gedauert. Claudio und ich waren die letzten Gäste gewesen. Er, mein bester Freund im Mutterhaus von *Europol,* hatte mich zum Flughafen gebracht. Während der etwa einstündigen Fahrzeit unterhielten wir uns angeregt über unsere Zeit bei der europäischen Polizeibehörde. Ein Jahr hatte ich dort verbracht, nach drei Monaten den Entschluss aber bereits bereut.

Marios Tod hatte mich in ein tiefes Loch gerissen. Ich brauchte beinahe ein Jahr, um vom Alkohol wegzukommen, wieder Boden unter meine Füße zu bringen.

Mit viel Mühe schloss ich 1999 mein Studium im zweiten Bildungsweg ab, durfte mich ab nun *Magister der Rechtswissenschaften* nennen. Ich wollte eigentlich meinen Job bei der Polizei kündigen, kam aber nicht los davon. Im Frühjahr 2000 bewarb ich mich um eine Stelle als Verbindungsbeamter bei der neu gegründeten *EUROPOL* in Den Haag/Niederlande. Ich suchte eine neue Herausforderung. Bald merkte ich, dass dieser Job nicht zu mir passte. Es war keine Polizeiarbeit im eigentlichen Sinn, so wie ich es gewohnt war.

Ständig Analysen, Berichte, Analysen und wieder Berichte. Es gab keinen Einsatz, keine operativen Maßnahmen, ich hatte es mir völlig anders vorgestellt und musste mir eingestehen, dass ich dem Anforderungsprofil viel zu wenig Aufmerksamkeit geschenkt hatte.

Ich wollte damals weg aus Wien, weg von den Erinnerungen, weg von meinem bisherigen Leben.

Jetzt war es vorbei und ich blickte erwartungsvoll durch das kleine Fenster der *Boing 737* auf das langsam näher kommende Terminal des Flughafens Wien. Wie oft hatte ich hier Dienst verrichtet, im Rahmen meiner Tätigkeit bei der Drogenfahndung? Heimatliche Gefühle regten sich. Ich war freudig angespannt, sehnte mich nach der alten Dienststelle in der Innenstadt.

Daniel Koller, mein langjähriger Vorgesetzter und Freund, erwartete mich am Ausgang.

»Charly, untreue Seele, endlich wieder daheim. Ich freue mich. Willkommen in Wien.«

Wir umarmten uns, wie es nur gute Freunde tun. Ich hatte Mühe, meine Emotionen unter Kontrolle zu halten. Urplötzlich waren die alten Zeiten da. Die gemeinsamen Einsätze, die Kameradschaft, das uneingeschränkte Vertrauen in den Partner, wenn es brenzlig wird, und die Biere im *Schweizerhaus* nach erfolgreichen Aktionen. Wie hatte ich das alles vermisst.

Beinahe sechs Jahre waren seit der Schießerei am Donauhafen vergangen. Jahre, in denen mein Leben die reinste Hölle war, in denen ich meine Familie verloren hatte.

Sechs Jahre Innendienst, Saufen, Entzug, wieder Saufen, wieder Entzug.

Nun war es vorbei. Ich war wieder daheim.

»Ab übermorgen bist du meiner Gruppe zugeteilt, Charly. Die offizielle Versetzung wird noch etwas dauern, aber das kriegen wir schon hin. Das ist unwichtig, wir fahren jetzt in den Prater und trinken ein feines *Budweiser* auf deine Rückkehr.«

Aus einem *Budweiser* wurden mehrere und ich fiel erst gegen 20:00 Uhr in mein Bett in der Polizeikaserne. Bis ich eine Wohnung finden würde, hatte ich die Erlaubnis, dort zu wohnen.

Die Wochen vergingen. Ich fand mich gut zurecht in meiner alten Welt und war zufrieden.

Eines Tages rief mich Claudio, mein Freund aus Den Haag, an. Er war Verbindungsbeamter der Italiener und mein Büronachbar bei Europol gewesen.

»Ciao Charly! Gut angekommen in der Heimat? Lange nichts von dir gehört.«

»Claudio alter Schwerenöter, schön deine Stimme zu hören. Tut mir leid, ich hatte viel um die Ohren in letzter Zeit. Wie geht es dir bei den Oranjes? Immer fleißig beim Analysieren?«

»*Maledetto*, Charly, es ist immer derselbe Trott, was soll ich dir sagen. Sei froh, dass du abgesprungen bist. Ich habe noch drei Monate und dann *addio* Den Haag.«

»Schön für dich. Wohin gehst du? Zurück nach Mailand?«

»Nicht *Milano. No*! Ich gehe zurück in meine Heimat, nach Neapel. *Bella Napoli*, verstehst du Charly? Nach Hause. Zu Mama!«

«Das freut mich für dich. Vielleicht sehen wir uns dann einmal. Ein Erfahrungsaustausch mit der neapolitanischen Drogenfahndung, das wäre was. Was meinst du?«

»Wir werden sehen Charly, wir werden sehen. Heute habe ich eine Information für dich. Das wird dich interessieren.«

»Schieß los, Claudio. Was hast du für mich?«

»Wir haben gerade einen Gast aus der Ukraine hier. Es ist ein Austauschprogramm, ich weiß nicht genau. Er ist ein netter Kerl, hat uns gleich am ersten Abend mit Wodka abgefüllt, *Madonna,* waren wir besoffen. Ja, also, er hat mir heute einige Dinge erzählt. Über illegale Zigarettenfabriken in seinem Land, Heroinlabore, Mädchenhändler und so weiter. Das Übliche. Wenn du mich fragst, ist der Junge beim Geheimdienst, nicht bei der Polizei. Egal, er ist gut informiert. Boris heißt der Bursche, Boris Jelzov. Hat beste Kontakte zu den Russen und in andere ehemalige Sowjetstaaten. Außerdem bin ich als Italiener ein *Nobody* im Vergleich zu Boris, was die Frauen betrifft. Du hast keine Ahnung, was sich auf unsere Etage tut, seit er hier ist. Da tauchen Sekretärinnen auf, die ich hier noch nie gesehen habe, es ist zum Weinen!«

»Claudio, du wolltest mir eine Neuigkeit überbringen«, unterbrach ich seinen Redeschwall.

»*Si, Si.* Du hast recht. Dir sagt der Name Igor Kuzimov etwas?«

Plötzlich war es still in der Leitung. Ich spürte einen Stich in meiner Brust, mein Puls sprang in ungeahnte Höhen, ein unangenehmes Kribbeln hatte von meinem Nacken Besitz ergriffen.

Kuzimov - Igor Kuzimov! Der Kerl, der meine Familie zerstört hatte, den ich zu töten geschworen hatte.

»Charly, bist du noch da, *pronto?* Charly, was ist mit dir?«

»Ja, Claudio, ich bin noch dran. Natürlich kenne ich Kuzimov. Was hat dir dieser Boris über ihn erzählt?«

Einen Augenblick war es wieder still in der Leitung, ich hörte, wie Claudio sich räusperte.

»Wie ich verstanden habe, ist dieser Igor Kuzimov ein ziemlich übler Bursche. Er soll der Kopf eines Verbrechersyndikates sein. *Qilich* nennt sich die feine Truppe. Haben die ganze Palette drauf, Drogen, Prostitution, Schmuggel und Mädchenhandel. Angeblich beherrschen diese Banditen die Unterwelt in Österreich, Italien und in großen Teilen Spaniens bereits seit einiger Zeit. In Deutschland, Frankreich und Benelux regiert ein anderer Russe, an den traut sich Kuzimov derzeit noch nicht ran. Die Bande ist unter der schützenden Hand eines Wirtschaftsbosses aus Moskau schnell gewachsen, vermutlich schneidet der Kerl mit. So gesehen ist Boris für uns ein Glücksfall, er hat wichtige Informationen mitgebracht, von denen wir bislang keine Ahnung hatten. Anscheinend wussten die Amis schon länger Bescheid, haben uns aber wieder einmal dumm sterben lassen.«

»Wo ist Kuzimov? Wo ist er, Claudio? Das ist das Einzige, was mich interessiert. Wie komme ich an ihn ran? Wo hält sich der Dreckskerl auf, hast du Informationen dazu?«

»Wenn es so einfach wäre, *mio amico,* ich würde es dir sagen. Leider haben wir derzeit keine Ahnung über die näheren Umstände des Mannes. Was wir wissen, ist, dass er seine Geschäfte aus einem absolut sicheren Hintergrund betreibt. Es gibt nicht einmal ein aktuelles Foto von ihm. Er zeigt sich so gut wie nie in der Öffentlichkeit. Boris ließ durchblicken, dass Kuzimov auf einem Schiff residieren könnte. Mehr kann ich dir auch noch nicht sagen. Wir haben die zuständigen Ämter in den vorhin genannten Staaten kontaktiert. Noch ist es zu früh, Antworten zu geben. Wir haben noch kein Feedback. Bei euch ist das Bundeskriminalamt befasst worden. Organisierte Kriminalität ist deren Aufgabe. Hast du Kontakte dorthin?«

»Negativ. Die kochen ihre eigene Suppe. Mit einem kleinen *Kiebara* wie mir reden die Herren nur, wenn sie etwas von ihm brauchen. Sonst heißt es immer: *Top Secret*. So ist das nun einmal, wird bei euch nicht anders sein in Neapel.«

»Kiebara? Was ist Kiebara, Charly? Ich verstehe nicht!«

»Kiebara ist bei uns in Wien der Kriminalbeamte, der Schnüffler, der Bulle. Verstanden Claudio?«

»*Oh, capisco,* Kiebara!«

Von Claudio konnte ich nicht mehr erfahren, zumindest noch nicht. Ich musste Geduld haben.

»Danke Claudio für die Information. Ich hatte die Hoffnung bereits aufgegeben, von Kuzimov zu hören. Plötzlich ist sie wieder da. Und wie sie da ist. Ich werde ihn kriegen, Claudio. Irgendwann kriege ich ihn, dann gnade ihm Gott.«

»Ein Tipp, Charly. Lass dich nicht von Hass und Rache leiten, das sind schlechte Ratgeber. Der Bursche ist in unser Visier geraten, wir und die nationalen Ämter werden ihm das Leben schwer machen, darauf kannst du dich verlassen. Du kennst das ja, es geht nicht von heute auf morgen, es wird dauern. Am Ende aber geht auch er ins Netz. Also, mach keine Dummheiten, wir hören uns. Ciao!«

»Servus Claudio, melde dich mal wieder, bis bald und alles Gute.«

Die völlig unerwartete Nachricht hatte mir einen leichten Schock verabreicht. Bilder, die ich längst vergessen glaubte, tauchten auf einmal wieder vor meinen Augen auf. Der Schmerz um meine Liebsten hatte sich im Laufe der Jahre zurückgezogen, jetzt war er wieder da. Unerbittlich. In den Jahren nach Marios Tod hatte sich mein anfängliches Verlangen nach Rache, schrittweise verringert. Anfangs hatte ich mit allen Mitteln versucht Kuzimov zu finden. Vergeblich. Ich sah ein, dass mein Unterfangen sinnlos war, und versuchte mir ein halbwegs normales Leben aufzubauen.

Claudios Anruf veränderte alles. Mit einem Mal wusste ich: Ich würde nie aufgeben, den Mörder Kuzimov zu finden. Was ich mittlerweile aufgegeben hatte, war die Absicht, ihn zu töten. Nein, ich wollte mich nicht auf eine Stufe mit ihm stellen. Das hatte ich nach Monaten des Nachdenkens sowie unzähligen Gesprächen mit Polizeipsychologen eingesehen. Außerdem hatte ich meiner Mutter geschworen, Gleiches nicht mit Gleichem zu vergelten. Ich wollte ihn finden, wollte ihm gegenüberstehen, wollte ihm Handschellen anlegen und ihn vor ein Gericht zerren. Die Hoffnung, dass mir dies gelingen würde, war ab sofort wieder größer als je zuvor.

Monate vergingen.

Ich wohnte noch immer in meinem kleinen Zimmer in der Kaserne.

Einsparungen im Polizeiwesen hatten zur Folge, dass ich meinen fixen Job bei der Drogenfahndung nicht bekam. Ich musste mich entscheiden. Entweder als Jurist in die Zivilverwaltung wechseln oder als Polizeibeamter in einem Kommissariat auf Streife zu gehen. Man hatte mir einen Monat Zeit eingeräumt, eine Entscheidung zu treffen.

Eine Woche vor Ablauf der Frist bat mich der Oberst in sein Büro.

»Dragner, ich muss mit Ihnen reden. Setzen Sie sich«, forderte er in seiner bekannt barschen Art.

»Ich habe noch eine Woche Zeit, Herr Oberst. Erst nächste Woche…«

»Reden *Sie* nicht so viel, Dragner, *ich* habe mit Ihnen zu reden. Hören Sie mir nicht zu, was ich sage?«, unterbrach er mich mit zornigem Blick.

»Ich habe hier ihre Unterlagen. Guter Mann, guter Polizist. Leute wie Sie schickt man nicht, Verkehr regeln, und schon gar nicht in den Innendienst, diesen juristischen Verwaltungskram zu bearbeiten. Ich habe eine Aufgabe für Sie. Spannende Angelegenheit. Vorausgesetzt Sie wollen. Wollen Sie?«

Er sah mich über den Rand seiner Lesebrille fragend an.

»Wenn Sie mir sagen wollen, worum es geht, Herr Oberst?«

»Ach ja, natürlich. Wie dumm von mir. Also folgendermaßen. Seit einiger Zeit ist es auch für uns gesetzlich möglich, einen VE in die Szene einzuschleusen. Es ist schwer, die richtigen Leute für diese Aufgabe zu bekommen. Sie scheinen mir einer zu sein, Dragner. Ledig, äh, ich meine verwitwet, keine familiären Verpflichtungen, keine Frau an ihrer Seite, soweit mir bekannt. Fundiertes Fachwissen, perfekt also.«

»Verstehe ich Sie richtig, Herr Oberst? Sie schlagen vor, ich soll als VE, als *Verdeckter Ermittler* eingesetzt werden? Bin ich dazu nicht schon zu alt? Ich werde bald fünfzig.«

»Ach was zu alt. Sie sind in den besten Jahren. Also wollen Sie oder wollen Sie nicht? Ich habe nicht den ganzen Tag Zeit.«

»Bitte zwei Tage Bedenkzeit, ist das zu machen?«

»Gut. Übermorgen zur selben Zeit hier bei mir. Mit einer Antwort, wenn ich bitten darf. Sie können gehen.«

Ich musste nicht lange überlegen. Zwei Wochen später nahm ich an einem speziellen Ausbildungskurs der deutschen Polizei in Stuttgart teil.

Nach weiteren drei Monaten wurde ich dem Bundeskriminalamt zugeteilt, wo ich fortan als verdeckter Ermittler im Team für *Organisierte Kriminalität* arbeitete.

20

Kalter Ostwind leitete einen trüben Sonntag ein. Max Bulla stand am Fenster des Wohnzimmers und blickte auf die von den alten Laternen fahl ausgeleuchtete Gasse hinab. Es war 05:00.

Schräg gegenüber des Einganges zum Wohnhaus, sah er den Mann in einer schmalen Einfahrt stehen. Die Jungs passen brav auf uns auf, dachte er zufrieden. Den Vordereingang zu benutzen war also ausgeschlossen. Ohne Licht zu machen, schlich er aus der Wohnung. Im Parterre des alten Gründerhauses gab es früher einen kleinen Laden für Lederwaren aller Art. Sein jüdischer Besitzer war vor langer Zeit verstorben, die Räume standen seither leer. Eine unscheinbare Holztür führte auf der Rückseite des Ladens in einen winzigen verwilderten Garten.

Von dort aus konnte man durch einen schmalen Durchlass über die Rotenturmstraße den Schwedenplatz erreichen.

Es nieselte leicht. Im ruhigen Wasser des Donaukanals glitzerten Millionen feiner Regentropfen wie Diamanten.

Auf einer Bank neben dem Abgang zur U-Bahn hatte ein Obdachloser sein Nachtlager aufgeschlagen. Gegen die Kälte hatte er sich einige Zeitungen als Unterlage besorgt. Zudecke und Regenschutz besorgte ein schwarzer Müllsack. Sein Hut war auf die nassen Betonplatten gefallen.

Max hob ihn auf, steckte einen Zwanziger in die speckige Schleife und legte ihn behutsam auf die Brust des schlafenden Mannes.

Emanuel Tapferer, so hieß der arme Teufel, den Max gut kannte und der ihm einst seine traurige Lebensgeschichte erzählt hatte, würde sich freuen. Für ein bescheidenes Sonntagsfrühstück und einige Dosen Bier war gesorgt. Eine Weile betrachtete er die traurige Gestalt. Er konnte sich kaum vorstellen, dass dieser Mann einst ein einflussreicher Beamter der Stadtverwaltung gewesen war.

Ein tödlicher Autounfall, verursacht nach einem Besuch beim Heurigen in Nussdorf, wo reichlich Alkohol geflossen war, hatte sein Leben besiegelt.

Verurteilung zu sechs Monaten Haft, Gerichtskosten und Entschädigungskosten für die Hinterbliebenen trieben ihn in den finanziellen Ruin. Die Scheidung warf ihn endgültig aus der Bahn. Es folgte die Entlassung, der Gang in die Arbeitslosigkeit, Wohnungsverlust und letzten Endes der Platz auf der Straße. Das Schicksal dieses Mannes bestärkte Max in seinem Willen, dem verfluchten Alkohol abzuschwören.

Gestärkt durch frische Willenskraft, entschloss er sich für die längere Runde durch den Prater. Er band seine Laufschuhe fester und trabte gemächlich durch den wieder stärker werdenden Regen über die Schwedenbrücke in Richtung Praterstraße.

Loly schlief noch, sein Aufpasser stand am selben Platz, nur der Regen hatte aufgehört.

In der fahlen Morgendämmerung waren die ersten blauen Flecken am Stadthimmel zu erkennen. Max duschte, bereitete ein Frühstück mit frischen Semmeln, die er mitgebracht hatte, ging ins Schlafzimmer und öffnete Vorhänge und Fenster.

Loly rekelte sich verführerisch in ihrem breiten Bett. Ihr schnippisches Lächeln sagte eindeutig, wohin sein nächster Weg zu führen hatte. Er ließ den Morgenmantel achtlos auf den Boden fallen. Mit einem Satz war er neben ihr.

Frühstück, frische Semmeln, Kaffeeduft und alle Probleme dieser Welt konnten warten. Sie sanken in einen leidenschaftlichen Rausch der Gefühle, alles um sie herum vergessend.

Die Sonne stand schon hoch am Himmel, als sie endlich am Tisch Platz nahmen. Max suchte in der Sonntagsausgabe der Zeitung vergeblich nach einem Bericht über den Ausbruch des Schwerverbrechers Igor Kuzimov. Offenbar hatte die Presse bislang keinen Wind von der Sache bekommen. Das war gut so. Mit dem Espresso in der Hand setze er sich an den Schreibtisch und öffnete sein Notebook. Sofort stach ihm die eingegangene Mail ins Auge. Kein Wort im Textfeld, aber ein Bild im Anhang.

»Liebling kommst du bitte, wir haben eine neue Nachricht.«

Loly eilte aus der Küche an seine Seite. Eng an seinen Körper geschmiegt spürte sie die enorme Anspannung und Unruhe in ihm, sein Zögern, die Angst vor dem, was kommen könnte.

»Lass es uns anschauen, wird schon nicht so schlimm sein«, flüsterte sie aufmunternd.

Ein Schwarz-Weiß-Foto.

Auf den ersten Blick war zu erkennen, dass es in einem anderen Umfeld aufgenommen worden war. Wieder das Mädchen. Es trug nun einen festen Jogginganzug und hatte sich in eine braune Decke gehüllt. Mit ängstlichen Augen blickte sie in die Kamera. Die Einrichtung des Zimmers erinnerte Max an seine Jugendzeit. Als Junge war er mit seinen Eltern auf einem Bauernhof in der Obersteiermark auf Urlaub gewesen. Dieses Zimmer sah aus wie die Unterkunft von damals. An den Wänden alte Tapeten mit Blumenmustern. Das Fenster klein, durch Holzsprossen vierfach geteilt. Dünne Leinenvorhänge baumelten links und rechts herab. An der Wand gab es ein Bild, eine Almlandschaft mit einem mächtigen Hirsch. Daneben hing ein kleines Kruzifix. Auf einer Anrichte stand ein alter Wasserkrug aus Keramik, daneben eine hellblaue Waschschüssel, wie man sie früher in Verwendung hatte.

Sonst war da nichts, kein Wort, kein Satz, nichts. Nur das verschreckte Mädchen auf dem alten Holzbett samt Nachtschrank daneben.

»Was soll uns das sagen, Loly? Was wollen die uns sagen? Kannst du mir das erklären?«

Sie sah lange und intensiv in seine Augen. In ihrem Gesicht arbeitete es.

»Max, das musst du wissen, nicht ich! Du verschweigst mir immer noch wesentliche Details. Was ist los mit dir? Komm schon, sag mir, was ich noch nicht weiß, ich spüre es, du verschweigst mir das Wichtigste. Was hat das Kind mit unserem Leben zu tun?«

Max kämpfte mit sich, er wusste nicht, wie er anfangen sollte. Für einen Whisky hätte er jetzt seine rechte Hand gegeben. Mit einem Ruck verdrängte er das Verlangen.

»Ja, du hast recht. Ich habe dir noch lange nicht alles erzählt. Ich war mir vorerst nicht sicher, wollte dich nicht mit Dingen belasten, die gar nicht stimmen. Nun bin ich aber sicher. Ja, das Kind auf dem Foto hat etwas mit mir zu tun. Ich bin so gut wie sicher, dass sie meine Tochter ist.«

Jetzt war es heraus.

Erleichtert und zugleich ängstlich wartete er auf ihre Reaktion. In ihren Augen las er, dass sie es bereits geahnt hatte. Sie lächelte gequält.

»Max, großer, dummer Max. Warum hast du mir nicht gleich gesagt, dass du eine Tochter hast? Wo liegt das Problem? Das war lange vor meiner Zeit, ich war auch verheiratet, das weißt du. Also was sollte die Geheimniskrämerei?«

»Ich wusste es nicht, Loly! Ich wusste es einfach nicht! Ich hatte bis vor einigen Tagen keine Ahnung von der Existenz des Mädchens. Erst diese E-Mails haben alles ins Rollen gebracht. Ich war völlig unvorbereitet auf diese Situation, das musst du mir glauben.«

Er trank den letzten Schluck vom kalten Kaffee und griff zum Wasserglas.

»Ich hatte dir erzählt, dass ich in den letzten Jahren vor unserer Zeit als verdeckter Ermittler eingesetzt war. Mein Weg führte mich damals auch nach Moskau. Ich lernte durch einen ukrainischen Freund eine Polizistin kennen, wir tranken zusammen, feierten und landeten im Bett. Einmal. Das genügte wohl. Ich habe den Freund von damals letzte Woche getroffen. Er hat mir erzählt, dass Lena, so hieß die Polizistin, schwanger geworden war, das Kind aber zur Adoption frei gegeben hatte. Sie selbst verstarb kurze Zeit später bei einer Schießerei. Vom Zeitablauf her ist es durchaus möglich, ja ziemlich sicher, dass Nikita mein Kind ist.«

»Mein Gott, Max, das ist ja furchtbar. Entschuldige, ich meine nicht dein Abenteuer, ich meine das Kind. Stell dir ihr Elend vor, wächst ohne seine Eltern auf, wird entführt und wartet irgendwo verzweifelt auf seine Befreiung. Du musst sofort etwas unternehmen. Ruf diese Martina an, die Polizei muss eingreifen, die müssen alles aufbieten zur Auffindung und Befreiung. Max, ich bitte dich, was hast du? Warum nimmst du nicht dein Telefon und rufst sofort an? Was wollen diese Entführer eigentlich? Haben die schon eine Forderung gestellt? Was ist hier los, Max? Sag mir sofort, was los ist.

Jetzt wird mir auch klar, warum ich immer das eigenartige Gefühl hatte, dieses Mädchen zu kennen.

Ich glaube, sie sieht dir ähnlich. Oder täusche ich mich? Diese Aufnahmen sind so schlecht gemacht.«

Sie stampfte mit den Füßen auf den Parkettboden und rüttelte ihn an den Schultern.

Warum drehen diese Südländerinnen immer so schnell durch, dachte Max.

Behutsam nahm er ihre Arme von den Schultern, fasste sie an beiden Händen und redete beruhigend auf sie ein.

»Das ist nicht so einfach, wie du es dir vorstellst. Bitte sei vernünftig. Ich versuche, die Lage zu erklären.

Also entspann dich und hol mir eines von diesen alkoholfreien Bieren aus dem Eisschrank.«

21

St. Petersburg 2007

Seit mittlerweile fünf Jahren war ich als verdeckter Ermittler unterwegs.

Mein Hauptjob betraf internationale Wirtschaftskriminalität. Ich trat in der gehobenen Gesellschaft als betuchter Privatier auf, der vom Vermögen seiner Familie - alter holländischer Reedereiadel - lebte.

Die extra für mich erfundene Legende zu dieser Rolle gefiel mir, passte sie doch perfekt zu meinem Alter, machte mich daher glaubhaft und ließ mich in meinem neuen Leben erfolgreich sein.

Meine Dienststelle hatte alle personellen Bezugsdaten mit den holländischen Behörden abgesprochen und gesichert. In derartigen Fällen war wichtig, dass die *Legende* absolut dicht war, um jeglichen Nachforschungen standzuhalten.

Ich fungierte im Auftrag der Staatsanwaltschaft, die mich über richterlichen Beschluss auf bestimmte Personen ansetzte, gegen die in den verschiedensten Betrugsfällen ermittelt wurde. Meist handelte es sich um Fälle, bei denen enorm hohe Summen im Spiel waren. Viel Geld, das man an den Steuerbehörden vorbei geschleust hatte, um es auf diversen Geheimkonten zu bunkern.

Auf den Partys der reichen Gesellschaft erlangte ich Kenntnis über Transaktionen von Unmengen *Schwarzgeldes* in die Schweiz, nach Liechtenstein oder auf eine dieser *Offshore-Inseln*. Ich hörte von Computerchips, die gar nicht existierten, jedoch für den sogenannten *Karussell-Betrug* herhalten mussten. Eine äußerst raffinierte Art von Schiebereien über mehrere EU-Länder, die Millionen an ergaunerter Vorsteuer einbrachten.

Diamantenschmuggel aus Südafrika, Zigarettenschmuggel aus China und Waffenschmuggel in die Krisenherde dieser Welt.

Dinge dieser Art waren es, die ich in Erfahrung brachte und meiner Dienststelle lieferte, immer peinlichst darauf bedacht, selbst im Hintergrund zu bleiben. Ich war im Grunde ein Schnüffler, ein Verräter an den s*chwarzen Schafen* angesehener Wirtschaftskapitäne, Unternehmer und Politiker in Deutschland, Österreich oder Italien, deren Vertrauen ich mir auf diversen Partys erschlichen hatte.

Da es sich dabei stets um höchst korrupte Menschen handelte, machte mir das absolut nichts aus. Ganz im Gegenteil, es spornte mich an, meinen Job noch effektiver und besser zu erledigen.

Natürlich ging mir in dieser Zeit Kuzimov nicht aus dem Sinn. Ich hörte da und dort von ihm, konnte seinen Aufenthaltsort aber nie konkret festmachen. Es war auch nicht meine Aufgabe.

Dieser Bereich der *Organisierten Kriminalität* fiel nicht in meine Zuständigkeit, auch wenn ich noch so gerne in diesem Umfeld gestöbert hätte. Meine Vorgesetzten hatten mir strengstens untersagt, mit der sogenannten *Russenmafia* in Kontakt zu treten. Es ließe sich mit meiner Vorgeschichte nicht vereinbaren, ich sei nicht objektiv. Damit schmetterten sie alle meine diesbezüglichen Anfragen um Versetzung in diesen Bereich kategorisch ab.

Obwohl ich mich völlig frei und ausschließlich nach eigenem Ermessen in dieser erfundenen Identität bewegen konnte, musste ich die gesetzlichen Grundlagen genau beachten, um nicht in die Illegalität abzugleiten. Die von mir gelieferten Erkenntnisse wurden als Grundlage für weitere Ermittlungen verschiedener Behörden herangezogen. Wären diese Daten nicht legal, also über Anordnung eines unabhängigen Richters erhoben und von zuständigen Organen unter Einhaltung aller gesetzlichen Bestimmungen zustande gekommen, hätten sie vor keinem Gericht Gültigkeit gehabt.

Ich bewegte mich auf einem extrem schmalen Grat.

Der Erfolgsdruck brachte es mit sich, dass ich hin und wieder den Pfad des Gesetztes kurzzeitig verlassen musste, um letztendlich mein Ziel erreichen zu können. Derlei Dinge blieben aber mein Geheimnis. Sie verließen meinen Kopf nicht, es waren die persönlichen Mysterien eines jeden verdecken Ermittlers und hatten somit in offiziellen Vorlageberichten keinen Platz.

Mitte 2007 erwuchs eine unerwartete Gelegenheit für mich. Ich war in einer Angelegenheit, die den Missbrauch von EU-Exportförderungen für Fleisch betraf, in St. Petersburg unterwegs.

Eingeladen zu einem Empfang des Handelsattachés der Bundesrepublik Deutschland, traf ich zusammen mit dem deutschen Fleischindustriellen Hans-Joachim Huberle vor dem Fünf Sterne Hotel in der Stadt der Zaren ein.

Gleichzeitig mit uns hielt ein schwarzer Daimler vor dem Portal des eleganten Einganges. Ein bulliger Leibwächter öffnete für einen Mann im modischen Dreiteiler die Tür der Nobelkarosse.

Der kurze Blick in den Innenraum der Limousine versetzte mir einen gehörigen Schock.

In der weichen Lederpolsterung hatte es sich Igor Kuzimov gemütlich gemacht.

Wir waren etwa zehn Meter voneinander entfernt, sahen uns direkt in die Augen. Kuzimov nickte höflich, bevor sich die Tür schloss und der Wagen an mir vorbeirollte.

Nach dem ersten Schock war mir klar, er hatte mich nicht erkannt! Wie auch, überlegte ich. Ich hatte mich stark verändert, seit unserer letzten Zusammenkunft vor vielen Jahren am Wiener Donauhafen. Damals waren meine Haare schulterlang, mein Gesicht zierte ein kurz gestutzter Vollbart, und ich war eben um Jahre jünger gewesen an diesem grauenvollen Morgen, als mein Partner sein Leben verlor und meines in völlig andere Bahnen geleitet wurde.

Die Party schleppte sich langweilig dahin. Ein Small Talk hier, ein Small Talk, da, ein neuer Drink, Häppchen mit feinsten Köstlichkeiten und alles ohne hübsche Frauen, nur geldgierige Geschäftemacher, Financiers, Botschaftsleute und Mafiosi.

An der Bar lernte ich schließlich den Typen kennen, der aus Kuzimovs Wagen gestiegen war. Er wurde mir als Karel Horace, CEO der Import-Export Firma *HoKa.com,* mit Sitz in Wien vorgestellt.

Wir unterhielten uns über allerlei geschäftliche Dinge. Bald war klar, dass seine Firma wesentlich in Betrügereien mit Fördergeldern involviert war. Er war einer der Vermittler von Geschäften dieser Art. Außerdem erfuhr ich so nebenbei, dass auch Kuzimov in dieser Branche kräftig mitmischte. Es überraschte mich nicht, war doch damit enorm viel Geld zu machen.

Wie so oft in meinem Job hatte mich wieder einmal der Zufall auf eine erfolgversprechende Fährte geführt.

Horace war betrunken, als er mich und einige andere Herren in ein Nebenzimmer schleppte. Dort war alles vorbereitet. Auf zwei Edelholztischen standen einige kleine Silberdosen, gefüllt mit weißem Pulver. Daneben zierliche Silberlöffelchen und einige angesichts der noblen Accessoires geradezu billig wirkende Trinkhalme aus Kunststoff.

Es war angerichtet zum *Koksen.*

Nachdem sich die Herrschaften ihre *Straßen* in die entzündeten Nasen gezogen hatten, kehrte man zurück zur anderen Gesellschaft, mittlerweile wesentlich aufgekratzter als zuvor. Es dauerte nicht lange, bis Horace vorschlug, die Party zu verlassen. Der deutsche Industriemetzger, sein holländisches Pendant und ich wurden von unserem neuen Freund Karel eingeladen, mit ihm zusammen einen Nachtclub zu besuchen, *wo wir mit Sicherheit nach allen Regeln der Kunst verwöhnt würden,* wie er sich augenzwinkernd ausdrückte.

Ein von einem hünenhaften Chauffeur gelenkter *Cadillac* in Überlänge brachte uns an das versprochene Ziel. Horace hatte nicht übertrieben. Der erste Eindruck des Etablissements war überwältigend. Ich hatte schon viele Nachtlokale gesehen, dieses war einzigartig. Die pompöse Ausstattung, die ausgesprochen schönen Frauen, das geradezu heimelige Ambiente sowie die großzügige Raumeinteilung ließen nicht eine Sekunde den Verdacht aufkommen, dass man sich in einem Freudenhaus befand. Und doch war es ein solches, wenn auch eines von feinster Güte.

Horace führte uns an gut besetzten Tischen vorbei in den hinteren Teil der Bar. Eine feudale Sofalandschaft war sein Ziel. In den tiefen Polstern rekelten sich drei ausgesprochen attraktive Damen. Auf einer von Elefantenstoßzähnen getragenen Marmorplatte standen zwei Kühler edlen Champagners samt Trinkschalen aus schwerem Kristall.

Mein Interesse galt aber einer ganz anderen Erscheinung. Zwischen zwei Mädchen lehnte betont lässig ein Mann mittleren Alters.

Das kantige Gesicht mit den buschigen Brauen über schwarzen, asiatisch anmutenden Augen, die hohe Stirn und der dunkle Teint ließen den Menschen aus Kasachstan oder Usbekistan, jedenfalls aus Zentralasien vermuten.

Igor Kuzimov hatte die Beine lässig übereinander geschlagen.

Eines der Mädchen, ihre Hand tief in seinem Schoß vergraben, lächelte bezaubernd. Die andere lehnte an seiner Schulter und säuselte irgendetwas in sein rechtes Ohr. In der linken Hand hielt er eine sündhaft teure Zigarre, deren angenehmer Duft den Raum erfüllte. Obwohl seit den schicksalhaften Stunden im Wiener Donauhafen Jahre vergangen waren, Kuzimov körperlich zugelegt hatte, wirkte er immer noch attraktiv.

Eine Flut heißer Emotionen durchrieselte meinen Körper. Mein Gott, dachte ich, endlich stehe ich vor dem Mann, der mein Leben zerstört hat, der mir das Liebste genommen hat.

Ich weiß bis heute nicht, wie ich es damals schaffte, den Kerl nicht sofort anzuspringen und zu erwürgen. Eiserne, über Jahre antrainierte Disziplin, hinderte mich daran.

Seine dunklen Augen musterten mich neugierig. Um die stark ausgeprägten Lippen spielte ein hintergründiges Lächeln. Seine einladende Geste ließ uns Platz nehmen.

Karel Horace wieselte ekelhaft dienernd durch die Gegend. Er stellte zuerst die beiden Geldmagnaten aus dem Fleischgeschäft vor.

Es machte ihn überaus stolz, derart zahlungskräftige Geschäftspartner als seine Freunde bezeichnen zu dürfen.

»Und das ist Mister…, jetzt habe ich den Namen vergessen, verdammt, wie war der doch gleich?«, stotterte er unsicher in meine Richtung.

»Carl-Hein van Huisten, meine Freunde nennen mich *Charly*«, sagte ich so charmant lächelnd, wie es mir angesichts der Situation möglich war.

»Sehr schön, ich werde Sie auch Charly rufen, wenn Sie erlauben.«

Kuzimovs Stimme hatte noch immer diesen rauchigen Klang.

»Sehr gerne, Igor, ich freue mich Ihre Bekanntschaft zu machen. Ein exzellentes Etablissement. Sie sind der Hausherr, wie ich annehme?«

Der Gangsterboss taxierte mich eine Weile, sagte nichts und beließ es bei einem zustimmenden Nicken.

Ich war nach wie vor sicher, dass er mich nicht erkannt hatte.

22

Apfelstrudel, süßer Schlagobers und duftender Kaffee standen am kleinen Serviertisch zum Verzehr bereit. Martina Kerbel hatte die Köstlichkeit aus der Konditorei am Stephansplatz mitgebracht.

»Ich verstehe einfach nicht, warum die Kerle bislang keinerlei Forderungen gestellt haben. Was wollen sie konkret? Ich kann mir denken, worum es gehen könnte, sicher bin ich aber nicht. Was meinst du, Max? Hast du dir Gedanken darüber gemacht?«

Die Polizistin stach ein Stück Strudel ab und führte es genussvoll zum Mund.

»Tja, Martina, das ist die Frage aller Fragen, wie es so schön heißt. In Wahrheit denke ich dasselbe wie du. Allerdings könnte es sich auch um einen Racheakt handeln. Schließlich war ich maßgeblich daran beteiligt, dass einige Herren von *Qilich* weggesperrt, die Organisation dadurch führungslos wurde. Das wäre die schlimmere Variante als irgendeine Forderung. Es würde bedeuten, dass man mich ständig mit diesen Bildern quälen will und schließlich die kleine Nikita töten würde, wie dies mit meiner Frau und meinem Jungen geschehen ist. Vorausgesetzt, dass es sich bei den Halunken tatsächlich um die Bande von Kuzimov handelt.«

Max spielte nervös mit seinen Fingern, man sah ihm die Anspannung deutlich an.

»Dass hinter der Sache Kuzimov steht, ist so gut wie sicher. Denk an den Mann im *Haas-Haus* und die Flucht, das passt mit Sicherheit zusammen. Da gibt es für uns keinen Zweifel. Sicherheitshalber haben wir auf dein Telefon eine Koppelung gelegt. Sollte jemand anrufen, könnten wir den Anruf zurückverfolgen. Je nachdem, wie sie es anstellen. Ich denke, dass sie mit einer *Prepaid-Card* arbeiten, dann wird es schwieriger. Sollte sich jemand melden, versuche ihn hinzuhalten, du kennst das ja. Natürlich wissen die das auch. Wir werden sehen. Geduld ist wieder einmal unser bester Ratgeber.

Das zuletzt angekommene Foto wird derzeit im Labor bearbeitet. Die versuchen rauszufinden, wo es aufgenommen wurde. Schwierig, aber mit etwas Glück machbar. Zumindest werden sie eine räumliche Eingrenzung erstellen können. Soll heißen, sie versuchen festzustellen, in welcher Region das Foto aufgenommen wurde. Das können die aufgrund der Möbel, der Fenster und dergleichen. Vielleicht haben wir Glück. Wie gesagt, Geduld ist ab jetzt wichtig.«

Max nickte abwesend.

»Worum geht es eigentlich bei der anderen Möglichkeit? Ihr beide habt gesagt, ihr würdet euch denken können, worum es gehen könnte. Also nicht um Rache, sondern?«

Loly blickte fragend zu Martina Kerbel.

Diese warf einen Blick auf Max Bulla, der aus seiner Nachdenkpause erwacht war. Er zuckte unschlüssig mit den Schultern.

»Es geht um eine dienstliche Angelegenheit von früher, Liebling. Ich werde dir die Geschichte bei Gelegenheit erzählen.«

»Du wirst gar nichts erzählen! Du darfst nichts erzählen. Muss ich dich an deine Geheimhaltungspflicht erinnern? Du hast schon genug angerichtet mit dieser unfassbaren Dummheit, deine Mutter anzurufen. Also sei bitte vernünftig und plaudere nicht Sachen aus, die niemanden etwas angehen, auch nicht deine Frau«, unterbrach ihn Martina Kerbel rüde.

»Ich habe dir schon einmal gesagt, dass weder du noch sonst jemand mir vorschreibt, was ich tun oder lassen soll. Schon vergessen? Wir hatten vereinbart, dass ich Loly alles erzähle, das werde ich auch tun, verlass dich drauf!«

Max war aufgesprungen, seine letzten Worte waren auffallend laut ausgefallen. Er war zornig, in seinem Gesicht, arbeitete es. Sein Mobiltelefon vibrierte auf dem kleinen Glastisch neben der Couch. Mit einem Satz war Martina aufgesprungen, hatte sich das Handy geschnappt und starrte auf das Display.

Anonym stand dort zu lesen. Gleichzeitig fiepte ihr Diensttelefon.

»Okay«, sagte sie in dieses und legte auf.

»Wir sind drauf, Max. Du kannst abheben, mach schon«, flüsterte sie aufgeregt.

Er nahm das Telefon und strich über das Display.

»Hallo, wer spricht, bitte!«

Eine Weile war es still in der Leitung.

»Hallo Charly! Oder soll ich besser sagen, Carl-Hein van Huisten? Du weißt, wer hier spricht, alter Freund.«

Max war bleich geworden. Er suchte verzweifelt nach Worten. Seit Langem hatte ihn wieder jemand mit dem Namen, den er als verdeckter Ermittler viele Jahre verwendet hatte, angesprochen.

Seine Stimme kam stoßweise, abgehackt, nervös.

»Wie hast du es herausgefunden, verdammt noch einmal und was willst du von mir? Wir sind fertig miteinander! Aus. Vorbei. Ende! Du hattest deine Rache. Lass mich in Frieden!«

Stille.

»Wie ich dich gefunden habe, ist egal, wichtig ist, dass ich dich gefunden habe. Wie kannst du sagen, wir sind fertig miteinander? Wie kannst du so etwas sagen? Wann ich mit dir fertig bin, das entscheide ich. Glaube mir, bis dahin wirst du wünschen, mich nie kennengelernt zu haben. Und jetzt hör mir ganz genau zu. Ich sage es dir nur ein einziges Mal.

Wir haben deine kleine Tochter und frag mich nicht, woher ich weiß, dass Nikita dein Kind ist. Also hör mir zu. Ich will alles zurückhaben, was mir von dir und von eurem beschissenen Staat weggenommen wurde. Alles. Zudem werden meine Jungs innerhalb einer Woche freigelassen. Und zum Schluss kommt immer das Beste. Ich will dich zu einer persönlichen Aussprache einladen. Nur wir beide. Wie diese ausgeht werden wir sehen.

Werden meine Forderungen nicht umgehend erfüllt, beschäftigt sich mit deiner Tochter ein Freund von uns.

Er ist nicht gerade der hübscheste Mann, dafür aber hochgradig an jungen Mädchen interessiert.

Je jünger, um so lieber. Du verstehst, was ich meine? Er freut sich schon, Charly. Nur du kannst ihn daran hindern, indem du machst, was ich gerade befohlen habe.

Wir hören uns mein Freund, bis bald. Ach noch etwas. Grüß mir die Arschlöcher, die unser Gespräch mitgehört haben.«

Die Verbindung war zu Ende.

Max zitterte am ganzen Körper, sein fahles Antlitz glänzte, Schweißperlen tropften auf seinen Kragen. Wütend warf er sein Handy auf das Sofa.

Über den Lautsprecher hatten alle das Gespräch mitgehört. Martina erhielt einen Anruf, den sie ohne Worte mit einem Nicken beendete.

»Zu kurz, wir haben ihn nicht orten können.«

Loly schien sich als Erste gefasst zu haben. Sie strich ihrem Mann zärtlich über den Kopf und setzte sich dicht neben ihn.

»Ganz ruhig, Max, ganz ruhig. Wir beide schaffen das schon. Nimm eine Zigarette.«

Gierig inhalierte er das beruhigende Gift.

»Was meinte er mit: Alles zurückgeben, was ihm genommen wurde? Was wurde ihm weggenommen? Könnt ihr mich nicht endlich aufklären, *maldito!*«

Loly war zornig.

Martinas fiependes Telefon unterbrach sie.

»Ganz umsonst dürfte die Koppelung doch nicht gewesen sein. Wir wissen zumindest, dass das Gespräch von Österreich aus geführt wurde, genauer gesagt aus Niederösterreich, nördliches Niederösterreich oder Grenzgebiet zu Oberösterreich.

Außerdem haben die Leute im Labor herausgefunden, dass der Ort der letzten Fotoaufnahme auch im östlichen Teil unseres Landes liegen müsste. Steiermark, Oberösterreich oder so. Das würde im weiteren Sinne zusammenpassen. Jedenfalls wissen wir, dass sich Kuzimov dort irgendwo aufhält. Ich fahre jetzt kurz ins Büro, um die Daten an die operative Einsatzgruppe zu übermitteln. Die Fahndung fällt nicht in meine Kompetenz.

Ich bin gegen Abend wieder hier, Max. Wir besprechen dann alles Weitere.«

Sie verabschiedete sich. Loly begleitete Martina zur Tür und setzte sich danach wieder zu Max.

»Ich brauche jetzt zumindest ein Glas Wein Liebling, wenn ich schon keinen Schnaps mehr nehmen darf. Trinkst du einen Schluck mit mir?

Ich glaube, es ist Zeit für einen weiteren Teil meiner Lebensgeschichte.«

23

Krim 2009

Unser erstes Treffen in St. Petersburg war bis in den frühen Morgen gegangen.

Igor Kuzimov hatte sich intensiv mit den beiden Fleischlieferanten über alle möglichen Facetten der Zollabfertigung unterhalten. Sie planten, geförderte Fleischexporte aus der EU unter Vorspiegelung falscher Tatsachen durchzuführen. Minderwertiges Abfallfleisch sollte als hochwertige Ware deklariert werden. Einzelne Lieferungen, die überhaupt nicht stattgefunden hatten, sollten durch gefälschte Zollpapiere belegt werden, was eine Auszahlung der Gelder ermöglichen würde. Die Geschäfte sollten über die Wiener Agentur *HoKa.com* abgewickelt werden.

Interessante Neuigkeiten für die heimischen und deutschen Zollverwaltungen, die entsprechende Informationen von mir erhalten würden.

War ich anfangs verwundert, dass Kuzimov derlei Dinge in meinem Beisein offen diskutierte, stellte sich später heraus, dass mich Horace als Mann angekündigt hatte, der der Organisation von großem Nutzen sein konnte, zumal ich beste Kontakte zu südamerikanischen Drogenkartellen hätte.

Wie der Zufall spielt, hatte ich eines Abends in Monte Carlo gegenüber Hans-Joachim Huberle, neureicher deutscher Fleischindustrieller, damit geprahlt, einen Drogenbaron in Kolumbien zu meinen Freunden zu zählen. Großspurig gab ich zu verstehen, bereits des Öfteren Gast auf dessen Jacht gewesen zu sein und daher auch stets Zugang zu allerfeinster Ware garantieren könnte.

Idiot Huberle hatte natürlich nichts Besseres zu tun, als diesen Umstand Karel Horace zu flüstern, der wiederum Kuzimov informierte.

Ich galt also in ihren Augen als Gleichgesinnter, was mir nur recht sein konnte, zumal ich hoffte, das volle Vertrauen meines Erzfeindes gewinnen zu können.

Kuzimov zeigte sich mir gegenüber interessiert, hielt jedoch misstrauisch einen gewissen Abstand. Interesse an meinen Verbindungen nach Südamerika war da, er ließ sich aber nicht näher auf ein Gespräch darüber ein. Ein alter, vorsichtiger Wolf eben.

Als wir uns im Morgengrauen trennten, konnte ich nicht sicher sein, ihn jemals wiederzusehen. Wir tauschten noch einige Floskeln aus und verabschiedeten uns.

Nach einem ausgiebigen Frühstück traf ich meinen alten Freund Boris Jelzov, Agent des ukrainischen Geheimdienstes. Der konnte mir detailliert Auskunft über das *Reich* des Igor Kuzimov geben. Er warnte mich vor der unglaublichen Brutalität und

Kaltschnäuzigkeit dieses Mannes und versorgte mich mit wichtigen Ratschlägen.

Überraschenderweise war ich am nächsten Tag bei Kuzimov zum Lunch eingeladen.

Ein Gelage, das um 14:00 begann und mit einem Vollrausch um 22.00 endete. Bei dieser Gelegenheit sprach er erstmals davon, mit mir Geschäfte machen zu wollen.

Zwei Jahre nach der langen Nacht von St. Petersburg, meldete sich Kuzimov bei mir. Irgendwann im Jänner 2009 lud er mich auf seine Jacht, die in Jalta vor Anker lag, ein.

Da mir meine Vorgesetzten unter Androhung meiner Suspendierung jeglichen Umgang mit russischen Syndikaten verboten hatten, täuschte ich meinem Gruppenleiter ein Treffen mit einem korrupten Wirtschaftsdelegierten vor. Ich wollte Kuzimov nicht mehr von der Leine lassen, unter keinen Umständen. Der empfing mich wie einen alten Freund. Er hielt sich nicht lange mit Vorreden auf, sondern kam gleich zum Kern seiner Vorstellungen.

Ich sollte mich dem *Qilich-Syndikat* anschließen. Dort wäre meine Aufgabe der Aufbau und die Organisation des Drogenhandels im großen Stil, wobei ich vor allem meine Kontakte zur südamerikanischen Drogenmafia einbringen sollte. Nachdem ich das Angebot eine Nacht überschlafen hatte, nahm ich an. Ich wusste, dass ich, sollte meine Dienststelle davon Wind bekommen, die längste Zeit frei agierender Ermittler gewesen war.

Dieses Risiko nahm ich in Kauf. Es hieß ab jetzt geschickt vorzugehen, um nicht von Kuzimov durchschaut zu werden, ging es mir doch einzig und allein darum, ihm eines Tages persönlich die Handschellen anzulegen.

Ich bekam wenig Einblick in seine dunklen Machenschaften. Dass sich der Bogen seiner Verbrechen über Prostitution, Zigarettenschmuggel, Schlepperei und Menschenhandel spannte, war mir jedoch bald klar. Neu war, dass Kuzimov nun auch groß in das internationale Drogengeschäft einsteigen wollte. Zwei Jahre hatten seine internen Vorbereitungen dafür erfordert, jetzt schien der Zeitpunkt gekommen und ich sollte eine wichtige Rolle dabei spielen.

Meine erste Aufgabe war, den Kontakt nach Kolumbien herzustellen. Kuzimov träumte davon, den teuren Zwischenhandel auszuschalten. Er wollte das Kokain direkt aus Südamerika importieren, um dieses über sein Netz in Europa zu vertreiben. Seine ungestillte Gier nach schier unermesslichen Gewinnen ließ ihn erstmals in seiner Karriere unvorsichtig werden.

Oft überraschte mich seine unglaubliche Naivität in diesem Zusammenhang. Er hätte wissen müssen, dass er damit das Geschäft alteingesessener Drogenkartelle in Europa stören würde, an vorderster Front diverse *Familien* in Neapel und Palermo, die sich mit allen Mitteln gegen eine Konkurrenz zu wehren wussten. Das war allerdings sein Problem, nicht meines.

Zurück in Wien, wurde mir klar, dass ich mit meinen Zusagen zu weit gegangen war. In meiner Euphorie, den Mann, den ich am meisten hasste, reinzulegen, hatte ich über das Ziel hinaus geschossen. Erst jetzt begriff ich, in welche Situation ich mich gebracht hatte. Ich hatte weder Kontakte zu irgendwelchen Drogenbaronen, noch durfte ich mich ohne Erlaubnis meiner Dienststelle verdeckt in die Organisation *Qilich* einbringen. Schließlich fasste ich den Entschluss, erst einmal abzuwarten, was passieren würde.

Kuzimov nahm bald wieder Kontakt zu mir auf. Er war ungeduldig, wollte das Geschäft mit den Drogen so schnell als möglich anlaufen lassen. Wir trafen uns diesmal in seiner Villa auf der Krim. Ich merkte, dass dieses Domizil als sein Hauptquartier bezeichnet werden konnte. Ich erinnere mich noch sehr gut an den ersten Abend dort.

Wir saßen in einem riesigen Wintergarten mit herrlichen Blicken über die Küste. Vor uns die von den letzten Winterstürmen aufgewühlten Wellenkämme des Schwarzen Meeres. In einem aus rotgrauen Flusssteinen gemauerten Kamin loderte ein wärmendes Feuer. Die Abende auf der ukrainischen Halbinsel waren noch sehr frisch um diese Jahreszeit. Kuzimov und ich saßen uns in schweren Ledersesseln gegenüber. Eine zierliche Asiatin hatte einen Samowar auf den gläsernen Beistelltisch gestellt. Schwarzer Tee wurde in feine Teeschalen gegossen. Dazu reichte sie herrlich süßes Gebäck verschiedener Größen. Der goldene Schein unzähliger Kerzen durchbrach das Blau der Nacht im Glaspalast. Mit einem energischen Wink scheuchte Kuzimov das Mädchen aus dem Raum.

Wir waren allein.

Nicht wirklich allein. Hinter der breiten Glastüre hatte sich Andrej Bellow, Kuzimovs persönlicher Leibwächter aufgebaut. Ein verschlagener, mit allen Wassern gewaschener Ukrainer, dem keine noch so abartige Schweinerei fremd war. Boris Jelzov hatte mich ausdrücklich vor diesem Mann gewarnt, ein gefährlicher Bursche, der jeden Befehl seines Bosses gnadenlos ausführte.

»Freut mich Charly, dass du gekommen bist, wie gefällt dir meine bescheidene Hütte? Hier verbringe ich sehr viel Zeit. Nicht in Russland und doch daheim sage ich mir immer. In Wahrheit gehört die Krim zu Russland, das hat viele Vorteile, hier gibt es jede Menge Menschen, die denken und fühlen wie Russen. Und doch ist man vor jeglichem russischen Zugriff sicher, wenn du verstehst, was ich meine?«

Er hatte wieder sein wölfisches Grinsen aufgesetzt. Manchmal befiel mich das ungute Gefühl, dass er genau wusste, wer ich in Wahrheit war. Fest stand, dass er meine *Legende*, die mich als Carl-Hein van Huisten, schwarzes Schaf einer vermögenden holländischen Reederfamilie auswies, überprüfen hatte lassen. Das hatte ich auch von Boris erfahren, weiß der Teufel, woher der das wusste. Es überraschte mich immer wieder, welche Zugänge die Leute der Geheimdienste hatten.

»Noch etwas Tee? Du bist nachdenklich, was bedrückt dich, mein Freund?«

Igor Kuzimov lächelte hintergründig, in seinen schwarzen Augen funkelten winzige bernsteinfarbige Punkte, die seinem sonst eiskalten Blick einen Hauch von Wärme verliehen.

»Alles ist gut, Igor. Es geht mir gut, hier gefällt es mir gut und der Tee ist gut. Alles ist gut.«

Ich lächelte und nahm mir eine der bereitstehenden Zigarren aus der hölzernen Schatulle.

24

Ein regnerischer Tag kündigte sich an.

Der kalte Nordostwind trieb zerrissene Nebelfetzen durch die Stadt an der Donau. Am dunstigen Kai des Donaukanals schaukelten einige Boote im aufgewühlten Wasser. Kleine Wölkchen weißen Zigarettenrauches schwebten in den kalten Morgenhimmel.

Max blickte ihnen versonnen nach und beugte sich leicht aus dem weit geöffneten Fenster seiner Wohnung. Im Hauseingang lehnte sein Bewacher und rauchte ebenfalls. Zwei seiner Kollegen hatten es sich in einem der beiden Dienstwagen bequem gemacht.

Loly ging über den Gehsteig zum zweiten Wagen, flankiert von zwei stattlichen Männern in Jeans und Lederjacken. Sie drehte kurz den Kopf und blickte zu ihm herauf. Er ahnte die Angst in ihren Augen. Winkend hob sie die Hand, dann verschwand sie im Fond des Wagens.

Seine Blicke folgten dem Fahrzeug, bis es um die Ecke entschwand. Ruckartig löste er sich aus seiner geistigen Versenkung, schloss das Fenster und setzte sich an den Frühstückstisch. Während er frischen Saft eingoß, zog er die aktuelle Tageszeitung heran. Lustlos blätterte er darin, bevor er sie achtlos auf den Stuhl neben sich warf.

»Verdammt, ich muss etwas unternehmen!«, sagte er laut und sprang auf. Wie ein der Freiheit beraubtes Raubtier hetzte er in der Wohnung umher. Er öffnete die kleine Bar neben dem Schrank, fasste ein Whiskyglas und füllte es mit Scotch bis unter den Rand. Mit zittriger Hand führte er das Glas zum Mund. Scharf stieg das Bouquet des Getränks in seine Nase. Wie ein Faustschlag traf in die Erkenntnis.

Sein Atem ging stoßweise, die Mundwinkel zuckten, während seine Zunge gehetzt über die spröden Lippen streifte. Fluchend warf er das Glas in Richtung Küchenblock, wo es mit lautem Knall in der Porzellanspüle landete, um in tausend Scherben und Splitter zu bersten. In der Wohnung breitete sich das Aroma einer Schnapsbrennerei aus. Die Türglocke hielt ihn davon ab, den angerichteten Schaden zu bereinigen. Vorsichtig spähte er durch den Spion, bevor er den Schlüssel drehte und öffnete.

»Hallo Martina. So früh unterwegs? Melde wie befohlen: Keine weiteren Anrufe!«

Übertrieben höflich verbeugte er sich, dann ließ er die Polizistin eintreten. Martina verharrte neben der Garderobe. Wie ein witterndes Reh schnüffelte ihre Stupsnase.

»Das ist jetzt nicht wahr, Max? Sag mir, dass das nicht wahr ist. Mein Gott, hier stinkt es wie in einem Whiskyfass. Was hast du gemacht? Bist du völlig verrückt?«

Zornig ging sie auf ihn zu, blickte starr in seine Augen und roch an seiner Kleidung.

»Es ist nicht so, wie es aussieht, Martina. Ja, ich habe mir ein Glas eingeschenkt, und ja, ich wollte es auch trinken, aber dann ist mir zum Glück eingefallen, dass ich ja keinen Schnaps mehr zu mir nehme. Herrlich dieses Gefühl der Stärke. Und damit auch niemand anderer den köstlichen Saft zu sich nehmen kann, habe ich ihn samt Glas in der Spüle entsorgt, im Sturzflug, wenn du so willst. Das Ergebnis kannst du riechen.«

Max lachte, half ihr aus dem Mantel, führte sie in den Wohnraum und servierte einen Espresso.

»Erzähle, junge Dame, was gibt es Neues bei der Polizei?«

Martina Kerbel erweckte den Eindruck, als habe sie die letzten Tage wenig bis gar nicht geschlafen. Graue Tränensäcke, aschfahle Wangen, das Haar unfrisiert, alles Dinge, die darauf schließen ließen. Sie fiel müde auf das bequeme Sofa.

»Ich könnte auf der Stelle einschlafen, Max. Ich bin fertig, hundemüde und stinksauer. Trotzdem, wir müssen da durch. Wie es aussieht, haben wir den ersten brauchbaren Hinweis bekommen. Ich komme gerade von der Polizeiinspektion in der Leopoldstadt. Die haben in der Nacht ein Mädchen aufgegriffen, bulgarische Prostituierte drogenabhängig. Das arme Ding war schwer misshandelt und geschlagen worden, bevor sie flüchten konnte. Ein Taxifahrer hat sie in der Nähe des Pratersterns aufgelesen. Sie war aus einer Seitengasse direkt vor seinen Wagen gelaufen. Beinahe hätte er sie überfahren.

Zum Glück reagierte der junge Mann, ein Nigerianer, richtig. Er verfrachtete die Unglückliche in den Wagen und brachte sie zur Polizei. Dort wurde sie von einem Arzt erstversorgt. Nachdem sie sich soweit erholt hatte, um eine Aussage machen zu können, erfuhren die Beamten eine mehr als interessante Geschichte.

Dana, so heißt das Mädchen, war vor Jo Horvath geflüchtet. Dieser Horvath ist kein Unbekannter für die Kollegen der Polizeiinspektion. Er werkt als Türsteher, Geldeintreiber, Kleindealer und Zuhälter. Meist ist er aber als Handlanger für die Bosse der Wiener Unterwelt unterwegs. Horvath ist ungarischer Abstammung, seine Eltern flüchteten in den Fünfzigern nach Österreich. Er ist mehrfach vorbestraft, gilt als leicht beschränkt, aber skrupellos und gefährlich. Am gestrigen Abend holte er Dana im Lokal von Fredy Kapeck ab und fuhr mit ihr in den *Wurstelprater*. Fredy Kapeck betreibt eine Bar am Gürtel mit einigen Hinterzimmern. Stundenhotel. Ziemlich abgewetzte Bude, drittklassiger Puff und Spielertreffpunkt. Soweit Dana dies mitbekommen hat, sollte sie, die in Fredys Diensten stand, ein *Geschenk* an Horvath sein. Warum und wieso, konnte sie nicht sagen. Jedenfalls fuhr Horvath mit Dana in den Prater. Dort tranken sie ausgiebig in einem bekannten Biergartenlokal. In der Folge führte er sie in ein Dickicht und wollte Sex. Sie wehrte sich, worauf er zuschlug. Ordentlich, wie die Verletzungen zeigen. Irgendwie konnte das Mädchen sich losreißen und flüchten. Als sie den Beamten etwas von Russenmafia und Entführungen zu erzählen begann, setzten die sich mit dem BKA in Verbindung. Weil auch der Name Igor Kuzimov gefallen war, holte mich der Anruf des Bereitschaftsdienstes von meiner Bettkante. So sehr ich die Kollegen vorerst verfluchte, so dankbar bin ich ihnen jetzt. Ich habe Dana fast zwei Stunden vernommen. Was sie mir erzählt hat, ist nicht zu glauben, offenbar aber die Wahrheit. Ich fasse mich kurz.

Dana kam vor drei Jahren, sie war gerade achtzehn Jahre alt, zusammen mit ihrem Freund nach Wien. Er arbeitete bei einer großen Baufirma. Nach drei Monaten stürzte er von einem Gerüst und verstarb zwei Tage später im Spital. Dana konnte die kleine Wohnung nicht mehr bezahlen, landete auf der Straße, wo sie eines Tages von Fredy Kapeck aufgelesen wurde. Er gab ihr einen Job als Bedienung in seiner Bar. Bald musste sie sich dort auch prostituieren. Dieses Leben gefiel ihr anfangs gar nicht so schlecht. Fredy hatte sie als seine persönliche Begleitung auserkoren. Sie konnte sich ihre Kunden aussuchen und genoss einen gehobenen Status gegenüber den anderen Mädchen. Im direkten Umfeld von Kapeck bekam sie auch mit, dass ein Karel Horace manchmal im Lokal zu Besuch war. Einmal war er auch ihr Kunde. Ein widerlicher Kerl, wie sie bemerkte. Dieser Mann ist den Zollbehörden kein Unbekannter. Von den Kollegen dort habe ich erfahren, dass er schon lange im Verdacht steht, illegale Geschäfte mit russischen Partnern zu machen. Ich will jetzt nicht näher darauf eingehen. Fest steht, dass er mit einer Firma in Russland in Kontakt ist, die Kuzimov zugerechnet wird.«

»Ich kenne Horace«, unterbrach sie Max Bulla aufgeregt.

»Ich kenne ihn, seine Geschäfte und seinen verdorbenen Charakter. Er ist ein Vertrauter von Kuzimov, über ihn liefen viele Geschäfte. Als Kuzimov damals gefasst wurde, tauchte Horace unter. Zoll und Staatsanwaltschaft stellten seine Firma auf den Kopf, nichts kam dabei heraus. Man konnte ihm außer ein paar Kleinigkeiten nichts nachweisen und Kuzimov schwieg vor Gericht sowieso.«

»Okay, dann weißt du ja, mit wem wir es zu tun haben. Dana hat mir erzählt, dass Horace so etwas wie der Boss von Kapeck sein soll, sie hat keine Ahnung in welchem Zusammenhang, ist sich aber sicher, dass Kapeck von Horace wie ein Untergebener behandelt wurde. Sie konnte letzte Woche zufällig ein Gespräch belauschen. Angeblich gab Horace dem Kapeck Anweisungen, betreffend die Abholung einer Ware. In der Folge hörte sie auch, um welche Ware es sich handelte. Ich konnte es zuerst nicht glauben, bin aber nunmehr überzeugt, dass sie mir die Wahrheit gesagt hat. Kapeck sollte jungendliche Flüchtlinge aus einem Haus am Stadtrand abholen und diese *in das Lager hinaus bringen*, wo immer das sein mag. Wahrscheinlich haben wir es mit Schlepperei zu tun. Aber jetzt kommt der Hammer.

Dana ist sicher, dass auch von einem Mädchen die Rede war. Sie konnte sich an den Wortlaut genau erinnern.

Du bringst die kleine Schlampe auch ins Lager, Befehl vom Boss, hast du verstanden?

Genau diese Worte habe Horace gebraucht. Kapeck habe anfangs protestiert. Das ginge nicht gut, er werde das nicht machen, das Lager sei für die Jungen da. Er musste aber schließlich einlenken. Was sagst du dazu?«

Max zündete sich eine neue Zigarette an, dachte bei sich, dass er wieder viel zu viel Rauche, und betrachtete sein Gegenüber nachdenklich. Martina nahm einen Anruf entgegen, nickte mehrmals und beendete das Gespräch.

»Das waren die Kollegen. Horace ist ausgeflogen, sein Büro sagt, er sei auf Geschäftsreise. Wir haben eine Fahndung nach ihm rausgelassen. Wie hat der das so schnell mitbekommen, verdammt noch mal, es ist zum Kotzen!«

»Du fluchst wie ein Fuhrmann, hast du das bei den Amis gelernt?«

»Ist aber auch wahr. Manchmal rutscht mir so was raus, entschuldige bitte.«

»Alles okay, ich kann dich verstehen. Wir gehen also davon aus, dass es sich bei dem Mädchen um Nikita handelt, habe ich recht?«

»Ja, ich denke schon, es könnte zumindest hinkommen, nicht wahr? Kuzimov haut ab, er stellt seine Forderungen, Horace verschwindet auch, vermutlich ist ihm der Boden zu heiß geworden. Nach der Flucht von Kuzimov haben die Fahnder alle seine im Gefängnis erhaltenen Besuche überprüft und dabei festgestellt, dass der letzte Besucher ein gewisser Hillinger war. Soweit ich informiert bin, könnte das Horace gewesen sein. Man gleicht die Aufzeichnungen der Ü-Kamera noch ab, ist sich aber bereits sicher. Hier formt sich meiner Ansicht nach ein Bild. Dass uns der Zufall Dana geliefert hat, ist wirklich ein Glücksfall.«

»Da kannst du recht haben. Wie wollt ihr nun vorgehen, was ist der Plan?«

«Im Büro legen sie gerade die Marschrichtung fest. Ich denke, wir werden Kapeck und Horvath überwachen. Vorrangig ist so schnell als möglich den Standort dieses *Lagers* ausfindig zu machen. Das scheint mir das Allerwichtigste zu sein.«

Sie unterhielten sich noch eine Weile, bis Martina einen Anruf erhielt und sich auf den Weg machte.

Es verging der ganze Tag. Nichts, absolut nichts passierte. Max rief zum x-ten Mal Martina an und wurde immer wieder vertröstet. Gegen Abend brachten die Beamten Loly nach Hause. Max hatte Fisch aus der Tiefkühltruhe zubereitet. Er war gerade dabei den Tisch zu decken, als seine Frau ihn umarmte und küsste.

»Wie war dein Tag, Liebes? Schlecht nehme ich an, mit viel Rauch und wenig Neuigkeiten?«

Max lächelte zaghaft.

»Viel Rauch stimmt, wenig Neuigkeiten stimmt nicht. Setz dich, ich bringe unser Essen. Dabei erzähle ich dir alles. Du wirst staunen.«

Nachdem er ihr von seinem Gespräch mit Martina erzählt hatte, lehnte sich Loly an seine Schulter und massierte seinen Nacken.

»Das ist doch immerhin etwas. Lass uns positiv denken, sie werden das Kind finden und alles wird gut, glaube mir.«

»Ja alles wird gut. Wirklich alles? Kuzimov hat mit mir eine Rechnung offen. Die will er begleichen, so viel ist sicher.«

Er setzte sich auf das Sofa und winkte seine Frau zu sich.

25

Krim 2009

Der Abend in der feudalen Villa am Meer hatte sich hingezogen.

Am Hafen unten war es ruhig geworden, die Lichter auf den Jachten erloschen. Eine sternenklare Nacht lag über der Krim. Kuzimov stand neben mir auf der riesigen Terrasse seiner Villa. Wir pafften teure Zigarren. Die riesigen Schwenker aus Bleikristall, gefüllt mit altem Cognac, ruhten auf dem Marmortisch. Eine kühle Brise strich über die Halbinsel am Schwarzen Meer.

Kim hatte ein köstliches Mahl serviert, inklusive raffinierter asiatischer Köstlichkeiten. Ein herrlicher Burgunder war erlesener Begleiter gewesen.

»Wir gehen besser wieder rein, ist noch frisch um diese Zeit.«

Kuzimov wandte sich ab und stolzierte in den überdimensionierten Wintergarten, wo er auf dem kostbaren Ledersofa Platz nahm.

»Setz dich zu mir, Charly. Wir wollen zum Geschäft kommen.«

Ich legte meine Zigarre in den Ascher und setzte mich neben den Gangsterboss.

Nun wurde es ernst, ich konnte ihn mit Sicherheit nicht länger hinhalten. Er würde auf Lieferungen bestehen, so schnell wie möglich. Ich entschloss mich für die Flucht nach vorne.

»Du hast recht, Igor. Lass uns über Geschäfte reden. Ich habe mit meinen Freunden gesprochen. Sie sind grundsätzlich an einem Deal mit uns interessiert. Es war unglaublich schwer, ihr Interesse zu wecken. Ich brauchte viel Überzeugungsarbeit, das musst du mir glauben. In erster Linie ging es um die Bonität deinerseits. Zweitens bestehen sie darauf, Einfluss zu nehmen, in welchen europäisch/asiatischen Regionen der Stoff vertrieben werden darf. Es geht um eine Art Gebietsschutz. Man will logischerweise andere Kunden nicht vergrämen. Wie gesagt, grundsätzlich konnte ich sie davon überzeugen, dass dahingehend kein Problem besteht. Verhandlungen im Detail werden nötig sein. Keine Frage bei einem heiklen Geschäft dieser Größenordnung. Sicher ist, dass diese Leute über alle zur Verfügung stehenden Kanäle, dazu gehören auch geheime Quellen verschiedener Dienste, Informationen über dich persönlich sowie *Qilich* eingeholt haben. Wie auch immer. Sie wollen einsteigen.«

Ich konnte die Gier in seinen schwarzen Augen sehen, spürte, wie scharf Kuzimov auf ein derartiges Geschäft war, wusste ich doch, dass er bisher im Kokaingeschäft eine kleine Nummer war, der relativ teuer einkaufen musste und daher nur geringe Profite machen konnte.

»Ich habe dieses Angebot erhalten.

Fünfhundert Kilogramm Mindestabnahme, reinste Qualität. Kostenpunkt zweieinhalb Mille. US-Dollar, in bar.«

Zum ersten Mal sah ich den kaltschnäuzigen Kuzimov überrascht, ja fast erschrocken.

»Zweieinhalb Mille? Pah, das ist ein ordentlicher Batzen!«, rief er spontan aus.

»Allerdings, es ist eine Menge Kohle. Andererseits liegt der Marktwert auf der Strasse für ausgezeichnete Qualität dieser Art derzeit bei etwa 50-70 Euro, pro Gramm. Über den Daumen das Zehnfache an Gewinn. Und das mit einer Lieferung.«

Erst jetzt schien er zu realisieren, in welchen Dimensionen wir uns bewegten, seine Miene hellte sich auf.

»So gesehen hast du recht, Charly. Könnte ein gutes Geschäft werden. Obwohl, wenn ich zurückdenke an meine Zeit auf der Donau, die Preise haben sich ordentlich verändert, seit damals.«

Mir wurde plötzlich warm in meinem Anzug. Ich spürte, wie Schweiß auszubrechen drohte.

»Entschuldigst du mich bitte?«, sagte ich und verließ eilig das Sofa.

Das eiskalte Wasser im Gesicht tat mir gut. Ich merkte, wie meine Hände ruhiger wurden. Die Erwähnung *seiner Zeit auf der Donau* hatten mich aufgewühlt. Auch noch nach dieser langen Zeit hatte ich das mir angetane Leid nicht überwunden. Nur langsam lösten sich die Bilder meiner Liebsten in Nebel auf. Ich spritzte mir mehr eiskaltes Wasser ins Gesicht, trocknete mich ab, richtete meine Haare und ging zurück in den Wintergarten.

Kuzimov hatte in der Zwischenzeit eine Reihe von Zahlen auf einen Notizblock geschrieben.

»Was ist mit dir? Siehst blass aus, etwas nicht in Ordnung?«

»Nein, nein, alles in Ordnung. Mein Darm hat ein wenig rebelliert, vielleicht war die asiatische Küche zu pikant. Alles wieder okay, es geht mir gut, wenn ich mir noch ein wenig Cognac nehmen darf, das wäre fein.«

»Schenk dir ordentlich ein, das vertreibt die bösen Geister aus Kims asiatischer Küchenwelt.«

Kuzimov lachte und prostete mir zu.

»Da fällt mir eine Geschichte ein, aus meiner Zeit auf der Donau, ich glaube es war 1995, ja 1995 war es. Wie die Zeit vergeht. 14 Jahre, wie im Flug verpufft. Willst du die Geschichte hören?«

Meinte er wirklich die Geschichte über den damaligen Einsatz am Donauhafen? Ich war mir nicht sicher, musste aber damit rechnen. Ein ungutes Gefühl beschlich mich. An seiner Mimik konnte ich nicht ablesen, was hinter dem dunklen Antlitz vor sich ging. Ich hatte keine Wahl, musste zuhören, wollte ich nicht riskieren, dass er argwöhnisch würde.

»Ja gerne. Alte Geschichten höre ich immer wieder gerne«, log ich dreist.

»Also hör genau zu Charly, es ist keine schöne Geschichte, sie zeigt aber etwas Wesentliches im

Leben eines Mannes. Er muss tun, was er tun muss. So ist das. Ich war damals mit meinem Zwillingsbruder Oleg auf der Donau unterwegs, Kohletransport nach Wien und Linz. Unser Nebenjob war der Schmuggel von Kaviar und Zigaretten, manchmal etwas Heroin, je nachdem. Eines Tages wollten uns die Bullen die Ware abjagen. Es kam zu einer Schießerei am Wiener Hafen. Mein Bruder wurde getötet. Ich erwischte einen der Bullen. Der Zweite wurde auch getroffen, überlebte aber. Ich nahm ihm Waffe und Ausweis ab. Beides verwahre ich immer noch in meinem Tresor, willst du sehen?«

Mir wurde wieder heiß, dann kalt. Ich nahm einen kräftigen Schluck, lächelte ihn an.

»Vielleicht später. Erzähl weiter, Igor. Spannende Geschichte.«

»Ja, also, wo war ich? Ach ja, Oleg war tot, einer der Bullen auch. Den anderen habe ich mir vorgemerkt. Ich schwor, ihn leiden zu lassen, indem ich ihn am Leben ließ. Der Kerl musste einige Wochen im Spital verbringen. In dieser Zeit habe ich seine Tussi in den ewigen Frieden geschickt. Ich erinnere mich noch genau, wie sie gekämpft hat gegen unseren schweren Wagen in ihrem kleinen *Cooper.*

Es nützte nichts, der Abgrund verschluckte sie. Hundertfünfzig Meter in die Tiefe.«

Er nahm genussvoll einen Schluck und griff nach der Zigarre, die ausgegangen war.

Mir wurde erneut übel, mein Puls näherte sich dem Anschlag.

»Ja, so war das Charly. Ich musste meinen Bruder rächen. Aber je länger ich darüber nachdachte, umso mehr kam ich zur Überzeugung, dass mein Bruder mehr wert war als ein Bullenweib. Es ließ mir keine Ruhe. Ich hatte keine Wahl. Ich wusste, dass ich keine Ruhe finden würde, ehe nicht auch der Sohn des Mörders meines Bruders ins Gras gebissen hatte.«

Kuzimov redete sich in einen Rausch der Gefühle, der Alkohol tat sein Übriges. In seinem Gesicht leuchtete es. Ich konnte sehen, mit welcher Hingabe er diese Morde geplant und ausgeführt hatte. Mir schauderte bei dem Gedanken, dass ich nun erfahren würde, was er mit dem Tod von Mario zu tun hatte.

»Der junge Bursche war Student. Ich überlegte lange, wie ich es anstellen konnte. Es sollte kein kurzer Prozess sein, oh nein. Ich wollte den Mann, der mir den Zwillingsbruder genommen hatte, tief ins Herz treffen. Ich wollte, dass er genauso litt, wie ich gelitten habe, das war nur gerecht.

Es gab einen Mann in Russland, mit dem ich noch eine Rechnung zu begleichen hatte. So konnte ich zwei Fliegen mit einer Klappe schlagen. Seine Tochter wollte im Westen studieren, das passte ausgezeichnet in meinen Plan. Ilona, so hieß das hübsche Ding, bekam über einen meiner Mittelsmänner die Möglichkeit nach Wien zu übersiedeln, um dort zu studieren. Dass sie sich dafür erkenntlich zeigte und mit dem Gönner ins Bett stieg, gehörte zum Plan. Sie hatte Pech. In den Liebesnächten wurde eine tödliche Krankheit übertragen.«

Kuzimov zündelte ungeschickt an seiner Zigarre herum, er war volltrunken.

Ich deutete auf meinen Bauch und verschwand wieder in der Toilette, wo ich erst einmal mit einem kräftigen Stoß die angestaute Luft aus meinen Lungen entweichen ließ. Dann musste ich kotzen, kotzen, bis die reine Galle kam.

Mein Gott, was ist das für ein Dreckschwein, dachte ich. Damals war ich kurz davor, Kuzimov einfach umzubringen und abzutauchen. Die Gelegenheit wäre gut gewesen, wäre mir nicht im letzten Augenblick der Leibwächter eingefallen.

Mit enormer Willenskraft kehrte ich zurück in den Wintergarten und zwang mich dazu, weiter zuzuhören.

»Eine wirklich aufregende Geschichte, Igor. Wie geht sie weiter?«

Ich betete heimlich zu einem Gott, an den ich in Wahrheit nicht glaubte, mir die Kraft zu geben, diesen Abend irgendwie durchzustehen.

»Ja, wie geht sie weiter? Der Sohn des Bullenschweines verliebte sich zufällig in die kleine Ilona, die wusste, welch tödlicher Virus in ihrem jungen Körper Platz genommen hatte. Dieses Wissen war für sie nur mit Heroin zu ertragen. Geschickt verführte sie den jungen Mann. Mario, so hieß der Knabe, war verrückt nach dem Mädchen, rauchte mit ihr, fixte mit ihr, steckte sich mit der Krankheit an und starb mit ihr. Sie nahmen sich gemeinsam ihr junges

Leben, setzten sich den *Goldenen Schuss.* Beinahe romantisch, würde ich meinen.«

Sein hysterisches Lachen hallte durch die Villa.

»Schön war er aufgegangen, mein Plan. Was meinst du Charly? Ein Meisterwerk strategischer Planung.«

Igor Kuzimov lachte sein hässliches, wahnsinnig anmutendes Lachen, sprang auf und taumelte zur Toilette.

In meiner Seele rumorte es. Vor meinem inneren Auge tanzten Hunderte Bilder aus der Vergangenheit. Ein ungeheures Verlangen nach Rache erfasste mich. Ich war an einem Punkt angelangt, der es mir schier unmöglich machte, nicht zu reagieren. Meine Gedanken ließen sich nicht ordnen, verwirrt starrte ich auf das Meer hinaus. Wenn er wieder reinkommt, bringe ich ihn um, schoß es mir in den Kopf. Ich springe ihn an und erwürge ihn.

Weit draußen auf den Wellenkämmen, formte sich das Bild meiner Mutter. Ihre Worte waren plötzlich da. *Vergelte nicht Gleiches mit Gleichem.*

Wie sollte mir gelingen, was in Worten so leicht zu sagen war?

Mein verschwommener Blick fiel in das Halbdunkel des Vorraumes.

Hinter der Glastür lümmelte Andrej Bellow.

26

Interessiert teils angespannt hatte Loly den Erzählungen gelauscht.

Wie immer, wenn seine Gefühle in Aufruhr gerieten, streichelte sie ihn liebevoll, um die verletzte Seele halbwegs ins Gleichgewicht zu bringen.

Eine weitere Mineralwasserflasche in der Hand, schenkte er sein Glas voll.

»Ich bin sicher, dass mir meine Wasserallergie noch Probleme machen wird. Das wird sich rächen, ich weiß es Loly, mein Schatz. Sollte ich nicht doch wenigstens einen Whisky probieren, einen winzig kleinen Schluck, was meinst du?«

»Das musst du selber wissen, okay? Es ist deine Entscheidung!«

Er meinte eine gewisse Schärfe in ihrer sonst so milden Stimme erkannt zu haben und dehnte sich genussvoll.

»Das war ein kleiner Scherz am Rande, Liebes. Glaubst du wirklich, ich wäre so schwach? Richtig leicht fällt es mir auch nicht, das kannst du mir glauben.«

»Ich weiß, ich weiß. Deshalb bin ich auch so stolz auf dich, du mein Held.«

Sie lachte und kniff ihn in die Seite.

»Mir ist klar, wie schwer es für dich ist, über diese alten Zeiten zu reden, aber was geschah weiter?«

»Ich habe das Gefühl, es ist gut für mich, über diese Zeiten zu sprechen. Ich empfinde das Gespräch als eine Art Therapie. Hätte schon viel früher damit anfangen sollen. Spricht man sich belastende Dinge von der Seele, scheinen sie weg zu sein, zumindest vorübergehend. Leichter ist mir auf jeden Fall. Deshalb leichter, weil ich mit dir nun jemanden habe, der die Last mit mir zusammen trägt, und das tut unheimlich gut.«

Er lächelte sie liebevoll an.

Sein Telefon summte.

Ängstlich sahen sie sich an.

Es war Martina.

»Hallo Martina. Was liegt an?«

Max blies erleichtert die Luft aus.

»Wollte nur fragen, wie es bei euch läuft. Ich wundere mich, dass die Kerle sich nicht melden. Wir haben auch keine Neuigkeiten. Kapeck und Horvath sind im Lokal am Gürtel. Sie spielen Karten. Unser Mann steht an der Bar. Alles scheint normal. Auf Kapecks Handy haben wir eine Überwachung bewilligt bekommen, bringen wird das nichts, er verwendet eine neue Wertkarte. Jetzt heißt es warten und hoffen. Ich melde mich sofort, wenn ich Neuigkeiten habe. Lass dein Telefon an. Gute Nacht.«

Loly nahm ihm das Telefon ab und legte es auf das Sofa.

»Es ist spät, lass uns zu Bett gehen«, flüsterte sie auf dem Weg ins Badezimmer.

Er öffnete das Fenster zur Straße. Die Bewachung hatte gewechselt, ein anderer Mann spazierte am Bürgersteig entlang. Auffällig unauffällig, dachte Max lächelnd. Man hatte es absichtlich so angelegt, damit jeder interessierte Beobachter sehen konnte hier ist Polizei vor Ort.

»Immer brav aufpassen Jungs«, murmelte er und schloss das Fenster. Loly lag schon im Bett, als er das geräumige moderne Schlafzimmer betrat.

»Ich kann nicht einschlafen, bevor du mir nicht erzählst, was damals weiter geschah. Was hast du gemacht, warum hast du Kuzimov damals nicht erledigt, so wütend wie du warst?«

»Wie sollte ich? Ich war unbewaffnet und sein *Schatten* ließ mich nicht aus den Augen. Es dauerte eine Weile, bis Kuzimov zurückkam. Er hatte sich frisch gemacht und wirkte plötzlich fit und munter. Ich habe keine Ahnung, wie ich aussah, schrecklich fühlte ich mich auf jeden Fall. Er schien mir nichts anzumerken und kam wieder auf den Drogendeal zu sprechen. Eine Weile ging die Diskussion hin und her, er wollte eine kleinere Menge für den Anfang. Fünfhundert Kilogramm waren ihm offenbar zu viel Ware ,vielleicht auch zu viel Geld.

Selbst für einen Gangster seines Kalibers sind zweieinhalb Millionen Dollar nicht aus der Hosentasche zu bezahlen.

Schließlich einigten wir uns darauf, dass ich mit den Kolumbianern noch einmal verhandeln sollte. Danach würde er sich entscheiden.

Am nächsten Morgen flog ich zurück nach Wien. Ich hatte mich in ein Schlamassel manövriert, aus dem ich nicht so leicht herauskommen würde. Ein Verfahren wegen eines schweren Dienstvergehens stand mir ins Haus. Derartige Dinge wurden konsequent sanktioniert. Organisierte Kriminalität ist ein äußerst sensibles Thema. Die Leute im BKA können es absolut nicht ertragen, wenn ihnen jemand in die Quere kommt. Verständlich. Die Jungs arbeiten meist jahrelang an einem Fall, der durch ein Verhalten wie meines mit einem Schlag zunichte gemacht werden konnte. Mir blieb keine andere Wahl. Ich musste die Flucht nach vorne antreten. Bevor es aber so weit war, vertraute ich mich meinem ehemaligen Gruppenleiter und Freund Daniel Koller an.

In seiner ersten Reaktion bezeichnete er mich als völlig verrückt, was ich verstehen konnte. Nachdem ich ihm die gesamte Geschichte erzählt hatte, zeigte er Verständnis. Ich will dich verschonen mit dem ganzen Prozedere im Ministerium. Natürlich hatte das BKA bereits einen Blick auf Kuzimov geworfen, bislang ohne Erfolg. Meine Erkenntnisse kamen ihnen nicht ungelegen, auch wenn diese illegal von mir beschafft worden waren. Von höchster Stelle wurde ein Scheinkauf mit Kuzimov genehmigt und die Planungsphase begann.«

Max richtete sein Kopfkissen und lehnte sich müde zurück.

27

Taschkent / Usbekistan 2009

Der in die Jahre gekommene Airbus setzte am *Xalqaro Aeroport* in Taschkent auf.

Ab Wien über Moskau war ich mehr als neun Stunden unterwegs gewesen. Durch die dreistündige Zeitverschiebung war es in der usbekischen Hauptstadt bereits dunkel.

Nach einer halbstündigen Fahrt hielt mir der bullige Chauffeur des dunkelblauen *Daimlers* die Tür auf. Ich stand staunend vor dem imposanten Eingangsbereich des *Nirada International,* eine exquisite Unterkunft mit fünf Sternen, die seinen Gästen alle Wünsche erfüllte.

Hier sollte ich mich mit Kuzimov zur entscheidenden Vereinbarung treffen. In der für mich reservierten Suite machte ich mich frisch, bevor ich in die zu dieser Zeit fast leere Bar schlenderte. Eine ausgesprochen hübsche Bedienung servierte einen perfekten *Martini,* gewährte lächelnd einen Blick in ihr bezauberndes Dekolletee und fragte kokett, ob ich zum ersten Mal in der Stadt sei.

Ehe ich eine Antwort formulieren konnte, klopfte mir Andrej Bellow auf die Schulter.

»Der Boss wartet, er hat es nicht gern, wenn er warten muss. Schluss mit flirten. Mitkommen!«

Genüsslich leerte ich mein Glas, erhob mich und machte mich auf den Weg, nicht ohne dem bezaubernden Mädchen ein Lächeln zu schenken.

Er führte mich in den imposanten Speisesaal. Im hinteren Bereich machte ich einen riesigen runden Tisch aus, so üppig gedeckt, als erwarte man eine Hochzeitsgesellschaft. Kuzimov saß alleine inmitten teuren Porzellans, schillernder Gläser und herrlicher Blumenarrangements.

»Erwartest du den Präsidenten? Imposantes Ambiente, das ist nicht nur für uns beide?«

Ich deutete auf die herrliche Tafel.

»Ich habe ein paar Geschäftsfreunde eingeladen. Kommen später. Vorerst wollen wir zwei uns unterhalten. Wie war die Reise?«

»Angenehm, Igor. Hübsche Stewardessen, es geht nichts über die asiatische Schönheit der usbekischen Frau. Leider sind die Damen sehr distanziert. Höflich, aber bestimmt.«

Ich lachte, gab mich so ungezwungen wie möglich, obwohl die innere Anspannung stieg. Würde er auf unseren Plan aufspringen, unser Spiel mitmachen? Er war ein gefährlicher grauer Wolf, der nicht so leicht in eine Falle tappen würde.

»Was hast du erreicht? Erzähle schon, ich will wissen, wie es weitergeht.«

»Gute Nachrichten. Die Kolumbianer haben zugestimmt, auf zwei Tranchen zu liefern.

Die erste Lieferung umfasst einhundert Kilogramm die zweite drei Monate später vierhundert Kilogramm. Ihr letztes Angebot. Ich wollte monatlich eine Lieferung. Das machen die nicht. Ich glaube, es hängt daran, dass jeder Transport ein neues Risiko darstellt. Soweit ich weiß, kommt die Ware per Schiff über die Kanaren, weiter über Gibraltar ins Mittelmeer und wird irgendwo an der Riviera gelöscht. Wie es von dort weiter geht, wissen nur sie. Jedenfalls soll die Übergabe in Wien stattfinden.

Sie akzeptieren ausnahmslos gebrauchte Euroscheine, keine durchnummerierten Pakete. Schönes, gebrauchtes Bargeld. Der Preis bleibt gleich, nicht verhandelbar.«

Kuzimov spielte mit seinem Weinglas, als überlege er. In seinen schwarzen Augen hatte ich längst die Gier gesehen, die Freude, dass es bald losging und er groß einsteigen konnte in das internationale Drogengeschäft.

Er schmunzelte.

»Das sind gute Nachrichten, Charly. Was mir nicht gefällt, ist der Übergabeort. Ich möchte es in Bratislava machen, dort fühle ich mich wohler. Wien ist eine schöne Stadt, aber nicht für mich. Dort habe ich meinen Bruder verloren, auch bei einem Drogengeschäft, ich habe dir davon erzählt. Nein, nicht Wien. Ich bin abergläubisch, Charly. Dort würde ich mich nicht wohlfühlen, verstehst du das?«

»Du wirst es nicht glauben, Igor, daran habe ich gedacht. Ich habe mit den Leuten gesprochen.

Keine Chance. Für sie kommt kein ehemaliger Oststaat als Übergabeort infrage. Bitte frag mich nicht, warum. Es ist so. Ich glaube, dass es in Wien eine Art Infrastruktur gibt, einen Verteilerring für Ost-und Mitteleuropa. Das ist eine Vermutung von mir. Es wird nicht anders gehen.

Überdies bestehen sie darauf, dass du die erste Lieferung persönlich übernimmst. Sie wollen dich kennenlernen, wollen sehen, mit wem sie Geschäfte machen. Du und ich, wir beide machen das zusammen. Was anderes geht nicht. Bellow kann den Wagen fahren. Das ist alles.«

Jetzt waren wir am wichtigsten Punkt angelangt. Würde er anbeißen? Ich sah, wie er mit sich kämpfte.

War es wirklich der Aberglaube, oder schob er diesen nur vor?

Hatte er die Falle gerochen?

Seine Augen waren schmal geworden. Schmäler, als sie ohnehin waren. Er lächelte auf diese wölfische Art, die einem das Blut gefrieren ließ, leckte sich die Lippen und gab schließlich klein bei.

»Also gut, mein Freund, wir machen es so. Sollen sie ihren Willen haben, verdammte *Gauchos*

Wie sieht es mit einer Probe aus? Hast du etwas mitgebracht?«

Mir war klar, dass Kuzimov längst einen Plan hatte, wie die Übergabe vor sich gehen sollte.

Diese spontane Zustimmung roch geradezu nach Hinterlist.

Wir würden höllisch aufpassen müssen.

»Natürlich habe ich etwas dabei. Die Ware ist einwandfrei, du wirst sehen. Wann willst du sie testen? Nach dem Essen?«

»Das trifft sich ausgezeichnet. Nachher machen wir Party im Penthouse. Wird dir gefallen Charly. Es ist alles vorbereitet.«

Wieder dieses hyänische Grinsen, ich wurde das Gefühl nicht los, dass Kuzimov noch lange nicht nach unserer Pfeife tanzen würde, der Kerl war zu hintertrieben.

Kurz darauf trafen seine Gäste ein. Internationale Geschäftsleute in Begleitung schöner Frauen. Russen, Ukrainer, Chinesen und ein Österreicher, der mir als Dr. Emil Kumerla vorgestellt wurde.

Das Dinner gestaltete sich zu einer wahren Achterbahn der Gaumenfreuden. In zwölf Gängen verbanden sich usbekische und internationale Küche zu einer Symbiose eindrucksvoller Geschmacksvariationen, auf den Höhepunkt gebracht durch eine sensationelle Weinbegleitung.

Mitternacht war nicht weit, als sich die illustre Gesellschaft in das imposante Penthouse zurückzog.

Partysound vom Feinsten, ein DJ in Höchstform und *Playboy-Häschen* der Spitzenklasse empfingen uns im herrlichen Ambiente über den Dächern der usbekischen Hauptstadt.

»Sie sind Niederländer, höre ich?«

Dr. Emil Kumerla, ein Glas Champagner in der Hand, lehnte entspannt am Geländer der ausladenden Terrasse.

»So ist es, Carl-Hein van Huisten, meine Freunde nennen mich Charly. Freut mich. Dr. Kumerla, wenn ich richtig verstanden habe?«

»Haben Sie haben Sie«, nuschelte er dem Champagner bereits Tribut zollend.

»Sie sprechen wahrlich ausgezeichnetes Deutsch, muss schon sagen, für einen Holländer, wirklich exzellentes Deutsch, meine Anerkennung. Tut außerordentlich gut, sich mit jemanden in einer kultivierten Sprache austauschen zu können. Ich bin Österreicher, müssen Sie wissen, genauer gesagt Wiener.«

Wiener Beamtenadel, typischer und idiotischer geht es nicht, dachte ich belustigt, wobei ich ein bewundernswertes Lächeln aufsetzte.

»Meine Mutter kommt aus Bayern, der Vater ist Niederländer, deshalb meine Deutschkenntnisse. Was treibt einen Wiener in dieses ferne Land?«

Ein *Playboy Häschen,* das Tablett mit Champagner in den Händen schwebte vorbei. Emil schnappte sich rasch ein Glas, um einen kräftigen Schluck zu nehmen. Lautes Rülpsen zeigte, dass sein Magen bereits gegen Alkohol und Kohlensäure rebellierte.

»Arbeit Charly. Viel Arbeit. Ich leite ein internationales Projekt, Aufbau einer Zollverwaltung nach westlichen Mustern. Nicht einfach, kann ich Ihnen sagen, nicht einfach. Diese ehemaligen Sowjetländer sind ein schwieriges Terrain. Korruption ist hier ein großes Thema. Man muss sich arrangieren, wenn Sie verstehen, was ich meine. Hat man den Dreh erst einmal raus, ist hier viel zu holen.«

Er zwinkerte mir Vertrauen haschend zu, seine hinter fetten Falten versteckten Schweineaugen blitzten listig. Zum besseren Verständnis rieb er Daumen und Zeigefinger.

»Die Leute hier sind nicht kleinlich, ich meine die richtigen Leute, Leute wie Herr Kuzimov. Mit meinen Verbindungen in den Westen und dem richtigen Fingerspitzengefühl lässt es sich hier gut leben, fern der Heimat. Was ist Ihr Business, Charly?«

»Ich mache in Wirtschaftsberatung, Lobbyismus und so was, daher interessiert mich Ihr Job, Herr Doktor Kumerla. Zollverwaltung, das ist ein wichtiger Bereich, will man mit den aufstrebenden Ländern dieser Region Geschäfte machen. Sie sagen Sie hätten die richtigen Verbindungen? Vielleicht sollten wir uns intensiver darüber unterhalten, interessante Geschichte.«

»Nennen Sie mich doch Emil, so redet es sich viel leichter, nicht wahr? Zu den Verbindungen, na ja, ich glaube, wir brauchen uns nichts vormachen. Sie kennen die Geschäfte von Herrn Kuzimov. Ich berate ihn in gewissen Bereichen des Handels mit der EU. So haben wir zum Beispiel ein System entwickelt, das uns erlaubt, die mit Fördergeldern gestützten Exporte von Rinderfleisch aus EU Ländern nach Russland, ich sage einmal, kostengünstiger zu gestalten.«

Kumerla lachte meckernd, wobei er mir auf die Schulter klopfte, als wären wir die besten Freunde, die bereits Hunderte schleimiger Geschäfte abgeschlossen hätten. Er redete, als wäre er engster Vertrauter im Syndikat. Ekelhafter Kerl, dachte ich angewidert.

»Interessant. Und wie funktioniert sowas?«, fragte ich scheinbar beiläufig.

»Das ist zu umfangreich, um es hier zu erklären. Wenn Sie mehr wissen wollen, können wir uns gerne einmal treffen. Vielleicht kommen wir beide ins Geschäft, man kann nie wissen, nicht wahr?«

Eine hübsche Rothaarige fasste ihn am Unterarm, lehnte sich aufreizend an seine Schulter und flüsterte ihm etwas ins Ohr, wobei sie mit der Zungenspitze sein fettes Ohrläppchen leckte, was *Emil Korrupti* in eine Phase aufgeregten Zitterns versetzte.

»Ich muss mal kurz weg, Charly! Wir sehen uns, Servus.«

Schwankenden Ganges entfernte er sich in einen der Nebenräume, wo bereits ausgiebig das von mir mitgebrachte Kokain getestet wurde. Koksen auf Kosten des Staates, wann hat man das schon, dachte ich belustigt.

Später traf ich den *honorigen* Dr. Emil Kumerla noch einmal, besser gesagt ich beobachtete, wie er von Andrej Bellow ein braunes Kuvert erhielt. Aufgeregt entnahm er zwei Pakete Euroscheine, fächerte eines davon durch wie ein Kartenspiel und steckte vierzigtausend Euro befriedigt in die Innentaschen des Maßanzuges. Als er an mir vorbeieilte, nickte er mir kurz zu und verschwand in der Menge der Partygäste.

Das nächste Mal traf ich ihn im Ministerium der Finanzen, aber das ist eine andere Geschichte.

Tags darauf flog ich zurück nach Wien. Die Spezialisten aus dem BKA bereiteten die fingierte Übergabe Kokain gegen Bares minutiös vor. In einer Woche sollte das größte Scheingeschäft, das eine Behörde in Österreich jemals arrangiert hatte, über die Bühne gehen.

Ich mittendrin.

Die Hauptperson, wenn man so will.

Endlich würde der Mörder meiner Familie seiner gerechten Strafe zugeführt werden, würde ich Ruhe finden können, würde meine Rache Erfüllung finden.

Damals ahnte ich nicht, wie sehr ich mich täuschen sollte.

28

Die Übergabe war perfekt vorbereitet.

Der *Spaß* konnte beginnen.

Am Stadtrand von Wien sollte der Deal über die Bühne gehen. In der Nähe eines kleinen Ortes gab es mitten in den Weinbergen einen stillgelegten Schieß-stand des Militärs. Das einsam gelegene, großflächi-ge Gelände erschien ideal für unser Vorhaben. Alles war vorbereitet. Die eigentliche Übergabe sollte auf einem riesigen freien Platz stattfinden. Der Weg zum Gelände war kurz und gut einsehbar. Alles so arran-giert, dass Kuzimov keinen Hinterhalt vermuten würde. Ich nahm wenige Stunden vor der Übergabe Kontakt mit ihm auf. Wir wussten nicht, wo er sich aufhielt, vermutlich würde er direkt aus der Slowakei anreisen. Alle Übergänge wurden geheim überwacht.

Die *Kolumbianer,* drei südländisch anmutende Beamte einer Spezialeinheit, hatten es sich im Fond eines dunklen SUV bequem gemacht. Ich lenkte den schweren Wagen über die schmale Straße zum Treff-punkt. Es war später Nachmittag, ich erinnere mich noch gut an die schöne Stimmung in den Weinber-gen. Wir warteten am vereinbarten Ort. Per Funk erhielten wir ständig Berichte über alle Bewegungen rund um das Gelände.

Kuzimov hatte offenbar auch eine Horde von Spähern ausgesandt, die die Umgebung nach Hinterhalten absuchen sollten.

Eine halbe Stunde nach der vereinbarten Zeit, schien er sich sicher zu fühlen. Langsam rollte sein Wagen auf uns zu. Andrej Bellow saß am Steuer. Kuzimov musste sich im Fond befinden, durch die abgedunkelten Fenster konnte ich ihn nicht ausmachen. Etwa dreißig Meter vor uns hielt der Wagen an. Kurze Zeit passierte gar nichts. Mir war, als vibriere die Luft, als läge ein schweres Gewitter direkt über unseren Köpfen, kurz vor dem Ausbruch.

Ich gab mir einen Ruck und stieg aus dem Auto. Mein Hemd klebte auf dem Rücken, in meinem Nacken schienen unzählige Tausendfüßler ein Wettrennen zu veranstalten, mein Mund war plötzlich ausgetrocknet. Langsam ging ich auf den anderen Wagen zu, dessen hintere Tür sich ruckartig öffnete.

Kuzimov stieg aus. Unruhig und misstrauisch schweiften seine Blicke über das Gelände. In der rechten Hand hielt er einen schwarzen Koffer. Das Drogengeld, dachte ich, darin befindet sich das Geld!

Andrej Bellow sprang aus dem Wagen, in der Hand eine Maschinenpistole. Lässig lehnte er sich an den Kotflügel der schweren Limousine.

»Hallo Igor. Hatten wir nicht vereinbart, keine Waffen?«

Ich erkannte meine Stimme nicht, sie klang wie ein Reibeisen auf einem Holzpflock.

»Charly, mein lieber Freund. Ich habe keine Waffe. Also bitte, mach dir nicht ins Hemd. Andrej passt ein wenig auf uns auf, das ist gut für alle.

Willst du mir jetzt deine Freunde vorstellen? Wir wollen hier nicht die Nacht verbringen.«

Seine Stimme wechselte vom schmeichelnden Plauderton in den gewohnten Befehlsjargon, keinen Widerspruch duldend.

Ich bedeutete den *Kolumbianern* auszusteigen. Lächelnd, die teuren Markenbrillen auf die Stirn geschoben, schlenderten sie auf uns zu und begrüßten den Kopf der Verbrecherorganisation *Qilich* wie einen alten Bekannten. In perfektem Englisch, mit einstudiertem südamerikanischen Akzent unterhielten sie sich in belanglosen Begrüßungsfloskeln mit dem Gangsterboss. Nichts deutete darauf hin, dass sich hier eine Übergabe riesigen Ausmaßes anbahnte, alle Beteiligten gaben sich betont ruhig und gelassen.

Kuzimov wollte die Ware sehen.

Während die *Kolumbianer* warten sollten, ging ich mit ihm zum Kofferraum unseres Wagens. Die Ware befand sich in vier Kunststoffbehältern, verpackt in durchsichtigen Kunststoffbeuteln.

Der schwierigste, gefährlichste Augenblick war gekommen. Darauf bedacht zufällig zu handeln, schnappte ich eines der Säckchen, stach mit meinem Taschenmesser hinein und entnahm eine Messerspitze des schneeweißen Pulvers.

Kuzimov lächelte. Der stechende Blick seiner kalten Augen war direkt auf mich gerichtet.

Wollte er aus meinem Gesicht die Wahrheit herauslesen? Endlich kramte er aus seiner Jackentasche ein kleines Glasröhrchen. Behutsam ließ ich die Probe in das Röhrchen gleiten. Der Inhalt färbte sich binnen weniger Sekunden rosarot ein.

Test bestanden.

Kokain bester Qualität.

Kuzimov lächelte noch immer.

Jetzt will er einen anderen Beutel öffnen, dachte ich entsetzt und bettete insgeheim, dass er es bei einer Probe belassen würde, war es doch das einzige Säckchen Kokain zwischen jenen mit Milchpulver.

Er schien meine Gedanken zu erraten.

»Das ist gute Ware, wirklich gute Ware. Aber ist sie auch in allen Beuteln gleich gut, Charly? Was meinst du? Du hast dich davon überzeugt wie ich annehme? Dir ist klar, was passiert, wenn das nicht so sein sollte? Habe ich mich verständlich ausgedrückt?«

Aus dem freundlichen Lächeln war das wölfische Grinsen einer Bestie geworden. Die Tausendfüßler in meinem Nacken begannen wieder zu rennen.

»Igor, wo denkst du hin. Alles ist beste Ware! Meine kolumbianischen Freunde wollen noch öfter Geschäfte mit dir machen. Willst du noch ein Probe nehmen? Soll ich ein anderes Säckchen für dich aufschneiden?«

Meine Kaltschnäuzigkeit verwunderte mich selbst über alle Maßen.

Die Tausendfüßler rannten!

Er schüttelte den Kopf, drehte sich um und ging wieder auf die Kolumbianer zu.

»Wie Sie sehen, ist mein Fahrer beschäftigt. Da ich sonst keine Helfer mitbringen durfte, darf ich Sie bitten, die Ware in meinen Wagen zu laden. Danach kommen wir zur Abrechnung.«

Die Männer nickten freundlich, trugen die vier Behälter zum Wagen und verstauten sie im Kofferraum, stets im Visier von Bellows Waffe. Kuzimov legte in der Zwischenzeit den Geldkoffer auf die Kühlerhaube unseres SUV. Misstrauisch schaute er sich immer wieder nach allen Seiten um. Der Wolf hat den Geruch seiner Jäger in der Nase, dachte ich, in der stillen Hoffnung, unsere Leute mögen brav in ihren Erdlöchern bleiben. Gemeinsam öffneten wir den Koffer. Die *Kolumbianer* zählten die Scheine, während Kuzimov beinahe traurig sein Geld betrachtete, das nun den Besitzer wechselte. Das Geschäft war erledigt. Kuzimov nickte kurz, stieg in seinen Wagen und gab seinem Fahrer ein Zeichen.

Bellow hatte gerade einmal den Hebel auf *Drive* stellen können, als sich plötzlich die Hölle um den schweren Wagen auftat.

Galaktischen Wesen gleich hechteten Männer in schwarzen Kampfanzügen aus ihren sorgfältig gegrabenen Erdlöchern, umzingelten das Fahrzeug, schlugen mit schweren Rammblöcken die Scheiben ein und zerrten die beiden Verbrecher auf die harte Lehmerde des alten Weinberges am Stadtrand von Wien.

Auf dem Boden liegend, einen sichernden Beamten des Einsatzkommandos im Rücken, konnte Kuzimov beobachten, wie die *Kolumbianer* und ich zu den Waffen griffen.

Ich blickte geradewegs in sein von Hass und Schmerz verzerrtes Gesicht, als mich direkt vor seinen Augen, die Kugeln der Einsatzbeamten von den Beinen holten. An der Seite der *Kolumbianer* stürzte ich in den Staub der Straße.

Der niederländische Staatsbürger Carl-Hein van Huisten sowie drei weitere Personen, deren Identität bislang nicht geklärt werden konnte, wurden bei einem Schusswechsel mit der Wiener Polizei getötet. Über Einzelheiten hält sich die Staatsanwaltschaft aus fahndungstechnischen Gründen bedeckt.

Es drang lediglich durch, dass im Rahmen eines geheimen Einsatzes gegen ein Drogenkartell einhundert Kilogramm Kokain sowie ein hoher Bargeldbetrag sichergestellt werden konnte. Zwei weitere Personen wurden festgenommen. Auf Seiten der Polizei gab es einen Verletzten.

So stand es am nächsten Morgen in den Medien.

Die Pressemitteilung des BKA war kurz, die Inszenierung perfekt abgelaufen.

Mich gab es ab diesem Tag offiziell nicht mehr.

Über Kuzimov und Bellow wurde die Untersuchungshaft verhängt und seitens der Staatsanwaltschaft Anklage erhoben.

Nach sechs Monaten sollte der Prozess gegen sie beginnen. Kuzimov konnte allein der Drogenkauf nachgewiesen werden, war er doch nur dabei auf frischer Tat ertappt worden.

Für die Morde an meinem Partner Ingo sowie an meiner Familie gab es keine stichhaltigen Beweise.

Ich konnte als Zeuge nicht aussagen, zumal ich nicht mehr *unter den Lebenden weilte.*

Es wäre ohnehin fraglich gewesen, ob meine Aussage vor Gericht als Beweis anerkannt worden wäre. Kuzimov oder besser seine Anwälte hätten alles eingesetzt, um die Erzählungen seinerseits in der Villa auf der Krim ins Reich der Fantasie einzureihen.

Aussage steht gegen Aussage, so hätte es letztendlich geheißen. Im Geiste sah ich Kuzimov schon mit ein paar Jährchen davonkommen.

Wir hatten Fehler gemacht. Einzig auf den Erfolg der Drogenübergabe fixiert, hatten wir den weiteren Verlauf vor Gericht in unseren Plan nicht mit einbezogen.

Wir wollten Kuzimov fassen, in der Hoffnung, dass wir ihn und seine Gefolgsleute zu einem Geständnis bringen würden.

Diese erfüllte sich nicht.

Alle Angeklagten schwiegen beharrlich.

Zwei Tage vor dem Ende der Gerichtsverhandlung meldete sich Boris Jelzov bei mir.

Wir trafen uns in einem Innenstadtlokal.

»Freut mich dich zu sehen, Charly. Alle Welt glaubt, du wärst ins *Nirwana* entschwunden. Um so besser, dass es nicht so ist. Habt ihr gut inszeniert das Spielchen. Mich wundert, dass euch die Medien das so abgenommen haben. Egal, es ist gelungen, das ist das Wichtigste. Vor allem für deine Sicherheit.

Ich höre, es gibt Probleme mit der Beweiskraft gegen Kuzimov? Denke, da kann ich helfen.«

Der alte Geheimdienstler lachte verschmitzt, wobei er eine Aktenmappe auf den Tisch legte. Ich hatte keine Ahnung, was es damit auf sich hatte.

Alles, was ich darin fand, war ein kleiner USB-Datenträger. Fragend blickte ich den Ukrainer an.

»Was ist da drauf?«

»Was denkst du?«

»Keine Ahnung, Boris. Sag es mir.«

Boris genoss die Geheimniskrämerei, es schien ihm Spaß zu bereiten, mich auf die Folter zu spannen.

»Also gut, Charly, hör mir zu. Wir hatten Kuzimov schon lange im Verdacht, dass er für die Russen arbeiten würde. Es ging um Waffenlieferungen an russische Separatisten auf der Krim. Deshalb haben wir ihn, wo immer es möglich war, abgehört. Seine Villa wurde verwanzt und sogar zwei Minikameras konnten installiert werden. Dein Gespräch mit ihm habe ich auf einem schönen Video samt Text.

Gut gelungen die Aufnahme. Da ist alles drauf, was ihr besprochen habt, auch die Prahlerei über die Morde an deiner Frau und an deinem Sohn.«

Ich war sprachlos.

»Da staunst du, was? Aber das ist noch nicht alles. Während ihr damals Kuzimov in die Falle gelockt habt, haben meine Leute seine Villa genauer unter die Lupe genommen. Sie brachten mir deine Waffe von damals samt Dienstausweis.«

»Boris du bist total verrückt! Ich könnte dich umarmen und küssen!«

»Beruhige dich, Junge. Die Leute starren uns schon an.«

»Jetzt haben wir ihn, Boris. Jetzt geht er lebenslang in den Knast, nicht nur ein paar Jahre wegen der Drogensache. Mein Gott, ich kann es noch gar nicht fassen, so ein Glückstag.«

»Langsam mit den jungen Pferden, Charly. Zuerst muss geklärt werden, ob wir euch die Aufnahmen zur Verfügung stellen dürfen. Deine Waffe und der Dienstausweis liegen schon im Ministerium, das war kein Problem. Und diese stellen immerhin den Beweis für den Mord am Donauhafen dar, das ist schon mal etwas. Wie es mit den Aufnahmen weitergeht, verhandelt man gerade im Außenministerium. Eine heikle Sache, schließlich mussten wir einen Dreh erfinden, warum wir Kuzimov überwacht haben. Wäre gar nicht gut wenn die Russen Wind davon bekämen. Obwohl, wenn du mich fragst, wissen sie bereits Bescheid, zumindest vermuten sie es.«

»Der Prozess soll übermorgen enden. Wir haben keine Zeit, Boris!«

»Ich weiß Charly. Man ist mit dem Justizministerium in Kontakt. Es soll versucht werden, die Verhandlung zu vertagen. Die Staatsanwaltschaft soll Beweisanträge einbringen, die die Sache verzögern werden. Frag selber einmal nach.«

»Wie? Wie oder wo soll ich nachfragen, Boris? Offiziell gibt es mich nicht mehr. Ich lebe im Untergrund. Man bastelt an einer neuen Identität für mich, so eine Art Schutzprogramm, verstehst du?«

»Ich werde mich umhören und dich informieren, sobald ich etwas herausbekommen habe. Wir kriegen das schon hin, mein Junge, keine Angst.«

Wie wir das hinbrachten.

Der Prozess wurde vertagt, die neuen Beweismittel fanden Zulassung und Kuzimov ging wegen dreifachen Mordes für den Rest seines Lebens ins Gefängnis.

29

Die Nacht war kurz gewesen.

Lange hatten seine Erzählungen gedauert.

Aus quälenden Träumen gerissen, tastete Max verschlafen nach dem fiependen Telefon. Das Display zeigte drei Uhr.

»Martina! Was ist los?«

Seine Stimme klang rauchig, die Hand am Telefon zitterte leicht. Er wusste, jetzt war etwas passiert. Warum sonst würde die Polizistin um diese Zeit anrufen?

»Guten Morgen. Es tut sich was. Kapeck und Horvath sind mit einem schwarzen Lieferwagen unterwegs. Derzeit stehen sie hinter einer Unterkunft für Flüchtlinge am Stadtrand. Unsere Leute observieren. Das Einsatzkommando ist verständigt. Alles vorbereitet. Kann mir gut vorstellen, dass die Fahrt zu ihrem Versteck führen wird. Wir sind auf jeden Fall dran. Ich rufe dich an, sobald ich Neuigkeiten habe.«

»Halt, Stopp, Martina! Leg nicht auf. Hallo, bist du noch da?«

»Ja, und ich bin nicht schwerhörig!«

»Entschuldigung, bitte entschuldige. Ich bin aufgeregt. Ich muss erst zu mir finden, du hast mich aus dem Tiefschlaf gerissen«, räusperte er sich nervös.

»Ich komme natürlich mit. Holt mich ab, ich bin so gut wie fertig.«

»Das kommt nicht infrage, Max. Wo denkst du hin? Das ist ein äußerst gefährlicher Polizeieinsatz. Da kannst du nicht mit. Auf keinen Fall!«

»Und ob ich das kann. Ich bin immer noch Polizist, vergiss das nicht. Auch wenn ihr mich in ein Leben für Idioten verbannt habt, ich bin noch Polizist! Und genau deshalb komme ich mit, ich pfeife auf eure Geheimniskrämerei. Kuzimov weiß ohnehin, dass es mich noch gibt. Außerdem geht es um das Leben eines Menschen, der vermutlich meine Tochter ist. Also, wie willst du es haben?«

Einen Moment war es still in der Leitung.

»Okay. Aber du hältst dich im Hintergrund, ist das klar? Keine Eigenaktionen! Vor eurer Wohnung stehen zwei Einsatzfahrzeuge mit drei Beamten. Einer wird dich fahren. Wir melden uns später, sobald wir wissen, wohin es gehen soll. Noch einmal! Ohne meine Erlaubnis passiert gar nichts. Sind wir uns da einig?«

Er hatte schon aufgelegt, Martina fluchte wie ein alter Pferdekutscher in ihr stummes Handy.

Er hatte den Beamten noch am Vortag vom Fenster aus beobachtet. Nun döste er übermüdet im Dienstwagen vor sich hin. Zuallererst musste Max leere Pizzaschachteln, Kaffeebecher und Zeitungen auf den Rücksitz befördern, bevor er neben dem noch jungen Mann Platz nehmen konnte.

»1720 von 1700« krächzte das Funkgerät.

»1720«

»Ist Objekt zugestiegen?«

Martinas Stimme klang verzerrt. Jetzt bin ich schon ein *Objekt,* dachte Max amüsiert. Trotz der enormen Anspannung und Müdigkeit musste er schmunzeln.

»Positiv.«

»Ok. Ende!«

»1720 hat verstanden. Ende!«

Zu früher Stunde gab es bereits starkes Verkehrsaufkommen auf den Ausfallstraßen der Stadt. Schwere Fernlaster beherrschten um diese Zeit das Straßenbild. Über ein digitales Funkgerät, das auch als Mobiltelefon genützt werden konnte, erhielten sie Anweisungen die Fahrtroute betreffend.

Noch war es dunkel, aber bald ging die Nacht in den Tag über. Es würde ein Sonniger werden. Im Osten färbte sich der Himmel langsam grauviolett. Nachdem sie auf der S6 Krems erreicht hatten, ging es weiter Richtung Norden. Bald befanden sie sich inmitten ländlicher Gegend. Kleine Bauerndörfer, sanftes Hügelland und dunkler Mischwald wechselten sich ab.

Max war ungeduldig, er wollte von Martina mehr über ihr Ziel erfahren. Sie blockte alle seine Fragen ab. Sicher war einzig, dass es Richtung nördliche Staatsgrenze ging.

Waldviertel, dachte Max fröstelnd, dort soll es um diese Zeit noch empfindlich kalt sein. Es fiel ihm schwer, seine Gedanken zu ordnen.

Die innere Unruhe quälte ihn, er spürte den *Dämon,* der an der Schwelle seiner Seele lauerte. Jetzt einen doppelten Whisky oder einen feinen Gin!

Obwohl ihn der junge Beamte schon mehrmals auf das Rauchverbot im Wagen aufmerksam gemacht hatte, zündete er sich eine Zigarette an der anderen an. Frische Morgenluft wehte durch das halb geöffnete Wagenfenster.

»Sie können sich meinetwegen den Tod holen, mir egal. Ich halte das so nicht aus. Wenn sie nicht sofort die Raucherei beenden und das Fenster schließen, steigen Sie aus, Herr Bulla. Haben Sie mich verstanden? Mein letztes Wort!«

Max war erstaunt über die barsche Ausdrucksweise des jungen Burschen ihm gegenüber. Er hatte eine scharfe Erwiderung auf der Zunge, besann sich aber eines Besseren, indem er die Zigarette aus dem Fenster warf und dieses hochfuhr.

»Haben Sie eine Ahnung, unter welcher Anspannung ich stehe? Nein, woher auch. Sie haben keine Ahnung!«

Keine Antwort. Der junge Kriminalbeamte ließ sich auf keine Diskussion ein. Konzentriert lenkte er den Wagen über die schmalen Landstraßen.

Zu ihrem Glück, denn bereits zweimal hatte er stark bremsen müssen, um nicht ein querendes Reh zu überfahren.

Die Gegend wurde einsamer, der Waldanteil nahm zu. Einzelne Weiler mit alten Bauernhöfen, spärlichen Wiesenflächen und eingefallenen Gebäuden tauchten in der Einöde auf.

»1720 geben Sie Koordinaten durch.«

Nach einem Blick auf das laufende Navi gab der Fahrer die Daten durch.

»Okay!«

Martinas Stimme klang weit entfernt, der Empfang schien nicht gerade der Beste zu sein.

»Nach achthundert Metern erreichen Sie eine Kreuzung. Dort biegen Sie in Richtung Norden auf eine schmale Schotterstraße ab. Nach vierhundert Metern erreichen Sie eine Lichtung. Unser Standort. Fahren Sie langsam und vermeiden Sie unnötigen Lärm. Ende mit 1720!«

Langsam und vorsichtig bewegte sich der Wagen auf der holprigen Straße vorwärts. An den seitlichen Wagenfenstern schleiften Äste von Sträuchern und jungen Fichten wie riesige Farbpinsel entlang.

Sie erreichten einen weitläufigen Platz, auf dem zwei Streifenwagen sowie mehrere zivile Fahrzeuge abgestellt waren. Am östlichen Ende des Areals fiel das Gelände steil ab. Es sah nach einem Steinbruch aus. Am Rande des Abgrundes standen zwei mächtige Muldenkipper, ein Radlader sowie ein alter Bagger. Daneben eine wackelige Wellblechbaracke, deren Anstrich abgebröckelt war.

Max war aus dem Wagen gesprungen. Die anderen Fahrzeuge kamen aus der Gegenrichtung über eine gut ausgebaute Landstraße.

Martina stellte ihm einen schlaksigen, durchtrainierten Mann in der typischen Ausrüstung des Einsatzkommandos als Major Udo Kersch vor.

Sie reichten sich die Hand. Max spürte den festen Händedruck eines Mannes, der wusste, was zu tun war.

»Kommen Sie bitte mit Herr Bulla. Ich will Ihnen etwas zeigen.«

Seine sonore Stimme war gewohnt Befehle zu erteilen, Anordnungen, die keinerlei Widerspruch duldeten. Max schmunzelte bei dem Gedanken, wie ähnlich sich Menschen dieser Spezies immer wieder waren.

Sie gingen entlang des Abgrundes auf den angrenzenden Mischwald zu. Max konnte nun deutlich erkennen, dass sie sich am oberen Rand einer Abbauhalde für Steine und Kies bewegten. Die Grube war nach Osten ausgerichtet, nach Norden fiel der Hügel bedeutend sanfter ab. Kurz vor dem Waldrand hielten sie an. Der Major reichte ihm ein Fernglas.

Eine schmale Schneise gab den Blick auf ein etwa fünfhundert Meter entferntes, verfallenes Gehöft frei. Am Wirtschaftsgebäude war teilweise das Dach eingebrochen, das Wohnhaus war in einem besseren Zustand, hatte jedoch schönere Zeiten gesehen.

Die aufgehende Sonne lenkte ihre Strahlen langsam in die Talsenke. Ihr zarter Schein tauchte das verlassen wirkende Gebäudeensemble in mystisches Morgenlicht. An der seitlich angebauten Remise stand ein schwerer Pick-up amerikanischer Herkunft mit überbreiten Felgen sowie einer Reihe von Zusatzscheinwerfern auf dem Dach. Auf der Ladefläche hatte man einen kleinen Tank montiert. Max fielen sofort die slowakischen Kennzeichen auf.

Direkt vor der geschlossenen Tür des Bauernhauses parkte ein schwarzer Transporter, dessen seitliche Scheiben verdunkelt waren.

Der Leiter des Einsatzkommandos setzte sein Fernglas ab und rieb sich die Augen.

»Vor dem Haus parkt der Wagen, den wir verfolgt haben. Wir konnten bei seiner Ankunft beobachten, dass mehrere sehr junge Burschen ausstiegen und in das Haus verbracht wurden. Das war bei schwachem Dämmerlicht, im Haus brannten Lampen im Erdgeschoß und im Obergeschoß. Die Personen wurden im Obergeschoß untergebracht. In einem Raum, wo sich bereits andere Jugendliche aufhalten.

Soweit wir wissen, wurden die jungen Burschen in unmittelbarer Nähe eines Heimes für Flüchtlinge am Stadtrand von Wien an Kapeck und Horvath übergeben. Die übergebende Person ist bereits als ein Betreuer des Heimes identifiziert. Die weiteren Ermittlungen werden von der dortigen Polizei geführt.

Relevant für uns ist der Umstand, dass Dana, sie erinnern sich, die Prostituierte, die vor Horvath geflohen war, gehört hatte, dass ein Mädchen hierher gebracht werden sollte. Möglicherweise befindet sich das Kind im Haus. Sicher können wir nicht sein.

Wir werden das Gebäude stürmen. Sie bleiben hier, bis alles erledigt ist. Haben wir uns verstanden?«

Die knappe befehlsbetonte Ausdrucksweise ärgerte Max. Zu gerne hätte er dem Major eine saftige Entgegnung hingeschleudert, zumal er seit seiner Jugend nichts mehr haßte, als stramme Militaristen. Wieder einmal steckte er seinen Zorn weg. Er drehte sich abrupt um und marschierte auf Martina zu, die mit anderen Beamten eine Karte studierte.

»Ich kann nicht einfach hier warten, Martina. Nikita ist in der Bruchbude dort unten. Ich will dabei sein, ich will in ihrer Nähe sein, ihr helfen, wenn es nötig ist. Verdammt noch einmal versteht ihr das nicht? Was seid ihr nur für sture Beamtenschädel? Ich werde nicht akzeptieren, dass…«

»Du wirst alles akzeptieren, was ich anordne, alles, Max Bulla«, unterbrach ihn, die BKA-Agentin barsch. In ihrem Gesicht spiegelte sich ihr Gemütszustand wider. Heftige Anspannung und kalte Wut.

»Was glaubst du, was hier abläuft? Wir haben es mit extrem gefährlichen Berufsverbrechern zu tun. Udo und seine Leute riskieren ihr Leben bei derartigen Einsätzen schon vergessen? Du betonst bei jeder Gelegenheit, du wärst selbst Polizist. Wie weit bist du weg von der Realität?

Bis vor wenigen Stunden wusstest du nicht einmal, dass du eine Tochter hast, was bis jetzt noch immer von keiner Seite bestätigt ist! Also führ dich hier nicht auf wie der besorgte Vater, dessen Kind Unrecht geschieht!

Wir wissen, was wir zu tun haben, keine Angst. Es ist nicht der erste derartige Einsatz und wir bereiten uns wie immer professionell vor. Also setz dich in den Wagen und lass uns unsere Arbeit machen. Wenn nicht, veranlasse ich, dass du auf der Stelle von hier weggebracht wirst. Ist das klar, Max?

Das war es dann. Setz dich in den Wagen und warte, bis wir fertig sind.«

Er hatte eine heftige Erwiderung auf der Zunge, besann sich und trottete wie ein geschlagener Hund zum Wagen.

Bei offener Tür setzte er sich auf den Beifahrersitz, die Beine im Freien, die Hände auf die Schenkel gestützt, betrachtete er den steinigen Boden zu seinen Füßen.

In seinem Kopf drehte sich alles im Kreis, seine Gedanken wechselten in Sekundenbruchteilen zwischen Verzweiflung, Hass und Vernunft. Wie so oft in solchen Stresssituationen kamen Vorwürfe hoch, viele Fragen, Schuldgefühle und traurige Gedanken an seine geliebte kleine Familie.

Der letzte Blick auf seine Frau vom Fenster der Klinik, die vorwurfsvollen Augen seines Sohnes bei ihrem letzten Gespräch und immer wieder der Gedanke, nicht alles getan zu haben, um sie zu schützen, ihre Leben zu retten.

Er konnte sich nicht damit abfinden, dass das Schicksal Regie geführt hatte, dass er keinen Einfluss hatte nehmen können. Und wie immer kamen der tiefe Hass auf Kuzimov, die Rachegefühle, die

Mordgedanken, sobald er die Traurigkeit verdrängt hatte.

Es gab eine Zeit, da hatte er geglaubt, seine Vergangenheit bewältigt zu haben. Loly war ihm eine große Hilfe gewesen. Ihre Liebe, ihre Zuneigung und ihr ausgeprägter Sinn für Toleranz, das waren die Zutaten, um ein normales Leben zu führen. Glücklich war er gewesen, nicht immer zufrieden mit seinem Leben, aber glücklich.

Lolys große Zuneigung hatte ihm über die stets wiederkehrenden, manchmal grauenvollen Gedanken, hinweggeholfen. Nun war alles zerstört, die Erinnerung gnadenlos in voller Härte zurückgekehrt.

Kuzimov, der nie wieder in sein Leben hätte treten sollen, er war wieder da, hatte ihn wieder unter Kontrolle und schien es brutal darauf anzulegen, sein Leben endgültig zu zerstören. Und nicht nur seines, sondern vor allem das seiner Tochter.

Nikita, das Mädchen, entstanden aus der flüchtigen Begegnung einer Nacht in Moskau.

Das Mädchen, dessen Mutter ihn nie von ihrer Existenz hatte wissen lassen, für das er sich jetzt verantwortlich fühlte, für das er eine tiefe Zuneigung, nein, eine aufrichtige Liebe empfand.

Wo war sie jetzt gerade?

In diesem verfallenen Haus dort unten?

Angefasst von den dreckigen Fingern ihrer Entführer? Verzweifelt, weinend, nicht wissend, was ihr geschah? Von den Dreckskerlen missbraucht?

Max sprang auf.

Krachend stieß er mit dem Hinterkopf an den Rahmen der Wagentür. Er fasste sich stöhnend an den Kopf, ertastete die Wunde und spürte die Feuchtigkeit des Blutes.

Sein Fahrer hastete um den Wagen.

»Was ist los Herr Bulla? Ist ihnen nicht gut? Sie sind ja ganz blass.«

»Ich habe mich am Kopf gestoßen, an dieser verdammten Strebe, es blutet. Haben wir Verbandszeug in der Kiste?«

Der junge Beamte versorgte die Wunde mit desinfizierendem Puder. Danach reichte er Max einen Flachmann.

»Nehmen Sie einen Schluck. Das nimmt den Schmerz. Den innerlichen Schmerz. Und es verhindert eine Entzündung«, fügte er lachend hinzu.

Max lehnte dankend ab, fasste die Wasserflasche und nahm daraus einen langen Schluck.

Erst jetzt bemerkte er, dass sie allein waren. Er war so in Gedanken versunken gewesen, dass er die Abfahrt der Fahrzeuge nicht wahrgenommen hatte. Mit schnellen Schritten eilte er über die Lichtung, bis er den Blick auf das Gehöft frei hatte.

Er winkte den Fahrer zu sich.

»Sagen Sie, wie heißen Sie eigentlich?«

»Marco. Marco Heel.«

»Wollen wir uns nicht duzen? Wir sind Kollegen. Ich bin der Max.«

Marco Heel reichte ihm die Hand und lächelte.

»Hier, das Fernglas, lass uns beobachten, was da unten abläuft. Ich möchte nicht in der Lage der Gangster sein. Udo und seine Leute sind von der harten Sorte. Da wird es bald ordentlich knallen.«

Max nickte nachdenklich.

»Hoffentlich passiert dem Mädchen nichts, sie ist erst zehn Jahre alt, verstehst du?«

Marco nickte.

»Kennst du sie? Ich meine, was hast du mit dem Mädchen zu tun?«

Max war erstaunt, dass der Bursche nicht Bescheid wusste. Aber woher auch? Sie hatten auf der Fahrt nicht darüber gesprochen.

»Sie ist meine Tochter, meine einzige Tochter.«

Marco Heel sah das Glitzern in den Augen des Mannes an seiner Seite, der nun wieder das Fernglas vor die feuchten Augen nahm und angestrengt den Hof beobachtete.

»Marco, schau dir das an. Links neben der Haustüre, an der Ecke des Bauernhauses. Was ist das? Ich kann es nicht genau ausmachen.«

Das Glas wechselte.

»Wenn du mich fragst ist das die Heckseite eines Autos. Ich würde sagen BMW oder Audi. Jedenfalls ein schweres Geschoss. Man kann es schlecht sehen, nur die linke hintere Ecke. Die Hälfte der Rückleuchten. Nimm du noch einmal. Also ich sage, da steht ein Fahrzeug hinter dem Haus.«

Max konzentrierte sich.

»Du könntest recht haben, ein schwerer Wagen. Wir müssen das sofort dem Major mitteilen. Hast du Funkkontakt zu ihm? Das kann sehr wichtig sein. Ob die Jungs das vorhin mitgekriegt haben? Wenn nicht, könnte das gefährlich werden. Funk sie an, Marco, na mach schon, Junge.«

Marco eilte zum Dienstwagen, während Max die Stellung hielt, um weiter zu beobachten.

»Ich kann den Major nicht erreichen. Die haben bereits auf ihre externe Einsatzfrequenz geschaltet, nicht erreichbar mit meinem Gerät.

Martina meldet sich auch nicht. Wir haben ein Funkloch, wie mir scheint. Sollte in der heutigen Zeit nicht mehr vorkommen, wundert mich aber in dieser Gegend nicht. Wir werden warten müssen. Ich mache mir keine Sorgen, die Männer vom EK haben das im Griff, glaube mir Max, die haben es drauf, keine Angst.«

Max zog sein privates Handy heraus. Kein Netz. Das hatte er befürchtet. Angespannt beobachteten die beiden Männer das verlassene Gehöft. Nichts rührte sich. Man konnte durch die kleinen Fenster keinerlei Bewegungen feststellen.

Was ist, wenn niemand mehr im Haus ist?

Wenn die das Mädchen an einen anderen Ort gebracht haben?

Leichte Panik machte sich in seinem Inneren breit. Er kannte Kuzimov, wusste, dass der mit allen Wassern gewaschen war. Warum hatte er sich seit seiner ersten Forderung nicht mehr gemeldet?

Oder hatte er ihn nicht erreicht, weil er kein Netz hatte?

Eine heiße Welle strömte durch seinen Körper, seine Gedanken überschlugen sich. Am liebsten wäre er zum Wagen gerannt, hätte sich Marcos Flachmann geschnappt und einen ordentlichen Schluck genommen.

Es sind die Nerven, Max, verdammt, es ist der Entzug, bleib cool, alter Esel, ganz locker, atme langsam und ordne deine Gedanken, du weißt, wie es geht.

Marco Heel blickte verwundert auf den leise murmelnden Mann.

»Was hast du gesagt? Ich habe dich nicht verstanden?«

»Was? Nichts, es ist nichts, gar nichts. Alte Männer führen gerne Selbstgespräche, alles gut.«

Max schüttelte gequält lächelnd den Kopf. Er war froh, den *Dämon* in dessen Höhle verbannt zu haben.

»Wer ist ein alter Mann? Du? Das ich nicht lache, du bist im besten Mannesalter.«

»Ja? Kannst du das bitte bei Gelegenheit der Damenwelt sagen, die sehen das anders«, feixte Max, zufrieden, dass er abgelenkt wurde und sich die dunklen Gedanken aufhellten.

»Achtung! Es geht los! Siehst du die Kollegen? Sie sind schon an der Remise, jetzt kracht es bald, pass auf Max, gleich geht die Knallerei los.«

Max wirbelte herum und nahm Marco das zweite Fernglas ab. Gespannt blickten beide auf die Szene unter ihnen. Wie aus einer Loge konnten sie die Arbeit des Einsatzkommandos beobachten.

Drei Männer schlichen die Hauswand entlang, in Richtung vordere Tür. An den beiden Fenstern mit den Holzsprossen postierten sich je zwei Gestalten in den bedrohlich wirkenden Overalls. Alles lief für Max und Marco wie in einem Stummfilm ab. Sie waren zu weit entfernt, um Geräusche wahrzunehmen.

Plötzlich rammten die Männer die Haustüre ein, gleichzeitig sprangen zwei durch die seitlichen Fenster in das Gebäude, die anderen umzingelten den Hof.

Udo Kersch stand vor dem Haus.

Aus der Entfernung agierte er völlig entspannt, als laufe eine Übung ab. Die Szenerie wirkte geradezu gespenstisch, kein Laut war zu hören.

Alle waren über ihre Headsets verbunden, die Männer waren brüllend in das Haus gestürmt und der Major war mehr als angespannt. Vom Standplatz der beiden Männer am Rande der Kiesgrube, war das alles natürlich nicht zu hören.

Nach kurzer Zeit zerrten die Einsatzbeamten zuerst zwei, dann einen dritten Mann aus dem Gebäude. Die Gefangenen landeten mit dem Gesicht nach unten auf dem harten Boden des Vorhofes, wurden nach Waffen durchsucht, mit Handschellen geschlossen und schließlich in zwei der umstehenden Polizeiwagen gebracht.

Martina Kerbel unterhielt sich mit dem Einsatzleiter, der mehrmals nickte und auf das Gebäude deutete. Wie es aussah, waren alle Einsatzbeamten wieder vor dem Haus, um sich abzusprechen.

»Was geht da unten vor? Wo ist Nikita?

Wo sind die Burschen die im Haus sein sollten?

Da stimmt etwas nicht verdammt.

Los, wir fahren runter, komm schon!«

»Das geht nicht Max. Martina hat es ausdrücklich verboten. Wir müssen hier warten, bis ich einen anderen Befehl bekomme. So läuft das nun einmal, ich kann es nicht ändern.«

»Vergiss diesen idiotischen Befehl, Junge. Wir fahren jetzt da runter. Sofort! Keine Angst, ich nehme jede Verantwortung auf mich.

Was soll schon sein? Der Einsatz ist vorbei, oder? Die hätten dir längst deinen Befehl übermittelt, wenn wir eine Verbindung hätten. Also komm schon, wir fahren runter.«

Zögernd startete Marco den Wagen und fuhr in Richtung der schmalen Straße zum Gehöft.

30

Ein Geräusch ließ ihn hochfahren.

War es nur in seinem Unterbewusstsein angesiedelt gewesen?

Igor Kuzimov war wach und angespannt. Ein ständig Gejagter wie er, reagiert auf die winzigste Intuition. Auf jede noch so kleine Ungereimtheit.

Er blickte auf seine Armbanduhr. Sechs Uhr.

Fahles Morgenlicht flutete durch das geöffnete Fenster in die Bauernkammer.

Er war zusammen mit Bellow spät in der Nacht am einsamen Bauernhof im Waldviertel eingetroffen. Die Zeit nach seiner Flucht hatte er in Bratislava bei Freunden verbracht. Eine innere Stimme sagte ihm, die Sache mit dem Mädchen selbst in die Hand nehmen zu müssen.

Unter normalen Umständen befasste er sich mit derlei Dingen nicht persönlich. Ein Mann wie er machte sich die Hände nicht schmutzig. Früher war das anders gewesen, aber jetzt war er der Boss.

Er zog die Fäden im Hintergrund, war der Mann, der *Qilich* aufgebaut hatte und das Syndikat straff geführt hatte, bis er in die Falle seines vermeintlichen Freundes Charly getappt war und jahrelang in Haft gehen musste. Das war nun vorbei, er war wieder ein freier Mann.

Als solcher hatte er vorgehabt, schnellstens abzutauchen, zu verschwinden, um wieder aus dem Untergrund agieren zu können.

Unbändiger Hass auf Carl-Hein van Huisten, oder wie immer der Verräter in Wahrheit hieß, hatte ihn noch einmal an die *Front* getrieben. Er wollte es sehen, auskosten, wenn Charly in die Knie ging, er um sein Leben und das Leben seiner Tochter winseln würde. Das wollte er persönlich miterleben.

Nur so fand seine Rache ein Ende, konnte sein Hass erlahmen.

Sie waren über einen wenig befahrenen Feldweg aus der Slowakei eingereist. Heute wollte er die Übergabe des Mädchens gegen jenes Geld, welches bei seiner Festnahme beschlagnahmt worden war durchziehen. Danach wollte er sich den Verräter Charly vorknöpfen.

Zumindest sollte jeder glauben, dass es einen Austausch geben würde. Sein wahrer Plan stand fest. Ausgereift in seinem Kopf. In einer Stunde würde er das erste Telefongespräch führen und spätestens am Abend musste die Show gelaufen sein.

Hastig sprang er aus dem alten Bett in der muffigen Kammer. Sein Blick fiel durch das kleine Fenster auf den Vorhof. Er hatte sich nicht getäuscht. Der Wagen von Kapeck war eingetroffen. Er sah, wie die Männer mit einigen der Jungen im Haus verschwanden. Dann war es wieder still in der alten Bude. Die Lichter waren ausgemacht worden.

Er hörte nur vereinzeltes, leises Murmeln aus dem Zimmer schräg gegenüber.

Bellow schnarchte wie ein Walross neben ihm.

Kuzimov hatte sich, bevor er zu Bett gegangen war, nicht entkleidet. Nur die dicke Jacke hatte er abgelegt und die Schuhe ausgezogen. In diese schlüpfte er nun zügig, stülpte sich die Joppe über und schlich leise über die Treppe nach unten.

Neben der Hausecke lehnte er sich im dunklen Schatten neben seinem Wagen an die Hauswand. Von dort aus beobachtete er den Wald, die umliegenden Wiesen und den Rand der weiter oben liegenden Kiesgrube.

Hier stimmte etwas nicht.

Einem jagenden Wolf gleich nahm er Witterung auf. Seine schwarzen Augen waren nur noch schmale Schlitze. In der jungfräulichen Morgendämmerung konnte er die Konturen schwer unterscheiden.

Plötzlich sah er es.

Es war ein kurzes Aufblitzen gewesen, so als habe sich jemand eine Zigarette angezündet und eine kleine Rauchwolke fabriziert am oberen Rand der Kiesgrube. Er war nie oben gewesen, konnte sich aber gut vorstellen, dass sich dort eine größere ebene Fläche befinden musste. Angestrengt fixierte er den Punkt.

Wieder das kurze Aufblitzen.

Da raucht einer seine Morgenzigarette.

Wer sollte das sein? Die Arbeit in der Grube begann frühestens in einer guten Stunde.

Dieser Idiot von Kapeck ist observiert worden!

Wie ein Blitz traf in die Erkenntnis.

Die sind ihm gefolgt und beobachten uns! Da oben sind Bullen!

Ihm war, als spüre er die Nähe seiner Gegner geradezu körperlich, als könne er sie riechen.

»Sieht nicht gut aus, dort oben, nicht wahr?«

Kuzimov wirbelte herum. In der grauen Dämmerung blitzte ihm eine Reihe weißer Zähne entgegen. Erleichtert ließ er die angehaltene Luft entweichen.

»Borell, du schwarzer Teufel, hast du mich erschreckt. Was machst du hier verdammt?«

»Meinen Job, Boss, ich mache meinen Job. Ich bewache deinen Goldschatz.«

Adis Borell lächelte breit, wodurch sich seine Zähne noch intensiver von seiner dunklen Hautfarbe abhoben.

»Diesem Idioten Kapeck ist jemand gefolgt. Bullen nehme ich an, wer sonst? Ich habe seine Ankunft überwacht und Fahrzeuge gehört, mehrere Fahrzeuge. Sie haben sich an der oberen Zufahrt zur Grube postiert. Von dort kann man alles gut einsehen. Ich bin sicher, die haben Nachtsichtgeräte. Ich würde also nicht mehr vor das Haus treten, Boss. Wir sollten uns überlegen, so rasch als möglich wegzukommen. Am besten mit dem *Audi,* den haben sie hoffentlich noch nicht gesehen. Nach vorne bis zum Pick-up können wir nicht. Das ist zu gefährlich.«

Kuzimov hatte hastig einen Schritt zurückgemacht in den schützenden Schatten der Rückseite des

Hauses. Wie kann der Schwarze auf diese Entfernung Fahrzeuge hören, dachte er irritiert.

Er bewunderte die Fähigkeiten dieser Naturvölker stets aufs Neue. Adis Borell war Berber, aufgewachsen bei einem Stamm der Tuareg. Als Jugendlicher überquerte er im Maschinenraum eines Frachters das Mittelmeer mit dem Ziel Spanien. Sein Antrag auf Asyl war abgelehnt worden, was ihn in den Untergrund und über verschlungene Wege in die Arme von *Qilich* getrieben hatte.

»Wir gehen nicht ohne die Kleine, Adis. Die anderen sind mir egal, aber das Mädchen und Andrej kommen mit. Wie kommen wir wieder in das Haus hinein?«

»Das ist leicht, Boss. Die ernstere Frage ist, wie kommen wir wieder heraus und weg von hier?

Die Bullenschweine sind im Anmarsch. Mehrere Fahrzeuge. Schätze in 10 Minuten kracht es hier ordentlich. Wir müssen in den Keller, komm mit, das ist die einzige Möglichkeit. Ich habe einen Plan.«

Sie schlichen über eine kleine Tür am rückwärtigen Durchgang zum verfallenen Wirtschaftsgebäude in das Bauernhaus zurück. Kuzimov eilte in sein Zimmer, weckte Andrej Bellow und schlich mit ihm wieder in das noch dunkle Erdgeschoß, während Borell das Mädchen aus ihrer Kammer holte. Er hielt sie fest im Arm, eine Hand um ihren Mund gelegt. Nikita war verstört und teilnahmslos. Wieder im Freien zeigte Borell auf einen Stapel morscher Bretter neben der kleinen Tür, aus der sie soeben getreten waren.

»Unter diesen Brettern ist eine Falltür, die führt in einen Keller. Ihr müsst die Bretter wegräumen und die Tür aufklappen. Mit etwas Glück sind wir dort unten erst einmal sicher. Sie werden zuerst das Haus stürmen und die anderen schnappen. Vielleicht finden sie den Keller nicht sofort, das ist unsere Chance, also los, macht schon.«

Sie versuchten sich im stickigen Keller zurechtzufinden, während über ihnen das höllische Spektakel losbrach.

31

Die ersten goldenen Sonnenstrahlen setzten das Einsatzteam am Vorplatz des alten Bauernhofes in mystisches Morgenlicht.

»Das Gebäude ist sicher. Im oberen Stock gibt es einen Raum mit einer größeren Anzahl junger Burschen. Ich vermute, es sind die Flüchtlingskinder aus dem Heim in Wien. Daneben haben wir in einem Zimmer Kapeck, Horvath sowie einen unbekannten Mann angetroffen. Es gibt noch ein leeres Zimmer. Ebenso eine leere Kammer mit einem Bett. Von Nikita keine Spur. Ich schlage vor, wir lassen die Jungen erst einmal oben, bis wir sie in warme Fahrzeuge verbringen können. Sie sind schlecht bekleidet und hier ist es immer noch saukalt.«

Der EK-Einsatzleiter sah Martina Kerbel fragend an. Sie nickte nachdenklich.

»So machen wir es, Udo. Ich habe ein eigenartiges Gefühl. Können wir sicher sein, dass hier sonst niemand ist? Wie sieht es im Wirtschaftsgebäude aus? Gibt es auch einen Keller?«

»Das prüfen wir gleich im Detail. Ich wollte mich nur kurz mit dir besprechen, um…«

Ein ohrenbetäubender Knall unterbrach ihn. In der alten Stube hatte es eine Explosion gegeben.

Aus den zerbrochenen Fenstern schlugen meterhohe Flammen, nährten sich gierig am vertrockneten

Holz der Außenwand und suchten ihren Weg nach oben. Das gesamte Erdgeschoß stand binnen kürzester Zeit in Vollbrand, dichter Qualm stieg über die Stiege in das Obergeschoß, füllte die dortigen Zimmer.

Udo Kersch brüllte Befehle. Seine Männer stoben auseinander, zwei von ihnen hatten eine alte Leiter aufgetrieben und kletterten bereits zum Fenster der eingeschlossenen Kinder hoch.

Nacheinander holten sie die verängstigten Burschen aus dem verrauchten Raum und brachten sie in Sicherheit. Sie husteten, keuchten und schnappten nach der frischen Waldluft.

Im herrschenden Chaos lag die Aufmerksamkeit aller anwesenden Kräfte auf dem brennenden Haus. Niemand bemerkte die drei Männer und das Mädchen auf der Rückseite des loderten Gebäudes.

Adis Borell hatte nach der Stürmung des Hauses den Keller als erster wieder verlassen, mehrere Kanister Benzin in Brand gesetzt und damit genau das erreicht, was er vorgehabt hatte. Sein Plan, die Einsatzleute mit dem Überraschungseffekt des Feuers so lange auf Trab zu halten, bis Kuzimov, Bellow und er den *Audi* in Besitz nehmen konnten, schien aufzugehen.

Das Mädchen Nikita strampelte verzweifelt in den Armen von Bellow, der ihr den Mund mit einem alten Tuch verschlossen hatte. Kaum den Wagen erreicht, sprang dessen Kofferraum automatisch auf. Der bullige Ukrainer warf das wimmernde Kind hinein und knallte den Deckel zu. Hastig eilte er um den Wagen herum und setzte sich ans Steuer. Kuzimov und Borell liefen geduckt auf das Fahrzeug zu.

Keine zehn Meter entfernt, heulte plötzlich eine Polizeisirene los. Marco Heel bremste den Wagen so abrupt ab, dass dieser seitlich ausbrach und schleuderte. Noch bevor das Fahrzeug zum Stehen kam, hechtete Max Bulla heraus.

Wild mit den Armen gestikulierend, brüllte er:

»Hinter dem Haus steht ein Wagen! Hinter dem Haus! Vorsicht!«

Zwei Polizisten reagierten gleichzeitig, erreichten die Hausecke und feuerten mehrere Feuerstöße über das schwere Fahrzeug hinweg. Bellow kam nicht mehr dazu, den Wagen in Bewegung zu setzen.

In wenigen Sekunden wurde er aus dem Fahrzeug gezerrt und überwältigt.

Kuzimov und sein Kumpane Borell waren bereits auf dem Rückzug. Der ausgebuffte Schwarze bedeutete seinem Boss, ihm zu folgen.

Durch den schmalen Durchlass zwischen Stallgebäude und Haus schlichen sie zum vorne abgestellten Pick-up. Von den mit der Evakuierung beschäftigten Beamten unbemerkt erreichten sie das Fahrzeug. Kuzimov lag bereits am Beifahrersitz, während Borell am Tank auf der Ladefläche hantierte, um dann in den Wagen zu springen. Mit Vollgas stieß er das Fahrzeug zurück, rammte den Vorwärtsgang rein und raste über den Vorplatz dem Waldrand zu.

Über der hinteren Bordwand des Pick-Up baumelte ein Schlauch, aus dem Treibstoff in einem dicken Strahl auf Platz und Straße lief.

Augenblicklich war die Umgebung vom beißenden Gestank des Superbenzins erfüllt. Kurz vor der Einmündung in den Wald bremste Adis den Wagen hart ab. Kuzimov sprang heraus. Ein kurzer Handgriff, der Schlauch war vom Tank getrennt und klatschte auf die Straße. Während Kuzimov in das langsam anrollende Fahrzeug sprang, warf der Afrikaner ein brennendes Sturmfeuerzeug in die Benzinlache, die sich mit lautem Fauchen entzündete.

Einer riesigen Schlange gleich rasten die Flammen in Richtung Bauernhof. Im Schutz der gewaltigen Feuerwand jagte Adis den hüpfenden Wagen durch den dichten Wald.

So schnell sich das Benzin entzündet hatte, so schnell erlosch der Brand auch wieder. Befehle wurden gebrüllt, Männer stürzten zu den Fahrzeugen, rissen sich Teile der schweren Ausrüstung vom Körper, um beweglicher zu sein. Sie versuchten, sich im Chaos zu organisieren und nahmen schließlich die Verfolgung auf.

Das Fluchtfahrzeug wurde an der Staatsgrenze aufgefunden. Von den Insassen keine Spur. Ihnen war die Flucht ins Tschechien gelungen.

Der Vorsprung war zu groß, um die Gangster fassen zu können. Trotz aller Bemühungen blieben sie wie vom Erdboden verschwunden.

Igor Kuzimov hatte es wieder einmal geschafft.

32

Einzelne Polizisten befanden sich noch auf dem Vorhof des verlassenen Gehöftes. Das gesamte Gebäude brannte mittlerweile lichterloh. Aus der Ferne war das Heulen eines nahenden Feuerwehrfahrzeuges zu hören.

Udo Kersch chauffierte den *A8* vom brennenden Gebäude weg, brachte das Fahrzeug vor den Flammen in Sicherheit und parkte es neben dem Kleinbus, der als improvisierte Einsatzzentrale diente.

Im Inneren des Busses hatte man Andrej Bellow mit Handschellen an den Sitzhalterungen fixiert.

»Wo ist das Mädchen, wo habt ihr das Mädchen hingebracht, verdammt reden Sie schon!«

Martina sprach englisch mit dem Ukrainer, der sie provokant lüstern anstarrte, dabei seine Zungenspitze über die spröden Lippen gleiten ließ.

Unvermittelt traf ihn der Faustschlag mitten auf die Nase, aus der postwendend ein Strahl hellen Blutes schoss. Bellow brüllte und riss an den Handfesseln. Sein warmes Nasenblut spritzte an Scheiben, Decke und Polsterung des Fahrzeuges.

»Mach jetzt endlich dein dreckiges Maul auf, du Hurensohn!!«, schrie Max Bulla.

Stöhnend rieb er seinen schmerzenden Knöchel.

Udo Kersch riss ihn zurück, drehte seine linke Hand hart auf den Rücken.

»Sind Sie verrückt geworden? Sie wollen doch kein Verfahren wegen dieses Abschaumes. Seien Sie vernünftig, Bulla. Das bringt uns so nicht weiter.«

»Wir haben das Mädchen!«

Die drei wirbelten herum. Ein Polizist hob gerade das völlig verwirrte Mädchen aus dem Kofferraum. Eilig trug er sie zu einem der Fahrzeuge, legte sie behutsam auf die Rückbank, entfernte das schmutzige Tuch aus ihrem Mund und schlug eine Wolldecke über den zitternden Körper.

Martina Kerbel beugte sich über das verschreckte Kind und sprach beruhigend auf sie ein. In ihren schwarzen Augen stand entsetzliche Angst, ihre Lippen bebten und kleine Tränen kullerten über die blassen Wangen.

»Was ist mit ihr? Verdammt, Martina, wir brauchen einen Arzt. Sie muss schnellstens in ein Krankenhaus, bevor sie noch kollabiert. Lass mich zu ihr, sie ist meine Tochter!«

Max Bulla war völlig durcheinander. Kersch hatte ihn losgelassen. Er war damit beschäftigt, das Nasenbluten des Ukrainers zu stoppen.

»Der Helikopter mit dem Notarzt ist unterwegs. Beruhige dich, verflucht noch einmal. Wir haben alles im Griff. Das Mädchen kommt ins Krankenhaus wo es bald in den besten Händen ist. Dann klären wir, ob sie wirklich deine Tochter ist. Hast du das endlich begriffen oder soll ich es aufzeichnen?«

Martina war fuchsteufelswild und schubste Max aufgebracht vom Fahrzeug weg.

Mehrere Wägen der örtlichen Feuerwehr waren eingetroffen. Mangels ausreichender Wasserversorgung begnügten sich die Männer mit kontrolliertem Abfackeln. Sie mussten tatenlos zusehen, wie das alte Gebäude langsam in sich zusammensackte, konnten nur darauf achten, dass der nahe Wald nicht auch noch eine Beute des Feuers wurde.

Laut knatternd landete der Helikopter am Waldrand, eine gewaltige Staubwolke aufwirbelnd. Der Notarzt verschaffte sich zuallererst einen Überblick über den Zustand des Mädchens. Danach ließ er die Patientin zum Abtransport in die Maschine bringen. Ein Polizist, der sich bei der Bergung der Jungen verletzt hatte, wurde notdürftig von ihm verarztet. Dann hob die Maschine ab und entfernte sich über die vom Sogwind wankenden Baumwipfel.

Polizeibusse sollten die aus dem Haus geretteten Jugendlichen von diesem Ort der Qual und Erniedrigung wegbringen. Der Arzt hatte angeordnet, sie in ein Spital zur Untersuchung zu fahren. Einige engagierte Sozialhelfer kümmerten sich um die frierenden, hungrigen Flüchtlingskinder und versorgten sie noch vor Ort mit dem Nötigsten. Max Bulla verfolgte auf einem großen Stein sitzend den Abflug des Rettungshubschraubers.

Nur kurz hatte er die Hand des verstörten Mädchens halten können, die Hand seiner Tochter Nikita.

Ein Blick in ihre schönen Augen hatte ihm genügt, um sicher zu sein, dass sie sein Kind war.

Er wusste nicht, worauf diese Sicherheit gründete, sie war einfach da.

Ein Gefühl. Die natürliche Verbindung zweier Menschen gleichen Blutes.

Die Sonne näherte sich dem Zenit, es war ungewöhnlich warm geworden für die Jahreszeit. Max hatte die Lehne des Beifahrersitzes weit zurückgestellt und döste vor sich hin, während Marco Heel über die Landstraße in Richtung Süden fegte.

Ihre Handys fiepten fast gleichzeitig. Sie hatten wieder Empfang. Meldungen trafen ein. Loly hatte mehrmals versucht, ihn zu erreichen. Er las ihre besorgten Nachrichten und lächelte dankbar.

Gerade jetzt brauchte er ihre Zuneigung, ihre Liebe, ihre Fürsorge. Sie hob sofort ab und lauschte fasziniert seinen Ausführungen über die turbulenten Ereignisse des frühen Morgens. Er würde gegen Abend zuhause sein, vorher wollte er noch an der Besprechung im BKA teilnehmen.

33

Martina Kerbel brachte ein Tablett voller dampfender Kaffeebecher samt frischen Wurstsemmeln mit, stellte die Kostbarkeiten auf einen kleinen Beistelltisch und setzte sich zur Runde.

Neben Max Bulla waren noch drei Beamte aus dem BKA anwesend. Einer davon der Abteilungsleiter, wie er später erfahren sollte.

»Sie haben die Berichte über den morgendlichen Einsatz auf dem Tisch. Ich darf davon ausgehen, dass Sie diese zur Kenntnis genommen haben. Vier Täter befinden sich in Polizeigewahrsam in Krems. Sie werden morgen dem Untersuchungsrichter vorgeführt. Alles Leute aus dem engeren Umfeld von Kuzimov. Soweit so gut.«

Die Agentin räusperte sich und blätterte angestrengt in ihren Unterlagen.

»Sollen die Wurstsemmeln verwelken und der Kaffee kalt werden? Ich habe Hunger!«

Der Blick, den die Polizistin dem vorlauten Kollegen zuwarf, hätte ein Brandmal verursachen können. Die Vernunft siegte über die gekränkte Eitelkeit der BKA-Dame, die mitten in ihrem Vortrag durch eine derart banale Äußerung gestört worden war.

»Gut. Holt sich jeder eine Semmel und Kaffee, dann machen wir weiter.«

Sie gönnte den Männern keine Pause, referierte über den Ablauf des Einsatzes und die nachfolgenden Ermittlungsschritte. Max Bulla interessierte der Kram über Tatortsicherung, Beweisaufnahme, Spurensicherung und Fahndungsmaßnahmen nicht. Mürrisch zündete er sich eine Zigarette an, was ihm einen Verweis des Abteilungsleiters einbrachte. Zornig ließ er die angerauchte Kippe in den lauwarmen Kaffee fallen. Das scharfe Zischen der glühenden Asche unterbrach Martinas Redeschwall erneut. Missbilligend fiel ihr Blick auf den Übeltäter, der sie aufgebracht anfauchte.

»Du redest und redest über Dinge, die mich nicht betreffen, mich nicht interessieren. Ich will nur eines wissen: Wo ist Nikita? Was passiert jetzt mit ihr? Wann kann ich sie sehen? Der ganze andere Polizeikram kann mir gestohlen bleiben.«

Zorn war ihm ins Gesicht geschrieben, kleine rote Flecken an Hals und Wangen zeugten davon.

»Ich kann dir nur sagen, dass das Mädchen in einer Klinik in Wien untergebracht ist, also stelle keine dummen Fragen. Bevor der medizinische Zustand nicht abgeklärt ist, passiert gar nichts. Danach wird das Jugendamt anordnen, was zu tun ist. Rechne also nicht damit, das Mädchen in den nächsten Tagen zu Gesicht zu bekommen. Das ist auch besser so. Hast du darüber nachgedacht, was das Kind in letzter Zeit durchgemacht hat? Du kannst nicht so naiv sein zu glauben, dass du Nikita abholen könntest, um sie bei dir aufzunehmen.

Es wird schwierig werden, die Angelegenheit zu regeln. Bereite dich also auf einen längeren Kampf mit den Behörden vor. Aber keine Sorge, sie ist in guten Händen. Ich habe dafür gesorgt, dass Nikita rund um die Uhr bewacht wird. Mehr kann ich dir momentan nicht sagen.«

»Hat man schon mit den russischen Behörden Kontakt aufgenommen? Den Pflegeeltern? Wurden sie verständigt? Nikita muss als vermisst gemeldet sein. Was ist in dieser Hinsicht veranlasst worden? Lass dir doch nicht jedes Detail aus der Nase ziehen, Martina.«

Max hatte sich wieder eine Zigarette aus der Packung gezogen. Unter dem strengen Blick des Abteilungsleiters zerknüllte er sie zwischen den Fingern. Loser Tabak rieselte auf den Tisch.

»Herr Bulla, ich denke, es reicht. Ihre Sorge und Aufregung in Ehren, aber hier handelt es sich um polizeiliche Ermittlungen, in einer schwierigen Causa. Ich darf Ihnen versichern, dass alle notwendigen Schritte unternommen werden. Mehr will ich dazu nicht sagen. Bitte gehen Sie jetzt. Sobald neue Erkenntnisse vorliegen, werden Sie informiert.«

Eine neuerliche Welle heftigen Zornes durchlief ihn. Mit Mühe konnte er sich beherrschen. Wütend griff er nach seiner Aktentasche und verließ den Raum, ohne ein weiteres Wort zu verlieren.

Es war früher Nachmittag, Sonnenstrahlen wärmten die Touristen auf dem Stephansplatz, wo lustige Gaukler und Straßenmusikanten ihre Kunststücke zum Besten gaben. Ein Taxi hatte Max vom Sitz des BKA in die Innenstadt gebracht. Sein erster Weg führte ihn in den Stephansdom, wo er am *Maria-Pócs-Altar* eine Kerze entzündete und sich auf der schmalen Kirchenbank zu einem stillen Gebet niederließ. Seit langer Zeit war er nicht mehr im ehrwürdigen Dom gewesen. Nach Marios Ableben hatten ihn der schmerzhafte Verlust und die Sinnlosigkeit, wie dessen junges Leben zu Ende gegangen war, den Glauben an Gottes Gnade und Gerechtigkeit verlieren lassen.

Verbittert von Rachegelüsten getragen, konnte und wollte er nicht verstehen, wie ein Gott der Güte und Liebe so etwas zulassen konnte.

Oft verfluchte er seine gottesfürchtige Erziehung, beneidete Menschen, die von Kindesbeinen an ungläubig durch ihr Leben gingen. Sie hatten sich nicht damit auseinanderzusetzen, ob es diesen gütigen Gott gab oder nicht, ob er richtig entschieden hatte oder nicht. Sie hatten es einfach, für sie gab es keinen Gott, keinen Glauben, keine kirchliche Gemeinschaft. Im quälenden Zwiespalt hatte er viele Jahre gelebt. Bis Loly in sein Leben trat.

Sie war es, die in langen Gesprächen gepaart mit geduldigem Zuhören, seiner kranken Seele wieder Liebe, Zuversicht und Güte einzuhauchen vermochte. Sie war es, die seinen ohnehin nie ganz verloren gegangenen Glauben wieder entfachte und die ihn dazu brachte, in die Kirche zu gehen, um dort Ruhe und Trost zu finden.

So war es auch an diesem ersten Frühlingstag. In der beschaulichen Ruhe des riesigen Kirchenschiffes konnte er seine Gedanken ordnen, ein persönlich gestaltetes Gebet sprechen und Kraft tanken für den schwierigen Alltag.

Durch die seelische Pause gestärkt, schlenderte er in Richtung Schwedenplatz. Zu gerne wäre er in einem urigen Beisel im *Bermudadreieck* eingekehrt, um sich einen Drink zu gönnen. Die Vernunft siegte. Wie lange diese Siege noch anhielten, konnte er nicht sagen. Manchmal stand er knapp davor, sich volllaufen zu lassen, all seinen Kummer und Stress im Alkohol zu ertränken. Abzutauchen in die selige Welt des Vergessens und der Gleichgültigkeit.

Bedrohlich saß der *Dämon,* in seiner Vorstellung ein höhnisch grinsender, abscheulicher Kerl, an der Pforte seines Unterbewusstseins. Heute bist du chancenlos, mein Junge. Ich gönne mir jetzt ein schönes Eis, dachte er belustigt. In einem der angesagtesten Eissalons der Stadt bestellte er einen klassischen Hausbecher und genoss den Blick auf die pulsierende Menschenmasse.

Sein Telefon vibrierte in der Hosentasche.

»Wo bist du gerade?«

Viele Gespräche begannen neuerdings mit diesem Satz. In einer digitalen Welt war es schwer geworden, seinen Gesprächspartner zu lokalisieren.

»Loly! Ich sitze im Eissalon vor einem herrlichen Hausbecher. Kommst du vorbei?«

»Ich dachte, du bist in einer Besprechung?«

»Schon erledigt. Kommst du?«

»Ich bin schon unterwegs. Bestelle mir einen Eiskaffee. Ohne Sahne bitte«

Keine zehn Minuten später rückte sich seine Frau den Stuhl neben ihm zurecht. Aufgeregt deckte sie ihn sofort mit allen nur möglichen Fragen ein.

»Loly, bitte. Lass uns zuerst diese Köstlichkeiten genießen. Dann gehen wir nach Hause und reden in aller Ruhe über diesen ereignisreichen Tag.«

Max fiel sofort auf, dass die Bewachung ihrer Wohnung aufgehoben worden war. Sie hatten im Eissalon noch einen Aperitif genommen und standen nun vor dem Eingangstor des alten Mietshauses. Er hatte plötzlich das Gefühl beobachtet zu werden. Während er seiner Frau den Vortritt ließ, wandte er sich nach allen Seiten um. Menschen hasteten nach einem langen Arbeitstag zur U-Bahn, um so schnell als möglich die Heimreise anzutreten. An der Ecke zum Schwedenplatz lehnten einige Jugendliche und studierten einen Stadtplan. Auf dem gegenüberliegenden Gehsteig fegte ein Mann in orangefarbiger Schutzkleidung Abfälle auf eine breite Schaufel. Ein Stadtbild wie immer um diese Zeit. Ich sehe schon Gespenster, dachte er und schloss die schwere Tür hinter sich.

Später, sie hatten ein vorzügliches Risotto genossen, lagen sie auf dem breiten Sofa. Max erzählte ausführlich über den Einsatz im Waldviertel.

»Mein Gott, das arme Mädel. Wo hat man sie hingebracht?«

Loly sah ihn fragend an, in ihren Augen konnte er die Sorge um Nikita lesen.

»Sie wurde in eine Klinik nach Wien geflogen. Mehr habe ich bisher nicht erfahren können. Dort bewacht man sie streng, es herrscht vorläufig absolute Geheimhaltung. Martina wird mich frühestens morgen früh informieren, dann wissen wir mehr, können Nikita vielleicht besuchen, hoffe ich zumindest.«

»Hast du dir schon Gedanken darüber gemacht, wie die Sache weitergehen soll? Wir müssen uns um das Kind kümmern. Wir müssen herausfinden, wer die Pflegeeltern sind, wo sie leben, ob Nikita adoptiert wurde?«

Maria-Dolores war aufgeregt, ihre sonst so ruhige Stimme bebte leicht.

»Immer mit der Ruhe, Loly. So wie du jetzt habe ich im BKA reagiert, bis man mich des Raumes verwiesen hat. Zu Recht, muss ich nachträglich sagen. Wir können uns nicht über die rechtlichen Vorgaben hinwegsetzen. Soll heißen, wir müssen Geduld haben. Das Kind ist gut versorgt und beschützt. Ich werde trotzdem versuchen, eine Besuchererlaubnis zu erhalten. Dann sehen wir weiter.«

»Ich werde mitkommen, Max. Ich habe mir für den Rest der Woche freigenommen. Wir machen das zusammen. Ich will und kann dich jetzt nicht alleine lassen.«

34

Er konnte sich nicht erinnern, so frei und glücklich gewesen zu sein.

Als wäre mit dem gestrigen Tag eine riesige Last von seinen Schultern genommen worden. Nichts hatte er getrunken, ein Glas Wein mit viel Wasser. Er war stolz auf seine Willenskraft, es tat ihm gut zu erkennen, dass nicht alles verloren war. Er konnte noch handeln, konnte sich beherrschen und fühlte sich wieder beinahe so bissig und tatkräftig wie früher. So stressig die letzten Tage gewesen waren, so gut fühlte sich der heutige Tag an. Ausnahmsweise hatte er seinen Morgenlauf etwas später angetreten. Sie hatten das gemeinsame Erwachen ohne Arbeitsdruck in vollen Zügen genossen.

Die Tüte mit den frischen Semmeln in der Hand stürmte er die Treppe zur Wohnung hinauf. Er umarmte seine Frau, drückte sie fest an sich und hob sie vergnügt in die Höhe.

»Langsam junger Mann. Du brichst mir noch alle Knochen, nicht so wild mein Lieber.«

Seine Frau lachte herzerfrischend und drückte ihm einen Kuss auf die vom Schweiß salzig gewordenen Lippen.

Max hatte gerade den satten Strahl der Dusche abgestellt, als sein Handy fiepte.

»Guten Morgen, Martina. Schon so früh unterwegs?«

»Die Polizei ist immer früh unterwegs, das müsstest du wissen.«

»Du hast recht. Ich bin zu lange weg vom Alltag. Ich muss mich für mein gestriges Verhalten entschuldigen. Tut mir leid, ich war einfach mit den Nerven am Ende.«

»Alles ist gut, Max. Ich kann dich verstehen. Ich war auch nicht gerade nett zu dir. Schwamm drüber. Ein neuer Tag, ein neues Glück, so heißt es, nicht wahr? Das mit dem Glück kann ich nicht unterschreiben. Kuzimov und sein Komplize sind wie vom Erdboden verschwunden. Die Kollegen in Tschechien haben wirklich alles unternommen. Leider verlief die Fahndung, sie wurde auch auf die Slowakei ausgedehnt, bisher negativ. Der Kerl muss verdammt gute Freunde dort drüben haben.

Aus den anderen Typen ist auch nichts herauszubekommen, sie schweigen sich vorerst einmal aus. Eine gute Nachricht habe ich für dich aber auch. Der Staatsanwalt hat die Erlaubnis erteilt, das Mädchen zu besuchen. Einzige Einschränkung, ich muss anwesend sein. Aber das werden wir hinkriegen. Ich telefoniere später mit der Klinik, melde mich dann wieder bei dir, bis bald. Ciao Max.«

Zufrieden rubbelte er sich trocken, rasierte sich mit Genuss und schlüpfte in den Morgenmantel.

»Frühstück ist fertig! Kommst du?«

»Bin schon so gut wie da, mein Herz.«

Beschwingt pfeifend setzte er sich an den geschmackvoll gedeckten Tisch voller frischer Köstlichkeiten aus Bäckerei und Obstladen.

Zum ersten Mal in seinem Leben betrat er das Wiener Allgemeine Krankenhaus, das *AKH,* wie es die Wiener nennen.

Unterschiedliche Farbgebungen sollten die Orientierung auf der Suche nach den entsprechenden Abteilungen im riesigen Areal erleichtern. Max musste sich nicht darum kümmern. Er hielt Loly an der Hand. Sie ließen sich von Martina Kerbel den Weg zeigen. Auf einem der Wegweiser stand zu lesen, dass sie sich auf der *Inneren Medizin, Univ.Prof. Dozent Dr.Dr. Hanno Möller-Weihersberg*, befanden.

Zu Beginn des Flures sowie direkt vor einer verschlossenen Tür desselben hielten uniformierte Polizeibeamte Wache. Wie ernst sie ihren Auftrag nahmen, zeigte die Tatsache, dass sich sogar die BKA-Agentin Martina Kerbel ausweisen musste. Alle drei wurden aufgefordert, ihre Taschen zu leeren, den Inhalt auf einen Tisch zu legen und sich nach Waffen abtasten zu lassen.

Max bemerkte lächelnd die Wut in Martina, die sich eisern unter Kontrolle hielt und zu keiner wie auch immer gearteten Bemerkung hinreißen ließ.

Eine Pflegerin öffnete die Tür zum Zimmer, welches hell und für ein Krankenzimmer sehr geschmackvoll eingerichtet war.

So liegt man also in der Sonderklasse, dachte Max spontan und blickte sich erstaunt im Raum um. Ein Einzelzimmer mit Bett, Schrank, Tisch Stühlen, einer Kommode samt Fernseher und Radioanlage an der Wand sowie einem schmalen Sofa am Fenster.

Nikita lag im viel zu großen Krankenbett auf dem Rücken, ihr Kopf ruhte in den tiefen Kissen. Erst jetzt bemerkte Max die Halterung samt Infusion und die Messgeräte am Rand des Bettes.

Ihre ängstlichen Augen hatten sich auf ihn gerichtet. Sofort registrierte er den erstaunten Ausdruck darin. Verwirrt wollte er etwas sagen, beruhigende Worte, eine Erklärung, aber seine Stimme versagte. Er spürte die Tränen. Durch einen nebelverhangenen Schleier sah er, wie sich Nikitas Augen mit denen von Loly trafen und mit einem Mal alle Angst daraus verschwunden war.

Das Mädchen hob den Kopf. Sie lächelte. Max wusste nicht, wie im geschah, ein leichter Schwindel hatte ihn befallen. Er fühlte eine Art Unwirklichkeit. Schemenhaft nahm er das freudige Lächeln des Mädchens wahr, als er von Loly sanft zur Seite geschoben wurde. Ihre Stimme drang wie aus weiter Ferne zu ihm.

»Niki! Mein Gott Niki, du bist das? Santa María, ¿Cómo has llegado hasta aquí? - wie bist du hierher gekommen?«

Loly begann zu schluchzen. In ihrer Aufregung war sie ins Spanische verfallen. Max drehte sich zu ihr und nahm sie an den Schultern.

»Was ist hier los? Sag mir bitte, was hier los ist? Woher kennst du Nikita?«

Sie befreite sich energisch aus seinen Armen, eilte zum Bett und nahm das Kind an ihre Brust. Beide weinten. Ihre Körper bebten unter der intensiven Umarmung. Die Pflegerin versuchte behutsam Kabel und Schläuche zu ordnen. Sachte nahm sie den schmalen Körper des Mädchens etwas zurück und sprach beruhigend auf die beiden ein.

Martina Kerbel lehnte an der Wand. Ihr Gesicht war ein einziges Fragezeichen.

Loly löste sich von dem Mädchen. Mit einem weichen Tuch trocknete sie ihre Tränen, bevor sie sich ihrem Mann zuwandte.

»Dieses Mädchen heißt Nicola Moles. Sie ist die einzige Tochter von Xavier und Isabella Moles. Ihre Eltern stammen aus Barcelona und sind Mitarbeiter der Vereinten Nationen in Wien. Sie sind Arbeitskollegen von mir. Xavier ist Jurist, Isabella Ärztin. Du kennst die Leute, Max. Wir waren bei ihnen eingeladen, erinnerst du dich nicht an Nicola?«

Max starrte sie stumpfsinnig an. Wo bin ich hier, dachte er. Was ist das für ein Zirkus? Moles? Xavier Moles? Ich kenne keine Moles. Langsam ging er auf das Bett zu. Nicola betrachtete ihn nun nicht mehr ängstlich, eher neugierig.

»Guten Tag, Herr Bulla«, sagte sie freundlich.

»Wir haben zusammen *Trivial Pursuit* gespielt? Sie meine Freundin und ich. Sie haben verloren, weil sie so schlechte Pantomimen gemacht haben. Damals haben wir so viel gelacht, erinnerst du dich, Loly?«

»Und ob ich mich erinnere, Nicola. Wir hatten richtig Spaß damals. Alle haben Max ausgelacht, bei seinen verzweifelten Versuchen, Schmetterlinge zu persiflieren.«

Max näherte sich langsam der realen Welt. Schritt für Schritt normalisierten sich seine Gedanken. Er stellte sich das Mädchen im Krankenbett in anderen Kleidern vor. Die Haare zu einem Zopf gebunden die Karten des Spieles in der Hand. Plötzlich war die Erinnerung da. Mit der flachen Hand schlug er sich auf die Stirn.

»Natürlich, Nicola, jetzt sehe ich wieder klar. Nora war der Name deiner Freundin, stimmt's?«

»Ja, ja, Nora. Ich freue mich schon so sehr, sie zu sehen. Wann darf ich nach Hause?«

Von einer Minute auf die andere war die Stimmung von düster auf sonnig gekippt und drohte nun wieder zu drehen. Nicola hatte vor Aufregung leicht gerötete Wangen bekommen.

»Ein bisschen wirst du schon noch bei mir bleiben müssen, Nicola. Aber sicher nicht mehr lange. Wir sprechen heute Abend mit dem Herrn Professor, er wird uns sagen können, was mit dir passiert«, sagte die Pflegerin mit leiser Stimme und dämpfte damit die aufgekommene Euphorie.

Loly erfasste die Situation zuerst.

»Ja, Nicola, es ist gut für dich, wenn du noch ein wenig hierbleibst.

Wir kommen dich morgen Vormittag wieder besuchen, versprochen. Morgen kann uns der Herr Professor schon etwas Genaueres sagen. Und dann werden auch deine Eltern bald wieder bei dir sein, ganz sicher. Also bleib schön brav, meine Liebe. Wir sehen uns. Ciao, Niki!«

Sie drückte dem Mädchen einen Kuss auf die Wange und schob Max und Martina energisch aus dem Krankenzimmer.

»Kann mir bitte jemand erklären….«

»Nicht hier« unterbrach Martina den ob seiner Gefühle aufgewühlten Max.

»Nicht hier, Max. Wir besprechen das in Ruhe, aber nicht hier auf dem Gang.«

Sie gab den beiden Polizisten einige Anweisungen, verabschiedete sich von der Pflegerin und eilte den Gang entlang in Richtung Treppenhaus. Loly und Max blieb keine Wahl, sie folgten ihr, wobei Max so was wie *blöde Kuh* vor sich hin murmelte. Mehrere Stufen nehmend liefen sie drei Stockwerke tiefer, wo sie sich in einem leeren Aufenthaltsraum außer Atem hinsetzten.

»Was rennst du wie eine Irre? Es gäbe einen Lift und im Parterre ein Bistro, wo wir alles besprechen könnten.«

Max war rot angelaufen, Zorn und Verblüffung standen ihm ins Gesicht geschrieben.

»Entschuldige bitte«, sagte Martina.

Sie schloss die Tür, holte eine Zigarettenpackung aus ihrer Tasche und wollte eines der Fenster öffnen, was nicht funktionierte. Wütend warf sie die Packung auf das kleine Tischchen. Sie atmete einige Male tief durch, bekam ihre Nerven wieder in den Griff und setzte sich auf einen der Holzstühle.

»Entschuldigt bitte, ich war völlig durcheinander. Loly, bitte erklären Sie mir die Zusammenhänge.«

Maria-Dolores wirkte unsicher, als suche sie nach einem Faden, den sie fassen konnte, um die Geschichte verständlich aufzurollen. In solch außergewöhnlichen Situationen kam oft die Unsicherheit der Sprache dazu, die Sorge nicht richtig zu formulieren. Obwohl sie als diplomierte Dolmetscherin perfekt Deutsch sprach, war es für sie nicht einfach, ihre aufgewühlten Gedanken, die in der Muttersprache durch ihr Gehirn strömten wie wallende Wolkenfelder zu ordnen, um diese entsprechend wiederzugeben. Sie räusperte sich zum wiederholten Male.

»Ja also, wie soll ich beginnen? Ich habe schon gesagt, wer das Mädchen ist und dass Xavier und Isabella ihre Eltern sind. Eigentlich arbeiten sie in der UNO-City in Wien. Derzeit sind beide im Ausland. Isabella betreut ein Hilfsprojekt im Jemen und Xavier weilt schon seit einem halben Jahr in New York, soviel ich weiß. Die Familie hat ein Haus in Döbling gemietet. Wir waren letztes Jahr in der Villa eingeladen. Tja, und dort gibt es eine Haushälterin die auch Kindermädchen ist, Anna? Ja, Anna ist ihr Name. Sie betreut das Mädchen während der Abwesenheit ihrer Eltern. Sie haben nur das eine Kind. Anna müsste also wissen, was…mein Gott!«

Entsetzt blickte Loly die aufgesprungene Martina an. Beide hatten spontan erkannt, dass der Hausdame etwas zugestoßen sein musste, als Nicola entführt worden war.

»Die Adresse! Loly, geben sie mir die Adresse der Villa!«

Martina hatte ihr Telefon in der Hand und wählte eine Nummer.

»Ich weiß nicht…, ich erinnere mich nicht an die genaue Anschrift.«

»Denken Sie nach, bitte! Es ist wichtig!«

»Wir fuhren damals die Döblinger-Hauptstraße entlang«, mischte sich Max in das Gespräch der Frauen.

»Ich erinnere mich an das Hinweisschild einer Privatklinik, danach war es die zweite oder dritte Seitengasse. Eine eher kleinere Villa, weißgraue Fassade mit schönem Garten. Ein hoher Zaun aus Schmiedeeisen umgibt das Anwesen. Das ist alles, was mir erinnerlich ist, tut mir leid.«

Martina sprach bereits in ihr Handy, übermittelte die Namen der Familie Moles und gab Anweisung die genaue Anschrift im Melderegister zu ermitteln. Der nächste Anruf galt ihren engsten Mitarbeitern, in knappen Worten organisierte sie den bevorstehenden Einsatz.

Martina hatte ein Blaulicht auf das Dach des zivilen Wagens geknallt. Mit laut heulender Polizeisirene fegte sie den Verkehr am Währinger-Gürtel zur Seite. In halsbrecherischem Tempo ging es in Richtung

Döbling. Max, der am Beifahrersitz Platz genommen hatte, hielt sich im schwankenden Wagen mit beiden Händen am Griff oberhalb des Seitenfensters fest.

»Verdammt, Martina! Willst du uns alle ins Grab bringen? Warum rast du wie eine Irre? Seit der Entführung ist eine Woche vergangen, wenn die der Anna etwas angetan haben, ist es so oder so zu spät. Also brems dich ein, sonst kotze ich dir noch in den Wagen, verflucht noch mal!«

Die Polizistin kümmerten seine Einwände wenig. Sie schnitt einen Lastwagen, dessen Fahrer wütend hupte, verließ die breite Gürtelstraße, raste durch eine Unterführung und hatte innerhalb kürzester Zeit das Villenviertel erreicht.

Der heftige Polizeilärm ließ so manch wohlhabenden Bewohner des Villenviertels aus der weichen Liege am Pool aufschrecken. In stiller Hoffnung, der Einsatz möge nicht ihm gelten. Vor dem hübschen Anwesen warteten bereits Martinas Kollegen aus dem BKA.

»Hat jemand mit dem Staatsanwalt Kontakt aufgenommen?«

Martina blickte fragend in die Runde ihrer vier Mitarbeiter, die für ihren Geschmack zu lässig und ungezwungen an den schweren, dunklen Fahrzeugen lehnten.

»Alles geklärt, Boss,« meldete sich ein junger Spund, die Sonnenbrille auf die Stirn schiebend, zu Wort und lächelte dabei seiner Vorgesetzten frech ins Gesicht.

»Vorerst gilt: *Gefahr im Verzug.* Wir können also ungehindert rein. Einen Beschluss zur Öffnung bekommst du nachgereicht. Ich habe einen Schlüsseldienst bestellt, der soll die feine Hütte aufsperren. Außerdem ist die Tatortgruppe samt Spurensicherung unterwegs. Wir werden also warten müssen, bis alle Kollegen da sind.«

»Was zu tun ist, bestimme immer noch ich, damit das klar ist, Herrschaften.«

Da ist es wieder, das hochnäsige, von Ehrgeiz getriebene Polizistenweib, dachte Max. Mit der wären wir zu meiner Zeit um die Ecke gefahren. Er schmunzelte.

»Was gibt es zu grinsen, Max? Zwei hinter das Gebäude, Sicherungsmaßnahmen vorbereiten, zwei bleiben bei mir. Mal sehen, ob wir einen Schlüssel finden.«

Sie öffnete das unverschlossene Gartentor, lief über die Zufahrt zum kurzen Treppenaufgang, überwand die drei flachen Stufen mit einem Satz und rüttelte an der massiven Haustüre, die, erwartungsgemäß, verschlossen war.

Alle Blumentöpfe wurden umgedreht, die Fußmatte angehoben, nichts, kein Schlüssel. Dann hatte sie Glück. Im Steigrohr der Regenrinne wurde sie fündig. Triumphierend hielt sie den Schlüssel hoch. Während sie das Haustor aufschloss, gab sie Befehl, den Schlosser abzubestellen. Mit ihren Waffen im Anschlag drangen die Beamten in die Villa ein.

Max war derweil wieder zum Wagen gegangen und hatte sich neben Loly gesetzt.

»Hast du eine Idee, wie diese ganze Scheiße zusammenhängt?«

»Kaum bist du ein paar Stunden mit deinen Polizeikollegen zusammen, sprichst du deren vulgäre Sprache. Du weißt, wie abstoßend ich das finde.«

»Tut mir leid, du hast ja recht. Was glaubst du oder besser gefragt, welche Erklärung hast du zu den Vorgängen rund um das Mädchen Nikita, nein, wieder falsch, Nicola? Ist sie nun meine Tochter oder nicht? Ist Lena Potinova ihre Mutter oder ist sie es nicht? Wie konnte Kuzimov annehmen, dass sie es ist? Wurde sie einfach zufällig ausgewählt oder liegt eine Verwechslung vor?«

»Seit ich das Mädchen im Bett vor mir gesehen habe, gehen mir genau diese Gedanken, diese Fragen durch den Kopf. Ich finde keine Antwort, Max. Eines steht fest: Nicola ist die Tochter der Familie Moles, daran gibt es nichts zu rütteln. Wie es zu der Entführung kam, welche Umstände dazu beigetragen haben und warum es so gekommen ist, das wird und muss die Polizei klären. Mir war wichtig, dass Nicola davon vorerst nichts mitbekommt. Sie ist in der Klinik gut versorgt und soll sich erst einmal von den furchtbaren Strapazen erholen. Alles andere wird sich aufklären lassen. Wichtig ist vor allem, dass man ihre Eltern umgehend informiert. Sie müssen schnellstens zurückbeordert werden. Was immer die Polizei hier findet oder ermitteln kann, wichtiger für Nicola sind

Mutter und Vater. Das solltest du dieser tüchtigen Person Martina klarmachen. Am besten sofort.«

Max nickte zustimmend.

»Du hast recht, die Verständigung hat Priorität, ich werde mit Martina sprechen, sobald sie rauskommt.«

Nach und nach tauchten Polizeifahrzeuge auf und entfernten sich wieder. Über den gepflegten Hecken der Nachbargrundstücke erschienen neugierige Gesichter, um zu erkunden, was im sonst so stillen Nobelviertel vor sich ging. Aus einem Kleinbus stiegen die Männer und Frauen der Spurensicherung, jeder einen Koffer mit Arbeitsgerät in Händen. Sie warteten am Eingang auf ihren Einsatz. Martina Kerbel trat aus dem Haus, ihr Handy am Ohr, sprach sie einige Worte mit den Einsatzleuten und kam dann zu ihrem Fahrzeug.

»Oberflächlich betrachtet ist hier absolut nichts, was auf einen Einbruch, eine Entführung oder eine sonstige Gewalttat hinweisen würde. Ein ganz normaler, wenn auch gehobener Haushalt. Aufgeräumt, sauber, ohne Hinweise auf ein Verbrechen.

Keine Spur vom Kindermädchen. Wir untersuchen noch einmal jeden Winkel im Keller, am Dachboden und im Garten. Danach werden wir abziehen. Es wird mir nichts anderes übrig bleiben, als Nicola zu befragen. Der Arzt hat dies zwar untersagt, aber wie sollen wir sonst weiterkommen? Die wichtigste Frage ist der Verbleib der Hausdame Anna. Wurde sie auch entführt, womöglich ermordet?

Oder hat sie mit den Entführern zusammengearbeitet? Wo hat die Entführung stattgefunden? Wo wurde das Mädchen festgehalten, bevor sie ins Waldviertel gebracht wurde? Ist Anna noch in diesem Versteck? Fragen über Fragen.«

Martina zündete sich eine Zigarette an. Gierig inhalierte sie das beruhigende Gift und ließ den Rauch durch die Nase entweichen, was ihr einen missbilligenden Blick von Loly einbrachte.

»Hattest du die Raucherei nicht hinter dir? Eine Sucht ist eine Schwäche, habe ich das nicht von dir immer wieder gehört?«, neckte sie Max scherzhaft.

»Weißt du, Martina, was noch viel wichtiger ist? Die Eltern der Kleinen müssen verständigt werden und umgehend aus dem Ausland zurückgeholt werden. Das solltest du vor all den anderen Dingen veranlassen. Nicola braucht ihre Eltern, vorher solltest du gar nicht erst versuchen, mit ihr zu sprechen. Wozu auch? Kuzimov ist über alle Berge. Wie ich den alten Igor kenne, wirst du den so schnell nicht wiedersehen. Eure Ermittlungen rund um seine Schandtaten werden so oder so Monate, wenn nicht Jahre dauern.«

»Was glaubst du, was ich schon veranlasst habe? Einer meiner Mitarbeiter versucht, in diesen Minuten einen Termin bei den zuständigen Leuten in der UNO-City zu bekommen.

Es wird alles getan, dass Herr und Frau Moles erreicht werden. In New York ist früher Morgen, im Jemen gibt es ein Problem mit der Kommunikation.

Ich bin trotzdem sicher, dass die Familie bald wieder zusammen sein wird.«

»Hätte ich dir ehrlich gesagt nicht zugetraut, Respekt.«

Max deutete eine leichte Verbeugung an.

»Du mich auch«, fauchte Martina und wandte sich an seine Frau.

»Es könnte von Vorteil sein, wenn Sie in der UNO City anrufen. Vielleicht können Sie denen ja ein bisschen Feuer unterm Arsch machen.«

Max konnte sich ein Schmunzeln ob der Ausdrucksweise Martinas gegenüber seiner Frau nicht verbeißen.

»Ich werde sehen, was ich tun kann«, erwiderte Loly knapp.

Ein Mann der Spurensicherung überbrachte die Meldung, dass man nichts weiter entdeckt habe. Es gebe keinerlei Hinweise auf fremde Personen oder Einbruchspuren im Haus und dessen Umfeld.

»Ich schlage vor, wir gehen erst mal zum Essen. Danach treffen wir uns bei mir im Büro. Ich habe eine Menge Fragen an dich, Max Bulla!«

Martina Kabel klopfte ihm mit dem Zeigefinger bedeutsam auf die Brust.

»Was soll das nun wieder heißen? Gehöre ich zum Kreis deiner Verdächtigen oder was für Fragen hast du an mich? Eher werden wir wohl klären müssen, wie es mit meinem Schutzprogramm weitergeht, jetzt, wo jeder in der Unterwelt weiß, wer ich bin und was ich dem großen Kuzimov angetan habe.«

»Du hast recht, Max. Auch darüber werden wir reden. Wir treffen uns um 15:00. Ich würde mich freuen, wenn Sie auch kommen könnten, Loly. Ich habe den Kollegen im blauen *BMW* angewiesen, euch nach Hause zu bringen.

Bis dann Mahlzeit zusammen.«

35

Ihr schmächtiger, sportgestählter Körper versank im zu protzig ausgelegten Bürostuhl.

»Die Schuhe deines Vorgängers sind wohl ein wenig zu groß geraten, zumindest entsteht dieser Eindruck, wenn ich dich in diesem Stuhl sehe.«

Max Bulla lachte scherzhaft und klopfte sich auf die Schenkel. Martina Kerbels Augen funkten Alarm, jeden Augenblick konnte einer ihrer Zornesausbrüche starten. Sie beherrschte sich mühsam.

»Fassen wir zusammen. Vor einer Woche wird ein junges Mädchen entführt. Du bekommst betreffende E-Mails samt Video und Foto. In der Folge stellt sich heraus, dass es sich bei dem jungen Mädchen um deine Tochter handeln könnte. Igor Kuzimov, Oberhaupt des Verbrechersyndikates *Qilich,* Samstag aus dem Hochsicherheitsgefängnis *Stein* geflohen, der mit dir noch eine Rechnung offen hat, erpresst dich mit dem Kind. Es wird immer wahrscheinlicher, dass es sich tatsächlich um deine Tochter handeln könnte, zumal du vor zehn, elf Jahren ein Verhältnis mit einer jungen Frau in Russland hattest. Diese Frau, Polizistin oder was immer, hat ihr Kind zur Adoption freigegeben. Kurz danach verstirbt sie bei einem mysteriösen Einsatz. Ihre Leiche wird nie gefunden. Durch Zufall erfahren wir das Versteck der Entführer. Wir befreien das Kind.

Im Rahmen der Aktion nehmen wir drei Männer fest. Igor Kuzimov und ein Komplize entkommen uns. Wir wissen bislang nicht, wo die Gangster sich aufhalten. Im Krankenhaus stellt nunmehr deine Frau fest, dass es sich bei dem Mädchen nicht um Nikita aus Russland, sondern um Nicola, Tochter der in Wien lebenden Eheleute Xavier und Isabella Moles handelt. Die Herrschaften aus Barcelona sind hochrangige Mitarbeiter der UNO. Beide weilen derzeit im Ausland. Alles klar soweit?«

»Ja. Nur eines bitte. Ich hatte kein *Verhältnis* mit Lena Potinova. Es war ein *One Night Stand*, so nennt man das der heutigen Zeit. Ansonsten alles klar.«

Loly betrachtete interessiert ihre Fingernägel und schmunzelte. Martina räusperte sich und fuhr fort.

»Bist du immer noch davon überzeugt, dass du damals eine Tochter gezeugt hast? Im Rahmen eines *One Night Stands,* wie du es zu bezeichnen pflegst? Könnte es nicht auch so sein, dass aufgrund der neuen Sachlage Zweifel an den Informationen deines Freundes aus dem ukrainischen Geheimdienst aufkommen?«

Max lächelte.

»Es ist sehr schwer für mich. Ich bin nicht sicher, was ich glauben soll. Wenn ich das Mädchen betrachte, sehe ich Ähnlichkeiten mit Lena, andererseits sagt mir meine Frau, dass dieses Kind hundertprozentig die Tochter der Moles ist. Ich weiß nicht, wo die Wahrheit liegt. Vielleicht hat dieser Dreckskerl Kuzimov nur willkürlich ein Mädchen gewählt.

Und die Ähnlichkeit? Wir wissen es nicht. Warten wir auf die Eltern sowie auf die Aussage von Nicola, spätestens dann wird sich vieles aufklären.«

Das Telefon läutete. Martinas Gesichtsausdruck veränderte sich, etwas musste passiert sein. Zwei knappe Befehle, dann legte sie auf.

»Man hat Anna gefunden.«

Wie eine unheilvolle Drohung hing der kurze Satz im Raum. Max befürchtete das Schlimmste.

»Mein Gott, wo? Was ist mit ihr, sprich endlich!«

Martina rieb mit den Fingerspitzen beider Hände ihre Schläfen.

»Sie lebt. So ein Glück. Einige meiner Leute haben sich den Laden von Fredy Kapeck vorgenommen, das ist dieser Zuhälter, den wir im Waldviertel festgenommen haben. Sie haben seine Bar am Gürtel durchsucht. In einem der Hinterzimmer sind sie auf eine gefesselte Frau gestoßen. Es ist Anna Weinbergler, die Hausdame der Familie Moles. Sie ist in Anbetracht der Tatsache, dass sie seit über einer Woche dort festgehalten wurde, in einem guten Zustand. Man bringt die Frau gerade ins Krankenhaus. Gott sei Dank wenigstens wieder einmal eine gute Nachricht.«

Erleichtert lehnte sich Max zurück. Er allein wusste über Igor Kuzimov und dessen Skrupellosigkeit Bescheid. Etwas anderes als die Ermordung der Frau passte nicht in das Konzept des Gangsters.

Unliebsame Zeugen ließ er für immer beseitigen. Max konnte nicht ahnen, dass Kuzimov den Tod der Hausdame angeordnet hatte.

Weder Fredy Kapeck noch Jo Horvath hatten den Mut zur grausamen Tat gehabt. Ein Mord ging über den Horizont des kleinen Gauners in Wien fast liebevoll *Strizzi* genannt hinaus. Zu Annas großem Glück.

Die Erleichterung war auch Martina anzumerken. Wesentlich lockerer gestaltete sich der Ablauf der weiteren Besprechung. Sie informierte Max und Loly, obwohl dies im Grunde nicht erlaubt war, über den Stand der Ermittlungen. Kuzimov war eindeutig unterschätzt worden. Nach und nach stellte sich heraus, dass er auch aus dem Gefängnis sein Syndikat mit fester Hand geleitet hatte. Ein Justizbeamter war aufgrund des dringenden Tatverdachtes der Korruption festgenommen worden. Offenbar hatte der Mann Kuzimov die nötigen Mittel besorgt, um aus dem Gefängnis heraus heimlich kommunizieren zu können. So war es dem Gangsterboss möglich gewesen, seine Drogengeschäfte, den Zigarettenschmuggel und vor allem den äußerst lukrativen Menschenhandel weiterhin zu organisieren.

Nach seinem Ausbruch waren intensive Ermittlungen durch Spezialisten des BKA geführt worden. Man konnte aufgrund von Videoaufzeichnungen beweisen, dass Karel Horace unter Vorspiegelung einer falschen Identität des Öfteren Kontakt mit Kuzimov hatte.

Offenbar dienten diese Besuche dem Austausch von Nachrichten. Genaue Erkenntnisse über das Ausmaß standen noch aus. Horace wurde per Haftbefehl international gesucht. Bislang erfolglos, er hatte Wien am Tag von Kuzimovs Flucht überstürzt verlassen.

Die am Bauernhof im Waldviertel befreiten Jugendlichen waren nur ein kleiner Teil seiner schmutzigen Geschäfte. Das Syndikat hatte sich in den letzten beiden Jahren darauf spezialisiert, junge Burschen und Mädchen aus den oftmals überfüllten Flüchtlingslagern entlang der Routen über den Balkan zu entführen oder gegen Bestechung freizukaufen. Dass es sich in den meisten Fällen um halbe Kinder handelte, spielte keine Rolle, im Gegenteil. Je jünger, um so leichter zu verkaufen, hieß die Prämisse. Den Polizeibehörden war schon lange bekannt, dass junge Flüchtlinge in das Netz von Verbrecherorganisationen gerieten. Ihre Wege führten in den meisten Fällen in die Zwangsprostitution. Andere wurden zum Bettelwesen und Taschendiebstahl ausgebildet. Wieder andere landeten als Billigarbeitskräfte auf den riesigen Obstplantagen im Süden oder als Drogenverteiler in den Großstädten.

Menschenhandel dieser Art war in Zeiten der großen Flüchtlingsströme zu einem der lukrativsten Geschäfte geworden.

»So gesehen hat sich Kuzimov mit seinem Rachefeldzug gegen dich einen ungewollten Bärendienst aufgehalst. Die Entführung samt anschließender Erpressung ist voll in die Hose gegangen. Die Sache hat eine enorme Energie an internationalem Ermittlungsdruck auf *Qilich* und sein Oberhaupt ausgelöst. Wie ich gehört habe, soll schon in den nächsten Tagen eine eigene Sonderkommission in Den Haag tagen. Dort sollen alle Ergebnisse zusammengeführt werden und mit geballter Kraft gegen das Syndikat von Igor Kuzimov vorgegangen werden.

Na ja, wir werden sehen, wie lange dieses Feuer brennt. Erfahrungsgemäß dauern derlei Dinge eine gewisse Zeit, dann geht oft das *Heizmaterial* aus und die jetzt so engagiert geführte Brennphase zerfällt in einen Haufen kalter Asche. Vielleicht ist es diesmal ja anders. Mir soll alles recht sein, ich habe damit so gut wie nichts mehr zu tun. Diese Arbeit fällt nicht in mein Resort.«

Martina Kerbel erhob sich aus ihrem *Thron,* schnappte die Kaffeekanne und schenkte die Tassen am Besuchertisch voll.

»Mit Kuchen kann ich leider nicht dienen, Kaffee alleine muss es auch tun.«

»Danke für die Bedienung. Wollen wir uns jetzt über den Fall Max Bulla, gewesener Carl *Charly* Dragner unterhalten? Wie geht die Sache weiter? Muss ich wieder in dieses idiotische Büro bei der Finanz? Ich bitte um Aufklärung Miss *Special Agent.*«

»Mein geliebter Zyniker, du wirst mir fehlen, falls es dazu kommt und ich dich nicht mehr unter meinen Fittichen habe. Ich habe das nicht zu entscheiden, Max. Das ist dir bekannt, also bitte stelle mir nicht Fragen, von denen du im Vorhinein weißt, dass ich sie nicht beantworten kann.

Fest steht, dass die Sicherheit von Nicole vorrangig ist. Dann ist der Grad des Verhältnisses zwischen euch beiden abzuklären, danach prüfen wir ein weiterhin mögliches Gefahrenpotenzial, danach entscheiden meine Vorgesetzten was zu tun ist und dann werde ich dich sofort über die Ergebnisse in Kenntnis setzen, soweit alles klar?«

»Ja, ja, ich habe dich verstanden, wollte nur testen, ob der verkrustete Haufen flexibler geworden ist, offenbar nicht. Du kannst nichts dafür.«

Max erhob sich.

Um seinen steifen Rücken zu entspannen, schlenderte er einige Schritte auf und ab.

»Darf ich Sie etwas fragen, Martina?«

Loly lehnte lässig im bequemen Besucherstuhl. »Gerne Loly. Ich hoffe, ich kann ihre Frage zufriedenstellend beantworten. Manchmal wird mein Wissen nämlich überschätzt.«

»Stellen sie ihr Licht nicht unter den Schemel. Meine Frage ist einfach und kann einfach beantwortet werden. Zuvor einige Erklärungen.

Max hat mir, wie Sie wissen, sehr viel über seine Zeit vor unserer Liebe und Ehe erzählt. Wenn Sie die Lebensgeschichte meines Mannes kennen, davon gehe ich aus, werden Sie mir zustimmen, dass er privat unsagbar großes Leid ertragen musste. Betrachtet man seine Dienstzeit, so stellt man rasch fest, dass er seiner Heimat, dem Staat, dessen Behörden und Bürgern nicht nur über Jahrzehnte loyal gedient hat, sondern bei seinen Einsätzen mehrmals sein Leben riskiert hat. Ich kann nicht verstehen, warum ein Mensch wie er von seinem Dienstgeber derart miserabel behandelt werden konnte und unter dem Deckmantel eines halbherzigen Zeugen-Schutz-Programmes über Jahre in einem Ministerium geradezu versteckt wurde.

Ich habe in meiner Naivität angenommen, er bekleide einen guten Posten im Ministerium der Finanzen. Als ich die Wahrheit erfuhr, fiel ich aus allen Wolken. Mir war mit einem Schlag klar, warum dieser Mann zum Alkohol greifen musste. Wenn ich jetzt, nach den Ereignissen der letzten Tage, darüber nachdenke, komme ich zum Schluß, dass Ihre Behörde nicht nur mit unfassbarem Dilettantismus, sondern geradezu grob fahrlässig gehandelt hat, was die Sicherheit meines Mannes und in der Folge auch meine betrifft. Ich habe mich bislang nie mit der Materie eines Schutz-Programmes für gefährdete Personen oder Zeugen befasst. Anlassbezogen habe ich mich über einen deutschen ehemaligen Polizeijuristen, der nun bei uns tätig ist, schlau gemacht.

Ich dachte, ich bin im falschen Film. Verglichen mit einem professionell abgehandelten Zeugen-Schutz-Programm ist das, was sie organisiert haben, schlicht und einfach Nonsens. Es ist geradezu ein Wunder, dass mein Mann nicht schon früher von seinen Todfeinden und solche sind es, das werden Sie mir nicht abstreiten, gefunden und ermordet wurde. Da ich die Details des Falles Carl *Charly* Dragner, Carl-Hein van Huisten, Max Bulla nicht kenne, nun zu meiner Frage: Wie konnte es zu dieser unsinnigen Lage der Dinge kommen?«

Loly hatte sich in eine leichte Erregung geredet, ihre Wangen leuchteten in einem zarten Rosa.

Martina, die mehrmals kurz davor gewesen war der Ehefrau von Max ins Wort zu fallen, überlegte krampfhaft, wie eine Antwort möglichst handfest formuliert werden könnte.

»Sie haben recht, Loly. Ihre Frage ist einfach gestellt, jedoch schwierig zu beantworten. Lassen Sie mich ein wenig ausholen, zurückkehren in die Tage vor, während und nach dem Prozess gegen Kuzimov. Falls ich etwas sage, was nicht der Wahrheit entspricht, unterbrichst du mich Max, okay? Aber nur dann. Ansonsten sitzen wir um Mitternacht auch noch hier. Ich habe keine Ahnung, was Ihnen Max im Detail erzählt hat, das ist auch nicht relevant. Ich habe auch nicht vor, diese Dinge hier zu wiederholen. Wir wissen, dass Max durch die Entwicklung der Sachlage, er war eine Zeit lang als verdeckter Ermittler tätig, in einen fast aussichtslosen Strudel geraten war. Er hatte sich absolutes Vertrauen Igor Kuzimovs erschlichen, um den Mann des internationalen Drogenhandels sowie anderer Untaten überführen zu können.

Der erste grobe Fehler der Dienstbehörde.

Seinem Wunsch, auf diesen Mann angesetzt zu werden, hätte nie entsprochen werden dürfen. Auf jenen Mann, der den Kollegen von Max erschossen hatte, der im Verdacht stand, seine Frau ermordet und seinen Sohn in den Tod getrieben zu haben. Jener Mann, der annehmen musste, dass Max seinen Bruder erschossen hatte. Trotz allem muss eines auch noch erwähnt werden. Max hatte sich, lange bevor seine Dienststelle davon Kenntnis erlangte, geschickt in das Spiel eingebracht. Aus Rache oder aus welchen Motiven immer. Er wollte Kuzimov zur Strecke bringen, um jeden Preis. Lassen wir das so stehen.

Letztendlich gelang es ihm tatsächlich, den Boss von *Qilich* ans Messer zu liefern. Kuzimov ging ins Gefängnis, eine riesige Menge seines Drogengeldes wurde beschlagnahmt, er verlor teure Immobilien in Russland und anderen Ländern. Das von ihm aufgebaute Syndikat wurde teilweise zerschlagen. Einige seiner Bandenmitglieder wurden zu langen Haftstrafen verurteilt.

Bei der gestellten Übergabe an Kuzimov kam es zu einem genau einstudierten Schusswechsel, der dem Gangsterboss suggerieren sollte, dass Carl-Hein van Huisen, wir nennen ihn Max, erschossen worden sei. Dank Platzpatronen und Filmblut blieb er unverletzt.

Beim Prozess durfte und konnte Max aus Sicherheitsgründen nicht persönlich aussagen. Sein Vorgesetzter übernahm, wie in den Fällen verdeckter Ermittlung üblich, diese Aufgabe. Er berichtete im Detail über den Einsatz, ohne jedoch Namen und Identität von Max preiszugeben. Gerade diese Aussage sowie die Unterlagen des ukrainischen Geheimdienstes waren die Basis für eine letztlich rechtskräftige Verurteilung wegen Mordes, Anstiftung zum Mord und anderer Straftaten. Kuzimov fasste eine lebenslange Freiheitsstrafe aus.

Nun galt es, Max, der zwar als Carl-Hein van Huisten vor den Toren Wiens verstorben war, eine neue Identität zu geben, um seine Existenz zu sichern. Kuzimov war nicht dumm. Ihm war klar, dass gewisse Dinge nur Max gewusst haben konnte. Er glaubte die Geschichte von ständiger Überwachung durch den ukrainischen Geheimdienst nicht, konnte aber nicht wissen, wie es tatsächlich gelaufen war.

Er war jedoch schon bald davon überzeugt, dass Max am Leben war. Dass er ihn verraten hatte.

Er ließ nach ihm suchen und fand ihn nach Jahren auch, wie wir jetzt wissen. Grundsätzlich wollte man Max in ein, wie Sie es richtig genannt haben, professionelles Zeugen-Schutz-Programm aufnehmen. Er hätte eine völlig neue Identität bekommen. An einem neuen Wohnsitz irgendwo hätte er sich ein neues Leben aufbauen sollen. Dazu hätte er seinen Dienst quittieren müssen.

Zu diesem Zeitpunkt war er um die fünfzig Jahre alt. Er tat etwas, wofür ich Verständnis habe. Er wollte nach so vielen Jahren nicht ausscheiden, ohne Abfertigung, ohne Sicherheit für seine Zukunft.

So machte er der Behörde den Vorschlag, ihm zehn Jahre zu seiner bestehenden Dienstzeit zu schenken, was ihn pensionsberechtigt gemacht hätte. Er wollte also pensioniert werden, hätte eine neue Identität bekommen, um sich irgendwo niederlassen zu können.

Wegen der fehlenden gesetzlichen Grundlage lehnte die Dienstbehörde ab. Man bot Max die neue Identität an, aber an eine weitere Verwendung im Polizeidienst war nicht zu denken. Eine Entlassung aber auch nicht gerechtfertigt. Was tun? Schließlich einigte man sich auf eine Regelung, die zwar auch nicht dem Gesetz entsprach, jedoch von höchster Stelle geduldet wurde. Die Behörde stellte ihm frei, bei vollen Bezügen in einem Ministerium seiner Wahl ausgenommen in dem des Inneren unter der Identität *Max Bulla* zu arbeiten, bis er sein Pensionsalter erreicht habe. Er entschied sich für das Ministerium der Finanzen, bekam dort ein Büro und sein Gehalt ausbezahlt. Was er nicht bekam, war eine Tätigkeit, man duldete ihn sozusagen.«

Loly schüttelte ihren hübschen Kopf.

»Wie nennt man so etwas? Eine typisch österreichische Lösung?«

»Du hast recht, mein Herz. So nennt man das. Ich will jedoch nicht unerwähnt lassen, dass ich dieser Lösung zugestimmt hatte. Ja, anfangs sogar froh war, in der Stadt bleiben zu können, ein Einkommen zu haben, um ein halbwegs normales Leben zu führen.

Nie hätte ich gedacht, dass mich die Vergangenheit in Form von *Qilich* einmal einholen sollte.«

Max zuckte mit den Schultern.

»Meistens kommt es eben anders, als man denkt. So ist das Leben. Mir wäre wohler, ihr hättet Kuzimov gefasst, oder besser, der Teufel hätte den Mistkerl geholt!«

Zornig schlug er mit der Faust in seine offene Handfläche.

»Tja, dann hätten wir das also. Haben Sie noch eine Frage, Loly?«

»Eine? Viele Fragen sind noch zu stellen, vieles ist offen, so vieles noch unbeantwortet. Sie werden diese Fragen nicht beantworten können, Frau Kerbel. Haben Sie schon Kontakt zu den Eltern herstellen können?«

»Wir arbeiten daran! Max, ich brauche für meinen Bericht noch deine Aussagen über das Treffen mit diesem Ukrainer und andere Kleinigkeiten. Ich schlage vor, wir erledigen das jetzt. Sie können gerne zuhören, Loly. Wenn Sie uns verlassen, ist mir das auch recht.

Danke, dass Sie mitgekommen sind.«

36

Der melodische Klang der Türglocke ließ ihn erwachen, irritiert warf er einen Blick auf die Uhr.

Siebendreißig - verschlafen.

Ärgerlich warf er die Bettdecke zurück, schlüpfte in Morgenmantel und Pantoffeln. Verschlafen öffnete er die Wohnungstür.

»Guten Morgen Herr Bulla. Ich hoffe, Sie nicht geweckt zu haben.«

Vor ihm stand Fritz, den Nachnamen hatte er schon wieder vergessen.

Fritz, der Mechaniker seiner Stammwerkstätte.

»Guten Morgen. Ich habe Sie total vergessen. Ich habe heute nach langer Zeit wieder einmal verschlafen, entschuldigen Sie.«

Er fuhr sich verstohlen durch den wirren Haarschopf.

»No Problem, Sir«, lachend griff sich der junge Mann an die Schirmmütze.

»Ich kann warten. Steht der Wagen in der Tiefgarage, wie immer?«

»Ja, Fritz, ja, wie immer. Hier sind die Schlüssel. Wann werden Sie fertig sein?«

»Großes Service, Waschen, Innenreinigung, Politur, es wird wohl 17:00 werden. Ich rufe an, wenn es soweit ist. Soll ich den Wagen wieder in die Garage bringen, oder brauchen Sie ihn abends?«

»In die Garage bitte. Ich brauche den Wagen nicht. Bevor ich es vergesse, die Bremsen machen ein eigenartiges Geräusch, kann der Winterschmutz sein aber auch die Beläge, keine Ahnung.«

»No Problem, Sir! Yes Sir!«

Wieder der Griff zur Mütze, stramme Haltung und ein schelmisches, jungenhaftes Lachen. Max mochte den Jungen, der liebend gerne Filme über US-amerikanische GI´s konsumierte.

Fritz lachte, griff nach dem Schlüsselbund, vollführte eine perfekte Kehrtwendung und sprang vergnügt über die alte Marmortreppe nach unten. Gibt es etwas Schöneres als diese jugendliche Leichtigkeit, dachte Max schmunzelnd.

Pfeifend schlenderte er ins Bad. Der Morgenlauf musste heute ausfallen. Loly war bereits gegangen. Sie hatte einen Termin wahrzunehmen, wollte gegen Mittag wieder zurück sein.

Toast, weißer Yoghurt und schwarzer Kaffee begleiteten die Lektüre der Morgenzeitung. Seit langer Zeit hatte er nicht mehr so gut geschlafen, sich derart ausgeruht gefühlt. Es war spät geworden im Büro von Martina Kerbel. Erst gegen 22:00 war er nach Hause gekommen. Neun Stunden durchgeschlafen. Er konnte sich nicht erinnern, wann dies zuletzt vorgekommen war. Gerade als er sich entschlossen hatte, einen Spaziergang zu machen, fiepte sein Telefon.

Es war 10.30.

»Guten Morgen, Max, Martina hier. Bist du zu Hause?«

»Hallo Martina. Ich wollte gerade gehen. Womit kann ich dienen?«

Er war bester Laune, freute sich auf den Spaziergang und die Rückkehr von Loly. Sie hatten vereinbart, ein Mittagessen bei einem der *Italiener* in der City einzunehmen.

»Max eine Frage. Wo hast du deinen Wagen abgestellt? Du fährst doch noch diesen *Audi A4*?«

»Ja, natürlich. Er steht in der Tiefgarage am Kai, wie immer. Das heißt, dort stand er bis vor drei Stunden. Mein Mechaniker, hat ihn abgeholt. Großes Service steht an. Warum fragst du? Hat Fritz etwa Mist gebaut?«

»Wie heißt Fritz mit Nachnahmen. Welche Werkstatt?«

Plötzlich lief es Max eiskalt über den Rücken.

»Verdammt, Martina, was soll die Frage? Was ist los? Mach schon, spuck es aus!«

Eine böse Vorahnung schlich sich in sein Herz. Wie auf Befehl setzte sich auch der *Dämon* in Bewegung. Wie weggeblasen war die gute Laune, seine Hand begann zu zittern, er spürte erste Schweißperlen auf der Stirn.

»Wir können noch keine exakte Aussage treffen. Fest steht, dass gegen 07:55 in der Garage am Kai ein blauer *Audi A4* explodiert ist.

Die Explosion war so heftig, dass mehrere Fahrzeuge zerstört wurden. Betonteile der Decke sind eingestürzt, ein Chaos. Wir wissen nur, dass im *Audi* eine Person zu Tode kam. Mehr habe ich noch nicht.

Ich war heilfroh, als du abgehoben hast. Das kannst du mir glauben.«

Max legte das Telefon auf den kleinen Tisch, griff sich fahrig an die Stirn, um den Schweiß abzuwischen. Hätte er nicht alle harten Sachen aus der Hausbar entfernt, jetzt wäre er rangegangen.

Sein Herz schlug bis zum Hals, der Brustkorb verengte sich bedrohlich. Verzweifelt versuchte er, gleichmäßig zu atmen. Aus dem Telefon hörte er leise, weit entfernt, Martinas Stimme.

»Ja, hallo, Martina. Hier bin ich wieder. Es geht mir schlecht. Kannst du kommen? Loly ist im Büro. Mein Gott, der arme Fritz, so jung, so lebenslustig. Seid ihr sicher, dass es mein Wagen war?«

»Nicht sicher, Max. Ziemlich sicher. Man hat die Kennzeichen noch nicht gefunden. Das Tatortteam beginnt gerade eben mit der Arbeit. Bis jetzt war die Feuerwehr am Zug. Zum Glück war außer dem Fahrer des *Audi* niemand in der Garage, die Druckwelle hätte kein Mensch überlebt.«

»Glück? Du redest von Glück? Ein Mensch wurde getötet! Ein junger, fröhlicher, fleißiger und begabter Bursche, der sein ganzes Leben vor sich hatte. Wie kannst du da von Glück reden? Mein Gott, was seid ihr für abgebrühte Idioten bei eurem Verein, ihr kotzt mich an!«

Seine Stimme überschlug sich vor Zorn und Trauer.

»Beruhige dich, Max. Und nenne mich nicht Idiot, ja? Es war eine Redensart, weiter nichts.

Es tut mir leid um den Jungen. Leider kommen solche Dinge in unserem Job immer wieder vor. Gerade du müsstest das wissen. Hör mir jetzt bitte zu. Ich fahre kurz im Büro vorbei und komme dann zu dir. Setz dich hin und lies etwas oder geh in die Dusche oder nimm meinetwegen ein Bad, ich bin bald da. Bitte warte auf mich, versprochen?«

Es dauerte eine Stunde, bis die Polizistin bei ihm war. Er hatte Tee gemacht, sich auf das Sofa gelegt, hatte versucht, seine Gedanken zu ordnen. Eine Bombe in seinem Wagen konnte nur bedeuten, dass diese für ihn bestimmt gewesen war. Warum sollte jemand den jungen Mechaniker Fritz umbringen wollen? Langsam wurde ihm die Tragweite des Anschlages bewusst.

Kuzimov war noch nicht fertig mit ihm. Er hatte seine Forderungen aufgegeben, nun aber wollte der Dreckskerl in tot sehen.

Max lief es wieder eisig über den Rücken. Ich muss Loly anrufen, dachte er, sofort anrufen und warnen, dieser Mistkerl schreckt vor nichts zurück. Panik ergriff ihn. Er schnappte sein Telefon, da erklang die Türglocke lange und fordernd. Er sprang auf. Martina sah ihn überrascht an.

»Max! Wie siehst du denn aus, du bist kalkweiß im Gesicht, was ist mit dir?«

»Loly, ich muss sofort Loly warnen«, stotterte er verzweifelt.

»Schon passiert. Ich habe zwei meiner Leute zu ihr geschickt, keine Angst, sie ist in Sicherheit.

Wir haben entschieden, sie im Büro zu bewachen. Ihr dürft vorläufig beide nicht aus dem Haus. Zu gefährlich. Es steht nunmehr fest, dass es sich um deinen Wagen gehandelt hat. Der Tote ist noch nicht identifiziert, wir müssen aber davon ausgehen, dass es Fritz ist, dein Mechaniker. Es tut mir leid, Max, ich habe keine besseren Nachrichten.«

»Willst du auch etwas Tee? Ich habe ihn frisch aufgebrüht?«

»Hast du auch Kaffee? *Corretto* wäre toll. Mit Grappa, wenn möglich. Einfallsreich, diese Italiener einen *korrigierten Kaffee* zu kreieren. Espresso mit Grappa, gute Idee macht munter.«

Martina Kerbel lachte. Ihr Versuch, Max aufzuheitern, ging jedoch ins Leere.

»Nett, dass du mich aufmuntern willst. Es bringt jetzt aber nichts. Ich bin traurig, sehr traurig. Und ich habe Angst. Zum ersten Mal in meinem Leben habe ich richtige Angst, Martina.«

Max werkte an seiner Kaffeemaschine.

»Ich habe Angst, weil ich Kuzimov kenne. Ich weiß, wozu der Kerl fähig ist. Ich weiß, was Hass bei ihm auslöst. Ich war dabei, als er einen verhassten Nebenbuhler mit den Händen voraus in ein Fass kochenden Öles tauchen ließ. Millimeter für Millimeter. Es bereitete ihm einen Hochgenuss, den armen Kerl vor Schmerz und Todesangst brüllen zu hören. Kuzimov ist nicht nur eiskalt und berechnend. Nein, er ist ein perverses Stück Dreck, es macht ihm Spaß, andere Menschen leiden zu sehen.

Weißt du was mir am meisten Angst macht? Er gibt nicht auf! Hat er sich etwas in den Kopf gesetzt, dann zieht er das durch, knallhart bis zum Ende. Erst recht, wenn er einen Menschen hasst oder wenn er Rache nehmen will. Beides trifft auf mich zu.«

Max stellte den Espresso auf den kleinen Tisch.

»Tut mir leid, mit Grappa kann ich nicht dienen, alles entsorgt. Eine angebrochene Flasche Wein steht im Kühlschrank, das ist alles, was ich dir an Alkohol bieten kann. Wein wird sich nicht für einen *Corretto* eignen, oder?«

Jetzt spielte ein feines, ironisches Lächeln um seine Mundwinkel.

»Egal Max. Hauptsache, dir geht es besser. Darf ich deine Toilette benützen? Danke. Du kannst inzwischen deine Frau anrufen.«

Nach dem ersten Klingelton hob sie ab.

»Mein Gott Max, was ist nun schon wieder los? Hört dieser Irrsinn nie auf?«

Loly war aufgeregt, leichte Panik schwang mit.

»Leider mein Herz. Wie es aussieht, wollte man mich in die Luft sprengen. Nur durch einen Zufall bin ich entkommen. Fritz hat es erwischt. Er musste für mich sein junges Leben lassen. Du kannst dir nicht vorstellen, was in meinem Inneren vorgeht. Ich bin so aufgewühlt, dass ich keinen klaren Gedanken fassen kann. Martina ist bei mir. Sind die Leute vom BKA schon bei dir? Ja? Gott sei Dank. Ich habe mir Sorgen gemacht.«

»Was passiert jetzt Max? Die Männer sagen mir, ich müsste im Büro bleiben. Wie lange? Bis morgen früh oder bis nächste Woche? Verdammt, ich will zu dir, ich will mit dir zusammen sein. Sag das dieser oberschlauen Polizistin!«

Die Spanierin brach durch. Temperament pur. Max liebte diese Ausbrüche seiner Frau. Jetzt waren sie allerdings nicht gerade dienlich.

»Es dauert nicht lange, Liebes. Aus Sicherheitsgründen bleibst du vorläufig im Büro. Ich kläre das mit Martina. Wir finden eine Lösung. Nur ein wenig Geduld.«

»*Ich kläre das mit Martina*«, äffte sie ihn nach.

»Was macht ihr eigentlich gerade? Habt ihr es gemütlich? Auf meinem Sofa? Ich will nach Hause, Max! Sofort!«

»Loly, sei vernünftig, bitte. Loly?«

Aufgelegt.

»Was sagt deine Frau? Sind meine Männer bei ihr?«

Martina setzte sich und rührte in der kleinen Tasse.

»Sie will nach Hause. Ich kann sie verstehen. Du musst eine Möglichkeit finden, sie hierher zu bringen. Das kann doch nicht so schwierig sein.«

»Schwierig ist es nicht, aber sehr gefährlich. Ich trage die Verantwortung. Vergiss das nicht. Wir versuchen alles. Ich kann aber nicht sagen, wann wir es riskieren können. Also Geduld, bitte.«

Max war aufgestanden. Unruhig ging er im Wohnzimmer auf und ab.

»Wie, stellst du dir eigentlich unsere Zukunft vor? Sollen wir in dieser Wohnung versauern? Von euch bewacht? Tag und Nacht? Immer zwei Polizisten vor der Haustür? So habe ich mir mein restliches Leben nicht vorgestellt und so werde ich es auch nicht verbringen. Da kannst du Gift darauf nehmen. Ich werde ab sofort die Dinge selbst in die Hand nehmen. Wie es aussieht, seid ihr nicht in der Lage, die Sicherheit für Loly und mich zu garantieren. Ich habe schon eine Idee, wie ich mir die weitere Vorgangsweise vorstelle. Genau das möchte ich aber mit meiner Frau besprechen. Dazu brauche ich sie hier. Hier, bei mir okay?«

»Ich verstehe dich, bin ja nicht blöd. Du musst aber auch verstehen, dass ich Loly nicht einfach mit der U-Bahn herbringen kann. Lass uns den Fall in der Tiefgarage abarbeiten. Sobald wir halbwegs brauchbare Erkenntnisse haben, bringen wir Loly zu dir, versprochen.«

37

Mit Tränen in ihren schönen Augen fiel sie in seine schützende Umarmung.

Früher als erwartet war sie zurückgekehrt. In einem verdunkelten Fahrzeug, abgeholt von BKA Leuten in der Tiefgarage des *Vienna International Center* auch UNO-City genannt, war sie schließlich daheim gelandet.

Max streichelte sanft ihr pechschwarzes Haar, flüsterte ihr beruhigende Worte zu und führte sie zum Sofa. Die Sicherheitsleute hatten die Wohnung verlassen. Zwei von ihnen würden wieder Posten vor dem Haustor beziehen.

»Liebling, wie soll es weitergehen? Wir können nicht ewig in Angst vor diesem Verbrecher leben. Was hast du mit Martina vereinbart? Ehrlich gesagt ist mein Vertrauen in diese Frau auf dem Nullpunkt angelangt. Was tut sie? Wie schützt sie uns? Was soll unsere Zukunft bringen?«

»Langsam Loly, langsam. Du bist aufgebracht, ich verstehe das, kein Wunder nach der Hektik des Tages. Auch ich war anfangs völlig fertig. Mittlerweile kann ich wieder klar und unvoreingenommen denken. Genau das ist jetzt das Wichtigste. Wir müssen uns überlegen, wie es weitergehen soll. Mir geht es wie dir. Ich will nicht länger auf die Maßnahmen der Behörden angewiesen sein.

Ich will meinen eigenen Weg gehen und ich will selbst bestimmen, wie dieser Weg aussehen soll. Keinesfalls werde ich wieder in ein Zeugenschutz-Programm einwilligen. Wir bestimmen selbst, wo, wie und unter welchen Umständen wir leben werden. Wir suchen uns das Land selbst aus!«

»Halt Max! Stopp! Was redest du da? Das Land selbst aussuchen? Willst du damit sagen, wir werden aus Wien weggehen müssen? Unsere Wohnung verlassen? Was ist mit meinem Job? Was mit unseren Freunden? Wozu das alles? Die Polizei wird diesen Verbrecher fassen, dazu ist sie schließlich da. Man wird ihn wieder einsperren und wir haben unsere Ruhe.«

Sie sah ihren Mann herausfordernd an. Ein Feuer brannte in ihren Augen. Angefacht, um zu kämpfen für ihre Freiheit, ihre Zukunft und wenn es sein musste für ihr Leben.

Max seufzte, erhob sich, schlenderte durch den großen Wohnraum und nahm wieder Platz.

»So einfach wird das nicht werden. Wie es derzeit aussieht, sind wir in großer Gefahr. Der Anschlag in der Garage hat eindeutig mir gegolten.

Kuzimov trachtet mir weiterhin nach dem Leben. Kein Mensch weiß, wo er sich aufhält. Die Bombe wurde mit Sicherheit von seinen Leuten angebracht. Er selbst ist längst über alle Berge. Was nicht bedeutet, dass er nicht in der Lage wäre, weiterhin Aufträge zu erteilen, um mich zu töten. Ich kann nicht ausschließen, dass er auch dich beseitigen würde, wenn es sich ergeben sollte. Ein Kollateralschaden hat diese Bestie noch nie berührt, wenn es um seinen Vorteil ging. Das einzig Positive ist, dass er nach dem Reinfall mit der Entführung das Interesse an Nicole verloren hat. Die Kleine ist in Sicherheit. Martina meinte, ihre Eltern würden bald hier sein. Spätestens morgen am Vormittag.

Wichtig ist jetzt, uns mittelfristig an einen sicheren Ort zu begeben. Ein Ort, wo wir in Ruhe darüber nachdenken können, wie es weitergehen kann. Ich habe da schon eine Idee. Die nächsten Tage bleiben wir hier in der Wohnung. Das Haus wird bewacht. Da sind wir vorerst sicher. Von hier aus können wir in Ruhe alles regeln. Hier wird Kuzimov nicht wagen, uns anzugreifen. Zu gefährlich, mitten in der Stadt, bewacht von der Polizei. Ich vermute, dass er nach diesem Fehlschlag erst einmal abwartet. Seine Leute werden uns überwachen. Er wird eine günstige Gelegenheit abwarten. Gerade diese werden wir ihm aber nicht bieten.«

»Alles gut und schön, Max. Du vergisst dabei, dass ich einen Beruf habe, einen Beruf, den ich in einem Hochsicherheitsgebäude ausübe. Ich bin verpflichtet, meinen Auftraggebern im *Center* die volle Wahrheit über unsere Situation mitzuteilen.

Fraglich, ob ich unter diesen Umständen weiterhin eine Zugangsbewilligung erhalte. Was bedeuten würde, dass ich nicht mehr in mein Büro käme, also meine Arbeit nicht verrichten könnte. Wie bitte soll das gehen?«

»Es tut mir leid Loly, aber es wird sich vieles ändern müssen. Wir werden mittelfristig das Land verlassen, werden uns eine neue Heimat suchen, eine neue Existenz aufbauen, ohne Angst, ohne Verfolgung, ohne Kuzimov. So sieht es in Wahrheit aus.«

Mit einem Schlag war ihr klar geworden, wovon er sprach. Ihr Gesichtsausdruck veränderte sich von einer Sekunde zur anderen.

Zorn war angesagt.

Heftiger Zorn.

Sie drehte sich zu ihm, ballte die Hände zu Fäusten. Wild schlug sie auf seinen Brustkorb ein.

»Du bist schuld an dieser Misere! Du und dein idiotischer Beruf, deine Geheimniskrämerei, deine Lügen. Ich hasse dich, du zerstörst mein Leben, unser Leben, unsere Liebe. Alles hast du kaputtgemacht!«

Max hatte sie noch nie so hysterisch erlebt. Er war sicher gewesen, alle Facetten ihrer Gefühle zu kennen, jetzt wurde er eines Besseren belehrt. Es dauerte lange, bis er ihrer schlagenden Hände habhaft wurde. Sie wehrte sich verzweifelt und versuchte ihn abzuschütteln, kratzte und biss wie eine Wildkatze. Max redete beruhigend auf sie ein.

Vergeblich. Seine leisen Worte prallten an ihr ab, als sei sie zu einer Eiswand erstarrt. Resignierend ließ er sie los.

Ihr Kopf fiel zwischen die weichen Kissen des Ledersofas. Wie ein bestraftes Kind verkroch sie sich darin, murmelte schluchzend spanische Sätze, flehte diverse Heilige an, fluchte zwischendurch wie ein Pferdekutscher, sprang plötzlich auf und verschwand im Badezimmer.

Was habe ich angerichtet, dachte Max verzweifelt, am ganzen Körper zitternd. Die Angst kroch unaufhaltsam aus seiner Seele.

Er spürte den *Dämon*.

Satanisch grinsend stand er vor seinem inneren Auge. Es ist soweit, dachte er panisch, jetzt setzt mein Herz aus, ich kriege keine Luft!

Bitte lieber Gott... du, den es nicht gibt, oh Gott... verzeih mir, lass mich noch nicht sterben, ich will leben!

Seine aufgewühlten Gedanken schlugen Saltos.

Kalter Schweiß tropfte von der hohen Stirn auf das helle Kalbsleder des Sofas, bildete kleine dunkle Flecken.

Mühsam erhob er sich und wankte in die Küche. *Ich muss trinken! Wasser, ich brauche Wasser!*

Er erreichte das Spülbecken, zweimal griff er neben das Glas, dann stieß er es um. Klirrend zersprang es im Porzellanbecken.

Um seinen Brustkorb schien ein Gurt zu laufen, der sich immer enger zuzog, keuchend versuchte er gleichmäßig zu atmen. Mit der rechten Hand öffnete er den Küchenschrank, entnahm eine große Kaffeetasse und hielt sie unter den laufenden Wasserstrahl. Die halbe Tasse verschüttend, führte er sie zum Mund und trank gierig. Er verschluckte sich, hustete, musste sich beinahe übergeben.

Wieder fuhr er unter den Strahl, die Tasse entglitt ihm, fiel zu Boden. Mit beiden Händen spritzte er Wasser in sein zuckendes Gesicht, wieder und wieder. Bis der gesamte Oberkörper triefend nass war.

Langsam, ganz langsam konnte er die galoppierenden Gedanken in den Zaum bekommen. Er fasste sich ein Geschirrtuch, trocknete sich oberflächlich ab, trank wieder Wasser bevor er sich wankend auf einen Barhocker der Küchentheke fallen ließ.

»Verdammter Mist, verdammter! Reiß dich zusammen du verfluchtes Weichei, da ist nichts, nur eine kleine Panikattacke, sonst nichts, das kennst du doch, also reiß dich am Riemen, Junge!«

Er hatte laut gesprochen, sich mit beiden Fäusten auf die Wangen schlagend.

Zwei zärtliche Hände strichen über seinen Kopf, im Rücken spürte er die Spitzen warmer, weicher Frauenbrüste.

Loly fasste seine Arme, ihr Mund spielte mit einem Ohrläppchen.

»Ruhig, Brauner, ganz ruhig. Ich bin ja bei dir. Alles ist gut. Verzeih mir, ich bin ausgerastet, verzeih mir, Max. Ich wollte das nicht, bitte verzeih mir.«

Behutsam, als wolle er keine der zärtlichen Bewegungen seiner Frau verschrecken, drehte er sich um, rutschte vom Hocker direkt in ihre Arme.

Ein wundervoller Kuss vertrieb die dunklen Wolken schlagartig aus seinem Herzen. Als sie ihn freigab, ihre weichen Lippen von seinen löste, konnte er wieder Luft holen, köstliche, frische Luft wie nach einem langen Tauchgang.

»Du musst mir verzeihen, Loly. Nicht du hast Schuld, nur ich. Ich habe dich völlig überrannt mit meinen Thesen. Setz dich, wir wollen in Ruhe darüber reden.«

»Ich bin so durcheinander, Max. In meinem Kopf drehen sich die Gedanken um dich, um Nicola, um unsere Zukunft, einfach um so viele Dinge. Es sieht aus, als brächte ich keine Ordnung in all das Chaos, du musst mir dabei helfen.«

Flehentlich waren ihre Augen auf ihn gerichtet.

»Ich kann dich verstehen, es geht mir ähnlich. Ich bin verzweifelt und wütend auf mich und mein beschissenes Leben. Warum kann es nicht verlaufen wie bei den meisten anderen Menschen? Warum holt mich die Vergangenheit immer wieder ein? Habe ich nicht schon genug gelitten? Ich habe meine Frau und meinen Sohn verloren, meinen Job an die Wand gefahren, meine Mutter erkennt mich nicht, hält mich in ihrer Umnachtung für den Gärtner des Heimes. Ich habe nur noch dich. Du bist mein einziger Halt, meine Liebe, meine wahre große Liebe. Das weißt du doch?«

Seine Augen hatten einen feuchten Glanz angenommen.

»Natürlich Max, natürlich. Trotz allem müssen wir trachten, die richtigen Entscheidungen zu treffen. Sollte sich bewahrheiten, dass Nicola wirklich deine Tochter ist, das wird sich spätestens dann aufklären, wenn Xavier und Isabella Moles da sind, so kommt eine große Verantwortung auf dich zu. Das würde heißen, dass du ein Sorgerecht für sie übernehmen müsstest. Aber lassen wir das, reden wir nicht über Dinge, die sich so oder so bald klären werden. Wichtiger ist, was passiert mit uns?

Was ist das für eine Idee, von der du vorhin gesprochen hast? Kannst du etwas konkreter werden?«

Max zögerte.

»Lass uns bis morgen früh warten. Ich möchte wissen, was Nicolas Eltern zu sagen haben. Danach sehen wir weiter.«

38

Von der nahen Votivkirche drang Mittagsgeläute in das Büro von Martina Kerbel.

Sie erhob sich aus ihrem mächtigen Stuhl, um das Fenster zu schließen. Auf einer ausladenden Sitzgarnitur hatten Loly und Max Platz genommen. Ihnen gegenüber Isabella und Xavier Moles. Beiden war die Anstrengung langer Nachtflüge anzumerken.

Über Isabellas bleiche Wangen rollte von Zeit zu Zeit eine Träne, die sie verstohlen wegwischte. Sie war eine zierliche, ausgesprochen hübsche Frau, deren Äußeres gediegene Eleganz ausstrahlte. Eine Aura südländischen Flairs umwehte den sportlichen Körper. Das kurz geschorene pechschwarze Haar verstärkte den Eindruck der selbstbewussten Ärztin.

Xavier war der typische Katalane. Mittelgroß, braun gebrannt, lockige Haare, in denen sich schon einige silberne Strähnen breitgemacht hatten. Das leicht arrogant wirkende Antlitz erhoben, blickte er in die Runde.

Eine Kanzleikraft servierte Kaffee. Dazu kleine Brötchen, Fruchtsaft und Mineralwasser.

Martina war wieder am Schreibtisch angelangt. Umständlich rückte sie den Stuhl zurecht.

Sie war nervös.

»Ich brauche Sie nicht vorzustellen, Sie kennen sich, wie ich höre. Ich habe Sie hergebeten, zu den

Umstände der Entführung Ihrer Tochter Nicola die notwendigen Vernehmungen vorzunehmen. Ihre Personalien wurden aufgenommen, sie wurden über Ihre Rechte als Auskunftsperson aufgeklärt. Sie haben zugestimmt, dass wir das Gespräch aufzeichnen. Zu diesem Zweck stehen die beiden Mikrofone vor Ihnen. Sie wurden von Mitarbeitern dieser Dienststelle unmittelbar nach ihrer morgendlichen Ankunft am Flughafen Wien in das Allgemeine Krankenhaus der Stadt Wien gebracht, wo Sie Kontakt zu Ihrer Tochter Nicola Moles aufnehmen konnten. Sie wurden des Weiteren über die Vorkommnisse rund um die Entführung Ihrer Tochter detailliert in Kenntnis gesetzt. Haben Sie dazu Fragen?«

Max lächelte über das ausgeprägte Amtsdeutsch der Polizistin. Die Spanier werden denken, wir sprechen alle so hochgestochen, dachte er belustigt.

Isabella und Xavier schüttelten die Köpfe, Max starrte auf seine Füße, Loly spielte nervös mit ihren Fingern.

Keine Fragen.

»Gut, dann kommen wir zum eigentlichen Grund dieser Besprechung. Sie wurden darüber in Kenntnis gesetzt, dass die Entführer behauptet hatten, Nicola Moles sei in Wahrheit Nikita Potinova, Tochter der Lena Potinova, welche kurz nach der Geburt des Kindes bei einem Polizeieinsatz in Moskau ums Leben gekommen war.

Die Entführer führten an, dass der Vater des Kindes Max Bulla sei, womit die Verbrecher die Erpressung erst begründeten. Herr Bulla gab in einem Gespräch mir gegenüber an, dass er Lena Potinova im Rahmen eines dienstlichen Einsatzes in Moskau getroffen habe und es zeitlich möglich wäre, dass er tatsächlich der Vater von Nikita sein könnte.«

Martina Kerbel räusperte sich unsicher, blickte nervös in die Runde. Niemand sprach ein Wort.

»Ja, also, es wäre von Vorteil, wenn Sie geschätzte Familie Moles nun Stellung beziehen würden.«

Señor Moles strich über seine hohe Stirn, flüsterte seiner Frau beruhigende Worte zu, erhob sich und begann im Raum auf und abzugehen.

»Ich habe nicht viel zu sagen. Nicola ist nicht unsere leibliche Tochter. Es war uns nicht gegönnt, eigene Kinder zu bekommen. Wir entschieden uns für eine Adoption.«

Typisch für den gewitzten Juristen waren seine Sätze kurz und prägnant, ohne lange Umschweife oder Zusätze.

»Die Adoption wurde unter Einhaltung aller rechtlichen Grundlagen, von einer dafür prädestinierten Agentur abgewickelt. Ich habe hier beglaubigte Kopien der rechtsgültigen Papiere, denen zufolge Nicola unsere rechtmäßige Tochter ist. Ich übergebe Ihnen diese. Mehr habe ich dazu nicht zu sagen.«

Xavier Moles setzte sich mit einer Selbstverständlichkeit, die keine weiteren Fragen zuließ.

Martin blickte hilfesuchend zu Max Bulla, der achselzuckend lächelte.

»Danke Herr Moles, für Ihre Ausführungen. Ich füge die übergebenen, beglaubigten Kopien dem Akt bei. Es wird Aufgabe des Jugendamtes sein, die weiteren Schritte zu beurteilen. Da offenbar niemand weitere Angaben machen will, beende ich die Befragung.«

Mit einem Griff entfernte sie die Mikrofone.

»Die Bewachung der kleinen Nicola halten wir natürlich so lange aufrecht, bis sie die Klinik verlassen kann. Danach sind Sie als Eltern für die Sicherheit Ihrer Tochter zuständig und verantwortlich. Ob Sie Ihre Zustimmung zu einer Zeugenbefragung Ihrer Tochter geben wollen, klären Sie bitte mit dem zuständigen Staatsanwalt oder Untersuchungsrichter. Danke für Ihre Bemühungen.«

Gemeinsam mit den Moles´ verließen Max und Loly das Büro. In einem Restaurant an der Wiener Ringstraße hatten sie einen Tisch reservieren lassen.

»Wie geht es Nicola? Wann darf sie nach Hause? Gab es Probleme in der Klinik, Isabella?«

Loly hielt die Hand ihrer Landsmännin und streichelte sie liebevoll.

»Es geht ihr gut, glaube ich. Aber kann ich in ihre Seele schauen? Kann ich die Qualen ihres Herzens verstehen? Sie tut mir so leid, so furchtbar leid.«

Wieder musste die zierliche Ärztin ein paar Tränen wegwischen.

Max rutschte angespannt auf seinem Stuhl hin und her. Krampfhaft versuchte er mit seiner Angst, mit seiner ekelhaften Nervosität umzugehen. Winzige Schweißperlen zierten seine Stirn.

Als hätte die erfahrene Ärztin seine Gedanken gelesen, sagte sie leise.

»Sie dürfen sich keine Vorwürfe machen, Max. Es ist nicht Ihre Schuld, es ist die Schuld dieser Mistkerle, nicht Ihre.«

Sanft lächelnd strich Isabella über seinen Rücken.

»Danke, vielen Dank Isabella. Es tut gut, nicht vorverurteilt zu werden. Trotzdem mache ich mir Vorwürfe. Nicht am Ablauf der Entführung. Nein, nein. Was mich beschäftigt, ist der Lauf meines Lebens. Loly hat schon recht gehabt, als sie mir die Wahrheit aufgezeigt hat. Ja, ich habe unser Leben, unsere Liebe in große Gefahr gebracht, ich habe eure Tochter in große Gefahr gebracht, ich habe euch beide in unfassbare Sorge versetzt, ich habe gelogen, verheimlicht, Unwahrheiten gesagt. Aber ich habe nichts von alledem absichtlich gemacht. Es waren die verschlungenen Wege meines Jobs die mich beinahe in den Abgrund gestürzt hätten, mich in die vertrauliche Nähe eines skrupellosen Paten der russischen Mafia brachten und durch Zufall zu Lena, der leiblichen Mutter eurer Tochter führten. Ich dachte diese dunkle Zeit meines Lebens sei vorbei. Ausgelöscht für immer. Leider war dem nicht so.«

Max hielt kurz inne, blickte in die fasziniert lauschenden Gesichter.

»Wie es jetzt aussieht, droht Nicola keine Gefahr mehr. Ein kleiner Trost nur. Es wird lange dauern, bis sie dieses Erlebnis verarbeiten kann, wenn überhaupt. Das ist es, was mir die größten Sorgen bereitet.«

Wieder hielt er inne. Niemand sprach ein Wort.

»Ich habe meine erste Frau und meinen Sohn durch die grausame Hand Kuzimovs verloren.

Auch damals war es eine Folge meines Jobs gewesen.

Auch damals war es ein Racheakt dieses Schweinehundes gewesen. Nun sieht es danach aus, als hätte ich eine Tochter, und wieder schlägt die Rachsucht zu, wieder wäre ein Kind beinahe ums Leben gekommen und wieder als Folge meines Berufslebens!

Ich habe einen Entschluss gefasst.

Wenn die DNA-Analyse eindeutig ergeben sollte, dass Nicola meine leibliche Tochter ist, werde ich keine Ansprüche erheben. Sie ist euer Kind, euer Herzenswunsch ist mit ihr in Erfüllung gegangen. Ob und wann ihr Nicola die Wahrheit sagen wollt, überlasse ich selbstverständlich euch. Eines müsst ihr wissen. Ich werde immer für Nicola da sein, wenn sie mich braucht. Aber ohne eure Zustimmung werde ich nichts unternehmen, gar nichts, so schwer es mir auch fallen mag. Ich will kein Risiko mehr eingehen. Ich will, dass Nicola in einer friedlichen Umgebung aufwächst.«

Eine Weile war es still.

Der *Chef de Rang,* in Wien, liebevoll *Herr Ober* genannt, platzierte den Servierwagen neben dem Tisch. Geschickt legte er die köstlichen Scheiben des

Tafelspitzes auf die vorgewärmten Teller, vollendete das Gericht mit Röstkartoffeln sowie einem Löffel Spinat. Schwungvoll landeten die duftenden Speisen vor den Gästen. Eine kleine Schüssel frischen Apfelkrens, rundete das Mahl ab.

»Herrschaften lassen sich die Spezialität des Hauses munden.«

Eine würdevolle Verbeugung sowie das kaum wahrnehmbare Zeichen an den *Commis de Rang* die Gläser mit pfeffrigen *Veltliner* nachzufüllen, vollendeten den Auftritt.

Wiener Gastlichkeit auf höchster Stufe.

Xavier Moles erhob sich, umarmte Max temperamentvoll, küsste ihn auf beide Wangen und setzte sich wieder, um sein Weinglas zu heben.

»Ich trinke auf das Wohl eines Mannes ehrenhaften Charakters. Max, ich danke Ihnen. Ihre Entscheidung hat eine große Last von meiner Seele genommen. Ich spreche damit auch im Namen meiner geliebten Frau. Lasst uns anstoßen. ¡Salud!«

Es war das erste Mal an diesem Tag, dass der abgebrühte Anwalt Xavier feuchte Augen hatte.

Zum Nachtisch wurden kleine Buchteln mit Vanillesoße gereicht, eine Wiener Spezialität.

Max bestellte eine halbe Flasche *Eiswein*. Eine Besonderheit. Die Traube dieses Weines durfte nur in gefrorenem Zustand geerntet werden, was das Risiko beinhaltete, die Ernte zu verlieren. Gelang diese aber, kelterte man daraus herrlichen Süßwein, eine Köstlichkeit zu Desserts.

Beim Kaffee angelangt, übergab Xavier Moles dieselben Unterlagen, die er auch Martina Kerbel vorgelegt hatte. Darin wurde der gesamte Ablauf der Adoption dokumentiert. Demzufolge trug das Kind tatsächlich den Vornamen *Nikita*. Ein Nachname war nicht angegeben, auch keinerlei Daten zur Mutter. Fest stand allerdings, dass *Nikita* in Moskau geboren, und sofort nach der Geburt in ein Heim für Findelkinder gekommen war, zumal die Mutter das Kind nicht einmal sehen wollte. Das brachte Max nicht weiter. Er musste die DNA-Analyse abwarten. Dieser hatten die Moles uneingeschränkt zugestimmt.

Isabella und Xavier verabschiedeten sich. Sie wollten ihr Kind im Krankenhaus besuchen, vielleicht durften sie Nicola schon mit nach Hause nehmen.

Loly und Max traten den Heimweg zu Fuß an. Hand in Hand schlenderten sie an den exklusiven Geschäften der Kärntner Straße entlang über den Stephansplatz zu ihrer Wohnung. Max winkte den Beamten im dunklen *BMW* kurz zu, bevor er das Haustor aufschloss. In der Wohnung war es kalt. Sie hatten vergessen die Fenster zu schließen. Der frische Ostwind hatte die Räume mehr als nur durchlüftet. Max legte etwas Holz in den Kamin und entfachte ein Feuer, während Loly einen Krug heißen Weines zubereitete.

Mit den würzig duftenden Bechern setzten sie sich in Decken gehüllt vor die knisternden Flammen. Lange sagten beide kein Wort, genossen die Wärme, den Wein, die romantische Stille im Halbdunkel der Geborgenheit.

Das Telefon schrillte.

Überlaut, die friedliche Stimmung zerstörend.

»Max Bulla hier.«

»Guten Abend, Herr Bulla. Dr. Hermes, *Residenz Magnum Termis*. Es geht um Ihre Mutter.«

»Hallo Herr Doktor, was ist mit meiner Mutter?«

Einen Moment Stille.

»Es tut mir leid, Herr Bulla, Ihre Mutter ist verstorben. Mein aufrichtiges Beileid.«

Die Nachricht traf ihn wie ein Schlag.

»Mein Gott, Herr Doktor Hermes, wie ist das passiert? Ein Unfall?«

»Nein, Herr Bulla, kein Unfall. Ihre Mutter ist friedlich entschlafen. Sie ist von ihrem Mittagsschlaf nicht mehr aufgewacht. Herzstillstand, Herr Bulla. Ein schöner Tod, oh… verzeihen Sie bitte, ich wollte damit sagen, dass ihre Mutter nicht leiden musste, dass sie…, dass es ihr….«.

Dr. Hermes verheddert sich in unausweichliches Gestotter. Max sah den alten Herrn vor sich. Er war bereits über achtzig. Eine ehemalige Kapazität in einem Krankenhaus der Stadt Wien. Internist der Spitzenklasse. Den Dienst in der Seniorenresidenz *Magnum Termis,* in Baden bei Wien verrichtete er ehrenamtlich. Nach dem Tod seiner Frau hatte er es in der stillen Villa nicht ausgehalten.

»Wissen Sie Herr Bulla, ich könnte auf einem Golfplatz kleinen weißen Bällen nachjagen oder sonst was tun, glücklicher bin ich hier bei diesen Menschen, denen ich im letzten Abschnitt ihres Lebens eine Hilfe sein kann«, hatte er anlässlich der Einlieferung seiner Mutter gesagt.

»Schon gut Herr Doktor, alles gut. Sie haben recht, ein schöner Tod. Trotzdem, wer verliert schon gerne seine Mutter. Mit ihr ist die Letzte aus meinem alten Leben gegangen.«

»Wie meinen, Herr Bulla?«

»Es ist nichts Herr Doktor, nur so ein Gedanke. Sagen Sie bitte, wie geht es jetzt weiter? Was passiert mit Mutter? Kann ich sie noch einmal sehen? Noch einmal berühren? Ist das möglich?«

»Natürlich ist das möglich, Herr Bulla. Es wäre gut, wenn Sie gleich kommen könnten. Ich meine bevor der Bestatter ihre Mutter, er sie…«

Wieder brachte er den Satz nicht zu Ende.

»Ich verstehe, Herr Doktor, wir sind in einer knappen Stunde bei Ihnen, das wird reichen, oder?«

»Natürlich Herr Bulla, natürlich. Ich werde auf Sie warten.«

Es hatte zu regnen begonnen, als sie in das Taxi stiegen. Max hatte Martina Kerbel von seiner Absicht, nach Baden zu fahren, in Kenntnis gesetzt. Die Konsequenz daraus war der schwarze *BMW* hinter ihnen.

»Der schwarze Wagen folgt uns seit der Innenstadt, ist das in Ordnung für Sie? Ich rufe sonst die

Polizei«, sagte der Taxifahrer, als sie bereits auf der Südtangente der Autobahn unterwegs waren.

»Der ist okay, das sind Freunde. Kein Problem.«

Der Taxifahrer drehte sich kurz um, zuckte mit den Schultern und widmete sich wieder dem starken Verkehr vor ihm.

Loly hielt seine Hand. Sie lehnte an seiner Schulter und summte leise ein altes spanisches Volkslied, das vom Leben und Sterben des Drachenbaumes erzählte. Max liebte die einfühlsame Melodie dieses Liedes über alles. Es sollte seine aufgewühlte Seele beruhigen. Sie sah die Tränen auf seinen Wangen, die traurigen Augen sowie das leichte Zucken seiner Mundwinkel. Sie wusste, wie sehr er seine Mutter geliebt hatte, es aber nie richtig hatte zeigen können.

Dr. Hermes stand bereit. Den riesigen Regenschirm in der Linken öffnete er mit der Rechten den Schlag des Taxis und reichte Loly seine Hand. Gemeinsam eilten sie auf die breite Glastüre des Eingangsbereiches zu. Max hatte den Fahrer angewiesen zu warten.

Die Seniorenresidenz *Magnum Termis* war in einem Schlösschen aus der Kaiserzeit untergebracht. Man hatte die ursprüngliche Fassade aus Gründen des Denkmalschutzes belassen müssen.

Die dunkelgrünen Fensterläden bildeten einen schönen Kontrast zum Gelb der Wände. Kleine Balkone mit schmiedeeisernen Geländern verschönerten das Gesamtbild. Auf den ersten Blick war nicht zu erkennen, dass Fenster und Türen elektronisch gesichert waren und aus Sicherheitsgründen nur vom Pflegepersonal geöffnet werden konnten. Das gesamte Areal wurde von zwei Scheinwerfern schwach angestrahlt. Es war mittlerweile völlig dunkel geworden, daher konnte man nicht wahrnehmen, dass das Gebäude in einem weitläufigen Park stand, der den Bewohnern Ruhe, Erholung und schöne Spazierwege bot.

Einzig der breite Eingangsbereich samt großzügigem Wintergarten war als Anbau genehmigt worden. Das gesamte Ensemble war aus riesigen Glasflächen zwischen Edelstahlelementen gestaltet. Alles wirkte sehr edel und imposant.

Dr. Hermes führte sie in den ersten Stock. Am Ende des Flures gab es einen kleinen Raum. Hierher brachte man die Verstorbenen, bevor sie vom Bestattungsunternehmen abgeholt wurden.

Das Zimmer war schlicht eingerichtet. Einziges Möbelstück war ein Bett. Auf dem weißen Laken lag seine Mutter, die Hände auf der Brust gefaltet. Ihr schneeweißes Haar sah aus wie frisch gekämmt, etwas Rouge bedeckte die eingefallenen Wangen. Ihre Züge wirkten keinesfalls starr, vielmehr schien ein friedliches Lächeln ihren Mund zu umspielen. Am Fensterbrett brannte eine große weiße Kerze.

»Ich lasse Sie jetzt alleine«, flüsterte Dr. Hermes.

Max stand lange am Fußende und betrachtete die vor ihm liegende Frau. Nun ist es also so weit, dachte er. Jetzt ist sie nicht mehr. Das, was hier vor mir liegt, ist nur eine Hülle. Ein Leichnam, ohne ihre großartige Seele, ohne ihre Muttergefühle, ohne ihre Liebe zu mir, ihren einzigen Sohn.

Während der Fahrt hatte er befürchtet, der *Dämon* würde ihn spätestens beim Anblick seiner toten Mutter zu quälen beginnen. Aber nichts davon verspürte er.

Im Gegenteil.

Friedvolle Ruhe hatte sein Inneres erfasst. Ein Gefühl wie er es nicht kannte, hatte von ihm Besitz ergriffen. Trotz der tiefen Traurigkeit fühlte er sich seiner Mutter plötzlich sehr nahe.

Als sei sie nicht gestorben, schliefe nur ein wenig, meinte er ihre Stimme zu hören, sah sie an seinem Bett sitzen, fühlte ihre sorgende Hand auf seiner Schulter, spielte mit ihr Federball im Garten ihres Hauses, sah ihre strahlenden Augen, die auf ihren Enkel Mario gerichtet waren, der als Baby in ihren Armen ruhte.

Das alles und viele andere Dinge wanderten durch seinen Kopf.

Bedächtig ging er zur Längsseite des Bettes, legte seine Hand auf ihre gefalteten Hände, beugte sich über sie und hauchte ihr einen unglaublich zarten Kuss auf die blassen Lippen.

Zwei Tränen topften auf ihr Gesicht.

»Mach's gut, Mama. Grüß mir Verena und Mario, bis bald.«

Dann drehte er sich um und verließ wortlos das Totenzimmer.

Loly bekreuzigte sich, machte der Verstorbenen ein Kreuzzeichen auf die Stirn, sprach ein Gebet auf Spanisch und folgte ihm.

Die Verwaltung war nicht mehr besetzt. Dr. Hermes bot sich an, die Übergabe an die Bestatter zu erledigen. Er werde sich melden, sobald er mehr wisse, dann könne Max die üblichen Wege vornehmen.

Der Starkregen trommelte auf das Autodach und zwang den Fahrer, im Kriechtempo über die Autobahn zu schleichen. Vor ihnen tauchten die ersten Hochhäuser der Stadt auf.

»Ich kann jetzt nicht ins Bett gehen, Loly. Ich bin so aufgewühlt und traurig. Lass uns bei *Carlo* noch einen Drink nehmen und ein wenig reden.«

»Gerne mein Liebling.«

Es waren ihre einzigen Worte auf dem langen Weg von der Residenz in Baden bis zu *Carlo* nahe dem Schwedenplatz.

Das Lokal des Italieners war gerammelt voll.

Carlo überredete zwei junge Leute, die ihre Pizzen bereits verzehrt hatten, mit der Aussicht auf einen *Limoncello* an der Bar Platz zu nehmen.

Sie setzten sich an den kleinen Tisch am Fenster. Der Wirt servierte persönlich ihren Lieblingswein. Dazu stellte er zwei Holzschalen mit diversen Nüssen. Sie tranken zwei Flaschen des köstlichen *Lacrima Christi,* ein herrlicher Rotwein von den Südhängen des Vesuv, nicht weit von Carlos Heimatstadt Amalfi.

Max erzählte Geschichten aus seiner Jugend, von seiner Mutter, seinem Vater und der Unbeschwertheit seiner Kindheit.

Gegen Mitternacht wankten sie nicht mehr ganz nüchtern nach Hause.

Gefolgt von zwei jungen Männern aus dem BKA.

39

Die feierliche Verabschiedung war für Montag angesetzt.

Auf dem kleinen Tisch in der schlichten Kapelle stand die Urne. Daneben ein Bild seiner Mutter, gütig lächelnd, wie stets in ihrem Leben.

Eine brennende Kerze, ein Strauß weißer Rosen, ein letzter Gruß.

Max hatte erreicht, dass die Einäscherung vorgezogen worden war. Noch am Samstag war er vom Familiennotar Eberswalde empfangen worden. Seine Mutter hatte eine Verfügung und ein Testament bei ihm hinterlegt.

Magister Hanno Eberswalde war ein Mann in den Siebzigern. Stets elegant gekleidet, liebte er sein Leben in Reichtum und Wohlstand. Er war bereits in vierter Ehe verheiratet. Diesmal hatte eine junge Dame aus Tschechien das Glückslos gezogen. Man durfte davon ausgehen, dass Milania, so der Name der ausgesprochen hübschen Tschechin, die Vitalität des Bankkontos mehr interessierte als die des guten Hanno.

Hätte Mutter das noch mitgekriegt, sie hätte ihm das Vertrauen entzogen. Mit Sicherheit hätte sie das getan, dachte Max, während er den sonnengebräunten Notar, dessen weisses Haar für einen Mann seines Alters zu lang geraten war, bei der Vorbereitung der Papiere beobachtete.

Nach den üblichen Beileidsbezeugungen kam der Jurist zur Sache.

»Die Testamentseröffnung ist dir schriftlich anzukündigen, so will es das Gesetz. Das wird noch eine Weile dauern. Du wirst verstehen, dass dieses Kuvert daher vorerst verschlossen bleiben muss. Allerdings gibt es auch eine Verfügung deiner Mutter, die sie im Vollbesitz ihrer geistigen Kräfte verfasst hat und in der sie anordnet, was unmittelbar nach ihrem Tode von deiner Seite zu veranlassen ist. Dieses Schreiben übergebe ich dir hiermit.«

Max las die kurz gehaltene Mitteilung seiner Mutter aufmerksam durch. In wenigen Zeilen hatte sie festgehalten, wie nach ihrem Tode zu verfahren sei. Sie wollte eine Feuerbestattung. Die Urne sollte im Grab seines Vaters im kleinen Weinort bei Baden beigesetzt werden. An der Verabschiedung sollten nur er und seine Frau Loly teilnehmen, zumal es keinerlei andere Angehörigen mehr gab.

Sonst stand da nichts.

Unwillkürlich musste er lächeln. Das passte haargenau zu seiner Mutter. Genauso war ihr Leben gewesen. Geradlinig, fleißig, unkompliziert, stets den aufrechten Weg gehend, ohne unnötige Schnörkel oder Verzierungen.

So hatte sie auch ihn erzogen.

Er bekam einen Großteil der Worte des Priesters nicht mit, zu sehr war er in Gedanken bei seiner

Mutter zu deren Lebzeiten. Bei ihren unzähligen guten Taten, bei ihrer aufopfernden Liebe zu ihm und zu seinem Vater, den sie nach dessen Schlaganfall viele Jahre liebevoll gepflegt hatte.

All diese Dinge zogen durch seinen Kopf, wie ein endloser Film über ein Leben voller Geborgenheit, Liebe und Freude, während der Priester, den er extra aus Wien hatte kommen lassen da der örtliche Pfarrer auf eine öffentliche Messe bestanden hatte, was seine Mutter aber nicht wollte, über Gottes Gnade und die Auferstehung sprach.

Loly kniff ihn in die Seite, er hob den Kopf, erwachte aus seiner Gedankenwelt und bekreuzigte sich hastig zum allerletzten Segen.

Zusammen mit dem Priester gingen sie auf den kleinen Friedhof hinaus zum Grab, wo der örtliche Totengräber ein Loch gebohrt hatte, in welches behutsam die Urne gesenkt wurde.

Ein Sonnenstrahl brach durch den bewölkten Himmel, kurz wie ein Fingerzeig der Unendlichkeit.

Sie hat sich auf die Reise gemacht, dachte Max, auf die Reise zu Vater, Verena und Mario. Verzweifelt wischte er seine Tränen von den zuckenden Mundwinkeln.

Am Ausgang des Friedhofes warteten ihre Bewacher, mit deren Wagen sie hergekommen waren.

Max gab dem Priester eine großzügige Spende und bedankte sich.

Danach ging es zurück in die Wiener Wohnung.

Ruckartig verhielt Loly am letzten Treppenabsatz. Max prallte mit dem Kopf gegen ihre Schulter.

»Hei, Loly, kannst du nicht…«

»Die Tür wurde aufgebrochen! Max, die Wohnungstür steht offen!«

Behutsam schob er seine aufgeregte Frau zur Seite. Vorsichtig stieg er die letzten Stufen hinauf. Die Tür zu ihrer Wohnung war nur angelehnt, er konnte keine Spuren eines Einbruches erkennen.

»Lauf runter, Loly, hol die Jungs, wir wollen kein Risiko eingehen«, flüsterte er.

Keuchend, drei Stufen auf einmal nehmend, hasteten die Beamten durch das Stiegenhaus. Bei Max angekommen, stellte sich einer schützend vor ihn, während der andere die angelehnte Tür leicht anstieß. Vorsichtig spähte er durch den schmalen Spalt.

»Wir holen das Einsatzkommando, ich verantworte das nicht, womöglich eine Sprengfalle. Bring die beiden in den Wagen runter und ruf Verstärkung, ich warte hier. Los, los, mach schon!«

Der jüngere Beamte tat wie ihm geheißen, brachte Max und Loly im Wagen unter und setzte über Funk die nötigen Nachrichten ab.

Max hatte bereits im Stiegenhaus begonnen, Martina Kerbel anzurufen. Ihr Anschluß war ständig besetzt, wahrscheinlich telefoniert sie, dachte er und betätigte die Wahlwiederholung.

Plötzlich tönte ihre Stimme aus seinem Handy.

»Hallo Max, was ist los? Gibt es Probleme?«

»Das kann man wohl sagen. Wir sind im Wagen vor unserer Wohnung. Es wurde eingebrochen, die Tür steht einen Spalt weit offen…«

»Eingebrochen?«, unterbrach sie ihn.

»Keiner geht mir zu nahe ran, ich schicke euch die Jungs vom Einsatzkommando verstanden?«

»Beruhige dich. Unsere Bewacher haben alles im Griff, wir warten hier im Wagen. Keine Gefahr.«

»Okay, ich bin gleich da.«

Max war überrascht, wie schnell die Männer des Einsatzkommandos vor Ort waren. Als hätten sie ein paar Straßenzüge weiter darauf gewartet, angefordert zu werden.

In ihrer typischen Schutzkleidung, stürmten sie das Gebäude. Vor den Absperrungen hatten sich bereits neugierige Passanten versammelt. Ein Beamter filmte die gaffende Menge in der Hoffnung, später den Täter auf dem Video wiederzufinden.

Nach zwanzig Minuten war der Spuk vorbei. Der Kommandant der Truppe meldete der eingetroffenen Martina Kerbel die Sicherheit der Wohnung und rückte mit seinen Mannen ab.

Mehrere Kriminalbeamte standen in einer Gruppe mit ihr zusammen. Offenbar diskutierte man Zuständigkeiten.

Schließlich schienen sich die Beamten einig zu sein. Drei von ihnen rückten ab, die beiden anderen machten sich mit Martina auf den Weg in das Haus.

Inzwischen war auch ein Tatort-Team der Polizei eingetroffen.

»Keiner geht mir in die Wohnung, bevor ich das erlaube«, brüllte deren Leiter, ein bulliger Glatzkopf, ihnen hinterher. Martina drehte sich um und forderte den Mann auf, sich zu beeilen, schließlich habe sie nicht alle Zeit der Welt.

Eine nervöse Unruhe lag über der Straße.

Loly saß neben Max auf der Rückbank des *BMW* und verfolgte gespannt das Geschehen.

Plötzlich lachte sie lauthals, konnte sich kaum beruhigen.

»Wir sollten einen Film über unser Leben drehen lassen, einen Film, ja, damit wäre wenigstens etwas zu verdienen, eine Menge Kohle zu machen, was meinst du?«

Sie hustete, hatte sich verschluckt, vor lauter Lachen.

»Was passiert jetzt Max? Können wir nicht mehr in die Wohnung? Wie lange wird das dauern?«

»Ich habe keine Ahnung, Loly. Lass die Polizei ihre Arbeit machen. Die ersten, wichtigen Spuren sichern, dann können wir bald hinein.«

Das *bald* dauerte zwei Stunden. Martina brachte sie hinauf. Sie hatte vorgewarnt, der Zustand der Wohnung sei nicht gerade einladend. Sie hatte nicht übertrieben. Aus allen Schränken waren die Schubladen herausgerissen worden, die Polster der Sofas lagen weit verstreut, Kleider aus den Kästen lagen am Boden. Chaos, wohin man blickte.

»Mein Gott! Was haben die gesucht? Warum gerade bei uns? Waren das wieder diese Russen?«

Loly war nicht mehr aufgekratzt, das Lachen war ihr vergangen, sie war jetzt böse, bitterböse.

Martina zog Max am Ärmel, sie führte ihn zu seinem Schreibtisch.

Auf dem ledernen Bürostuhl saß eine etwa sechzig Zentimeter hohe Gestalt. Man hatte Knabenkleidung mit Zeitungspapier ausgestopft, eine Jeans, ein Polohemd, ein Kopf aus Styropor, darauf ein Gesicht gemalt.

Hier saß Max Bulla in Kleinformat.

Der beugte sich neugierig über die Puppe.

Erschrocken fuhr er zurück.

Im Bereich des Nabels war das Polohemd aufgeschlitzt worden, aus dem entstandenen Spalt quollen echte Gedärme, vermutlich einer Katze entnommen. Leichter Verwesungsgeruch stieg ihm in die Nase. Im Schoß der Puppe lag ein kleiner Krummsäbel aus bemalter Pappe.

»*Qilich!* Das hier soll mich an *Qilich* erinnern!«

Seine Stimme vibrierte vor Aufregung und unterdrückter Angst.

»Kuzimov, dieser Dreckskerl, dieser gottverdammte Dreckskerl! Das ist seine Art, einem Opfer den baldigen Tod anzukündigen. So hat er das schon früher gemacht.«

Ehe Martina reagieren konnte, hatte er die Puppe gepackt und an die Wand geschleudert, wo sich das fragile Gebilde in seine Einzelteile auflöste.

Der Chef der Tatortgruppe fuchtelte aufgeregt mit den Armen, fluchte lästerlich und wollte Max zur

Rede stellen. Er wurde vorsichtshalber von Martina aus dem Raum gewiesen.

»Beruhige dich, Max, so kommen wir nicht weiter, lass uns die Sache in Ruhe analysieren.«

»*Analysieren, analysieren!*«, äffte er sie wütend nach.

»Das ist alles, was du kannst, *analysieren*. Warum habt ihr die Wohnung nicht bewacht? Da laufen uns deine Leute den ganzen Tag hinterher wie die Schoßhündchen, aber die Wohnung ist nicht so wichtig? Jetzt siehst du, was passiert ist.

Verdammt, verdammt, verdammt!

Der Botschaft nach zu urteilen, will er mir den Bauch aufschlitzen, oder? So ist das gemeint. Den Bauch aufschlitzen!«

Wütend wie ein wilder Stier hetzte er durch die Wohnung, stieß mit den Füßen Polster und Kleider zur Seite und versetzte einem im Wege stehenden Tatortermittler einen heftigen Stoß, der diesen rücklings im Sofa landen ließ. Mit drohend erhobenem Zeigefinger näherte er sich Martina, als wolle er ihr an den Kragen. Knapp vor ihren Augen fuchtelte er mit dem gestreckten Finger herum.

»Was ist los mit dir, Max Bulla? Wollen wir wieder normal werden oder soll ich dir Handschellen anlegen lassen? Reiß dich zusammen, verdammt noch einmal! Das ist keine Zirkusvorstellung hier.«

Ihre eiskalte Überlegenheit überraschte ihn. Er nahm den Finger herunter, setzte sich zerknirscht auf einen der flachen Hocker.

»Entschuldigung« flüsterte er, wobei er sich stöhnend die Haare raufte.

»Es wird mir langsam zu viel. Mamas Tod, die Beerdigung und jetzt das hier.«

»Schon gut, ich kann dich verstehen. Trink erst mal ein Glas Wasser, das tut dir gut, dann wollen wir weitersehen. Bringt ihm jemand ein Glas bitte?«

Loly kam aus der Küche. In der Hand hielt sie eine Mineralwasserflasche. Sie setzte sich neben ihren Mann, schenkte ein und reichte ihm das Glas.

Eine Stunde nach seinem Zornausbruch waren die Beamten verschwunden. Martina Kerbel war geblieben. Sie hatten die ärgsten Schäden beseitigt, saßen an der Küchenbar und tranken Kaffee.

»Ich hatte heute ein Gespräch mit dem Staatssekretär im Ministerium des Inneren«, begann sie zögernd.

»Es ging um deine Verwendung im Staatsdienst. Ein wichtiger Punkt für deine Zukunft. Ich glaube die Chancen stehen nicht schlecht, dass du mit einer Ausnahmeregelung in den Ruhestand versetzt werden kannst. Man könnte dir eine Krankheit attestieren, erwachsen aus deinem Berufsleben, also so etwas ähnliches wie ein Dienstunfall. In deinem Fall könnte man diesen Begriff etwas weiter auslegen, meinte der Staatssekretär. Er werde diese Variante prüfen lassen. Das würde bedeuten, dass du in Pension gehen könntest. Natürlich mit den gesetzlich vorgegebenen Abzügen.

Über den weiteren Zeugenschutz habe ich noch nicht gesprochen. Das wird aus verschiedenen Gründen schwieriger werden, als ich mir das vorgestellt hatte. Kuzimov ist auf der Flucht, niemand weiß, ob wir ihn wieder in die Finger kriegen. Wir haben den Auftrag, dich und deine Frau weiterhin zu bewachen, erst recht nach dem heutigen Geschehen. Wie sich das hier darstellt, ging es den Tätern einzig und allein darum, dich einzuschüchtern, dir klarzumachen, was ihr Boss will, nämlich deinen Tod. Du stehst auf seiner Abschussliste. Das muss dir klar sein. Ich schlage vor, du gehst vorerst nicht in dein Büro, bleibst in der Wohnung. Deine Frau wohl besser auch. In einigen Tagen kann ich mehr sagen. Ist das okay für euch?«

Loly wollte etwas erwidern, doch Max, nun wieder vollkommen ruhig, winkte ab.

»Uns ist alles recht Martina. Wir sind euch dankbar, wenn ihr auf uns aufpasst, das ist okay. Ja das ist okay, danke. Ich will so oder so nicht weg. Wir warten auf das Ergebnis der DNA-Auswertung. Ich möchte endlich wissen, ob ich Vater geworden bin oder nicht. Es wird noch dauern, bis dieses Gutachten fertig ist. Wir warten also.«

Sie sah ihn misstrauisch an, ganz wollte sie diesen Umschwung nicht glauben.

»Du machst doch keine Dummheiten, Max Bulla? Du solltest immer daran denken, wie gefährlich diese Leute sind, also arbeite mit uns zusammen.«

»Was habe ich gerade gesagt? Es ist in Ordnung, wie ihr das macht, schwer in Ordnung.«

Nachdem sie noch darüber gesprochen hatten, dass die Moles ihre Tochter aus dem Krankenhaus geholt hatten und bereits im Flieger nach Spanien saßen, um dem Kind die nötige Erholung zukommen zu lassen, verließ Martina die Wohnung.

Kaum war die Tür hinter ihr zugefallen, begann Loly auf ihn einzureden.

»Was sollte das Max? Es soll alles so weiter gehen? Ständig bewacht? Eingeschränkt wie Verbrecher? Ich mache da nicht mit, darauf kannst du Gift nehmen. So will ich nicht leben, so nicht!«

Sanft zwang er seine aufgebrachte Frau auf das wieder hergestellte Sofa.

»Brauchst du auch nicht, Liebes. Ich habe dir gesagt, dass sich unser Leben ändern wird. Es wird nicht einfach sein, aber es gibt immer einen Weg. Jedenfalls bleiben wir vorerst nicht mehr hier. Hier ist es zu gefährlich. Die wissen, wo wir arbeiten, wo wir wohnen, kennen unsere täglichen Gewohnheiten, da bin ich mir sicher, die machen keine halben Sachen. Wir hauen schnellstmöglich ab.

Ich weiß auch schon wohin.«

40

Die Trachtenmusikkapelle intonierte den *Florentiner Marsch,* ein bekanntes Stück aus der Feder des tschechischen Komponisten Julius Fucik.

Im schmucken Trachtengewand, schwarze Hose, rotes Gilet, weißes Hemd, darüber den klassischen Kaiserrock und am Kopf den hohen Steirerhut mit der Hahnenfeder marschierten die Mitglieder des Musikvereines stolz durch ihren Heimatort im steirischen Ennstal.

Die schneidige Musik schwebte im sonnendurchfluteten Feiertagshimmel, begleitet von den Glocken der kleinen Pfarrkirche. Die dörfliche Gemeinschaft feierte Christi Himmelfahrt. Die katholische Messe war soeben zu Ende gegangen. Musikkapelle, Dorfbewohner, Schulkinder, Traditionsvereine, alle strebten dem kleinen Festgelände zu, wo heute ein Platzkonzert gegeben wurde.

Christi Himmelfahrt bezeichnet im christlichen Glauben die Rückkehr des Christus als Sohn Gottes zum Vater im Himmel und wird am 40.Tag der Osterzeit, also 39 Tage nach dem Ostersonntag gefeiert. Deshalb fällt das Fest immer auf einen Donnerstag.

So auch dieses Jahr, auf den 05. Mai 2016.

Vor dem schönen Pavillon, im neugestalteten Gemeindepark, waren die Biertische bereits gut besucht als der Festzug samt üblicher Honoratioren im

Gefolge von Hochwürden, dessen strenger Blick über die nicht in der Kirche gewesenen Schäfchen schweifte, eintraf. Max genoss den friedlichen Anblick. Hier war die Welt in Ordnung, kleinbürgerlich, aber in Ordnung oder gerade deswegen in Ordnung. Er saß mit Loly an einem der Tische bei den Einheimischen und freute sich auf frisch gezapftes Fassbier. Sein Blick fiel auf den mächtigen Grill, auf dessen drehenden Stäben sich unzählige Hähnchen reihten und nach und nach an Bräune zunahmen. Er hatte vorsorglich bereits ein Stück bestellt, in Erwartung eines knusprigen Hochgenusses.

Loly und er hatten auch an Bräune zugelegt. Die frische Landluft der letzten Tage war ihnen gut bekommen. Max trug jetzt einen kurzen Bart, dessen weiße Färbung einen eigenartigen Kontrast zu seinem braun gebrannten Gesicht sowie zum immer noch dunklen Haar abgab. Loly trug einen modernen, sehr kurzen Haarschnitt, der ihr Aussehen ungewöhnlich verändert hatte. Außerdem hatte sie ihre Kontaktlinsen entfernt und durch eine modisch elegante Brille ersetzt. Ihrer beiden Aussehen hatte sich derart verändert, dass nur ihnen sehr nahestehende Personen die ursprüngliche Identität erkennen konnten. Das war gut so, weil beabsichtigt.

Klammheimlich waren sie aus Wien abgereist, um hier an einem neuen Lebensabschnitt zu feilen.

Vor zwei Wochen, einen Tag nach der Beerdigung seiner Mutter, hatten sie die Weichen dafür gestellt. Loly hatte sich unter Polizeischutz in ihr Büro fahren lassen, um die nötigen Maßnahmen für ihren Abschied vorzunehmen. Als freie Mitarbeiterin war dies kein Problem. Den Damen im zentralen Sekretariat, welche sie zu den üblichen Übersetzungen anforderte, teilte sie mit, dass sie bis auf Weiteres nicht mehr zur Verfügung stünde. Aus familiären Gründen würde sie für unbestimmte Zeit nach Argentinien gehen.

Max hatte in der Zwischenzeit begonnen, ihre Flucht im Detail vorzubereiten. Er meldete Telefon und Internet ab, kündigte die Tageszeitung, gab seinem Versicherungsmakler die nötigen Aufträge zur Abmeldung seines ohnehin zerstörten Wagens, wobei er ihm zur Kenntnis brachte, dass er in nächster Zeit nicht erreichbar sei, sich aber melden werde. Die Wohnung kümmerte ihn nicht, war diese doch von Martin Kerbel im Auftrag des BKA angemietet worden. Ihre Bankgeschäfte erledigten sie ohnehin schon länger per *Onlinebanking* bei einem internationalen Institut. Diese Dinge konnte er auch von wo anders aus erledigen. Sein Pseudojob im Ministerium der Finanzen interessierte ihn am allerwenigsten, auch das würde Kerbel erledigen müssen, ebenso wie sie eine Begründung für sein Untertauchen finden würde. Er hatte nicht vor, Martina Kerbel zu informieren. Diesmal würde er sein Schicksal selbst in die Hand nehmen. Zur Polizistin würde er früh genug Kontakt aufnehmen.

Vorerst wollte er nur weg, Loly in Sicherheit bringen, versuchen ein neues Leben aufzubauen, um endlich Ruhe zu finden.

Geschickt hatte Loly die Bewacher mit Kaffee und Kuchen abgelenkt, während er vier Koffer und drei Taschen mit den nötigsten Dingen des täglichen Lebens in den Wagen eines Zustelldienstes verfrachtet hatte. Dieser hatte den Auftrag, die Dinge an einen geheimen Ort zu verbringen. Strömender Regen hatte ihnen die Flucht erleichtert. Gegen 02:00 Uhr früh waren sie über den aufgelassenen Laden im Erdgeschoß in den kleinen Garten und von dort ungesehen auf den Schwedenplatz gelangt. Max hatte ihre eingeschalteten Handys unter die Plane eines vor Anker liegenden Bootes geworfen. Dieses würde am Morgen in Richtung Bratislava aufbrechen. Er hätte gerne Martinas Gesicht gesehen, wenn sie das Ergebnis einer angeordneten Ortung erhielt.

Ein vorbestelltes Taxi hatte sie in die Obersteiermark gebracht. Sie waren vorsichtig gewesen. Hatten den Fahrer mehrmals gebeten anzuhalten, um etwaige Verfolger ausfindig zu machen. Auf der gesamten Fahrt über die Landstraßen waren ihnen fünf Autos entgegengekommen, kein einziges war ihnen gefolgt. Die Flucht war gelungen. Frühmorgens waren sie im kleinen Dorf eingetroffen. Dort wurden sie von zwei Männern erwartet, die Max am Tag der Beerdigung seiner Mutter von einer öffentlichen Telefonzelle aus kontaktiert hatte.

Franz und Bruno waren die Söhne einer Bauernfamilie, bei der Max mit seinen Eltern vor mehr als fünfundvierzig Jahren einige Sommerurlaube verbracht hatte. *Sommerfrische* nannte man das damals.

Max erinnerte sich gut an die abenteuerlichen Spiele, die er zusammen mit ihnen und anderen Kindern erlebt hatte. Eine unbeschwerte, herrlich einfache Kindheit am Berg war es gewesen. Jedes Jahr vier Wochen Wald, Wiesen, Kühe, Pferde und unendlich viel Spaß und Freiheit.

»Servus Charly, blass schaust aus«, waren Brunos Worte beim freudigen Wiedersehen. Dann hatten sie sich stumm umarmt.

Das war vor zwei Wochen gewesen. Heute saß er mit seinen Freunden, ihren Frauen und Dorfbewohnern am Biertisch, trank seinen *Radler* und blickte hungrig zum Grill hinüber.

»War kalt, die letzten Tage auf der Hütte?«

Franz sah Loly fragend an.

»Na, ja, ich habe schon wärmere Stunden erlebt. Am Tag ist es kein Problem, die Sonne ist schon stark und am Abend heizen wir eben den alten Ofen ein. Romantisch, dort oben.«

Sie hob lachend ihr Weinglas und prostete in die Runde. Max war glücklich. So entspannt hatte er seine Frau schon lange nicht gesehen. Das wirkte auf ihn, er fühlte sich sehr wohl hier. Fast wie zu Hause ist es, dachte er melancholisch.

Franz und Bruno hatten sofort zugestimmt, als ihm die Idee gekommen war, auf der Almhütte Zuflucht zu suchen. Sie hatten nicht gefragt, was ihn dazu bewogen hatte. Sie hatten es akzeptiert.

Du wirst deine Gründe haben, Charly.

Mehr gab es nicht zu sagen. Beide wussten, dass Max Polizist war. Er hatte ihnen auch gesagt, dass er in Ruhe über seine Zukunft entscheiden müsste, was einige Zeit dauern dürfte.

Sie könnten den ganzen Sommer und Herbst bleiben. Franz und Bruno sahen kein Problem darin.

In der Zwischenzeit hatten die Frauen und Männer des Musikvereines im Pavillon Platz genommen. Der Kapellmeister hob seinen Stab. Ein strenger Blick in sein Orchester und eine flotte Polka erklang. Der bereits lustigere Teil der Zuhörer hackte sich unter und schunkelte im Takt zur Musik. Einige von ihnen dachten, der Allgemeinheit eine Freude bereiten zu müssen indem sie lauthals mitsangen.

Welch friedvolle Stimmung herrscht, dachte Max. Er konnte nicht glauben, dass es derlei Dinge noch gab, bei allem, was er in den letzten Wochen erlebt hatte. Ein Kreis schien sich für ihn geschlossen zu haben. Den letzten gemeinsamen Kurzurlaub hatte er mit Verena und Mario hier verbracht. Auch damals waren sie bei einem Fest zusammen gesessen, hatten getrunken, gelacht und gefeiert.

Kurze Zeit später war Verena ermordet worden.

Wie lange ist das schon her, sinnierte er, eine kleine Ewigkeit. Und jetzt sitze ich wieder hier, weil mich die Vergangenheit eingeholt hat, weil ich auf der Flucht bin, weil ich etwas, das ich sehr lieb habe, beschützen muss und glaube, dass das hier am besten möglich ist.

»Max träumst du? Was ist los mit dir? Die Hühner sind fertig! Komm, lass uns gehen, sonst gibt es nichts mehr, ich habe Hunger wie der Bär im Frühling.«

Übermütig fasste sie seine Hand und führte ihn zum Hühnchengrill, wo die saftigen Dinger brutzelnd auf Abholung warteten.

Die Sonne stand schon sehr tief, als sie zur Hütte zurückkehrten. Bruno hatte einen alten Geländewagen gekauft und auf seinen Namen zugelassen. Mit dem von Max finanzierten Wagen versorgten sie sich mit Lebensmitteln, machten aber auch den einen oder anderen Ausflug in die Umgebung.

Ab Juni würde die neunzigjährige Mutter der beiden Brüder wieder den vorderen Teil der Hütte bewohnen und bewirtschaften. Seit Jahrzehnten war sie im Sommer auf der Alm und versorgte Wanderer, Bergradler, Jäger und Bauern mit Jause, Suppe, Bier und Schnaps. Ihre legendären *Krapfen mit Steirerkas,* schätzten unzählige Stammgäste aus dem ganzen Land. Urlaubsgäste aus der Stadt schnupperten anfangs skeptisch an dem für sie eher ungewöhnlichen Käse, bissen dann todesmutig ein Stück ab und bestellten in den meisten Fällen eine zweite Portion.

Noch waren Max und Loly völlig allein auf der Alm. Keine der anderen Hütten war um diese Jahreszeit bewohnt. Sie saßen auf der kleinen Hausbank und genossen einen Sonnenuntergang, der an Schönheit kaum zu überbieten war.

»Wir sollten für immer hierbleiben, Max. Für immer an deiner Seite Sonnenuntergänge wie diesen erleben im Wissen, dass dieselbe Sonne mit neuer Kraft am Morgen auf der anderen Seite wieder aufsteigen wird, um uns mit einem gewaltigen Sonnenaufgang zu erfreuen, das wäre mein Traum.«

»Warum nicht? Aber was ist mit der fehlenden Dusche, mit dem fehlenden Wasserklosett, mit dem fehlenden Strom?«

»Du hast ja recht, mein Liebling. Lass mich doch ein wenig träumen, es gibt so wenig Gelegenheit für schöne Träume.«

Sie schmiegte sich eng an seine Seite und schloss die Augen. Es war dunkel geworden, ein unglaublicher Sternenhimmel hatte den Tag abgelöst, als Max in die Hütte ging, um Feuer zu machen. Bei Tee und Keksen saßen sie dann auf der gemütlichen Eckbank in der alten Stube.

»Wir sollten einmal etwas unternehmen. Hier wird es langweilig, was meinst du?«

»Mir ist nicht langweilig, solange du bei mir bist. Aber bitte, woran denkst du? An einen Ausflug nach Salzburg vielleicht? Das wäre schön, in einer Stunde könnten wir da sein.«

»Nicht in eine Stadt. Zu gefährlich, zu viele Leute, man weiß nie, wer uns begegnen könnte. Nein, ich habe eine bessere Idee. Franz hat mir heute erzählt, dass es auf der anderen Talseite ein großes Landgut, eigentlich ein Schloss, gibt. Dort hat man einen wunderschönen Golfplatz angelegt.

Was meinst du? Sollen wir wieder einmal eine Runde Golf spielen?«

»Golf? Du willst Golf spielen? Aber wir haben erst vor sechs Wochen ausgiebig auf Teneriffa gespielt. Außerdem haben wir unsere Ausrüstung auf der Insel gelassen. Wir hatten uns geeinigt, nur noch dort zu spielen, erinnerst du dich?«

»Natürlich erinnere ich mich. Aber jetzt hätte ich Lust, eine Runde zu gehen, du nicht?«

»Ich weiß nicht recht. Das kommt so plötzlich.«

»Die spontanen Einfälle sind meist die besten. Sei kein Frosch. Du wirst sehen, wir werden viel Spaß haben. Außerdem ist es eine der schönsten Ablenkungen, die es gibt.«

»Okay Max, hast mich wieder einmal überzeugt. Morgen geht es auf den Golfplatz. Ich freue mich.«

Ausgelassenen Kinder gleich alberten sie herum, bis sie erschöpft in die harten Betten krochen.

41

Schon die Auffahrt zum Schlosshotel ließ gediegene Noblesse erkennen.

Der klapprige Geländewagen passte nicht in den Rahmen der noblen Hotelanlage im gepflegten Park nebst Reitstall, Golfanlage und einer Aussicht wie im Bilderbuch.

Max chauffierte den Wagen in die hinterste Ecke. Neben dem alten Traktor des Reitstalles fand er einen standesgemäßen Platz.

Die Damen im Sekretariat des Golfklubs agierten alles andere als abgehoben. Freundlich und kompetent bedienten sie die Neuankömmlinge. Im gut sortierten Pro-Shop wurde ihnen ein komplettes Golfbesteck zur Miete angeboten. Für einen Montag im Mai herrschte reger Betrieb an diesem Vormittag.

Das freundliche Mädchen fragte nicht nach ihren Golfausweisen. Max trug sie unter falschen Namen im Tagesjournal ein.

»Ich musste Sie zu einem *Flight* hinzu buchen, einfach so viel los heute. Sie werden mit zwei Hotelgästen auf die Runde gehen. Ein nettes Ehepaar aus Wien. Sie werden sich gut verstehen, da bin ich sicher. Abschlag 11:30. Bitte beachten Sie unsere Platzregeln. Das Clubrestaurant hat bereits geöffnet, dort können Sie es sich bequem machen. Benötigen Sie Chips für die Driving-Range?«

Max lachte.

»Nein, danke. Ich habe es mir zur Gewohnheit gemacht, meine besten Schläge nicht auf der Range zu vergeuden. Wir nehmen ein Frühstück, das ist wichtiger, damit uns die Kraft nicht ausgeht. Ich sehe, dass die zweiten Neun ziemlich gebirgig sind?«

»Oh ja, es geht schon ein wenig auf und ab. Gerne reserviere ich Ihnen ein E-Cart.«

»Nein danke, wir schaffen das schon. Vielen Dank für Ihre Bemühungen.«

»Sehr gerne. Schönes Spiel wünsche ich Ihnen.«

»Danke. Bis später.«

Durch die hohe Glaswand des Clubhauses, konnte man die Spieler am ersten Abschlag beobachten.

»Scheint ein herrlicher Platz zu sein, Loly. Wir spielen um ein Essen, okay?«

»Natürlich. Ich habe zwar kein Geld dabei, werde aber auch keines brauchen.«

»Freue dich nicht zu früh mein Schatz, ich fühle mich in Hochform«, antwortete Max augenzwinkernd.

Auf Abschlag eins warteten bereits ihre Mitspieler. Man stellte sich vor, wobei jeder nur seinen Vornamen nannte. Die Männer schlugen regelkonform zuerst ab. Max verzog den Abschlag, sein Ball rollte auf der extrem nach rechts hängenden Bahn weit nach unten. Knapp vor der Outline kam er zu liegen.

»Puh, das war knapp, glaubst du der liegt noch, Carl?«

»Der ist da, Max. Knapp, aber da. Und bitte Karel nicht Carl«, antwortete sein Spielpartner lächelnd.

»Karel, okay, entschuldige, ich hatte Carl verstanden.«

»No Problem. Bei vier Stunden Golf werden wir uns schon kennenlernen, nicht wahr?«

Karel setzte seinen Abschlag viel höher, hatte somit für den zweiten Schlag die einfachere Ausgangslage. Je länger das Spiel andauerte, um so besser kam Max in Schwung. Die Frauen verstanden sich prächtig, lachten viel und spielten gutes Golf. Karel war eher die ruhige Natur. Einmal fragte er nach, ob man sich schon gesehen hätte, was Max verneinte, ansonsten sprach er nur über diverse Schläge und Eigenheiten des Platzes.

Am fünften Loch mussten Sie warten, sie waren auf den vor ihnen spielenden *Flight* aufgelaufen.

»Karel, stell dir vor, Maria ist Spanierin. Sie kennt viele Plätze dort. Wir müssen einmal nach Spanien, wie lange reden wir schon davon?«

Karel lächelte, sagte aber nichts. Er holte einen Apfel aus seiner Golftasche, schnappte sich sein Handy, entschuldigte sich und ging ein Stück zurück, um zu telefonieren. Max betrachtete seine Frau mit leichtem Vorwurf. Von ihrer Mitspielerin unbemerkt schüttelte er den Kopf. Rede nicht soviel, sagte sein stummer Blick.

»Du hast mich falsch verstanden, Eva. Ich sagte, ich wäre gerne Spanierin, um öfter auf den Plätzen dort spielen zu können. So schön ist es da.

Wir haben einige Urlaube in Andalusien verbracht, sehr empfehlenswert.«

»Oh, entschuldige, da habe ich wohl etwas verwechselt, na ja auch nicht schlimm, oder?«

»Nein, nein, bei Gott nicht schlimm. Ich glaube es geht weiter. Wer schlägt bei euch ab, Max?«

»Ich bin dran.«

Er war froh darüber, dass Loly so prompt reagiert hatte. Es war äußerst unwahrscheinlich, dass jemand einen Zusammenhang herstellen konnte, aber sicher war nun einmal sicher. Zu viel hatte er in letzter Zeit erlebt. Kraftvoll schickte er seinen Ball auf eine lange Reise.

Es dauerte eine Weile, bis Karel sein Telefonat beendet hatte, und so schlugen vorerst die Damen ab. Als er zurück war, glaubte Max in seinem Gesicht eine Veränderung festzustellen. Es waren die Augen, ja, diese Augen. Sie wirkten auf einmal kälter, abweisender. Ich bilde mir das ein, dachte Max, ich sehe schon wieder Gespenster. Wahrscheinlich hatte er nur ein ärgerliches Geschäftsgespräch, oder was auch immer.

»Schöner Schlag, Karel. Man sieht, du hast schon öfter hier gespielt. Sehr schöner Schlag.«

»Ja, der war nicht schlecht. Du hast recht, ich kenne den Platz, wir wohnen seit drei Wochen im Hotel. Jeden Tag haben wir gespielt, wenn das Wetter es erlaubte. Wohnt ihr auch im Hotel?«

»Nein. Leider nicht muss ich sagen. Bei diesem Komfort, dieser behaglichen Eleganz, man kann euch nur beneiden. Wir haben heute einen Ausflug hierher gemacht, wollten wieder einmal Golf spielen. Wirklich ein herrlicher Platz, so gepflegt. Am besten gefällt mir diese wunderschöne Aussicht auf die Berge.«

Max versuchte das Gespräch auf ein anderes Thema zu bringen, aber Karel interessierte sich nicht mehr. Schweigend ging er in Richtung seines Balles.

Diese Augen, dachte Max, ich habe solche Augen schon einmal gesehen. Aber wo?

Max hatte das Spiel knapp gegen Loly verloren. Sie saßen im Clubhaus und hatten Essen bestellt. Eva und Karel nahmen einen Drink mit ihnen, wollten nicht speisen, da sie im Hotel verpflegt wurden.

Es kam kein richtiges Gespräch auf. Eva plapperte zwar alles mögliche daher, Karel jedoch war schweigsam. Dreimal entschuldigte er sich wegen eines Anrufes.

»Heute ist wieder einmal was los in der doofen Firma, so oft läuft er sonst nicht weg, wegen des blöden Handys. Ihr müsst entschuldigen.«

Loly und Max nickten verständnisvoll.

Nach dem letzen Anruf, kurz bevor ihr Essen kam, verabschiedeten sich Eva und Karel.

Die Speisen entsprachen dem Niveau des Hotels. Sie tranken zwei Flaschen Wein und waren beide beschwipst, als sie in den Geländewagen kletterten. Max hatte ein Fenster offengelassen. Ein Fehler. Im Inneren stank es nach Pferdemist, was Hunderte Fliegen freudig zur Kenntnis nahmen.

Ihre gute Laune, dem köstlichen Wein geschuldet, ließ sie nicht an schlechtere Zeiten denken.

Im Gegenteil, sie waren sehr glücklich. Fröhlich aufgekratzt, bemerkten sie den dunklen Wagen nicht, der ihnen seit geraumer Zeit folgte. Am Steuer saß Golfpartner Karel, der mit düsterer Miene hastig in sein ans Ohr gepresste Telefon sprach.

»Wo seid ihr? Ich kann nicht mehr lange unauffällig bleiben. Er nähert sich der Kreuzung, jetzt hat er Grün, fährt geradeaus, Richtung Salzkammergut. Ich kann ihn noch gut sehen, bin jetzt auch drüber, folge ihm so gut ich kann. Beeilt euch gefälligst.«

»Wir sind ja schon da, Karel. Karel Smalenko, einen schönen Namen hast du dir ausgedacht, Horace. Welch ein Zufall, dich hier zu treffen. Der Boss hatte dich schon vermisst, bist so plötzlich abgetaucht, als die Kacke am Dampfen war. Er war sehr böse auf dich. So ein Glück, dass du das Bullenschwein gefunden hast, wir hatten ihn leider verloren. Vor zwei Wochen war er plötzlich wie vom Erdboden verschwunden. Du kannst da vorne wenden, Horace. Wir übernehmen.«

Karel Horace blickte in den Rückspiegel. Ein weißer *Landrover* war dicht aufgefahren. Ein Mann am Steuer, zwei auf den Rücksitzen.

Die Kerle sind ganz schön fix, dachte er. Seit seinem Anruf waren gerade einmal vier Stunden vergangen. Er wusste allerdings nicht, von wo die Männer angereist waren.

Froh darüber abgelöst zu werden, winkte er kurz und wendete an der Bushaltestelle.

»Ach ja, Horace, noch etwas. Du solltest nicht wieder untertauchen, der Boss erwartet deinen Anruf. Das soll ich dir noch ausrichten. Also dann, bis bald mein Lieber.«

Karel Horace fluchte leise.

Mit Eva, Model einer Begleitagentur, war er in das noble Hotel geflüchtet. Er hatte sein Aussehen unwesentlich verändert, hatte sich sicher gefühlt in dieser nicht gerade stark frequentierten Gegend.

Hier wollte er abwarten, in der Hoffnung, Kuzimov möge in absehbarer Zeit gefasst und eingelocht werden.

Das schlechte Gewissen hatte ihn tagtäglich gedrückt, zumal er genau wusste, dass Kuzimov ihn eines Tages zur Rechenschaft ziehen würde. Außerdem war seine Existenz gefährdet, immerhin lebte er großteils von den dunklen Geschäften der *Organisation*. Nur deshalb hatte er sich entschlossen, Kuzimov anzurufen, als er sicher war in seinem Golfpartner dessen Todfeind erkannt zu haben.

Die Gunst des Oberbosses würde dadurch wieder gesichert sein, meinte er zumindest.

Horace war von einer Vertrauensperson stets über den Stand der Dinge in Wien informiert worden. Er wusste daher, dass Bulla seit zwei Wochen wie vom Erdboden verschwunden war und von den Leuten der Organisation fieberhaft gesucht wurde.

Der alte Geländewagen hielt an der Schranke, die den öffentlichen Zugang zum Almweg aussperrte.

In der Wiese hinter dem Zaun weideten friedlich Kühe mit ihren Kälbern. Max dehnte sich neben der offenen Wagentür.

»Ich habe zu lange nicht mehr gespielt, mein Rücken ist beleidigt«, stöhnte er schmunzelnd. Loly, die ebenfalls ausgestiegen war, streichelte am Zaun ein zahmes Kalb.

»Alter Mann, öffne endlich diese Schranke, ich will zurück zur Hütte. Dort wird Schwester Maria-Dolores deine Kreuzschmerzen behandeln, nachhaltig, das verspreche ich dir.«

Sie lachte ausgelassen.

Ein weißer *Landrover* fuhr im Schritttempo vorbei. Der junge Mann am Steuer winkte freundlich. Max war damit beschäftigt, das Vorhängeschloss an der Schranke zu öffnen. Loly winkte fröhlich zurück. Der schwere Wagen rollte weiter und verschwand hinter der nächsten Biegung im Wald.

»Was waren das für Leute?«, fragte Max.

»Wiener Sommerfrischler denke ich. Übrigens nicht übel die Jungs, also bleib am Ball, Max Bulla. Die Konkurrenz lauert überall, sogar auf der entlegensten Alm.«

Übermütig kniff sie seine Wange, bevor sie ihm einen innigen Kuss schenkte.

Wieder dieser Sonnenuntergang.

Der Blick nach Westen war ein Traum. Die Niederen Tauern, der herrliche Blick ins weite Tal.

In der Mitte der gewaltige Grimming, einer der seltenen Bergstöcke, die direkt vom Talboden aus als mächtiges Felsmassiv aufragen. Zu seiner Rechten der Blick ins Salzkammergut mit König Dachstein als Krönung.

Die untergehende Sonne als riesige orangefarbene Scheibe vor den Bergen. Ihrem letzten Ziel des Tages nahe. Dazu vollkommene Ruhe, die, war man nicht daran gewöhnt, fast bedrohlich wirken konnte.

Max und Loly hatten sich schon daran gewöhnt, sie waren *entschleunigt*, wie es ein neues Modewort ausdrückte.

Müde vom anstrengenden Tag krochen sie nach Einbruch der Dunkelheit in die Betten, wo Loly ihr Versprechen einlöste und sich ausgiebig um den Bewegungsapparat von Max kümmerte.

Liebevoll und nachhaltig.

42

Neumond.

Die Nacht hatte sich über das weite einsame Almland gelegt. Der unendliche Sternenhimmel spendete karges Restlicht. Von hohen Tannen gedämpft, fand es den Weg zum Boden nur zaghaft.

Drei schemenhafte Gestalten bewegten sich auf dem schmalen Forstweg, wo das Licht einigermaßen gut war, zumal der helle Schotter des Weges den schwachen Schein der Sterne reflektierte.

Ihr Anführer schien gesichtslos zu sein. Sprach er, leuchteten weiße Zahnreihen im schwarzen Antlitz. Adis Borell, Nordafrikaner vom Stamme der Berber, führte die Truppe durch den dunklen Wald.

Ein Tänzchen mit dem Bullenschwein wolle er veranstalten, wie er sich seinen Komplizen gegenüber ausgedrückt hatte. Die beiden anderen Männer waren eindeutig Söhne der Großstadt.

Asphaltcowboys. Gangster aus Bratislavas Unterwelt, nicht gewöhnt an ein Gelände im Gebirge, noch dazu in dunkler Nacht.

Sie fluchten unentwegt, wünschten Borell die Pest an den Hals und wären bei der ersten Gelegenheit umgekehrt, wenn da nicht die Angst vor dem schwarzen Mann gewesen wäre. Dem schien es zu gefallen, wie diese *Warmduscher* mit ihren spitzen Cowboystiefeln über Steine und Äste stolperten.

Ihm konnte das Gelände nichts anhaben, er war in einer viel wilderen Gegend aufgewachsen, hatte auf seiner Flucht weitaus schlimmere Situationen gemeistert. Er wusste, wie man sich hier zu verhalten hatte, und trug auch die entsprechende Kleidung.

Hätte er es sich aussuchen können, wären ganz andere Männer mitgekommen. Die Zeit hatte es nicht erlaubt. Igor Kuzimov hatte ihm den Auftrag persönlich durchgegeben. Demzufolge sollte er innerhalb weniger Stunden in der Obersteiermark sein. Bulla sei identifiziert worden.

Ihm blieb nichts weiter übrig, als diese beiden Kerle anzuheuern, um den Auftrag auszuführen, der da lautete, Max Bulla für immer aus dem Weg zu räumen.

»Eine Expedition in die Berge, noch dazu bei Nacht und Nebel, war nie geplant. Du hast uns reingelegt, verdammter Kameltreiber. Ich kehre um, leck mich am Arsch!«

Der jüngere der beiden Männer stieß einen weiteren Fluch aus, drehte sich um und machte sich auf den Rückweg. Die Rechnung hatte er ohne Adis Borell gemacht. Mit zwei schnellen Schritten war er hinter dem Abtrünnigen, fasste ihn an den Haaren, rammte ihm gleichzeitig ein Knie in den Rücken und riss ihn zu Boden. Wie eine Raubkatze war er über ihm, kniete auf seinen Schultern und legte das große Kampfmesser an die Kehle des Jungen.

»Wie, hast du mich genannt, du kleine dreckige Ratte? Sag schon, wie war das?«

Seine tiefe Stimme vibrierte, eiskalte Mordlust lag in seinen schwarzen Augen. Er konnte sich kaum beherrschen, war kurz davor, die Kehle des unter ihm liegenden Mannes zu durchtrennen. In letzter Sekunde schien er sich in den Griff zu bekommen. Er hatte daran gedacht, dass er beide Männer noch brauchen würde.

»Nenne mich nie wieder Kameltreiber, ist das klar? Hast du das kapiert? Und noch etwas, du stehst jetzt auf, folgst mir auf diesen verdammten Berg und redest nur, wenn du gefragt wirst, okay?«

Unsicher rappelte sich der junge Mann auf, die Angst stand ihm ins Gesicht geschrieben. Er wusste jetzt, mit welch eiskaltem Killer er es zu tun hatte. Niemals wäre er auf das Angebot Borells eingegangen, hätte er geahnt, wie kaltschnäuzig dieser Mann war, der sich hinter dem schwarzen Antlitz verbarg. Nun war es zu spät. Er musste wohl oder übel weitermachen.

Adis Borell war klar, sich einen Todfeind geschaffen zu haben. Dieser Umstand kümmerte ihn so gut wie überhaupt nicht, zumal für ihn von Anfang an feststand, die beiden Idioten nach Beendigung des Auftrages um die Ecke zu bringen.

»Eine Frage, Adis«, der zweite Mann wandte sich an den schwarzen Anführer.

»Warum haben wir nicht das verdammte Schloss an der Schranke aufgebrochen und sind mit dem Wagen hochgefahren? Keine Sau ist hier unterwegs.

Nur wir stolpern durch die Nacht und brechen uns noch die verdammten Knochen.«

»Weil wir heute nur auf Erkundung sind, Pavel, verstehst du? Wir werden tagsüber diesen Mann und die Frau beobachten, uns einen Plan zurechtlegen und in der Nacht zuschlagen. Wo sollten wir den Wagen hier oben hinstellen, ohne aufzufallen? Ohne dass irgend ein Jäger oder Bauer Verdacht schöpfen würde? Überlasst das Denken also mir und konzentriert euch auf den Weg.«

Er kicherte meckernd, während er bereits wieder unterwegs war. Der Wald wurde lichter, die Bäume knorriger und seltener. Die Waldgrenze war erreicht. Das Grau im Osten verwandelte sich in ein dunkles Violett, Vorbote der Morgendämmerung.

Ratlos verharrten die Männer an einer Gabelung des Forstweges. Rings um sie begannen die ersten Weideflächen einer Alm. Sie hatten keine Ahnung, wohin Bulla gefahren war. Hatte er den Weg geradeaus genommen oder war er links abgebogen?

Borell nahm mit Jan, dessen Kehle sein Messer gekitzelt hatte, den Weg geradeaus. Pavel schickte er nach links.

Sie hatten kleine Funkgeräte dabei. Nach dreihundert Metern erspähte Borell die ersten Hütten. Drei Holzbauten, deren Fassaden von Wind und Wetter eine eigenartige graue Färbung angenommen hatten und unterhalb des holprigen Forstweges verteilt auf wenige ebene Flächen des schräg zum Waldrand abfallenden Hanges angesiedelt waren.

Direkt vor ihren Augen erhob sich ein mächtiges Felsmassiv. Der *Tausing*, einem steinernen Wächter gleich stand er da, seinen breiten Schatten über den Almboden werfend.

Auf den Weiden war es still, kein Vieh war zu sehen. Es würde erst in einem Monat aufgetrieben werden.

Im zaghaft einsetzenden Morgenlicht schlichen sie vorsichtig weiter. In keiner der Behausungen brannte Licht, auch keine Autos waren zu sehen. Als sie auf Höhe der ersten Hütte angelangt waren, erblickten sie im Dämmerlicht zwei weitere direkt vor ihnen. Die links gelegene Hütte glich eher einem Haus mit Holzschindeln als Fassade. Rechts davon duckte sich eine der typischen alten Almhütten in die Landschaft.

Eine Doppelhütte wie es schien, zumindest hatte sie zwei Kamine. Sie wollten weitergehen, als die Tür der angebauten Veranda geöffnet wurde. Ein Mann trat ins Freie und ging durch das taunasse Gras zum Zaun. Borell versetzte seinem Begleiter einen Stoß, der diesen in den bergseitigen Weggraben beförderte, wo auch er Deckung nahm. Behutsam zog er sein Nachtglas aus der Seitentasche der Hose und beobachtete den Mann, der am Zaun ein morgendliches Bedürfnis erledigte.

»Haben wir dich endlich gefunden. Hier hast du dich also versteckt«, flüsterte Borell zufrieden.

»Ist er das? Ihn, sollen wir erledigen? Machen wir es sofort, das Licht ist gut genug. Ich knalle ihn ab!«

Jan hatte eine schwere *Beretta* mit Schalldämpfer in seiner rechten Hand.

»Weg mit dem Ding, du Narr. Er ist nicht alleine, wir müssen herausfinden, wo sich seine Begleiterin aufhält. Er wird erledigt, wenn ich es sage, geht das in deinen leeren Schädel? Also steck die Kanone weg, aber etwas plötzlich.«

Der Mann am Zaun hatte sein Geschäft erledigt, schlenderte zurück und setzte sich auf die Hausbank. Lange saß er dort in der Morgendämmerung, genoss die Frische des beginnenden Tages und brachte damit die beiden im Graben verharrenden Gangster zur Weißglut.

»Warum geht das Arschloch nicht hinein«, flüsterte Jan wütend. Ein knappes *Halts Maul* brachte ihn zum Schweigen.

Als Max endlich wieder in der Hütte verschwand, schlichen sie vorsichtig an der Nordseite des Anwesens, zu dem auch ein Viehstall gehörte, entlang. Etwa hundert Meter nördlich entdeckten sie ein weiteres Holzhaus mit nach Süden gebauter Front.

Daneben das Wirtschaftsgebäude, nach Westen ausgerichtet. Geduckt hasteten sie über die nasse Wiese, erreichten den Stall, fanden die Tür unverschlossen und verschwanden im Dunkel der Viehbehausung. Hier war es vorbei mit der Morgendämmerung, tiefschwarze Nacht umgab sie, ihre Augen mussten sich an die Dunkelheit gewöhnen. Adis Borell war stehen geblieben. Er witterte wie ein marokkanischer Berglöwe.

Jan machte drei Schritte, glitt mit seiner glatten Ledersohle auf einem Kuhfladen aus und landete krachend in der Mistrinne. Fluchend versuchte er sich aufzurappeln, rutschte aber am glitschigen Boden voller Kuhmist erneut aus.

»Willst du endlich deine verdammte Klappe halten? Bleib sitzen bis es hell wird, aber halt dein Maul, sonst stopfe ich es dir.«

Borells Augen hatten sich an die neue Situation gewöhnt. In der südlichen Stallwand befanden sich einige schmale Öffnungen, kleine Fenster, durch die der Schein der Dämmerung drang. Vorsichtig schlich er hin und blickte hinaus. Die Umrisse der Doppelhütte lagen direkt vor ihm.

Aus einem der Kamine stieg feiner Rauch, entfloh spiralförmig in den Morgenhimmel. Aus der Veranda fiel schwacher Lichtschein. Wieder öffnete sich die Tür, die Frau trat heraus. Er sah sie nur kurz, bevor sie um die Ecke verschwand.

Borell öffnete leise die Stalltür. In der Hütte neben ihnen regte sich nichts. Er schlich zur Eingangstür, probierte sachte an der Klinke. Verschlossen. Erst jetzt, im heller werdenden Tag, bemerkte er, dass alle Fensterläden geschlossen waren. Die Hütte war nicht bewohnt. Sie hatten Glück.

Bevor es richtig hell wurde, hatten er und der wie ein Misthaufen stinkende Jan ein Fenster auf der Rückseite der Hütte aufgebrochen. Lautlos verschwanden die beiden Gangster im Inneren.

Der Raum war fast vollständig mit Holz verkleidet, alles wirkte rustikal und sauber. Es gab neben einem Holzofen eine Art Kochnische mit Waschbecken eine Eckbank samt Tisch und Stühlen. Die Wände zierten Bilder mit typischen Bergmotiven. Hirsch mit untergehender Sonne, Hirsch mit aufgehender Sonne. Jäger oder Wilderer mit der Flinte im Anschlag, Sennerinnen mit ihren Tieren vor schönen Almhütten.

Sie hatten kein Auge für diese Dinge. Neben der Eingangstür gab es ein schmales Fenster. Durch diesen Ausguck konnten sie ihr Ziel genau beobachten. Sie mussten keinen der Fensterläden öffnen, was sofort aufgefallen wäre.

»Hör mir zu Jan, wir machen es uns hier erst einmal gemütlich und warten ab, was passiert. Du schleichst dich hinten raus und säuberst deine Kleidung von dieser verdammten Kuhscheiße. Neben dem Stall habe ich einen Wassertrog gesehen. Und beeil dich, ich halte diesen Gestank nicht mehr länger aus. Los, hau schon ab.«

Er machte eine Handbewegung, als verscheuche er ein lästiges Insekt.

»Scheiß Material diese Typen! Mit so was soll ich das hier durchziehen, verfluchte Kacke!«, fluchte er leise vor sich hin.

Nachdem sie über die Grenze nach Tschechien geflüchtete waren, hatte er sich eine Zeit lang in Prag aufgehalten. Kuzimov war über Bratislava nach Wien zurückgekehrt.

Er wollte dort, wie er angedeutet hatte, einige Dinge erledigen, bevor er sich *unsichtbar* machen würde. Was immer er damit gemeint hatte.

Es wusste niemand, dass er von Wien per Bahn nach Triest gereist war. In einer kleinen Bucht erwartete ihn dort ein Boot, das ihn auf eine elegante Jacht von stattlicher Länge brachte.

An Bord hieß ihn ein alter Freund aus Sowjet-Tagen willkommen, der es als politischer Günstling dank krimineller Unterstützung durch Kuzimov zum Milliardär gebracht hatte.

Bei Kaviar und Champagner feierte man das Wiedersehen, während das Schiff in die Weiten des Mittelmeeres entschwand.

Von diesem Schiff aus hatte Borell gestern per Anruf den Befehl erhalten, Max Bulla und dessen Frau endgültig zu erledigen. Dass Kuzimov diesen Anruf vom Bett aus tätigte, an seiner Seite eine hübsche Blonde, das konnte Borell auch nicht wissen.

Er war gerade einmal einige Stunden vorher in Wien eingetroffen. Sofort machte er sich auf die Suche nach geeigneten Komplizen, was nicht einfach war, zumal Fredy Kapeck und die meisten seiner Handlanger im Gefängnis saßen. So war er auf Pavel und Jan getroffen, zwei Slowaken, die sich mit Schlepperei ihr Leben finanzierten. Zuerst hatten sie wenig Interesse gezeigt, erst als Borell eine stattliche Summe in Aussicht gestellt hatte, waren sie plötzlich gerne bereit gewesen, ihn zu unterstützen.

Normalerweise arbeitete er nur mit Profis, diesmal musste es eben so gehen, ihm blieb keine Wahl.

Adis Borell wusste, dass seine Zeit erst kommen würde. Zuerst musste er die Flucht aus dieser beschissenen Gegend vorbereiten.

Dazu brauchten sie den Wagen, den sie im Tal abgestellt hatten. Er griff nach seinem Funkgerät, steckte den Knopf ins Ohr und drückte die Sendetasse.

»Pavel melden!«

»Hier Pavel. Was ist los?«

Leise gab ihm Borell die nötigen Befehle durch.

43

Müde lehnte sie sich an seine Seite.

Aus der Hütte war das Pfeifen des Teekessels zu hören. Max erhob sich, hauche ihr einen Kuss auf die Wange und verschwand durch die Tür der kleinen Veranda.

Loly war erschöpft. Sie hatten eine ausgedehnte Rundwanderung über den kleinen Berg nördlich der Hütte unternommen, die Länge aber unterschätzt. So wunderschön die Ausblicke gewesen waren, so sehr schmerzten jetzt ihre Füße, die sie auf den Tisch gelegt hatte. Sie schloss die Augen.

»Nimm die Beine vom Esstisch, wir sind nicht bei den Amerikanern.«

Erschrocken fuhr sie hoch. Beinahe wäre sie beim Versuch, beide Beine gleichzeitig vom Tisch zu nehmen von der Bank gefallen.

»Du hast doch nicht etwa geschlafen? So müde bist du? Ich dachte für Maria-Dolores, die große spanische Bergsteigerin, die in ihrer Jugend die Sierra Nevada durchstreifte, ist dieser Berg ein Kinderspiel?«

Sein helles Lachen steckte sie an. Das Nickerchen hatte ihr gutgetan, sie fühlte sich wieder stärker. Er stand vor ihr mit einem Tablett mit Tassen, Teekanne, Butter, Brot und Käse.

»Her mit den guten Sachen! Ich verhungere.«

Gierig machte sie sich über die deftige Jause her, ihre guten Tischmanieren vergessend. Wie sich der Mensch verändert, wenn er ohne Sorge und entspannt leben darf, dachte Max belustigt und strich sich kräftig Butter auf die dicke Scheibe würzigen Bauernbrotes.

Aus der Ferne hörte man Motorengeräusche. Am Forstweg zur Hütte tauchte ein eigenartiges Gefährt auf. Ein alter Transporter, wie ihn die Bergbauern verwenden, um die steilen Hänge zu bearbeiten. Am Steuer saß Bruno. Sein sonnengebräunter Oberkörper leuchtete im Licht der Sonne. Es gab wenige Monate im Jahr, in denen er ein Hemd trug.

Ist im Monat weg das R, braucht der Bauer sein Hemd nicht mehr, war einer seiner Sprüche.

»So schön wie ihr möchte ich es einmal haben. Ich habe euch vermisst, war am Vormittag schon einmal hier. Am Berg gewesen?«

Nach einem Stück Brot greifend nahm er Platz.

»Nimm ordentlich, Bruno, damit etwas wird aus dir. Das hat dein Vater immer gesagt, erinnerst du dich?«

Max schenkte ihm eine Tasse Tee ein.

»Ja, ja, der Vater. Der hatte immer die richtigen Weisheiten auf Lager. Dich hat er gemocht, Charly. Fast wie ein Sohn bist du ihm gewesen, obwohl du nur einige Male im Sommer hier warst. War eine schöne Zeit damals.«

Kräftig biss er in das deftige Käsebrot.

»Ich habe etwas Heu dabei. In drei Wochen komme ich mit dem Vieh herauf. Letztes Jahr hat es Anfang Juni hier heroben einen halben Meter Neuschnee gegeben. Da musste ich das Vieh über zwei, drei Tage mit Heu füttern. Ich hoffe, heuer ist es anders, aber ich muss vorbereitet sein.«

»Schau, da kommt jemand mit dem Fahrrad den Berg hoch«, rief Loly aufgeregt.

»Der Franz, das ist der Franz. Er fährt lieber mit dem Bergradl, als auf meiner holprigen Kiste. Ein Sportler, mein Bruder.«

Bruno lächelte nachsichtig und erhob sich.

Nachdem die beiden Männer das Heu abgeladen hatten, saßen sie noch eine Weile gemütlich bei einem Glas Wein zusammen. Bruno war vorher noch zum hölzernen Bildstock oberhalb der Nachbarhütte gegangen, um eine Kerze zu entzünden. Es war bereits früher Abend, als sich Franz auf sein Rad schwang und Bruno den alten Transporter startete.

»Gute Nacht. Wir sehen uns übermorgen, da bringe ich noch eine Fuhre«, rief er ihnen zu und rollte über den schmalen Weg abwärts.

»Ich habe selten so nette Leute getroffen wie hier. Sie übertragen eine eigenartige Ruhe auf mich, so als könnte einem nichts passieren, so lange die beiden da sind. Eigenartig.«

Loly sah den beiden Männern lange nach.

»Meine Freunde, Loly. Ich will ihnen nicht meine Probleme aufhalsen, sie sollen mich auch weiterhin *Charly* nennen, so haben sie mich in Erinnerung.

Es gibt nur sehr wenige Freunde wie sie, glaube mir«, sagte Max, nachdenklich nickend.

Die gleichmäßigen Atemzüge seiner schlafenden Frau wiegten ihn selig in den Schlaf.

Irgendwann irritierte ihn ein Geräusch.

Hatte er geträumt?

Er richtete sich auf, horchte angestrengt in die Dunkelheit. Die einfachen Lagerbetten befanden sich unter dem Dach der Hütte. In einer Art Mansarde, die nur über eine Leiter von der Stube aus erreichbar war. Eine Weile verharrte er regungslos. Nichts. Er musste sich getäuscht haben. Langsam sank er wieder auf das Laken und zog sich die Decke bis zum Kinn hoch. In der Nacht kühlte die Hütte schnell aus.

Da war es wieder!

Ein leises Knirschen, als würde jemand über Schotter gehen.

Stille.

Dann wieder, leises Knirschen.

Jemand war auf der Straße oberhalb der Hütte unterwegs. Deutlich konnte Max das Geräusch jetzt hören. Er tastete nach der kleinen Taschenlampe, die er immer in Griffweite hatte. Vorsichtig schlug er die Wolldecke zurück. Er musste auf den Knien zur Leiter robben, so nieder war der kleine Schlafbereich. Vorsichtig beugte er sich nach vorne, blickte durch die schmale Luke, in der die Leiter nach unten führte. Der Vorhang des Fensters auf der Südseite blähte sich gespenstisch. Einem Ballon gleich getragen vom leichten Windeinfall des geöffneten Fensters. Sie ließen es immer offen wegen der frischen Luft, die in den fensterlosen Schlafraum aufstieg.

Nichts war zu sehen. Auch das knirschende Geräusch hatte aufgehört. Und trotzdem war da etwas. Max konnte nicht sagen was in bewogen hatte, in die Stube hinabzusteigen und nachzusehen.

Sprosse für Sprosse stieg er vorsichtig über die kleine Leiter hinunter, die winzige Taschenlampe zwischen die Zähne geklemmt. Er sah sich in der Stube um. Gespenstisch kroch der schmale Lichtkegel über den Herd und das kleine Sofa eher ein Notbett. Über die Eckbank zum Fenster, das auf die vorgebaute Veranda hinausführte. Nichts, da war absolut nichts. Die Tür zur Veranda war geschlossen. Durch das Fenster blickte er in den kleinen Vorbau. Die Umrisse des schmalen Tisches, die Stühle. Vom Schaukelstuhl mit dem dicken Schaffell war nur die Rückenlehne zu sehen. Darin sitzend, hatte er den Sonnenuntergang bewundert. Leise öffnete er die Tür, wollte Loly nicht wecken, trat in die Veranda, ging zur Fensterfront nach vorne und blickte hinaus in die Dunkelheit.

»Ein wunderschöner Sternenhimmel, nicht wahr, Max Bulla?«

Die Angst erfasste ihn mit eiskalter Faust, ließ ihn erstarren. Die Stimme mit dem eigenartigen Akzent war aus seinem Rücken gekommen. Zögernd drehte er sich um. Aus den Augenwinkeln bemerkte er eine Gestalt, einen Schatten nur.

Der Sprecher lehnte tief versunken im Schaukel-stuhl. Max gab sich einen Ruck. Der Strahl seiner kleinen Lampe erfasste den lässig auf der weichen Fellauflage sitzenden Mann.

Sein schwarzes Gesicht war schwer wahrzunehmen. Erst als Max ihn voll anleuchtete, realisierte er wer da vor ihm saß.

Er kannte diesen Mann nicht persönlich, aber er hatte ihn gesehen oben im Waldviertel. Dort war dem Schwarzen zusammen mit Kuzimov die Flucht ge-glückt. Er war ihm von größerer Statur in Erinne-rung, jetzt kam er ihm eher klein vor, kaum größer als ein Knabe.

Adis Borell spielte mit dem Kampfmesser, drehte die Klinge versonnen in seiner Hand. Er lächelte sa-tanisch. Das Weiße um seine schwarzen Pupillen leuchtete im Lampenschein.

»Wer sind Sie…, was wollen Sie? Hier gibt es nichts zu holen!«

Die Stimme vibrierte leicht, Max war es, als stünden seine Nackenhaare pfeilgerade nach hinten weg. Seine Kopfhaut kribbelte, während winzige Schweißperlen eisig über seine Wirbelsäule rollten.

»Du hast Angst, nicht wahr, Bulla? Ich kann sie riechen, deine Angst. Die solltest du auch haben, du hast allen Grund dazu. Die Stunde der Abrechnung ist da. Was es hier zu holen gibt…?

Dich und deine Alte mein Freund. Der Teufel wird euch holen. Hier und jetzt. Endgültig.«

Er lachte sein meckerndes Lachen, erhob sich bedächtig und klopfte zweimal kurz an die Scheibe. Ein Jungengesicht erschien im fahlen Licht.

»Komm herein Jan, wir wollen uns mit dieser verräterischen Drecksau unterhalten.«

Knarrend öffnete sich die Verandatür. Max bemerkte, dass der einfache Holzriegel abgebrochen war. Es war dem schwarzen Mann ein Leichtes gewesen, die ungesicherte Tür zu öffnen. Breitbeinig, provokant grinsend, baute sich Jan vor ihm auf. In seinen Augen leuchtete ein Feuer, aber noch etwas sah Max sofort. Der Junge stand unter Drogen. Und zwar ordentlich.

»Na? Was haben wir den hier? Ein Verräterschweinchen, das es zu schlachten gilt?«

Das Gesicht des jungen Burschen war ganz nah. Max sah die roten Pickel am ungepflegten Hals, schlechter Atem stieg in seine Nase. Plötzlich hatte der Gangster eine schwere Pistole in der Hand. Brutal drückte er Max den Lauf in die Wange. Heftiger Schmerz durchfuhr ihn, er zuckte zurück.

»Ich mach ihn jetzt kalt, okay? Ich blase ihm sein Hirn raus, hier und jetzt!«

Jan lachte hysterisch, verstärkte den Druck am Abzug. Der Schwarze bemerkte, dass der Junge die Nerven verlor. Katzengleich erhob er sich und war mit einem Schritt direkt neben seinem Komplizen. Bevor dieser wusste, wie ihm geschah, hatte Borell ihm den Arm mit der Waffe verdreht und diese in seinen Händen. Gleichzeitig hatte er Max einen Stoß versetzt, der ihn auf den Boden der Veranda beförderte, um ihn vorsichtshalber aus der Schusslinie zu halten.

»Bist du übergeschnappt? Ich gebe hier die Befehle, du verdammtes Arschloch«, zischte Borell wütend. Jan taumelte leicht benommen zurück und ließ sich auf einen der Stühle sacken.

Das ist ein Vollprofi, überlegte Max, während er sich aufrappelte. Ein Killer der Extraklasse. Aber den Jungen hat er nicht im Griff, das könnte eine Chance werden. Er hatte sich vom ersten Schock erholt, konnte wieder klar denken und überlegte, wie er in dieser Situation vorgehen konnte.

»Liebling, bist du das? Was ist los? Mit wem sprichst du?«

Die verschlafene Stimme drang aus dem Obergeschoß zu ihnen.

»Sag ihr, sie soll runterkommen, sonst kein Wort«, zischte Borell leise.

Er drängte Max durch die schmale Tür in die Hütte zurück. Borell schlich nach hinten in die Dunkelheit und bedeutete ihm an der Leiter stehen zu bleiben, von wo aus er direkt in den drohenden Pistolenlauf des Gangsters blickte.

»Mir ist nicht gut, Schatz, kannst du einen Moment runterkommen?«

Zuerst war verhaltenes Poltern zu hören, dann tauchten die nackten Beine seiner Frau auf der ersten Sprosse auf. Vorsichtig stieg sie herab.

»Was ist mit dir, du hast…«, weiter kam sie nicht. Borell war aus der Dunkelheit getreten.

Sie tappte ungeschickt von der letzten Sprosse der Leiter auf den Boden der Stube und stöhnte.

»Halt, Puppe, bleib stehen! Keine Bewegung. Gibt es in diesem verdammten Bau auch Licht?«

Max beugte sich zur Seite und betätigte den Lichtschalter. Die 12 Volt Lampe über dem Ecktisch ging an und setzte die alte Hüttenstube in einen heimeligen Lichtschein.

»Beide auf die Bank! Hände auf den Tisch und keine unnötigen Bewegungen!«

Der Killer deutete mit der Waffe auf die Eckbank. Loly schluchzte. Er befahl Jan, auf einem der Stühle Platz zu nehmen.

»Gemütlich hier. Sag deiner Tussi, sie soll aufhören zu flennen. Ich kann das Gejammer nicht ertragen. Frage: Wann kommen die beiden Arschlöcher von heute Nachmittag wieder? Sind das die Besitzer der Bude?«

Max räusperte sich, dabei fiel sein Blick auf die Wanduhr. 22:00 Uhr. Er hatte geglaubt, es wäre mittlerweile viel später. Franz und Bruno hatten sie vor zwei Stunden verlassen. Warum wusste der Kerl von den beiden Männern? Die müssen hier irgendwo auf der Lauer gelegen haben, uns beobachtet haben, überlegte er. Ich muss vorsichtig sein.

»Das waren die Besitzer der Alm, die haben Heu gebracht. Der eine sagte, er würde erst in ein paar Tagen wiederkommen. Sonst ist um diese Zeit noch niemand hier oben, wir sind alleine. Wir haben die Hütte gemietet, kennen die Gegebenheiten also auch nicht genau.«

Borell betrachtete ihn misstrauisch, seine kalten Augen musterten Loly eingehend.

»Wie lange kennt ihr die Typen schon?«

»Seit wir die Hütte bezogen haben«, antwortete Max schnell.

»Wir haben das über eine Agentur gemacht. Einer der Besitzer hat uns dann hier empfangen. Warum wollen Sie das wissen? Und was wollen Sie von uns? Geld? Da werden Sie Pech haben, wir haben nur das Notwendigste dabei. Also sagen Sie, was Sie wollen? Das muss eine Verwechslung sein.«

Borell lachte schallend. Er klopfte Max auf die Schulter.

»Guter Versuch, leider ins Leere gegangen. Stell dich nicht dümmer, als du bist. Du weißt genau, woher wir kommen. Ich soll dir von Igor letzte Grüße bestellen. Zu gerne hätte er dich selbst erledigt, leider lassen seine Geschäfte das nicht zu. Mach dir keine falschen Gedanken, wir sind schon an der richtigen Adresse. Bei Max Bulla und seiner geliebten Frau, das ist keine Verwechslung. Spanierin, deine Alte habe ich gehört«, er sah Loly wieder abschätzend an.

»Vielleicht fällt mir für uns beide noch etwas Schönes ein, Süße. Ich kenne die Spanierinnen, habe lange dort gelebt. Sie wissen, was wir Männer wollen, was meinst du? Maria-Dolores, so heißt du doch? Hübscher Name. Er nennt dich Loly? Ich werde dich auch Loly nennen.«

Seine wulstigen Lippen leckend, starrte er auf ihre durch das dünne T-Shirt scheinenden Brüste.

Loly hatte sich wieder unter Kontrolle. Zornig und selbstbewusst fauchte sie den Gangster an.

»Wenn Sie in meiner Heimat gelebt haben, wissen Sie, wie wir auf geile, schmutzige Ziegenböcke, wie Sie einer sind, reagieren! Ich kratze Ihnen nicht nur die Augen aus, bei der ersten Berührung bringe ich Sie um!«

»Ah, ein fauchendes Kätzchen, nein, eine erfahrene Katze, ich stehe auf erfahrene Katzen.«

»Wenn du meiner Frau ein Haar krümmst, bring ich dich um, du Stück Dreck.«

Max war zornig aufgesprungen.

Borells Messerhand schoss vor. Einer bissigen Kobra gleich traf die Klinge seinen Unterarm und hinterließ einen langen Schnitt, aus dem sofort Blut auf den Tisch tropfte.

»Nicht so voreilig, Max Bulla. Ich bringe dich früh genug um die Ecke, keine Sorge.«

Er warf ihm ein Geschirrtuch zu. Max presste es fest auf die blutende Wunde.

»Was ist jetzt? Legen wir sie um oder nicht? Worauf warten wir noch, ich will hier weg, habe noch andere Dinge vor. Du hast gesagt, eine Kleinigkeit sollen wir erledigen. Also machen wir es kurz und schmerzlos. Draußen steht sein Geländewagen, wir holen Pavel und weg sind wir.«

Jan war aufgestanden und blickte Borell auffordernd an. Ein leises Piepsen drang aus dessen Hosentasche. Er zog das kleine Transistorgerät heraus und drückte die Eingabetaste.

»Pavel, verdammt wo bist du?«

»An der Schranke hier unten. Du hast gesagt, ich soll den Wagen holen und abwarten.«

»Okay, wir bringen die Arschlöcher hier weg. Brich das Schloss auf und komm mit dem Wagen hoch. Du wartest an der Weggabelung, dort, wo wir uns gestern getrennt haben, verstanden? Vergiss nicht das Tor hinter dir zu schließen, wir wollen nicht auffallen, okay?«

»Ich brauche das Schloss nicht aufbrechen, es ist nicht abgeschlossen. Ich bin in zwanzig Minuten da. Alles klar bei euch?«

»Alles gut. Wir treffen uns an der Gabelung.«

Borell legte das Funkgerät auf den Tisch. Er massierte intensiv seinen Nacken, als müsse er angestrengt nachdenken.

»Warum ist die verdammte Schranke nicht abgeschlossen, Bulla? Sag mir, warum?«

»Wie soll ich das wissen? Vielleicht haben die Bauern vergessen abzuschließen, oder das Ding absichtlich offengelassen, was weiß ich. Das war letzte Woche auch schon einmal so.«

Borell überlegte, irgendetwas schien ihn zu beunruhigen. Er schnappte sich das Funkgerät.

»Pavel, hast du am Abend zwei Kerle gesehen? Einer mit Rad, der andere auf einem uralten Transporter. Müssten dir begegnet sein.«

Es dauerte eine Weile, bis sich der Slowake meldete.

»Wiederholen! War draußen am Tor.«

Borelli wiederholte seine Frage und fluchte.

»Mit mir brauchst du nicht zu fluchen, ich mache nur meine Arbeit, verdammt. Ja, ich habe die Männer gesehen. Zuerst kam der mit dem Rad in einem Höllentempo übrigens. Ich war auf dem Forstweg talwärts unterwegs, konnte im letzten Augenblick in Deckung gehen. Kurz darauf kam der andere mit dem Transporter. Sie sind beide nach der Schranke links abgebogen, weiß der Teufel wohin.«

»Haben sie dich gesehen?«

»Nein natürlich nicht! Habe ich nicht gesagt, dass ich in Deckung gegangen bin?«

»Okay Ende.«

»Hast du eine Ahnung, warum die beiden nach links abgebogen sind? Wir sind alle von rechts gekommen?«

Der kalte Blick des Gangsters hatte sich auf Max gerichtet. Der Schwarze wirkte unruhig, irgendetwas hatte sich verändert. Borell schien zu wittern, dass etwas in der Luft lag.

»Weil die über einen Forstweg zu ihrem Hof gefahren sind. Das machen sie immer so. Dieser Weg führt in das kleine Dorf im Tal.«

Borell gab sich vorerst zufrieden.

»Es geht los, Pavel wird bald hier sein. Zieht euch etwas an, wir machen eine kleine Spazierfahrt.«

»Wozu das alles? Warum erledigen wir sie nicht hier. Ich will meine Waffe zurück, mach schon.«

Jan war zornig, seine Laune hatte sich von Minute zu Minute verschlechtert. Max bemerkte die fahrigen Bewegungen, das Zucken kleinster Gesichtsmuskel und die zitternden Hände.

Jan brauchte dringend Stoff.

»Halt die Klappe, Idiot. Du machst, was ich dir sage, sonst schneide ich dir die Ohren ab.«

Borells Unruhe war wieder da. Er spürte eine Gefahr, konnte die Intuition aber nicht einfangen.

Max und Loly schlüpften in ihre Kleider. Borell nahm ihnen die Handys ab, warf sie Jan zu.

»Nimm die Karten raus, zerstöre sie und wirf die Dinger in den Müll«, schnauzte er ihn an.

»Verdammte Scheiße, eine breite Straße bis vor die Haustür und wir Idioten laufen durch die Nacht.«

Jan fluchte gotteslästerlich und warf die nutzlos gewordenen Telefone wütend in den Mülleimer. Borell schmunzelte, er konnte den Jungen verstehen. Er hatte vorgehabt, die Sache hier zu erledigen, mittlerweile war er nicht mehr sicher, ob sie tatsächlich alleine auf dieser Alm waren. Er kannte dieses Gefühl, hatte sich immer darauf verlassen können und folgte ihm auch diesmal. Borell führte sie vor die Hütte. Dort wartete er, bis Jan das Licht gelöscht und sich ihre Augen an die Dunkelheit gewöhnt hatten. Der sternenklare Himmel über der Waldgrenze, ohne

Beeinflussung städtischen Fremdlichtes, reichte aus, um sich relativ sicher fortbewegen zu können.

Zur Hütte führte unterhalb des Hauptweges ein schmaler Zufahrtsweg, an dessen Einmündung der Geländewagen geparkt war. Jan ging voraus, gefolgt von Max und Loly, die nebeneinander marschierten. Borell machte den Schluss. Jans Pistole hatte er in den Hosenbund gesteckt, in der Hand hielt er eine *Glock 17,* seine Lieblingswaffe. Der Geländewagen benötigte die volle Breite des Weges. Sie mussten auf die untere, steile Böschung ausweichen, um daran vorbeizukommen.

Alle hatten den Wagen bereits passiert, waren einige Meter davor, als sie abrupt stoppten.

Urplötzlich stand die kleine Gruppe im grellen Licht der Scheinwerfer, die wie durch Geisterhand angegangen waren.

»Die Hände über den Kopf, keine Bewegung!«

Der Ruf gellte laut durch die nächtliche Einsamkeit der Alm.

Borell ließ sich reflexartig fallen.

Blitzschnell hatte er erkannt, dass der neue Feind im Rücken gefährlicher war, als seine Opfer. Noch im Fallen hatte er mit der einen Hand die *Beretta* aus dem Bund gerissen. Gleichzeitig feuerte er mit der *Glock* in Richtung Geländewagen.

Heulend schlug eine Serie in Windschutzscheibe und Karosserie des alten Wagens ein.

Stille.

Max hatte Loly geistesgegenwärtig mit sich gerissen, war über den Wegrand gesprungen und auf der Almwiese aus dem Kegel der Scheinwerfer geflüchtet. Loly schrie schmerzhaft auf. Sie war über einen Stein gestolpert und der Länge nach hingeschlagen.

Jan stand wie angewurzelt im grellen Licht.

»Deine Knarre«, schrie Borell und warf ihm die *Beretta* zu. Die Seitentüre des Wagens bewegte sich, öffnete sich ruckartig. Sofort feuerte Borell den Rest der Ladung auf die Tür ab, ließ das leere Magazin rausfallen und fischte ein Reservemagazin aus der Tasche.

Zwei Schüsse hallten durch die Nacht, streuende Schrotkörner heulten wie einen Bienenschwarm knapp an Adis Borell vorbei.

Vor Jan, der sich gerade auf seine drei Meter entfernte Waffe stürzen wollte, stob eine dichte Staubwolke auf.

»Schluss jetzt! Hebt eure Hände über den Kopf und keine Bewegung! Die nächste Ladung landet sonst in euren verfluchten Köpfen, ihr Hunde!«

Auf dem Forstweg hatten sich Bruno und Franz aufgerichtet. Beide eine Schrotflinte im Anschlag. Ein nicht getroffener Scheinwerfer des Geländewagens beleuchtete die gespenstische Szene.

Die breiten Hüte auf ihren Köpfen ließen Western-Romantik vergangener Hollywood-Zeiten aufkommen. Borell lag unschlüssig auf dem schmalen

Weg, man spürte, dass er nicht so leicht aufgeben wollte. Jan brüllte mit erhobenen Händen.

»Nicht schießen, bitte, nicht schießen!«

Max traute seinen Augen nicht.

Da standen seine Freunde - *John Wayne* und *Clint Eastwood* gleich- -im Licht des Autoscheinwerfers.

Ihre Flinten im Anschlag, wilden Zorn im Gesicht, hielten sie einen Profikiller in Schach, als wäre es das Einfachste auf der Welt. Laut brüllend rannte er auf den Weg zurück.

»Passt auf den Schwarzen auf, der ist brandgefährlich! Zuerst schießen, dann fragen! Hast du gehört Schwarzer? Die Burschen knallen dich ab, wenn du auch nur eine Wimper bewegst. Wirf das Magazin weg. Schnell, hörst du mich? Wirf es in die Wiese. Sofort habe ich gesagt!«

Max hatte den schlotternden Jan erreicht, versetzte ihm einen Hieb, der ihn auf den Weg schleuderte und schnappte sich die *Beretta.* Er hatte ein derart altes Modell noch nie in der Hand gehabt. Mein Gott ist die schwer, dachte er, während er den Sicherungshebel suchte.

Borell zögerte immer noch. Erst als Max mit der entsicherten Pistole über ihm stand, gab er auf. In hohem Bogen warf er seine Waffe samt Magazin in die angrenzende Almwiese.

»Die Hände hinter den Kopf und sitzen bleiben.«

»Noch ist nicht alles aus, verfluchter Mistkerl, ich krieg dich, ganz sicher.«

Borell lachte sein meckerndes Lachen, hob langsam die Hände und verschränkte sie hinter dem Kopf. Wie von einer Tarantel gestochen, stürzte Max auf den Gangster zu.

Im letzten Moment hatte er an das Kampfmesser gedacht, dessen Schaft Borell bereits umfasst hatte. Bereit, die gefährliche Waffe aus dem Nackenhalfter zu ziehen.

»Zieh es ganz vorsichtig raus und lege es hier ab. Danach stehst du auf und legst dich hier auf den Bauch, die Hände nach hinten, du kennst das ja.«

»Hallo Borell, hallo! Hörst du mich? Wo seid ihr denn? Ich warte hier«, die krächzende Stimme kam aus der Hosentasche des Killers.

Max schnappte sich das Gerät, ging zu Jan und reichte es ihm.

»Du sagst deinem Freund, er soll mit dem Wagen weiterfahren bis zur Alm, direkt hierher. Langsam mit ausgeschalteten Scheinwerfern. Klar? Sage ihm, euer Boss hat das so angeordnet. Mach schon, und kein falsches Wort, es wäre dein letztes! Das willst du doch nicht, mein Junge?«

Die Brüder dirigierten die beiden Gangster zum Geländewagen und fesselten sie mit Rebschnüren an die vorderen Räder. Bruno bewachte die Gefangenen, Max und Franz postierten sich am Forstweg.

Loly war inzwischen zu ihnen gestoßen, sie humpelte leicht, war ansonsten aber unverletzt. Max befahl ihr, zur Hütte zu gehen und zu warten.

Aus der Dunkelheit lösten sich schemenhaft die Umrisse des *Landrovers*. Die helle Farbe hob sich gut gegen den Nachthimmel ab.

Langsam manövrierte Pavel den Wagen in Richtung Hütte. Das Seitenfenster hatte er geöffnet, er lehnte sich kurz hinaus, um nach dem Weg zu sehen und verlangsamte das Tempo, als er die Schatten am Wegrand erblickte. Max sprang den Mann direkt an, hielt ihm die schwere *Beretta* an den Kopf.

»Halte sofort an! Die Hände auf das Lenkrad und keinen Mucks.«

Pavel war völlig überrascht. Er stotterte einige slawische Worte, wobei er den Angreifer ängstlich anstarrte.

44

Nach einer Stunde traf der erste Streifenwagen der Polizei auf der Alm ein.

Max hatte einiges an Überzeugungskraft aufbringen müssen, bis ihm der diensthabende Beamte am Bezirkskommando glaubte und einen solchen losschickte. Sicherheitshalber startete der Beamte einen Rückruf auf das Handy von Bruno, von dem aus Max angerufen hatte.

Bruno hatte ihm Feuer unterm Hintern gemacht, seine Laune hatte sich arg verschlechtert, zumal er den stark geschwollenen Knöchel von Loly begutachtete. Dummerweise war der völlig unschuldige Journalbeamte der erste, der dafür büßen musste.

»Wir werden auch einen Krankenwagen brauchen? Was meinst du, Charly?«

»Ich brauche keinen Krankenwagen, das Bein ist schon besser, keine Sorge« kam ihm Loly zuvor.

»Der Schnitt in deinem Unterarm macht mir mehr Sorgen, Liebling.«

»Halb so schlimm, blutet nicht mehr. Ich kann nur hoffen, dass der schwarze Kerl sein Messer nach der letzten Jause gereinigt hat und keine Keime in die Wunde gekommen sind.«

»Wenn schon«, sagte Bruno lachend, »ich habe dich mit meinem selbstgebrannten Schnaps desinfiziert, der vernichtet alles, auch afrikanische Keime.«

Erstmals lachten alle entspannt, ausgenommen die Gangster, die gut verpackt am Boden vor dem Herd auf ihren Abtransport warteten.

In den schwarzen Augen des Afrikaners glühte abgrundtiefer Hass, sodass jeder seinen Blicken auswich. Er hatte seit der Schießerei nur einmal gesprochen. Als Max ihm die Fesseln anlegte, hatte er ihm ins Ohr geflüstert.

»Kuzimov wartet auf meine Vollzugsmeldung. Kommt die nicht, besuchen dich andere Männer. Er kriegt dich keine Sorge. Er kriegt dich und deine Tussi, das steht fest, Verräterschwein!«

Das war alles.

Er hätte es nicht erwähnen müssen, Max wusste es. Irgendwann würde wieder ein Killer-Kommando auftauchen.

Irgendwann. Irgendwo.

Franz tippte Max auf die Schulter, wies mit dem Kopf nach draußen. Gemeinsam gingen sie vor die Hütte.

»Charly, ich muss dir etwas sagen, bevor die Polizei Fragen stellt. Du hast nur eine Schrotflinte gesehen, okay? Die von Bruno, sie ist registriert, er hat einen Jagdschein. Meine gibt es offiziell nicht. Ich möchte daher keine Schwierigkeiten haben.«

»Klar Franz, kein Problem.«

Musste wirklich keiner wissen, dass es auf einer einsamen Alm eine Flinte gab, die zwei Menschen das Leben gerettet hatte, jedoch nicht registriert war.

Als die Streifenbeamten die Lage überblickt hatten, forderten sie Verstärkung an. Die Täter mussten abtransportiert, die Spuren gesichert werden, all diese Dinge ihren Lauf nehmen.

Der diensthabende Staatsanwalt wurde verständigt. Er ordnete die Sicherung des Tatortes an, bis bei Tagesanbruch zuständige Kriminalbeamte eintreffen würden.

Mittlerweile war es Mitternacht geworden. An Schlaf war nicht zu denken. Loly kochte Kaffee, Bruno schnitt Dauerwurst auf und Franz rührte ein Glas Honigschnaps an. Eine Spezialität der Region. In ein Glas gab man einige Löffel Honig, schenkte selbstgerannten Schnaps nach, rührte lange und bedächtig, dann wieder etwas Honig, etwas Schnaps. So ging das, bis eine Art Likör entstand, der in der Folge die Runde machte.

Der Stress war abgefallen, aber die Gedanken, die Max und Loly durch den Kopf gingen, waren alles andere als positiv. So war es eine gute Ablenkung, über das Geschehene zu reden.

»Jetzt erzählt einmal, wie seid ihr auf die Idee verfallen, zur Hütte zurückzukommen?«

Max blickte seine Freunde fragend an. Keiner wollte beginnen. Schließlich gab sich Bruno einen Ruck, nahm einen Schluck Honigschnaps und räusperte sich.

»Du erinnerst dich, bevor wir abgefahren sind, war ich noch am Marterl, am Wegkreuz hinter der Nachbarhütte. Einer von uns geht da immer hinauf nachschauen, ob alles noch steht, eine Kerze anzünden und ein wenig an den Vater denken, der viele Jahre hier die Sommer verbrachte.

Am Rückweg sah ich, dass in der Nachbarhütte eingebrochen worden war. Eine Scheibe war eingeschlagen worden. Ich wollte nicht reingehen, sondern den Vorfall dem Besitzer melden. Es kommt öfter vor, dass in der ruhigen Zeit in eine der Hütten eingebrochen wird. Beim Heimfahren habe ich dann diesen weißen Wagen gesehen, unten, gleich nach der Schranke. Sie hatten ihn im Wald versteckt, mit Ästen zugedeckt. Ich habe ihn trotzdem wahrgenommen und auch die Wiener Kennzeichen. Zu Hause hat mir dann der Franz erzählt, dass er einen Mann gesehen hat, der fluchtartig in die Büsche geflüchtet war, als er mit dem Rad auftauchte. Daraufhin kamen wir zur Ansicht, dass irgendetwas nicht stimmte. Wir machten uns auch Gedanken, warum du dich für einige Wochen auf der Alm versteckt hältst.

Die Polizei informieren kam nicht infrage. Wer glaubt uns schon die paar Hinweise, außerdem wussten wir nicht, ob wir dir dadurch nicht schaden würden. Lange Rede, kurzer Sinn, wir haben zusammengepackt, sind über einen anderen Weg herauf gefahren, haben das Auto weiter unten abgestellt und sind zu Fuß weiter. Am Stall angekommen, sahen wir zwei Gestalten neben der Hütte. Wir warteten, sind dann in die vordere alte Hütte hinein und haben durch die dünne Holzwand fast alles mitbekommen. Vorerst waren wir sehr erschrocken.

Ein Killer, der euch ermorden wollte! Ehrlich gesagt, wir hatten eine Schweineangst. Was sollten wir tun? Nach dem ersten Schock entwickelten wir einen Plan. Du wirst es nicht glauben Charly, alles erinnerte uns an die Ferienzeit mit dir. An die Indianerspiele, Räuber und Gendarm, an all die Abenteuer, die wir damals zusammen durchgezogen haben. Das war es, alles andere kennt ihr ja.«

»Aber wie habt ihr das mit dem Auto hingekriegt? Ihr lagt auf dem Weg oben in Deckung, herunten ging das Licht an, öffnete sich die Tür, wie habt ihr das gemacht?«

Beide lachten. Franz redete nun weiter.

»Bruno hat es schon gesagt, wie früher, Indianer, Cowboys und so weiter. Wir haben wirklich an die alten Tricks gedacht. Zum Glück hatten wir in der alten Hütte alles, was wir brauchten. Das mit dem Licht war einfach. Spagat um den Hebel für das Fernlicht gewickelt, angezogen und die Schnur fixiert, schon leuchtete es taghell. Das mit der Tür war schwieriger. Wir mussten den Spagat über einen Hebel umleiten. Es ist gelungen, nicht ganz perfekt, weil ich zu fest gezogen habe und der Spagat gerissen ist, aber dieser kurze Ruck genügte, um den Typen abzulenken. Unsere größte Sorge war, dass wir entdeckt würden, zumal ihr nicht den Zufahrtsweg nehmen würdet. Denn hättet ihr den oberen Weg genommen, wäre alles umsonst gewesen, weil wir dort lauerten. Dann war noch die Gefahr, dass jemand über den Spagat stolpern könnte, der am Boden neben dem Wagen verlief. Zum Glück seid ihr unterhalb vorbeigegangen. Es war viel Risiko dabei, das gebe ich zu, aber es hat funktioniert. Tja, ein Indianerspiel, das gelungen ist. Ein alter *Carl May* Trick, sage ich einmal.«

Als sich das allgemeine Gelächter gelegt hatte, nahm Loly jeden der beiden in den Arm und drückte herzliche, dankbare Küsse auf ihre Wangen.

»Dich hätten wir früher gut gebrauchen können, als *Squaw,* so eine hatten wir damals nämlich nicht dabei, leider.«

Bruno lächelte verschmitzt und prostete Loly zu.

45

Das heulende Turbinengeräusch durchbrach die Stille der umliegenden Berge.

Einen geeigneten Landeplatz suchend, schwebte der Helikopter der Polizei über dem Almboden. Einer Polizist lief auf eine ebene Fläche zu, gab dem Piloten Handzeichen, sodass er den blauroten Hubschrauber sicher aufsetzten konnte. Langsam verebbte der Lärm, die Rotoren standen still.

Vier Personen entstiegen der Kabine.

Drei Männer und Martina Kerbel.

»Hat euer Ministerium einen Etatüberschuss, weil ihr wegen dieser Kleinigkeit gleich mit der Luftwaffe anrückt?«

Lachend begrüßte Max die BKA-Agentin.

»Kleinigkeit? Du nennst das eine Kleinigkeit? Drei Killer der Russenmafia wollten dich und deine Frau töten und du sprichst von einer Kleinigkeit? Was bist du nur für ein hirnverbrannter Idiot, Max Bulla!«

»Auch wenn du irgend einen beschissenen Offiziersrang bekleidest, nenne mich nicht Idiot. Damit das klar ist! Ich verlasse mich nicht mehr auf euren Verein. Ich beschütze Loly ab sofort eigenhändig und was mich betrifft, ich brauche euren Schutz nicht mehr. Ich gehe meine eigenen Wege. Basta!«

Zornig wandte er sich ab.

»Sei doch nicht immer gleich so aggressiv. Gut, ich war aufgebracht. Okay, du bist kein Idiot, es tut mir leid. Was glaubst du, was ich die letzten Tage und Wochen durchgemacht habe?

Du verschwindest spurlos, niemand hat auch nur die geringste Ahnung, wo du sein könntest. Mein Chef hat mir die Hölle heißgemacht. Tag und Nacht haben wir nach euch gesucht, jeden Stein umgedreht, jeden Kontakt aktiviert, nichts.

Dabei können wir noch von Glück reden, dass die Presse den Braten nicht gerochen hat, sonst wäre erst recht der Teufel los gewesen.«

Max hielt auf dem Weg zur Hütte inne, drehte sich um.

»Freut mich, dass man mich vermisst hat, wäre nicht nötig gewesen. So wichtig bin ich nicht.«

»Das hat mit deiner Wichtigkeit nichts zu tun. Es ging um die Bedrohungslage, um die Gefährdung, um euer Überleben, darum ging es nur darum. Der Staatsanwalt hat beinahe durchgedreht, als er von deinem Verschwinden erfuhr.«

»Das freut mich aber. Hoffentlich habe ich ihm nicht den Schlaf geraubt.«

»Glücklicherweise hat dein Zynismus den Anschlag überlegt, wie ich sehe. Lass uns bitte vernünftig miteinander reden. Hallo Loly, wie geht es Ihnen, ich hoffe gut.«

Sie winkte der Spanierin zu, die mit der Kaffeekanne und einigen Tassen aus der Veranda trat.

Loly stellte das Tablett auf den Tisch und nickte der Polizistin kurz zu.

»Wie seid ihr bloß auf den Gedanken gekommen, auf diese Alm zu flüchten? Ist wunderschön, aber offenbar auch nicht sicher.«

Max nahm dankend die dampfende Kaffeetasse entgegen. Er hatte sich auf die Bank an der Wand gesetzt und beobachtete über den Rand der Tasse die Arbeit der Kriminalbeamten, die damit begonnen hatten, das Gelände der Schießerei zu vermessen, zu fotografieren, Daten festzuhalten und aufzuzeichnen.

»Wie wir auf die Hütte gekommen sind, geht nur uns beide an. Wer uns verraten hat, ist mir noch ein Rätsel, über das ich seit gestern Nacht nachdenke.«

»Ich denke ich weiß es.«

Er sah die Polizistin überrascht an.

»Du? Du willst wissen, wer uns verraten hat? Wie soll das gehen?«

»Ganz einfach, Max. Die Kollegen der Kripo haben sich noch in der Nacht die drei Gangster vorgeknöpft.

Adis Borell, gebürtiger Nordafrikaner, schweigt eisern. Aber einer der Slowaken war sehr gesprächig. Mit Aussicht auf ein paar Gramm Koks plauderte er munter drauflos.

Er erzählte den Beamten, dass sie von einem Mann, der euch offenbar verfolgt hatte, den entscheidenden Tipp bekommen hätten.

Er wurde heute in aller Früh festgenommen, als er im Begriff war ein Luxushotel auf der anderen Talseite, man kann das Areal von hier aus sehen, verlassen wollte. Ich glaube du kennt diesen noblen Herrn.«

»Karel?«, murmelte er nachdenklich.

»So ist es. Karel Horace aus Wien. Erinnerst du dich? Taschkent 2009, wenn ich richtig liege. Hattest du nicht damals bereits das Vergnügen?«

Hastig nahm er einen Schluck aus der Kaffeetasse, schnappte sich eine von Martinas Zigaretten und inhalierte einen tiefen Zug.

»Das kann nicht sein, ich hätte ihn erkannt, verdammt. Aber jetzt, wo du es sagst? Diese Augen, seine verdammten Augen, sie kamen mir bekannt vor. Unsere Golfpartner haben uns verraten Loly, Eva und dieser Karel. So eine Schweinerei, ich kann es nicht glauben.«

»Jetzt sitzt der Kerl vorerst einmal in einer Zelle. Seine Begleiterin, eine alte Bekannte der Sittenpolizei, schien nicht allzu traurig über die Festnahme. Sie hat umgehend wieder im Hotel eingecheckt.

Horace war übrigens derjenige, der Kuzimov im Knast mit Informationen versorgte und Anweisungen seines Bosses aus dem Gefängnis hinaustrug.«

»So ein Wahnsinn! Warum habe ich den Dreckskerl nicht erkannt?«

»Gesicht verändert, Max. Glatze, Schnurrbart, Brille, was weiß ich, du kennst das.«

Max blies kleine Rauchringe in die frische Mittagsluft, hoch über dem Ennstal.

»Wie geht es weiter? Klar, dass ihr hier nicht länger bleiben könnt. Es dauert nicht lange, Kuzimov weiß Bescheid und startet einen neuen Versuch, das ist so sicher wie das Amen im Gebet.

Ihr müsst hier weg. Am besten sofort. Ich habe bereits einiges in die Wege geleitet.

Ihr könnt zwischenzeitlich in einem *Safe-House*, ein sicheres Haus von uns für derlei extreme Fälle eingerichtet unterkommen. Dort seid ihr sicher, bis entschieden ist, was weiter passiert. Was hältst du davon?«

Max zerbröselte den Zigarettenrest im Aschenbecher.

»Wie oft habe ich diese Worte gehört? *Da bist du sicher, brauchst dir keine Sorgen machen, blablabla.*

Wie oft Martina? Warum sollte es diesmal anders sein? Euer Verein ist nicht in der Lage, mich vor diesem Wahnsinnigen zu schützen. Das ist nicht böse gemeint. Im Gegenteil, wir haben euch zu danken, ihr habt sehr viel für uns getan. Dass es nicht gereicht hat, liegt nicht nur an euch, es liegt an der Situation, an der ich nicht unschuldig bin.

Der Karren war einfach von Beginn an verfahren. So ist das.«

Loly setzte sich zu ihm.

»Liebling überlege in Ruhe. Sie hat recht. Wir können nicht ewig hierbleiben, vielleicht ein paar Tage noch nicht länger. Was spielt es für eine Rolle, ob wir heute oder morgen von hier Abschied nehmen? Es wäre ein gutes Versteck gewesen, wenigstens über den Sommer, leider hat es nicht geklappt. Wir gehen in dieses Haus, vorübergehend, später finden wir einen besseren Ort, ganz sicher.«

Max nickte resignierend.

Was blieb ihm übrig, als das Angebot anzunehmen? Am frühen Abend bestiegen sie den Helikopter. Den ganzen Nachmittag hatten die Vernehmungen durch die Kripobeamten in Anspruch genommen.

Bruno und Franz waren auch wieder auf die Alm gekommen, sie wollten nicht, dass die Beamten bei ihren Familien auftauchten.

Das Tatortteam hatte die Arbeit beendet. Die Beamten fuhren mit ihren Kollegen mit dem Bus ins Tal. Der Pilot, Martina, Max und Loly sowie die beiden Brüder waren allein. Schweigend standen sie vor dem Fluggerät.

»Burschen, ich danke euch«, begann Max zögernd.

»Nein, wir danken euch, Loly und ich. Ihr seid großartig. Ohne euch wären wir tot. Den Geländewagen lasse ich als Erinnerung zurück, vielleicht braucht ihr ein Almauto, das allerhand aushalten kann. Der Herr Pilot zappelt schon wir müssen los. Die Dunkelheit. Wir sehen uns meine Lieben, wir sehen uns bald wieder, das verspreche ich.«

Er nahm die Freunde in die Arme, schämte sich nicht der Tränen in seinen Augen.

»Mach's gut Charly, altes Haus«, murmelte Bruno in seiner trockenen Art und wandte sich ab.

Franz räusperte sich, auch er hatte feuchte Augen.

»Alles Gute für die Zukunft. Hoffentlich dauert es nicht wieder so lange, bis zum nächsten Wiedersehen, Charly. Eine Frage noch. Ich habe gehört, wie man dich Max genannt hat? Warum Max?

»Vergiss es Franz, ich bin lange schon wieder der Charly, und der bleibe ich ab jetzt auch.

Auf Wiedersehen Jung's.«

46

Hier ist Radio Sonnenschein mit den neuesten Nachrichten an diesem herrlichen Montagmorgen, in wenigen Sekunden ist es sieben Uhr. In einer Pressemitteilung der Gemeinde Wien...

Max schaltete das Radio mit Weckfunktion, es war im Kopfteil des breiten Bettes integriert, auf kleine Lautstärke. Er drehte sich zur Seite, streichelte liebevoll über die ungewohnt kurzen Haare seiner Frau, fuhr mit der Hand unter die Bettdecke, um behutsam über Brüste und Bauchnabel zum Ziel seiner Begierde vorzudringen. Angekommen im Dreieck der Glückseligkeit, öffnete Loly die Augen.

»Was soll das werden, Max Bulla? Hast du vergessen, dass wir um acht Uhr einen Termin am Standesamt haben? Oder denkst du in zehn Minuten meine Wünsche befriedigen zu können?«

Lachend zog er seine Hand zurück, küsste ihre nackten Brüste und sprang aus dem Bett.

»Ich wollte nur nachsehen, ob noch alles da ist, mein Herz. Und nenne mich nicht *Max Bulla*. Diesen Namen gibt es nicht mehr. Schon vergessen, Maria Dolores Dragner-Conderra?«

»Noch bin ich eine halbe *Bulla,* noch ist die Urkunde nicht umgeschrieben, noch habe ich nicht zugestimmt. Ich überlege, ob *Bulla-Conderra,* nicht besser klingen würde als *Dragner-Conderra.*

Wir werden sehen, es hängt auch von der Morgengabe ab, die mir selbstredend neuerlich zusteht, zumal ich dir ja ein zweites Mal mein heiß begehrtes Jawort gebe, nicht wahr, Geliebter?«

Er warf mit einem der Kissen nach ihr. Vergnügt wich sie dem Geschoss aus.

Seit vier Tagen waren sie im *Sicheren Haus* untergebracht. Es handelte sich dabei um einen ganz normalen Bungalow in einem Waldstück bei Purkersdorf, einer Idylle am Rand des Wienerwaldes. Für einen Außenstehenden war nicht zu erkennen, dass das Objekt in Wahrheit enorme Sicherheitsmerkmale aufwies.

Schusssichere Fenster, Videoüberwachung, verstärkte Stahltüren und dergleichen gehörten zur Standardausrüstung der kleinen Villa.

Das BKA verwendete diesen Ort zur Unterbringung extrem gefährdeter Personen, deren Sicherheit man nur hier garantieren konnte, so glaubte man zumindest.

Das Haus war geschmackvoll eingerichtet. Böden, Teppiche, Möbel, eigentlich das gesamte Inventar sowie die Ausstattung der Bäder entsprachen gehobenen Ansprüchen.

Nach ihrer Ankunft am Flughafen Tulln waren sie von einem zivilen Polizeifahrzeug nach Purkersdorf gebracht worden, wo sie alsbald todmüde in die Betten gefallen waren. Die beiden darauf folgenden Tage waren von unzähligen Gesprächen und Beratungen geprägt gewesen.

In den zuständigen Gremien hatte man sich geeinigt, Carl Dragner alias Max Bulla mit seinen knapp 57 Jahren vorzeitig in den Ruhestand zu versetzen.

Der Minister des Inneren hatte persönlich diesen Akt abgesegnet. Mehr könne man nicht für ihn tun, hieß es vom zuständigen Amt.

Ein Zeugenschutz-Programm greife nicht, zumal weder Max noch seine Frau in einem Verfahren gegen Igor Kuzimov aussagen würden. Was hätten sie auch aussagen können? Es gab keinerlei Beweise, dass Kuzimov hinter den Anschlägen stand.

Das Geschehen im Waldviertel war seitens der Polizei genauestens dokumentiert worden. Auch hier kam Max Bulla nicht als potenzieller Zeuge infrage. Er hätte dort nicht anwesend sein dürfen. Überhaupt gab es noch kein Verfahren gegen Kuzimov. Erst musste er gefasst werden, vernommen werden, das Vorverfahren seinen rechtlichen Lauf nehmen, erst dann konnte allenfalls Anklage erhoben werden.

Schließlich war es Max selbst gewesen, der dem Wirrwarr ein Ende gesetzt hatte. Er zeigte sich einverstanden mit seiner vorzeitigen Pensionierung, wollte aber wieder seine angeborene Identität annehmen, in Zukunft also wieder als Carl Dragner durchs Leben gehen. Er ließ sich auch nicht durch Einwände betreffend das erhebliche Gefahrenpotenzial von seinem Entschluss abbringen.

»Was soll schon passieren? Kuzimov weiß, wie ich früher hieß, und er weiß, wie ich mich jetzt nenne. Er wird so oder so alles in die Wege leiten, um mich ausfindig zu machen. Ich werde es ihm allerdings mit Sicherheit nicht leicht machen. Ein zweites Mal wird mich der Zufall nicht in seine Hände treiben. Schluss mit Spekulationen, ich bin wieder Carl Dragner, der ich immer war.

Ich habe es endgültig satt, überwacht zu werden, habe es satt, ständig zu tun, was mir vorgeschrieben wird, und habe es satt, mein Leben nicht selbst gestalten zu können. Ich fordere die Zurückgabe meiner wahren Identität sowie die Umschreibung unserer bürgerlichen Dokumente.«

Nach langen Diskussionen einigte man sich.

Mit heutigem Tag sollten sie ihre neuen Dokumente am zuständigen Magistrat der Stadt Wien erhalten. Von Geburtsurkunde, Heiratsurkunde über Personalausweis, Führerschein bis zum Reisepass, alles sollte dort bereitliegen. Zu diesem Zweck waren sie noch am Freitag zu einem Fotografen gebracht worden, um die nötigen Passfotos anzufertigen. Kaum zu glauben, wie schnell eine Behörde reagieren konnte, ging es um deren Interessen.

»Hast du der Spedition Bescheid gegeben«, fragte ihn Loly später im Badezimmer.

»Habe ich mein Schatz, alles ist gut. Unsere Sachen werden in einen Container verladen. Es ist bestens organisiert und es bewährt sich nun, dass ich in den letzten Jahren eine Flucht nie ganz ausgeschlossen habe. Die Lieferung erfolgt unter deinem Mädchennamen. Wenn dein Bruder alles richtig gemacht hat, darf es kein Problem geben.«

»Ich habe gestern noch mit Luis telefoniert, es ist alles vorbereitet.«

Die Abholung der Papiere gestaltete sich dann doch etwas schwieriger, zumal verschiedene Dienststellen des Magistrates für die Ausstellung zuständig waren.

Hier erwies ihnen Martina Kerbel einen guten Dienst. Sie war es, die den Beamten Dampf machte, sodass Max und Loly um die Mittagszeit alle Papiere in Händen hatten.

»Habt ihr euch wirklich alles gut überlegt? Wenn schon kein Zeugenschutz-Programm griff, so wäre eine völlig neue Identität möglich gewesen. Ich bin immer noch der festen Überzeugung, dass euch damit besser gedient wäre.«

Martina Kerbel schenkte Mineralwasser aus der noblen Kristallkaraffe in ihr Glas. Carl hatte sie zum Mittagessen bei *Carlo* eingeladen.

»Es ist, wie es ist, Martina. Wir haben die Papiere, wir haben unseren Abflug vorbereitet, wir sind auf dem richtigen Weg und wir freuen uns. Oh ja, wir sind geradezu euphorisch, einen völlig neuen Lebensabschnitt zu beschreiten. Was hätte uns eine andere, eine neue Identität gebracht? Einen garantierten Aufenthalt in Wien? Loly hätte so oder so ihren Job nicht mehr ausüben können. Was könnte ich tun? Spazieren gehen im Prater? Ständig in Angst, dass einer von Kuzimovs Handlangern meinen Weg kreuzt?

Nein, Martina, wir machen schon das Richtige, keine Angst. Wir haben uns das genauestens überlegt.«

»Du wirst mir nicht sagen, wohin euer Weg führen wird, oder?«

Carl Dragner drehte lächelnd seine Gabel in den köstlichen *Linguine con Frutti di Mare,* dabei schob er mit der freien Hand ein Kuvert über den Tisch.

»Das, was du hier siehst, würdest du ohnehin leicht herausfinden. Mehr musst du nicht wissen. Vielleicht später einmal, wenn es deinen Kollegen gelungen ist, Kuzimov einzulochen.«

Sie betrachtete interessiert die beiden Flugtickets.

»Buenos Aires? Argentinien. Ein schönes Land, ein gutes Versteck, ob das reichen wird? Haben Sie einen Bezug, ich meine, haben Sie Verwandte dort, Loly?«

Loly schüttelte den Kopf, gab ihr keine Antwort. Der kleine Stachel der Eifersucht nagte wie eh und je in ihr. Zu viel und zu oft war ihr Mann mit dieser Person zusammen gewesen.

Carl rettete die peinliche Situation der Stille.

»Ich habe dir gesagt, du musst nicht alles wissen. Wir werden uns melden, wenn wir es für angebracht halten. Bitte stelle keine weiteren Fragen zu diesem Thema okay?«

Die beiden Frauen sahen sich kurz in die Augen. Blicke, die nicht gerade in die Kategorie *liebevoll* einzuordnen waren.

Carl holte ein gepolstertes Kuvert aus seiner ziegenledernen Umhängetasche.

»Gestern hat Boris Jelzov mit mir Kontakt aufgenommen. Du erinnerst dich, Martina? Der Attaché aus der ukrainischen Botschaft, er wollte sich nicht mit mir treffen, zu gefährlich, meinte er.

Nach zuverlässigen Informationen hat Kuzimov Zuflucht auf der Jacht eines einflussreichen Ukrainers gefunden. Genaueres ist ihm nicht bekannt. Er hat mir dieses Kuvert zukommen lassen. Darin befinden sich zwei Datenträger mit interessantem Material. Ich habe es mir angesehen, wirklich hochinteressant. Wenn du es richtig einzusetzen verstehst, woran ich keinen Zweifel habe, wird eine einflussreiche Person erheblichen Erklärungsbedarf bekommen.

Viel Glück damit, aber Vorsicht, der betreffende Mann hat Freunde ganz oben.«

»Danke, das macht mich neugierig. Euer Flug geht übermorgen ab Wien. Sehen wir uns vielleicht noch Max?«

»Carl, ich bin jetzt Carl. Mit Sicherheit sehen wir uns aus der Ferne, vermute ich. Kann mir vorstellen, dass du den *Spezialtransport* zum Flughafen mitmachst, oder täusche ich mich da?«

»Du täuschst dich nicht, ich werde aus Sicherheitsgründen im Hintergrund bleiben. Alles soll so normal wie möglich ablaufen, das war ja schließlich dein Wunsch.«

»So ist es. Ihr überstellt uns in die Stadt, dort steigen wir in ein Taxi um, dieses bringt uns wie Tausende andere Passagiere zum Airport.

Die einfachen, alltäglichen Abläufe erregen immer noch den wenigsten Verdacht. Außerdem kann ich mir nicht vorstellen, dass Kuzimov in dieser kurzen Zeit erfahren konnte, wo wir untergetaucht sind. Er ist schließlich nicht Gott.«

»Nein, du hast recht, er ist nicht Gott, er ist ein Teufel, ein gefährlicher Satan, der nicht aufgeben wird, dich doch noch zu kriegen.«

»Ich weiß Martina, er ist ein Scheusal. Nur werde ich ihm keine Gelegenheit geben, uns zu finden. Es ist alles bestens geplant, hier und heute beginnt unser neues Leben. Danke für deine Betreuung. Wenn wir auch nicht immer einer Meinung waren, du hast deinen Job gut gemacht. Ich wünsche dir alles Gute für deine Zukunft. Vielleicht sieht man sich wieder einmal, wer kann das wissen.«

Nach einem köstlichen Dessert brachte sie Martina zurück in den Wienerwald.

Die Fahrt zum Flughafen verlief ohne Probleme. Das Taxi hielt direkt vor der Abflughalle. Auf der gegenüberliegenden Fahrspur rollte ein dunkles *SUV* vorbei. Martina winkte kurz und verschwand im Verkehrsgewühl. Das wär's dann gewesen, dachte Carl. Mach's gut, Mädchen. Er lächelte.

»Was gibt es denn zu schmunzeln, alter Schwerenöter?«

Loly reichte dem Fahrer das Geld und schnappte sich ihr Beauty-Case.

»Ach nichts, mein Herz, ich freue mich einfach nur auf den Flug mit dir.«

Sie glaubte kein Wort, schob ihm seinen Handkoffer zu und machte sich auf den Weg in die Halle. Carl blickte sich verstohlen um, taxierte die Menschen in seinem näheren Umfeld.

Lass dich jetzt nicht verrückt machen, Junge. Es ist alles gut, du bist in Sicherheit, redete er sich ein.

Ein feines Kribbeln in der Magengegend erinnerte ihn daran, dass der *Dämon* noch nicht endgültig besiegt war.

Routiniert checkten sie am Automaten ein, absolvierten die Sicherheitskontrolle ohne Probleme und begaben sich zum Gate der *Iberia* nach Madrid, Abflug 10:20 Uhr.

Auf dem langen Weg durch die Halle sprang ihm an einem der Zeitungsläden die Schlagzeile eines Boulevardblattes in die Augen: *Korruption im Ministerium -Hoher Beamter verhaftet.*

Er kaufte sich ein Exemplar und studierte den Artikel.

Demzufolge hatte am gestrigen Tag eine Hausdurchsuchung in der Villa eines Dr. Emil Kumerla stattgefunden. Zur gleichen Zeit sei der hohe Beamte im Ministerium der Finanzen verhaftet worden. Korruptionsverdacht im großen Stil. Bestechungsgelder von der Russenmafia habe der Beamte angenommen. Schwerwiegenden Tatbestände standen im Raum.

Es gelte noch die Unschuldsvermutung.

Gut gemacht, Martina, dachte Carl amüsiert, da hast du die Datenträger den richtigen Leuten gegeben.

»Wo bist du solange, Carlo? Unser Flug wurde schon wiederholt aufgerufen, willst du nicht mitkommen?«

Loly lachte fröhlich, hackte sich vergnügt unter und führte ihn ab.

47

Teneriffa
Kanarische Inseln 2017

In der Glasfassade des modernen Bürogebäudes an der Calle Avenida Tres de Mayo, Santa Cruz de Tenerife spiegelte sich die kanarische Morgensonne. Ein neuerlicher Traumtag stand bevor.

Nicht ungewöhnlich für die Insel des ewigen Frühlings, wie Alexander von Humboldt sich ausdrückte, als er 1799 den Archipel bereiste und vor Begeisterung ins Schwärmen kam.

Die Räumlichkeiten im 4. Stock in unmittelbarer Nachbarschaft zu einigen der renommiertesten Anwaltskanzleien der Stadt, strahlten modernen Glanz aus. Auf der breiten Tür aus bronziertem Sicherheitsglas prangte der goldene Schriftzug:

Traducción e Interpretación
Mag. M.D. Dragner-Conderra.

Loly hatte sich als Dolmetscherin und Übersetzerin in mittelbarer Nähe des Gerichtspräsidiums ein schmuckes Büro eingerichtet. Vor einem halben Jahr war sie eingezogen. Letzte Woche hatte sie zwei Hilfskräfte eingestellt, zumal sie den Arbeitsaufwand nicht mehr alleine schaffen konnte. Die Zusammenarbeit mit einer Anwaltskanzlei und einem Immobilienmakler hatte sich als wahre Goldgrube erwiesen. Vorwiegend Engländer und Deutsche, Haus-oder Wohnungsbesitzer auf der Insel, nahmen ihre Dienste in Anspruch. Auch mit Touristen, die in ein Gerichtsverfahren verwickelt worden waren, machte sie gute Geschäfte.

Carl belegte an der *Facultad de Derecho,* der Universität La Laguna ein einjähriges Kolleg, um seinen Magister der Rechtswissenschaften den spanischen Verhältnissen anzupassen. Er hatte bereits eine Stelle in einer Anwaltskanzlei in Aussicht, benötigte aber noch die spanische Zulassung.

Ganz in der Nähe befand sich ihre Wohnung im obersten Stock eines Mietshauses mit herrlichen Ausblicken auf Stadt, Hafen und Atlantik. Das kleine Appartement in Los Gigantes, wo sie die erste Zeit nach ihrer Flucht gewohnt hatten, benutzten sie für Wochenendausflüge.

Loly verschloss den Schreibtisch, aktivierte die Rufumleitung und ließ die Rollos herunter. Ein letzter Blick rundum, dann verließ sie das Büro.

Heute war 1. Mai 2017, *Día del Trabajo* - Tag der Arbeit. Heute begannen auch die Feierlichkeiten zur Erinnerung an die Gründung der Stadt Santa Cruz de Tenerife in den ersten Maitagen anno1494.

Die kommende Woche würde von unzähligen Veranstaltungen geprägt sein. An konzentriertes Arbeiten war nicht zu denken, Kanzleien und Büros waren geschlossen, auch im Gerichtspräsidium würde man kaum jemand antreffen. Sie hatten daher beschlossen, den Rest der Woche in Los Gigantes zu verbringen, Ausflüge in die Berge zu machen und einfach auszuspannen.

Carl wartete bereits im Wagen in einer Seitenstraße. Sie nahmen die Autobahn Richtung Süden. Als sie an der Ausfahrt *Aeropuerto-Reina Sofia-Tenerife Sur* dem südlichen Flughafen der Insel vorbeikamen, dachte Carl an den Tag vor einem Jahr, als sie abends hier gelandet waren.

Lolys Bruder Luis hatte sie am Terminal abgeholt und nach Los Gigantes gebracht. Er war es auch gewesen, der die Flucht geplant hatte. Er hatte die Tickets von Madrid nach Buenos Aires kurzfristig storniert, wodurch sich die Spur der beiden in der spanischen Hauptstadt verlor.

In einem Innenstadthotel untergekommen, hatten sie eine Woche mit *Sightseeing* verbracht. Danach reisten sie per Mietwagen nach Cadiz, wo sie die Fähre nach Las Palmas auf Gran Canaria bestiegen. Mit einem der kleinen Inselflugzeuge gelangten sie schließlich nach Teneriffa. Ihr gesamtes Hab und Gut, offiziell nach Buenos Aires adressiert, hatte eine Spedition per Schiff nach Santa Cruz gebracht, wo sie den größten Teil ihrer Habseligkeiten bei einem Freund von Luis vorübergehend einlagern konnten.

Als sie bereits ein Monat auf Teneriffa lebten, hatte Luis ihnen eingestanden, dass er sie in den ersten drei Wochen von einem Detektivbüro überwachen hatte lassen. Es hatte nicht das geringste Anzeichen einer Gefahr in Form von Kuzimov gegeben.

Carl erinnerte sich gut an den Tag, an dem ihr neues Leben begann, an dem sie *angekommen* waren, an dem Teneriffa ihre Heimat geworden war.

»Wohin fährst du mein Herz? Zum Strand? Eine Überraschung?«

Carl schreckte aus seinen Gedanken hoch.

»Ja, mein Herz, eine Überraschung. Ein lieber alter Freund von mir macht hier Urlaub. Wir werden ihn und seine Frau treffen. Du hast doch Hunger? Es ist bereits 15:00 Uhr.«

Er lenkte den Wagen auf eine schmale Straße in Richtung Meer.

»Und ob ich Hunger habe. Wer ist der Freund? Kenne ich ihn?«

»Nicht persönlich. Er ist Italiener. Genauer gesagt Neapolitaner. Ich habe dir von ihm erzählt. Claudio Peruzzi, mein ehemaliger Büronachbar bei Europol, erinnerst du dich?«

»Nur dunkel. War nicht er es, der dir von Kuzimov erzählt hatte, nachdem du den schon aus deinem Gedächtnis verbannt hattest?«

»Richtig, du hast einen scharfen Verstand, ein gutes Erinnerungsvermögen. Das ist Claudio. Er ist seit vielen Jahren wieder in Neapel stationiert, hat dort eine leitende Stelle als Ermittler der Staatsanwaltschaft. Sonderdezernat, heikle Sache, Camorra und solche Dinge.«

»Und woher weiß dieser Claudio, dass du jetzt hier bist? Ich dachte außer uns beiden und Luis kennt niemand sonst unseren Aufenthaltsort?«

Sie sah ihn angespannt von der Seite an, während er die Auffahrt zu einer traumhaft gelegenen, pompösen Hotelanlage nahm.

»Ich habe ihn letztens getroffen. In La Laguna. Am Markt in der Innenstadt lief er mir direkt in die Arme. Er war nicht sicher, ob ich es bin, sprach mich spontan mit *Charly* an. Ich war zu überrascht, ihm zu entkommen. Er macht Urlaub hier, in der Nähe von Adeje, schon seit Jahren. Wir nahmen einen Drink zusammen. Er gab mir diese Adresse, jetzt sind wir hier. Zufrieden?«

»Können wir sicher sein, keinen Fehler zu machen? Ich meine, wir hatten doch vereinbart keinen Menschen aus der Vergangenheit an uns heranzulassen. Und nun kommst du mit einem Mafia-Ermittler daher. Ich dachte, wir hätten das hinter uns, ich will nicht, dass dieser Wahnsinn von neuen beginnt!«

»Keine Angst, mein Schatz. Claudio können wir vertrauen, absolut und uneingeschränkt. Er hat keine Ahnung, was wir in letzter Zeit durchgemacht haben, und ich habe auch nicht vor, ihm davon zu erzählen. Er ist nicht mehr als ein alter Freund, eigentlich nicht einmal das, ein Kollege aus den Tagen bei Europol, das ist er. Ein netter Kerl, den ich zufällig hier getroffen habe. Was hätte ich tun sollen? Mich dumm stellen? So tun, als kenne ich ihn nicht? Ich glaube, so ist es besser. Wir werden mit ihm ein wenig zusammensitzen, essen, plaudern und den Nachmittag genießen. Das war es dann auch schon.

Also bitte lächle wieder, dieses angespannte Gesicht mag ich nicht an dir.«

Loly entspannte sich nur zögernd, zu tief saß das Misstrauen in ihrer Seele, zu frisch waren die Erinnerungen an die Zeit vor einem Jahr.

Der Mann, den Carl vorstellte, war ihr auf Anhieb sympathisch. Wenn es den Typus Italiener überhaupt gab, Claudio gehörte nicht dazu. Er war groß, blond, mit blauen Augen und einem offenen Gesichtsausdruck. Sein hellblaues Polohemd wölbte sich über den Ansatz eines kleinen Wohlstandsbauches.

Die dunkelblauen Bermudas reichten bis zum Knie und gaben eher blasse Beine preis, die in eleganten Schlüpfern aus weichem Leder steckten. Auf die bereits weit fortgeschrittene Stirnglatze hatte er eine gängige Markensonnenbrille geschoben. Wie einer der erfolgreichsten Ermittler im Kampf gegen die *Camorra* schaut er nicht aus, dachte Carl schmunzelnd, während Claudio seiner Loly einen perfekten Handkuss samt eleganter Verbeugung zukommen ließ.

»Maria-Dolores, ein Name wie ein schönes Lied, ich freue mich, Sie kennenzulernen. Wie konnten Sie sich nur in diesen hässlichen Kerl verlieben?«

Sein herzliches Lachen steckte sie sofort an.

»Danke Claudio, ich denke, wir sollten uns duzen, ich bin Loly.«

»Loly! Loly und Charly, ein schönes Paar. Willkommen in Adeje. Charly hat mir erzählt, dass ihr seit Jahren in Los Gigantes eine Wohnung habt.

Wir kommen heuer bereits das zehnte Mal hierher, haben uns nie getroffen, unglaublich. Darauf trinken wir ein Glas. Bitte, setzt euch. Angelina wird bald kommen, sie war noch am Pool, als ich runtergegangen bin. Wir haben ein *Roofpool,* Charly. Pool am Dach! Verrückt, diese Spanier.«

Sie setzten sich an einen der Tische auf der Terrasse mit herrlichen Ausblicken auf den Atlantik.

Die Bedienung brachte eine Flasche *Rosado Barón de Ley.* Gekonnt füllte sie die hohen Gläser. Kleine Porzellanschalen voller Oliven und verschiedener Nüsse wurden eingestellt.

»Ist das eure Jacht da draußen, Claudio? Schönes Spielzeug«, faxte Carl lachend.

Eine elegante *Sunseeker-Fly* von gut 35 Metern Länge durchschnitt die blauen Wellen des Atlantiks. Am schwarzen Rumpf thronten schneeweiß glänzend Oberdeck und Steuerkabine. Kraftvolle Motoren wühlten die See auf und hinterließen einen langen Schweif brodelnder Gischt, als sich die sportliche *Lady* in eine steile Kurve legte.

»Oh, ja, Charly, das ist meine, habe sie heute an einen Freund verliehen.«

Claudio lachte schallend und wies auf das Meer hinaus.

»So etwas kostet je nach Ausstattung mehr als eine Million nach oben keine Grenze. Ein *Kunde* von uns nennt so ein Spielzeug sein Eigentum. Ich war einmal an Bord, dienstlich natürlich.

Davon kann unsereins nur träumen, Charly. Das Leben auf so einem Boot muss faszinierend sein. Scheint, als hätte ich den falschen Beruf gewählt. Egal, lieber arm und hässlich, als reich und schön.«

»Was war das für eine Flagge? Habe ich noch nie gesehen.«

»Ich glaube Zypern. Die Kupferinsel auf weißem Grund, wenn ich richtig gesehen habe. Sicher einer dieser Offshore-Haie mit Firmensitz Limassol. Der verzockt vielleicht gerade deinen Pensionsfond, während du sein Schiffchen bewunderst.«

»Auch schon egal, ich habe eine junge Frau mit sicherem Job. Sie wird mich über Wasser halten, wenn ich alt und senil bin.«

»Mach dir da einmal nicht zu viel Hoffnungen, alter Macho.«

Loly kniff ihn in den Rücken.

Erstaunt fiel ihr Blick auf eine attraktive Frau, die federnd die Stufen von der Bar zur Terrasse herabstieg. Claudio folgte ihren Augen.

»Angelina, mein Herz! Wo bist du solange? Charly, kennst du, das ist Loly, seine Frau. Loly, darf ich vorstellen, Angelina. Ihr Vater war Spanier, da habt ihr schon etwas Gemeinsames.«

Sie umarmten sich und griffen zu den Gläsern. Bei köstlichen Tapas und einer weiteren Flasche Wein plauderten sie über die Schönheiten der Insel, die Freundlichkeit der Bewohner und den überschäumenden Tourismus im Süden.

Die Sonne hatte den Horizont des Meeres erreicht und schickte sich an, in einem prächtigen Farbenspiel darin zu versinken, als sie sich verabschiedeten, nicht ohne zu versichern, demnächst wieder zusammenzutreffen.

Böiger Küstenwind strich über die Terrasse ihres kleinen Appartements. Es war kühler geworden, eine Schlechtwetterfront war angekündigt.

In warme Ponchos gehüllt nahmen sie noch einen Drink. Ihr Blick ruhte auf den senkrecht ins Meer abfallenden Felsen, die vom Licht des Mondes in ein mystisches Farbenspiel getaucht wurden.

Acantilado de los Gigantes, die gigantischen Klippen. Kein anderer Name konnte es besser treffen. Gigantisch die Küste, gigantisch die touristischen Bauwerke an den extrem steilen Hängen und gigantisch der Anteil englischer Urlauber in dieser Region.

Weit draußen, *Faro de Teno*, der Leuchtturm auf *Punta de Teno*, dem westlichsten Punkt Teneriffas. Ein einsames Schiff umrundete die Landspitze, Positionslichter blitzten durch die blaue Nacht.

»Das war ein gemütlicher Nachmittag, findest du nicht auch?«

»Ja, sehr schön. Und das Essen köstlich, diese Tapas so einfallsreich gestaltet. Ein sehr schönes Hotel, das muss man sagen. Ich möchte nicht wissen, was der Aufenthalt dort kostet. Dein Freund ist ein wohlhabender Mann, Carlo. Vier Wochen Urlaub in diesem Fünf Sterne Tempel sind nicht billig.

Im Winter verbringen die beiden drei Wochen im noblen Sestriere, du weißt schon, das Skigebiet in der Nähe von Turin. Das hat mir Angelina erzählt. Sie schwärmte von einer Begegnung mit Eros, wie sie ihn nannte, ich nehme an *der* Eros, Frauenschwarm und Liedermacher. Und der Schmuck, den Angelina am Nachmittag trägt, die wenigsten Frauen können sich so etwas am Abend leisten. Ich nehme an, die italienischen Polizeibeamten verdienen ähnlich wie ihre Kollegen in anderen Ländern. Selbst als Ermittler der Staatsanwaltschaft wird man nicht reich werden, was meinst du, Carlo?«

Loly war beschwipst. Sie hatte schon im Hotel einige Gläser Rosado konsumiert. Daheim, gemütlich eingehüllt auf der Terrasse, hatte sie bereits die vierte *Margarita* in Arbeit, wobei Carl mit dem Tequila nicht sparsam umgegangen war. Er sah sie belustigt an.

»Was willst du mir damit sagen? Doch nicht etwa das, woran ich denke?«

»Ich weiß nicht, woran du denkst, mir ist jedenfalls suspekt, woher die vielen Euros kommen, die dein Ex-Kollege so locker in der Tasche hat. Die Einladung heute Nachmittag, ich könnte das nicht so gönnerhaft übernehmen. Versuche, so zu denken, wie ich denke. Was kommt dabei heraus?«

Carls Miene hatte sich verdüstert, er nahm einen kräftigen Schluck aus der Wasserflasche.

»Du denkst doch nicht an Korruption? An Bestechlichkeit? An Taschengelder von der Mafia?«

»Doch, so etwas in dieser Richtung, ja, Bärchen.«

Loly kicherte. Sie war in einem Zustand, wie er ihn bei ihr selten erlebt hatte. Zu viel Tequila, dachte er schmunzelnd.

»Ich glaube, du hast ein *Gänseblümchen* zu viel genommen. Wenn ein Mensch ehrlich und korrekt ist, dann Claudio. Ich lege selten für andere Leute die Hand ins Feuer, für ihn tue ich es, ohne zu zögern. Also lassen wir das mein Herz, trinken wir aus und gehen ins Bett. Ich will Spaß mit meiner süßen *Margarita Español.* Komm schon Herzchen, ich habe da einige Ideen.«

In der Nacht hatte es ordentlich geregnet.

Carl war aufgewacht, weil der Wind die alten Fensterläden kräftig gerüttelt hatte. Loly hatte von all dem nichts mitbekommen, zu tief war sie in ihren Träumen versunken.

Am frühen Morgen war es hell und klar geworden, die Luft war rein, wie selten. Die Klippen leuchteten im Morgenlicht, als hätte sie jemand des Nachts frisch einbalsamiert. Carl lief die Kaimauer am kleinen Hafen entlang. Er war auf dem Rückweg von seiner morgendlichen Runde. Der nächtliche Sturm hatte den Seegang in Schwung gebracht. Im überschaubaren Hafenbecken war es ruhig, doch draußen, auf dem offenen Meer, da rollten meterhohe Wellen im Sekundentakt heran.

Im Apartment herrschte Stille. Er legte die mitgebrachten Brötchen auf den Esstisch, öffnete Fensterläden und Flügel und setzte Wasser für den Tee auf. Im Schlafzimmer zog er die Vorhänge auf, ging ins Bad und stellte sich unter die Dusche. Lachend hielt er inne. Loly war ins Badezimmer getreten. Ihre wieder länger gewordenen Haare standen wirr nach allen Seiten, ein Auge sah aus, als wäre es nach einem Boxhieb angeschwollen. Sie hatte sich wahrscheinlich die ganze Nacht nicht einen Millimeter bewegt.

»Raus! Raus aus meinem Bad, sonst mache ich dir Beine!«

Ihre Stimme glich einem Reibeisen, mit beiden Händen schob sie den klitschnassen Carl zur Tür.

Es dauerte länger als sonst, bis sie zu Tisch kam. Misstrauisch betrachtete sie die *Bloody Mary,* die Carl ihr gemixt hatte. Ein ordentlicher Kater hatte sie fest im Griff.

»Was soll ich damit? Du wirst doch nicht annehmen, dass ich so etwas trinke?«

»Der beste *Pick-me-up* der Welt, Loly, eine *Bloody Mary.* Schon Ernest Hemingway schwor auf diesen Muntermacher. Und der musste es schließlich wissen. Runter damit, dann geht es dir bald besser.«

Sie ließ sich überreden, schluckte zwei Aspirin, trank eine Tasse schwarzen Kaffee und setze sich auf die Terrasse. Nach einer Stunde hatte sie sich erholt. Hungrig vertilgte sie zwei Brötchen.

Nach einer weiteren Tasse Kaffee war sie bereit für einen Spaziergang.

Am *Playa los Guios* war es um diese Tageszeit noch ruhig. Sie gingen den kurzen Strand einige Male auf und ab, setzen sich danach in den feinen, hellgrauen Sand, ließen die Seele baumeln und genossen den morgendlichen Frieden.

»Was du gestern sagtest, ich meine wegen Claudio, kannst du dich daran erinnern?«

Carl reichte ihr ein Stück der roten Melone, die er mitgebracht hatte.

»Und ob ich mich erinnere. Meine Meinung hat sich nicht geändert. Claudio ist ein sympathischer Kerl, ein netter Mensch, zu nett für meinen Geschmack. Wie kannst du so sicher sein, dass er nicht doch den Verlockungen des süßen Lebens erlegen ist und von den Haien der *Ehrenwerten Gesellschaft* bezahlt wird?«

»Du liest zu viele Groschenromane. Nicht jeder italienische Beamte gehört zur Mafia, schon gar nicht Claudio. Außerdem, warum sollen wir uns damit beschäftigen? Ich habe ihn zufällig hier getroffen, wir haben zusammen einen schönen Nachmittag verbracht, sehen uns vielleicht noch einmal wieder und danach lange nicht mehr. Also was soll's? Lass uns den Tag genießen, diese Woche genießen, sie gehört uns Loly. Nur uns beiden.«

»Und, wenn es doch kein Zufall war? Ein Jahr in Frieden hat dich unvorsichtig und leichtgläubig gemacht, Liebling.«

48

Eine ruhige Woche mit entspannten Wanderungen in den *Negras,* den schwarzen Lavafeldern in den Bergen*,* einer Tour durch den *Barranco de Masca* sowie unzähliger fauler Stunden am Strand, ging zu Ende.

Carl fuhr Montag in aller Früh zurück nach La Laguna, er hatte wichtige Vorlesungen zu absolvieren. Seine Abschlussprüfung stand an. Loly wollte im Appartement bleiben, sie hatte sich eine Menge Übersetzungen mitgebracht, die es in Ruhe zu bearbeiten galt.

Für einen Abend war Carl mit Claudio verabredet. Sie trafen sich in einer Bar in Santa Cruz, während Angelina die diversen Boutiquen unsicher machte.

Carl konnte sich eines Gefühles der Unehrlichkeit gegenüber Claudio nicht erwehren. In den Tagen zuvor hatte er oft über Lolys Worte nachgedacht. Obwohl er all sein Vertrauen in ihn setzte, blieb doch ein feiner Stachel der Unsicherheit, des Misstrauens zurück. Konnte es sein, dass Claudio nicht zufällig hier war? Konnte es sein, dass er ein Soldat der Camorra war? Unmöglich, und was hätte das mit ihm zu tun?

Ich bin ein Idiot, dachte er, lasse mich von Dingen verunsichern, die jeglicher Grundlage entbehren.

»Du machst mir heute einen nachdenklichen Eindruck, Charly. Probleme an der Uni?«

Carl fuhr aus seinen trüben Gedanken hoch, blickte in die strahlenden Augen des Freundes.

»Ja, nein, ach was, ich weiß auch nicht, was los ist. Zu lange dem Geschwafel der Professoren gelauscht. Der Vortrag erfolgt in Spanisch, das verlangt enorme Aufmerksamkeit von mir. Auch wenn ich schon ganz gut drauf bin, muss ich bei gewissen Ausdrücken immer wieder einmal im Wörterbuch nachschlagen. Der Jüngste bin ich auch nicht mehr. Vergiss es, Claudio. Lass uns trinken.«

Sie unterhielten sich über alte Zeiten, die Tage bei Europol und ließen die eine oder andere Anekdote wieder zum Leben erwachen. Keiner fragte den anderen, wie es ihm danach ergangen war. Claudio schien sich bewusst zurückzuhalten, was die unmittelbare Vergangenheit seines Freundes betraf. Zumindest hatte Carl dieses Gefühl.

»Wir waren heute auf diesem Markt in der Nähe eurer Wohnung, wie heißt das Ding noch einmal?«

»*Mercado de Nuestra Señora de Àfrica,* der Markt unserer lieben Frau aus Afrika, ein langer Name für einen tollen Markt.«

»Das kann man wohl sagen, Charly. Was für ein Erlebnis. Man muss es gesehen haben. Besonders der Fischmarkt im Untergeschoß, ein Wahnsinn. Herrlich frische Austern, dazu ein Glas Schaumwein, wirklich ein Genuss der Sonderklasse. Ihr seid zu beneiden, so nahe an den Köstlichkeiten der Insel zu wohnen.«

Carl nickte, drehte nachdenklich sein Wasserglas.

»Na, schon wieder beim Fachsimpeln, ihr zwei?«

Angelina hatte sich angeschlichen, stand plötzlich hinter ihrem Mann.

»Ciao Bella! Schon zurück? Und nur drei Taschen? Ich muss dich loben.«

Claudio war aufgesprungen, küsste seine Frau und schob ihr galant den Stuhl zurecht.

»*Una copa de champán, por favor*«, rief er einem der vorbeieilenden Kellner zu.

Einige Tapas und Gläschen später verabschiedeten sie sich.

Carl hatte aus Höflichkeit ein Glas Champagner mitgetrunken. Außer einem kleinen Bier dann und wann, trank er keinen Alkohol. Entspannt spazierte er durch die abendlichen Gassen. Der laue Abend hatte viele Spaziergänger ins Freie gelockt. Gerne hätte er Loly an seiner Seite gehabt.

Die Sehnsucht trieb ihn nach Hause, wo er sich sein Telefon schnappte und sie anrief.

»Na, alter Herumtreiber, ich habe schon viermal angerufen. Wo war er denn, mein Streuner?«

»Ich habe mein Telefon in der Wohnung vergessen, verzeih mir. Claudio und Angelina waren in der Stadt. Einkaufsbummel. Wir haben zusammen getrunken und geplaudert. Ich soll dir liebe Grüße bestellen, besonders von Claudio. Diese Italiener, ständig nur Frauen und Erotik im Kopf.«

»Eifersüchtig, alter Mann? Das freut mich. Wie sehr musst du mich lieben.«

»Denkst du. Ich denke gerade an hübsche Studentinnen, die mir heiße Blicke zuwerfen. Ein reifer Mann, gut erhalten wie ich, erregt stets ihre Aufmerksamkeit.«

»Reiz mich nicht, sonst bist du das letzte Mal alleine in der Stadt geblieben, mein Lieber. Ich bin deine Frau, deine *Esposa*, bis der Tod uns scheidet, und das könnte schneller passieren, als du denkst. Etwa wenn du auf einen dieser Blicke reinfallen solltest, wir verstehen uns einsamer Wolf?«

»Ja, aber was habe ich von meiner *Esposa*? Sie genießt das Leben am Strand und ich büffle im Lehrsaal. Eine ungerechte Welt ist das!«

Beide lachten über die Neckereien, ein Spiel das ihnen immer wieder Spaß bereitete.

»Eine andere Frage, mein Herz. Hast du Angelina oder Claudio erzählt, wo genau in der Stadt wir wohnen?«

»Nein, darüber wurde nie gesprochen. Wir haben uns über die Uni in La Laguna und unsere Wohnung in Los Gigantes unterhalten. Ich habe nicht einmal erwähnt, dass wir in Santa Cruz auch eine Wohnung haben. Warum fragst du?«

»Ach nichts nur so. Wie war dein Tag?«

»Ich bin sehr früh aufgestanden und habe bis in den Nachmittag hinein gearbeitet. Nachher war ich im *Club Oasis*. Schwimmen, Gymnastik und Sonnenuntergang, alles zusammen, ein Traum. Bei einem Drink habe ich eine nette Dame kennengelernt. Interessante Persönlichkeit.

Sie lebt die meiste Zeit des Jahres hier. Allerdings nicht an Land, sondern auf einer Jacht. Vermögende Familie nehme ich an, aber nicht eine von diesen *Neureichen,* die ständig mit ihrem Besitz protzen.

Im Gegenteil, eine sympathische, ruhige Frau mit Herz und Verstand. Sie ist Hamburgerin. Wir haben uns angefreundet.

Ihr Mann ist heute nach Barcelona geflogen. Geschäfte, wie sie meinte. Immobilen und solche Dinge. Sie wird dir gefallen. Wenn es sich machen lässt, also wenn ihr Mann rechtzeitig zurück ist, treffen wir uns am Wochenende. So, nun habe ich genug erzählt. Wie läuft es bei dir? Alles Grün?«

»Oh ja alles gut. Ich habe morgen eine Prüfung. Danach komme ich rüber. Den Freitag schenke ich mir. Nichts Wichtiges am Programm. Soll ich im Büro vorbeischauen?«

»Das wäre schön, Anita hat einige Unterlagen vorbereitet, die wollte sie mir bringen. Das kann sie sich nun sparen, wenn du die Sachen abholst. Das ist jetzt eine Überraschung, ich habe dich bald wieder bei mir. Schlaf gut, süße Träume.«

Nachdenklich legte Carl das Telefon auf den Glastisch neben dem Sofa. Es wollte ihm nicht aus dem Kopf, warum Claudio von der Wohnung in der *Calle José Hernández Alfonso* Bescheid wusste, obwohl er absolut sicher war, nicht darüber gesprochen zu haben. Schritt für Schritt ging er das Treffen mit seinem Ex-Kollegen durch. La Laguna, der Wochenmarkt, er war aus der Bar getreten und Claudio direkt in die Arme gelaufen. Zufall? Oder hatte ihn Claudio verfolgt, überwacht? Warum hätte er das tun sollen? Du machst dich verrückt, Claudio ist ein alter Freund, dachte er. Aber der mondäne Lebensstil? Was hatte Loly gemeint? Von der *Ehrenwerten Gesellschaft* bezahlt? Claudio korrupt? Ein Handlanger der Mafia? Und wenn es so wäre? Warum sollte er dann ausgerechnet mich überwachen, sich an mich ranmachen? Ein leichtes Kribbeln durchlief seinen Magen, Unruhe begann sich auszubreiten. Ein Drink würde jetzt helfen, dachte er. Vergiss es Junge, denk an schöne Dinge, verdränge diesen Unsinn. Das Zusammentreffen war reiner Zufall, mehr nicht.

Nach einer erfrischenden Wechseldusche fühlte er sich besser. Mit einem Glas Rotwein verfolgte er die Spätnachrichten, bevor er ins Schlafzimmer wechselte. Als er in der Dunkelheit im Bett lag, dachte er an das gebrauchte *Prepaid-Handy*, das er vor einigen Tagen in einem Billigshop gekauft hatte. Bisher hatte er nicht den Mut gehabt, es zu benützen. Nun holte er es hervor.

Er wählte die private Nummer von Martina Kerbel.

Seine Hand zitterte leicht, während er auf die Verbindung wartete.

»Ja bitte! Wer spricht?«

Ihre Stimme klang misstrauisch, lauernd.

Sie hat keine Nummer am Display, dachte er, das gefällt ihr gar nicht.

»Carl. Kannst du sprechen?«

»Mein Gott Carl, wo bist du? Egal, schön dich zu hören, wie geht es dir, ich meine euch?«

»Sehr gut, Martina. Ich kann nicht lange sprechen, du musst etwas für mich erledigen.«

»Gerne, wenn du mir sagst, was dich bedrückt?«

»Bitte erkundige dich beim Jugendamt über den Stand der Vaterschaft.«

Eine Weile war es still in der Leitung.

»Carl, du solltest dich selbst beim Jugendgericht melden, es wäre das Beste.«

»Jugendgericht? Was soll ich dort? Ich will nur wissen, wie der Test verlaufen ist.«

»Eben darum geht es, Carl. Du bist der Vater von Nicola, das steht zweifelsfrei, also zu 99,7 Prozent, wie es im Gutachten heißt, fest. Das Gericht hat dich zur Aufenthaltsermittlung ausgeschrieben, weil es keine Zustellungsmöglichkeit der gerichtlichen Bescheide sieht. Es geht um die Festsetzung der Sorgepflicht, um Alimente, um die gesetzliche Regelung der Dinge. Man hat Kontakt zur Familie Moles aufgenommen. Die leben jetzt in der Schweiz, in Genf. Nicole geht dort zur Schule. Herr Moles hat dem Gericht mitgeteilt, die Adoption sei nach seiner Auffassung rechtsgültig und du hättest diese akzeptiert. Daraufhin hat das Gericht zugestimmt, bis zur rechtsgültigen Entscheidung das Kind bei den Moles zu belassen. Du musst das klären, ich meine regeln, Carl. Außerdem liegen deine Pensionsbescheide bei mir in der Schublade.«

»Schön zu hören, dass Nicola meine Tochter ist. Moles sagt die Wahrheit. Wir haben uns, falls das Gutachten so ausfällt, dahingehend abgesprochen.

Solange wir nicht sicher sein können, nehme ich keinen Kontakt auf Martina. Zu niemanden hörst du? Fangt diesen Wahnsinnigen ein, dann reden wir weiter. Danke für das Aufbewahren der Bescheide. Wichtiger ist, dass die Kohle zu jedem Monatsersten auf der Bank in Österreich eintrifft. Die Papierfetzen hole ich mir dann später. Das wäre es dann, wünsche eine gute Nacht. Mach's gut, Martina.«

Schmunzelnd legte er auf. Er war also wieder Vater, Nicola seine Tochter. Ein berauschendes Gefühl von Zufriedenheit, Liebe und Sehnsucht machte sich in seinem Herzen breit.

Er wusste, dass er nie der erziehende Vater seiner Tochter sein konnte. Das musste er akzeptieren. Es beruhigte, dass er das Kind in den allerbesten Händen wusste. Sobald die Situation es erlaubte, würde er sich mit Nicola und den Moles in Verbindung setzten. Mit diesen schönen Gedanken schlief er ein.

Einige Stockwerke tiefer, in der Nähe eines der Eingänge zum bereits geschlossenen *Mercado de Nuestra Señora de Àfrica,* saß ein Mann im Halbschatten eines Baumes auf einem billigen Plastikstuhl. Sein blondes Haar leuchtete im Licht der Straßenlampe. Zigarettenrauch stieg auf. Während er leise in ein Telefon sprach, richtete sich sein Blick immer wieder auf den obersten Balkon des Hauses.

Doch dort, in der Wohnung von Carl und Loly Dragner, war das Licht längst ausgegangen.

Der Mann verweilte noch einige Zeit, schlenderte dann die Straße entlang, wo sich an der Ecke eine kleine Bar mit Bedienung im Freien befand.

Sein Ziel war die elegante Schönheit an einem der winzigen Tische. Mit einem geflüsterten *Ciao Bella* setzte er sich, bestellte *Café Cortado* zu einem doppelten Scotch ohne Eis mit etwas Wasser.

Genussvoll entzündete er eine lange Zigarre und wandte sich lächelnd an seine Begleiterin.

Für ahnungslose Passanten und Gäste nahm hier ein Urlauberpaar den letzen Drink des Abends.

49

Die Luft im Raum war zum Schneiden.

Den überwiegenden Teil an Rauch und Gestank produzierte ein Zigarillo, der lässig im Mundwinkel eines Mannes hing, dessen nachdenklicher Blick auf die Bildschirme an der Wand gerichtet war.

Die dazugehörigen Rechner wurden von zwei bärtigen Männern mit ähnlich geratenen Nickelbrillen bedient. Ihre rotgeränderten Augen waren nicht der Computerarbeit, sondern dem hemmungslosen Zigarettenverschleiß geschuldet.

Am rechten Bildschirm lief ein aktuelles Navigationsprogramm. Inmitten verwirrender Linien, Zahlen und Positionsangaben blinkte in steter Regelmäßigkeit ein winziger Punkt. Ein Schiff, den Atlantik ostwärts querend. Deutlich waren die sieben Inseln der Kanaren zu erkennen. Das vermeintliche Ziel des einsamen Schiffes.

Das Foto eines Mannes prangte am linken Bildschirm samt einer detaillierten Beschreibung zur Person sowie Angaben zu seinen Bewegungen und Standorten.

»Er ist in der Stadtwohnung und schläft, zumindest hat er das Licht ausgemacht. Hat mit ihr telefoniert, nur belangloses Gerede. Fragte, ob sie gegenüber unserem Mann die Wohnung erwähnt habe.

Er ist extrem misstrauisch. Der einsame graue Wolf lebt nach wie vor in ihm. Wir sollten ihn im Auge behalten, Boss.«

Der Mann am Schreibtisch löste seinen Blick von den Bildschirmen. Seine eisigen, stahlblauen Augen musterten den Sprecher, einen kahlköpfigen, klein gewachsenen Italiener den sie *Mini* nannten und dessen nervöses Augenzwinkern jedermann irritierte.

»Er hat allen Grund, vorsichtig zu sein. Er weiß, dass ihm die geringste Unaufmerksamkeit den Kopf kosten kann. Aber *er* ist nicht unsere primäre Sorge. Zu denken gibt mir die Verspätung der *San Marido*. Was ist da los? Sie ist planmäßig in *Port of Spain* ausgelaufen. Derzeit liegt sie 24 Stunden hinter dem Zeitplan, warum? Das wirft unser Konzept über den Haufen verdammt!«

Die Stimme des Mannes, eisig wie seine Augen, ließ die Männer an den Rechnern innehalten. Einer ergriff das Wort, deutete auf eine Stelle am Bildschirm.

»Es gab schwere Stürme. Sie musste auf Barbados eine Nacht anlegen. Die Verzögerung kann nicht aufgeholt werden, eher verlängert sich alles noch einmal aufgrund der prognostizierten Wetterlage.«

»Macht mir eine Verbindung mit unserem Mann auf der Insel«, forderte der Boss barsch.

Es dauerte drei Minuten, Bild und Zahlen auf dem linken Bildschirm verschwanden, blau schimmernder Pixelregen, einige Verzerrungen und das Gesicht eines Mannes erschien.

Im Hintergrund war deutlich die beleuchtete Hafenanlage von Santa Cruz de Tenerife zu erkennen.

»Guten Abend, Claudio. Kannst du sprechen?«

Claudio Peruzzi hielt sein Smartphone zu tief, die unscharfe Kamera verzerrte sein Gesicht.

»Alles klar, was gibt es Wichtiges um diese Zeit? War gerade auf dem Weg ins Hotel.«

»Wir haben ein kleines Problem. Die *San Marido* ist vom Kurs abgekommen, vermutlich das Wetter in der Karibik. Hat jetzt wieder ruhige See, aber nicht mehr lange. Es ist eine weitere Sturmfront aus Nordwest angekündigt, die wird sie reffen und die Ankunft 24 bis 36 Stunden verzögern. Darauf müsst ihr euch einstellen.

Außerdem ist nicht ausgeschlossen, dass dieses verdammte Scheißwetter einen anderen Übergabeort erforderlich macht. Schlimmstenfalls gibt es keine Umladung von Hand zu Hand, wegen des Seeganges. Das würde Wasserung bedeuten. Verdammte Scheiße, hatten wir schon, nicht wahr? Also seid auf alle Gegebenheiten vorbereitet.«

»Keine guten Nachrichten. Ich werde noch heute Abend meine Leute instruieren. Wissen wir, ob die Route nördlich oder südlich von La Gomera genommen wird?«

»Negativ. Ich nehme an, nördlich, dort ist die See ruhiger bei Nordwest-Lage. Also südlich von La Palma, zwischen den beiden Inseln oder so ähnlich verdammt, was weiß ich!

Ich bin kein Seebär, verflucht noch einmal! Sobald ich Näheres weiß, erfährst du es.

Und nun zu Freund Charly. Du musst ihn weiterhin unter Kontrolle halten, er darf auf keinen Fall Kontakt mit diesen Leuten haben, verstehst du Claudio? Auf gar keinen Fall. Ich gebe dir rechtzeitig Bescheid, wenn du ihn dir schnappen sollst, damit die Sache zu einem Ende geführt werden kann.

Verstehen wir uns?«

»Ich weiß, ich weiß. Ist aber auch wirklich zum Kotzen, dass er sich ausgerechnet hierher zurückgezogen hat.

Ich war in Los Gigantes, wollte mich umsehen. Die Jacht liegt ruhig vor Anker, es sind immer noch dieselben Leute an Bord. Wenigstens das scheint zu klappen. Wenn allerdings stimmt, was ich gesehen habe, dann werden wir ein Problem bekommen. Ich hoffe nur, dass ich mich getäuscht habe.«

»Was meinst du damit? Welches Problem? Mit der Lieferung? Spuck's schon aus, Claudio. Wir dürfen keinerlei Risiko eingehen, das weißt du. Diesmal muss es klappen.«

»Nichts, was die Lieferung betrifft, keine Sorge, da läuft alles nach Plan. Nein, es ist etwas mit Charly, besser gesagt mit seiner Frau. Ich kann und will nichts sagen, bevor ich mir nicht absolut sicher bin. Also dann, bis bald.«

Das Bild fiel in sich zusammen, der Schirm war dunkel.

Im verrauchten Zimmer zündete sich der Mann am Schreibtisch einen neuen Zigarillo am alten an, nahm einen tiefen Schluck aus der Flasche und betrachtete nachdenklich den kleinen Punkt am rechten Schirm.

Der bewegte sich für seinen Geschmack viel zu langsam.

50

Carls Laune hätte besser nicht sein können.

Die vorletzte Teilprüfung war sehr gut ausgefallen. Noch eine schriftliche Arbeit, dann hatte er die Zulassung in der Tasche. Zur Feier des Tages beschloss er, seinen bescheidenen Weinkeller aufzufüllen, was ihn nach Icod de los Vinos führte, wo er ein hervorragendes Weingut ausgemacht hatte.

Der Winzer, ein noch junger Bursche mit viel Engagement, servierte die üblichen Kostproben, dazu Käse, Oliven und Brot.

Sechs Karton köstlichen Weines im Wagen machte sich Carl über Santiago del Teide auf den Weg nach Hause. Die Sonne stand tief, ein würziger Abendwind wehte vom Meer herein, als er sich leise in die Wohnung schlich. Der Wein war im Keller verstaut, eine Flasche in seiner Hand würde ihnen den Abend verschönern. Leise bewegte er sich auf die Terrasse zu. Loly war auf der Holzliege eingenickt. Das diskrete *Plop* des gezogenen Korkens ließ sie hochfahren.

»Darf ich der Señora ein Glas kredenzen?«

»Carlo, Schatz, schön, dass du da bist. Ich war eingeschlafen, oh mein Gott. Entschuldige, die Bildschirmarbeit macht mich müde. Wie war dein Tag? Setz dich zu mir.«

Sie hatte sich aufgerichtet und zog ihn sanft auf die komfortable Liege.

»Alles gut gelaufen, noch einmal mündlich vor den Senat, dann kann ich als Assistent in der Kanzlei beginnen. Ich freue mich schon darauf.«

»Gratuliere, ich bin stolz auf dich. Lass uns anstoßen auf deinen Erfolg. Wieder ein kleines Stück im neuen Leben, ist das nicht wunderbar?«

In Puerto de la Cruz hatte er fangfrischen Wolfsbarsch gekauft, diesen galt es zu verarbeiten. Er entschied sich für die gegrillte Version. Loly übernahm die Beilagen. Auf der kleinen Terrasse genossen sie das Mahl samt herrlichen Wein aus Icod.

»Ach Carlo, ich bin so glücklich. Wie schnell sich im Leben alles ändern kann. Vor fast genau einem Jahr war ich tieftraurig, ich lebte so gerne in Wien, wollte nie mehr weg mit dir dort alt werden, das war mein Traum. Und jetzt? Jetzt sind wir hier, hier, und in Santa Cruz. Wir haben eine neue Heimat gefunden. Ist das nicht schön?«

»Mehr als das. Ich muss dir eine Neuigkeit mitteilen, ich kann es nicht für mich behalten. Ich habe gestern mit Martina Kerbel telefoniert.«

Erschrocken ließ sie ihr Besteck sinken.

»Du hast was? Mit Wien telefoniert?«

»Beruhige dich, Schatz. Ich habe ein Prepaid Gerät benutzt. Das kann kein Mensch nachverfolgen, absolut sicher. Außerdem war der Anruf sehr kurz. Ich wollte wissen, wie das Gutachten ausgefallen ist, wie es Nicola geht.«

»Hast du mich erschreckt! Und? Was ist? Was hat sie gesagt?«

»Ich bin der Vater. Das steht nunmehr mit Sicherheit fest. Das Gericht hat mich zur Aufenthaltsermittlung ausgeschrieben, wegen der Abklärung des Sorgerechtes. Die Moles leben jetzt in Genf, es geht ihnen und Nicola gut. Meine Pensionsbescheide liegen beim BKA. Das ist alles. Also kein Grund zur Aufregung.«

»Das sagst du so gelassen. Wir waren uns einig, jeden Kontakt egal wohin und mit wem, zu vermeiden, bis dieser Kuzimov endlich wieder hinter Gittern ist. Hast du darüber etwas gehört?«

»Nein gar nichts. Wir haben über ihn nicht gesprochen. Es ging mir einzig um das Gutachten. Ich werde erst Kontakt zum Gericht und zu den Moles aufnehmen, wenn wir absolut sicher sein können, verlass dich darauf. Ich gehe kein Risiko ein, keine Angst. Du hast mir am Telefon gesagt, dass du eine neue Freundin hast. Wer ist sie?«

»Oh ja, das hätte ich beinahe vergessen. Lena heißt sie. Eine reizende Person. Sie ist Hamburgerin, spricht perfekt Spanisch. Sie hat mir versprochen, sich zu melden. Vielleicht klappt es mit einem Besuch auf der Jacht. Sie liegt im Hafen, ein schönes Boot. Ich war noch nie auf einer Jacht eingeladen, sicher ein aufregendes Erlebnis.«

»Oh ja, das glaube ich auch. Eine faszinierende Vorstellung, auf hoher See zu speisen.

Du hast deine Telefonnummer weitergegeben? Ist das nicht gegen unsere Vereinbarung und unvorsichtig?«

Er konnte sich die kleine Spitze nicht verkneifen, nach der Rüge ob seines Telefonates mit Wien.

»Der Herr Polizist kann ganz beruhigt sein, ich habe keine Nummer weitergegeben. Wir haben vereinbart, uns morgen Vormittag auf einen Plausch bei *José* im Hafen zu treffen. Also keine Sorge, *ich* halte mich an die Regeln.«

Carl schmunzelte entschuldigend unterwegs den süßen Nachtisch zu holen. Eine köstliche Torte mit Mandelcreme, seine Lieblingssüßspeise.

Mit einer Tüte frischer Brötchen schlenderte Carl die steile Straße zum Jachthafen hinab. So früh am Morgen traf man kaum Menschen, lediglich eine Truppe der Stadtverwaltung war mit Müllabfuhr und Straßenreinigung beschäftigt.

Im weiten Hafenbecken schaukelten an die hundert Boote in der frischen Brise. Ein Fischkutter näherte sich tuckernd der Einfahrt in das vor hohen Atlantikwellen bestens geschützte Becken. Die ersten Strahlen der aufgehenden Sonne ließen die Wellenkämme des Ozeans silbrig schimmern. Direkt an der Mole schaukelten Ausflugsschiffe, Walbeobachter und Segelboote, die einen scharfen Törn anboten. An der westlichen Kaimauer lagen zwei Jachten, welche sich an Größe und Ausstattung deutlich von den anderen Booten abhoben.

Eine mächtige *Astondoa,* 30 Meter lang, hellblau mit dunkelblauem Oberdeck, ausgestattet für Hochsee-Sportfischerei unter deutscher Flagge sowie eine etwa gleich starke *Sunseeker Fly,* schwarzer Rumpf mit schneeweißem Dreierdeck und Steuerkabine. Sie hatte keine Flagge gehisst, lediglich ein kleines spanisches Fähnchen am Heck flatterte im Morgenwind.

Auf der *Astondoa,* an deren Backbordseite in goldener Schrift der Name *Isabelle* angebracht war, herrschte bereits reger Betrieb. Sie war kurz vor dem Auslaufen. Eine Gruppe junger Leute bereitete sich auf ein Abenteuer der besonderen Art vor.

Hochseefischen.

Hektik und Nervosität war ihnen anzusehen. Gern wäre Carl mit ihnen rausgefahren.

Auf der schnittigen *Sunseeker Fly* hingegen war kein Mensch zu sehen. Die Luken geschlossen, das Vorderdeck mit einer Plane geschützt, lag sie leicht wippend am Kai. Anstelle eines Namens prangte ein goldfarbenes Wappen auf dem schwarzen Untergrund des Vorderdecks. Zwei auf den Hinterbeinen aufgerichtete, beflügelte Panther, die eine Art Kugel hielten. Nachdenklich betrachtete er das Wappen. Ihm war, als habe er dieses schon einmal gesehen, kam aber nicht darauf, wo es gewesen war. Hingegen war er sicher, dass es sich um dieselbe Jacht handelte, die letztens vor Adeje gekreuzt war.

Die Motoren der *Isabelle* kamen auf Touren, geschickt manövrierte der Skipper das Schiff aus dem engen Hafenbecken.

Carl winkte den fröhlichen Menschen zu, die einem schönen Tag auf See entgegenfieberten.

Ein warmer Tag kündigte sich an.

Sie beschlossen, nach dem Frühstück in den *Club Oasis* zu gehen. Die gepflegte Anlage mit riesigem Pool, Liegewiesen und traditioneller Gastronomie lag direkt an den steil ins Meer abfallenden Felsen mit herrlichen Ausblicken auf Atlantik und Teno-Gebirge.

Loly wollte vorher noch zum Hafen, um ihre neue Freundin zu treffen.

»Ich mache mich auf den Weg in den Club. Heute wird viel Betrieb sein. Besser, ich halte uns einen Platz frei. Bei euren Damengesprächen werde ich nicht vermisst werden. Bis später mein Herz.«

Ein flüchtiger Kuss auf die Wange weg war sie. Schön, dass sie endlich Anschluss gefunden hat, dachte Carl zufrieden, schulterte die Badetasche und machte sich auf den Weg zum nahen Clubgelände.

Den Zeitung lesenden Mann mit Sonnenbrille und Panamahut, der lässig an einer der kunstvoll verzierten schmiedeeisernen Laternen lehnte, schenkte er keine Beachtung. Er hätte ihn so oder so nicht erkannt, was umgekehrt nicht der Fall war. Der Mann wusste sehr genau, wer da entspannt durch die Gassen spazierte. Er nahm seine Sporttasche auf und folgte Carl in sicherem Abstand.

Rechtzeitig zum Lunch war Loly zurück. Im Schatten eines bunten Sonnenschirms genossen sie eine duftende Paella, die Spezialität des Restaurants im Club.

»Lena hatte sich etwas verspätet. Am Abend kommt ihr Mann vom Festland zurück. Sie muss ihn am Flughafen abholen. Morgen sind wir eingeladen. Wir haben uns für 10:00 Uhr am Kai verabredet. Sie wollen mit uns die Insel umrunden, stell dir vor, Carlo, die ganze Insel! Wir können am Boot übernachten, in einer eigenen Gästekajüte. Ich bin schon so aufgeregt.«

»Ehrlich gesagt geht mir das zu schnell. Können wir diesen Leuten vertrauen? Ein Essen auf dem Schiff im Hafen liegend, meinetwegen. Aber auf offener See mit Leuten, die wir nicht kennen? Nein, Loly, das ist mir nicht geheuer.«

»Was soll passieren? Das sind ganz normale Menschen aus Deutschland, Carlo. Keine Ungeheuer. Ich verfüge auch über eine gute Menschenkenntnis, nicht nur du misstrauischer alter Schnüffler.«

Vergnügt fuhr sie ihm durch sein wuscheliges Haar.

»Wie kannst du so sicher sein? Du hast ihren Mann noch gar nicht kennengelernt, nicht einmal gesehen hast du den Typen, oder irre ich mich?«

»Nein, du irrst nicht. Aber seine Frau kenne ich, eine nette Person, die uns einlädt zu einem schönen Wochenende. Sei jetzt bitte kein Spielverderber. Ich mache dir einen Vorschlag. Sollte deine Abneigung immer noch andauern, nachdem wir die Leute getroffen haben, können wir uns eine Ausrede einfallen lassen und den Besuch beenden. Jetzt sei kein Frosch Liebling. Seit einem Jahr leben wir wie die Mönche. Ohne Freunde, ohne Familie, nur wir beide, tagein, tagaus. Ich bin sicher, dass uns eine Abwechslung guttun wird. Also, was meinst du, mein Bärchen?«

Der Kellner hatte den Tisch abgeräumt und Kaffee gebracht. Sie lehnte sich verführerisch an seine Schulter, kraulte sein Ohrläppchen und verpasste ihm einen verheißungsvollen, salzigen Kuss.

»Also gut, Herzchen, wir machen es so, wie du willst. Und nun lass bitte von mir ab, die Leute dort drüben flüstern schon über uns.«

»Lass sie flüstern, Carl, die beneiden dich doch nur um deine Rassefrau!«

»Loly! Wir gehen jetzt wieder auf die Liege zurück, spielen das brave Ehepaar in der Nachmittagssonne. Komm, die Kaffeetassen nehmen wir mit. Ich bestelle uns noch eine große Flasche Wasser.«

51

Siedend heißes Öl blubberte einer kochenden Puddingmasse gleich im Stahlfass.

Winzige Tröpfchen schossen hoch, verbrannten seine Oberarme, sein Gesicht, seine Haare. Er konnte nicht klar denken, Blut staute sich im Gehirn, verursachte ein unerträgliches Rauschen in den Gehörgängen. Das dünne Nylonseil schnitt tief in seine Beine, die den hängenden Körper zu tragen hatten und bereits völlig taub waren.

Unerträgliche Hitze aus der Stahltonne trieb Bäche von Schweiß über seinen nackten Rücken, seinen Nacken, seine glühende Kopfhaut bis in die tränenden Augen. Er hustete, der ätzende Säurequalm drang in seine Lungen, ließ ihn keuchend nach Luft schnappen. Seine baumelnden Hände schwebten wenige Zentimeter über der kochenden Brühe.

Mühsam hob er den Kopf. Durch einen Schleier aus Tränen und Schweiß sah er das zu einer Fratze verzerrte Gesicht Kuzimovs vor sich, hörte die schaurige Stimme.

»Eintauchen!«

Mit einem Ruck gab das Seil nach, die Fingerkuppen berührten das kochende Öl.

»Nein!!«

»Mein Gott, Liebling, was ist mit dir? Ganz ruhig, ich bin hier. Du hast schlecht geträumt.«

Schweißnass, keuchend nach Luft ringend, saß er im Bett. Sein Brustkorb schien zu zerspringen, der gequälte Körper vibrierte.

»Loly! Mein Gott! Ich hatte einen grauenhaften Traum. Kannst du mir ein Glas Wasser bringen?«

Langsam beruhigte sich sein aufgewühltes Inneres. Nach zwei Gläsern Wasser sank er erschöpft und dankbar zurück in das weiche Kopfkissen, zufrieden, dass alles nur ein schlimmer Traum gewesen war.

»Geht's wieder, Carlo? Willst du eine Tablette nehmen?«

»Nein, nein, alles ist gut. Schon vorüber.«

Er warf einen Blick auf seine Uhr.

»Alles gut, Loly, es geht mir gut, lass uns weiterschlafen.«

Am Morgen konnte er sich nicht an den Albtraum erinnern, das ging ihm fast immer so. Er war froh, so belasteten ihn diese Träume nicht weiter.

»Nimmst du die Bermudas oder die kurze Badehose? Wir werden schwimmen, in einer ruhigen Bucht, was meinst du?«

»Hast du eine Ahnung, wie kalt der Atlantik im Mai ist? Höchstens 18 Grad Liebling. Schwimmen kann ich mir in diesem Eiswasser eher nicht vorstellen.«

»Ich nehme die Badesachen mit, man kann nie wissen. Und jetzt beeile dich, wir sind spät dran.«

Am Hafen tummelten sich die Touristen, drängten zu den Walbeobachtern und Segelbooten.

Sie zwängten sich durch die Massen, eilten zur Anlegestelle der *Sunseeker.*

Die Stelle war leer.

Kein Boot, keine Jacht, kein Mensch, gar nichts. Irritiert blickten sie um sich Nichts zu sehen, außer Touristen über Touristen.

»Señora Maria-Dolores? Sind Sie die Freundin von Lena Christensen?«

Neben ihnen lag ein mittelgroßes Schlauchboot mit Holzboden und Außenborder. Ein Mann mit Sonnenbrille unter dem schneeweißen Panamahut hielt freundlich lächelnd das Steuer in Händen.

»Hallo, ja. Ich bin Maria-Dolores. Wo ist Lena? Das Boot, ich meine die Jacht? Sind wir zu spät?«

»Aber nein, keinesfalls. Wir liegen draußen vor Anker. Herr Christensen ist gestern noch einmal rausgefahren, das macht er öfter nach anstrengenden Geschäftsreisen. Die Einfahrt in den Hafen ist ab 22:00 gesperrt. Er war zu spät und musste draußen übernachten. Nicht das erste Mal übrigens. Ich darf Sie abholen und mit dem *Dingi* zur Jacht bringen. Mein Name ist Hans, ich bin der Skipper der Familie. Wenn sie bitte einsteigen wollen, ich darf behilflich sein?«

Galant reichte er Loly die ausgestreckte Hand. Carl übergab dem Mann seine lederne Sporttasche. Skipper ist gut, dachte er beim Anblick muskelbepackter Arme.

Leibwächter käme eher hin.

Als er sich wieder aufrichtete, fiel sein Blick über das weite Hafenbecken auf die gegenüber liegende Seite. Sein Atem stockte!

Direkt am Pier stand Claudio Peruzzi!

Carl nahm seine Sonnenbrille ab, fuhr sich über die Augen, hob den Blick.

Peruzzi war weg.

Nur der Touristenstrom wogte auf und ab.

Beunruhigt stieg er in das schwankende Boot, setzte sich neben Loly auf die hölzerne Bank und fasste ihre Hand. Der starke Motor heulte auf, das Schlauchboot fegte durch die Hafeneinfahrt.

Zielstrebig nahm es Kurs auf die nicht weit entfernte *Sunseeker*. Hart schlug der Boden auf die Wellen. Carl und Loly wurden ordentlich durchgeschüttelt, bis sie endlich den am Heck heruntergelassenen Steg erreichten. Niemand erwartete sie, die Jacht schien verlassen zu sein.

»Bitte, steigen Sie hinauf, die Herrschaften erwarten Sie im Salon, eine kleine Überraschung.«

Wieder lächelte der Mann, der seinen Hut wegen des Fahrtwindes abgenommen hatte. Seine blonden Haare wehten im steifen Wind des Atlantiks.

Carls Sinne waren angespannt wie selten. Dieses Gefühl, dieses verdammte Gefühl des Misstrauens hatte ihn erfasst. Diese Intuition, die ihm schon so oft eine Gefahr angekündigt hatte, sie war plötzlich da.

Was sollte er tun? Den Mann ins Wasser stoßen und mit dem Boot zurück in den Hafen steuern?

»Komm schon Liebling, lass mich nicht warten, gib mir die Tasche.«

Loly stand schon an Deck, langte mit der Hand fordernd nach ihm.

Langsam stieg er die verchromte Treppe hinauf, verhielt an der Reling, wartete, bis Hans festgemacht hatte und ebenfalls an Bord kam.

Loly fasste Carls schweißnasse Hand. Überrascht sah sie ihn an, sagte aber nichts. Hans schob sie behutsam in Richtung Eingang am Vorderdeck.

Welch protziger Luxus, dachte Carl und stieg die zwei Stufen hinauf, die in den Salon führten.

Abrupt hielt er inne, starrte entgeistert auf die elegante Ledergarnitur. Instinktiv wollte er fliehen, drehte sich blitzschnell um und blickte in das schwarze Loch einer 45er Magnum.

Hans wedelte leicht mit der silbrig glänzenden Waffe, sein freundliches Lächeln war verschwunden.

»Willkommen an Bord, Charly! Wie klein die Welt doch ist, wogegen Zufälle oft so groß sind. Wer konnte ahnen, dass wir uns hier wiedersehen? Bienvenida Señora Loly, ich darf Sie so nennen? Nehmen Sie bitte Platz, alles andere würde Hans gar nicht gerne sehen.«

Igor Kuzimov lehnte entspannt in der weinroten Ledergarnitur, die einen großen Teil des Salons einnahm, der in weiß lackiertem Holz gehalten war. Eine schmale Kommode, die als Glasschrank und Hausbar diente, sowie ein Glastisch ergänzten die Einrichtung.

Kuzimov hatte sich nicht wirklich verändert.

Einzig sein extremer Kurzhaarschnitt sowie die noch dunkler erscheinende sonnenverwöhnte Haut ließen ihn älter aussehen.

Loly schmiegte sich ängstlich an ihren Mann. Er konnte die Vibrationen ihres Körpers spüren. Zu seinem eigenen Erstaunen fühlte Carl keine Angst, im Gegenteil. Es schien, als sei er sogar froh.

Froh darüber, dass es jetzt endgültig eine Entscheidung geben würde.

»Darf ich vorstellen, Loly. Igor Kuzimov.

Gangsterboss, Mörder meiner Familie, Drogenschmuggler, Mädchenhändler, skrupelloser Günstling verschiedner…«

»Stopp, Charly. Stopp! Nicht doch«, unterbrach der Anführer des *Qilich-Syndikats.*

»Wir wollen uns nicht Dinge aus der Vergangenheit an den Kopf werfen. Wozu auch? Allein die Zukunft zählt. Wie deine und deiner Frau Zukunft aussehen wird, liegt einzig in deiner Hand. Ein Wink von mir, Hans drückt ab, ihr geht über Bord, die Haie haben ihre Freude und ich endlich meine Befriedigung.

Andere Möglichkeit.

Du setzt dich zu mir, wir unterhalten uns, danach sehen wir weiter.«

»Was haben Sie mit Lena gemacht? Wo ist sie! Ich will Lena sehen!«

Loly hatte sich zornig aufgerichtet. Breitbeinig stand sie vor Kuzimov.

Da war sie, die Spanierin, die temperamentvolle starke Frau, wie Carl sie kannte und liebte.

Im Gesicht des Gangsters stand plötzlich dieser wölfische Ausdruck dieses Verlangen. Carl hatte es oft und oft an ihm gesehen. Er wusste, wie gefährlich Kuzimov in solchen Augenblicken werden konnte. Doch diesmal entspannte er sich. Provokant bot er Loly seinen Arm.

»Kommen Sie mit schöne Frau, hier entlang.«

Galant öffnete er die schmale Schiebetür. Auf dem Vorderdeck gab es eine breite Liege. Zwischen bunten Kissen rekelte sich eine Frau in der Morgensonne.

»Guten Morgen, Loly. Schön dich zu sehen. Was für ein herrlicher Tag für einen Ausflug findest du nicht? Willst du mir deinen Mann vorstellen?«

Beinahe wäre sie über die schmale Türleiste gestolpert, fing sich, starrte die Frau im Bikini entgeistert an.

»Du? Du verdammtes Biest! Ich hasse dich!«

Loly ließ sich auf eine schmale Bank an der Reling fallen. Sie verbarg ihr Gesicht in den schlanken Händen. Ihre Schultern zuckten heftig. Leise spanische Laute entrangen sich ihrer Brust. Carl war neben sie getreten. Erst jetzt achtete er auf die Frau im Bikini.

Sein Pulsschlag schnellte in die Höhe, die Knie wurden weich. Das abscheuliche Gefühl der Unwirklichkeit nahm von ihm Besitz, seine Augen trübten ein.

»Hallo Charly, lange nicht gesehen. Elf Jahre, wenn ich richtig rechne?«

Carl hatte sich neben seine Frau gesetzt. Er wollte nicht glauben, was hier vor sich ging. Fahrig wischte er den Schweiß von seiner hohen Stirn.

»Lena? Lena Potinova? Nein, du bist nicht Lena, sie ist tot! Verdammt, sie wurde erschossen!«

Seine Stimme hatte sich erhoben, die letzten Worte kamen schreiend aus seinem verzerrten Mund.

»Ruhig, Charly, ganz ruhig. Ich bin Lena Potinova, willst du meinen Pass sehen? Das geht leider nicht, ich habe jetzt einen anderen mit neuem Nachnamen, aber ich bin immer noch Lena.«

Sie rekelte sich aufreizend. Eine Frau im besten Alter mit makelloser Figur. Das blauschwarze Haar hatte sie zu einem Zopf geflochten, der auf der bronzefarbig glänzenden Haut ruhte.

»Carlo! Ist das die Mutter von Nicole?«, flüsterte Loly in sein Ohr. Carl nickte nachdenklich, verflocht die Finger beider Hände und drückte nach außen. Die Gelenke knackten.

»Oh mein Gott, Carlo. Was habe ich getan? Ich habe mich blenden lassen, es ist meine Schuld!«

»Lass nur Loly, es ist gut, wir bringen das in Ordnung. Niemand trifft eine Schuld, ganz ruhig mein Herz, wir machen das schon«, unterbrach er sie und strich zärtlich über ihr Haar.

»Damit konntest du nicht rechnen, nicht wahr Charly? Ich bin tatsächlich Lena. Du wirst dich fragen was ich hier mache, es ist leicht erklärt.

Ich bin ,nein, ich war«, sie lachte aufgekratzt, als hätte sie bereits am Morgen einige harte Drinks intus.

»Noch einmal. Ich war die Ziehschwester von Igor. Seine Mutter hatte mich aus dem Dreck der Straße geholt und adoptiert. Jetzt bin ich seine Frau. Wieder falsch, Lebenspartnerin nennt man es heutzutage. Egal. Igor und ich, wir sind seit langer Zeit zusammen. Anfangs, zu der Zeit als du kurz in mein Leben tratest, habe ich für ihn gearbeitet, als Spitzel bei der Moskauer Polizei. Ich war eine Art Doppelagentin. Auch Boris Jelzov, du kennst ihn, ukrainischer Geheimdienstmann, er glaubte, ich würde für ihn arbeiten.«

Wieder lachte sie fröhlich, als erzähle sie eine lustige Geschichte aus ihrem Leben.

»Tja, Loly tut mir leid für dich. Damals kroch dein Charly in mein Bett. Ich wurde schwanger, weil dieser Idiot nicht aufpassen konnte.«

Mit einem Mal war da ein anderes Gesicht, eine veränderte Lena.

Hasserfüllt starrte sie Carl an.

»Ich trug sein Kind unter meinem Herzen, es war seine Schuld. Ich konnte das Kind nicht bekommen, durfte es nicht haben«, ein kurzes Schluchzen entrang sich ihrer Kehle. Sofort hatte sie sich wieder in der Gewalt.

Carl hatte den warnenden Blick Kuzimovs mitbekommen.

Was ging hier vor?

»Igor brauchte mich. Es herrschte damals Krieg. Krieg zwischen der korrupten Polizei und verschiedenen Banden. Zwischen *Qilich*, dem ich meine Treue geschworen hatte, und anderen Syndikaten in Europa und Asien.

Ich gab das Mädchen zur Adoption frei, folgte Igor in den Kampf. Meine Tarnung bei der Polizei war nicht länger zu halten. Bei einem Feuergefecht wurde mein Tod als Polizistin von Igors Leuten geschickt fingiert. Ertrunken im großen Fluss, nie mehr gefunden, Lena ausgelöscht.«

Wieder lachte sie, nahm einen Schluck aus ihrem Glas, was immer darin sein mochte.

»Das reicht jetzt! Märchenstunde zu Ende.«

Kuzimov führte sie zurück in den Salon. Hans hatte in der Zwischenzeit die Jacht in Bewegung gesetzt. Sie steuerten auf Punto Teno zu. Durch die breite Fensterfront konnte Carl in der Ferne den Leuchtturm sehen. Wohin will der mit uns? Er überlegte fieberhaft.

Lena blieb an Deck und ließ sich von der kanarischen Sonne bräunen, als gäbe es nicht die geringste Veranlassung sich trüben Gedanken über die beiden Gefangenen hinzugeben.

Carl und Loly hatten die angebotenen Drinks abgelehnt, warteten auf ihr weiteres Schicksal.

Kuzimov schenkte sich ein Glas Champagner ein. Genussvoll nahm er einen Schluck, bevor er zu sprechen begann.

»Wirklich ein feiner Tropfen. Wollt ihr nicht ein Gläschen? Beruhigt die Nerven. Nein? Gut, dann eben nicht. Dir ist klar, Charly, dass du nicht viele Möglichkeiten hast? Ich habe lange überlegt, was ich mit dir anstelle wenn ich dich in die Finger kriege.

Die schönsten Tode sind mir durch den Kopf gegangen, in manch schlafloser Nacht. Alle bisherigen Versuche, dich zu erledigen, sind leider fehlgeschlagen. Ein Fehler von mir. Hatte die falschen Leute auf dich angesetzt, Stümper.

Jetzt bin ich zur Überzeugung gelangt, dass du mir sehr nützlich sein könntest. Ich mache dir ein Angebot. Arbeite für mich, vergessen wir unseren Streit, unsere Rache, unseren Hass.

Du leistest den Schwur auf das Schwert und kannst ein reicher Mann werden. Was verdienst du jetzt? Hmmm? Dreitausend im Monat? Bei mir kannst du das an einem Tag verdienen. Das wäre die eine Seite. Die andere bedeutet deinen Tod, das ist dir klar? Willst du für mich arbeiten, kannst du schon bald einen Job erledigen, wenn nicht, siehst du die Sonne nicht wieder.«

Er stand auf, ging über die kleine Stiege nach oben, auf der letzten Stufe hielt er an.

»Ich übernehme jetzt das Steuer. Hans zeigt euch eure Kajüte. Ich nehme an, ihr seid vernünftig. Ich lasse euch ungern fesseln und knebeln.

Es liegt in eurer Hand.

Vom Schiff kommt ihr so oder so nicht runter, wir kreuzen auf offener See.

In den nächsten Tagen kommen wir nicht in die Nähe von Land. Denke über mein Angebot nach, du wärst nicht der einzige Bulle, den ich beschäftige.«

Die Gästekajüte stand einem Hotelzimmer der Fünf-Sterne-Kategorie um nichts nach.

Loly hatte sich auf das breite Bett fallen lassen. Sie war aufgewühlt, fühlte sich schuldig an der ganzen Misere.

»Mach dir keine Gedanken, Liebes, die Sache war professionell eingefädelt, du konntest die Falle nicht erkennen. Vielleicht ist es besser so. Solange dieses Schwein nicht tot ist, haben wir keine Ruhe vor ihm. Auch nicht, wenn er hinter Gittern sitzt. Ist dir auch aufgefallen, dass Lena kurzfristig die Nerven verloren hat? Ich glaube, er hält sie wie eine Gefangene, möglicherweise eine Chance für uns.

Dieser Hans ist gefährlich, ein eiskalter Hund ist das. Wir müssen herausfinden, ob noch andere Gangmitglieder an Bord sind. Ich schlage vor, wir machen erst einmal gute Miene zum bösen Spiel. Wir verhalten uns abwartend. Ich werde so tun, als überlege ich mir sein Angebot.

Etwas anderes macht mich nachdenklich, bereitet mir Sorgen. Als wir aus dem Hafen fuhren, habe ich Claudio gesehen. Ich bin mir ganz sicher, er stand auf der anderen Seite. Dort, wo du dich mit Verena getroffen hattest. Was hat das zu bedeuten? Arbeitet er für Kuzimov? Angedeutet hat der ja, dass andere Bullen für ihn tätig sind. Verdammt, ich werde noch wahnsinnig, ich kann nicht glauben, dass Claudio so etwas tut. Und warum ist er nicht mit an Bord, wenn er schon für ihn arbeitet? Nein, irgendetwas stimmt bei der ganzen Geschichte nicht, passt nicht zusammen. Aber was? Was steckt dahinter?«

Nachdenklich wanderte er in der Kajüte auf und ab. Ein Blick durch das breite Fenster, in dessen Mitte als *Hingucker* ein Bullauge eingelassen war, bestätigte Kuzimovs Aussage. Sie waren bereits weit draußen, mitten auf offener See.

In der Ferne glaubte er, im morgendlichen Dunst die Umrisse der Insel La Palma zu erkennen.

Ein Schwarm Delphine begleitete ihr Boot.

Die vergnügt aus dem Wasser springenden Tiere ahnten nichts von der sich anbahnenden Tragödie an Bord der schnittigen Luxusjacht.

52

Mitten in dunkler Nacht übernahm ein schwerer Sturm das Kommando über den Atlantischen Ozean rund um die Kanarischen Inseln.

Hatte die Jacht in ruhiger See elegant, geradezu arrogant gewirkt, glich sie nunmehr einer hilflosen Nussschale. Ausgeliefert den meterhohen Wellenkämmen der brodelnden Hochsee, gerieten Schiff und Besatzung an ihre Belastungsgrenzen.

Der tosende Lärm der Brecher, das urzeitliche Heulen des Sturmes und die krachenden Aufschläge des Buges auf die Wellen dröhnten in ihren Ohren. Loly hatte sich bereits mehrmals übergeben. Kreidebleich, kalten Schweiß im sonnengebräunten Gesicht lag sie stöhnend auf dem Bett der exklusiven Kajüte. Carl hielt ihre Hand und flüsterte beruhigende Worte.

»Keine Angst, mein Schatz, das Schiff ist tauglich für die Hochsee, solche Stürme hält es locker aus. Ich habe gesehen, wie Hans am Steuer hantiert, er ist ein Profi, hat alles im Griff. Ich glaube, wir sind wieder näher an der Küste zu La Palma. Ein Anlegen ist bei diesem Wetter aber unmöglich, wir sind sicherer auf dem offenen Meer. Das mag blöde klingen, ist aber so. Ich gehe nach vorne und versuche von Lena etwas gegen Seekrankheit zu bekommen. Die haben Medikamente an Bord, es wird nicht ihr erster Sturm sein.«

Der Orkan dauerte bis in den frühen Morgen des Sonntags. So überraschend er gekommen war, so schnell legte er sich wieder. Die dunklen Wolken hatten sich verzogen. Nebelschleier, durchbrochen von den ersten Strahlen der Morgensonne, lagen über den schäumenden Wellen. Es würde einen weiteren Tag dauern, bis sich die See wieder halbwegs beruhigt hatte.

Lolys Zustand war nach der Einnahme eines Medikamentes stabiler geworden. Sie hatte etwas Grüntee getrunken und Ingwer dazu gekaut. Zurückgezogen im Bad, musste sie nicht mitansehen, wie sich ihr Mann über das deftige Frühstück hermachte. Hans hatte ein Tablett voller Köstlichkeiten serviert. An Carl schien die turbulente Nacht spurlos vorübergegangen zu sein. Nach dem Essen begab er sich an Deck.

Skipper Hans, der die Jacht dem Spiel der Wellen überließ, lehnte entspannt im Stuhl und spielte mit den Steuerungselementen, als gehörten diese zu einem Computerspiel.

Hob sich das Schiff, konnte Carl Land erkennen.

»Was ist das Backbord voraus? La Palma?«

Hans gab ihm keine Antwort, konzentriert beobachtete er die Instrumente auf dem Steuerpult. Die Sonne war endgültig aufgegangen, die Nebel verzogen sich zögerlich, nach der stürmischen Nacht stand ein herrlicher Tag bevor.

»Was interessiert dich das Land, Charly? Du solltest andere Sorgen haben. Wie geht es deiner Frau?

Hat sie ausgekotzt? War eine angenehme Nacht. Sehr stürmisch, nicht wahr? So stürmisch wie das Leben, so wie ich es liebe. Wie sieht deine Entscheidung aus? Schon getroffen? Oder hattest du keine Zeit, musstest den Krankenpfleger spielen? Diese Weiber halten nichts aus, Lena liegt auch im Bett und heult. Jammerlappen.«

Igor Kuzimov war in einen seidenen Morgenmantel gehüllt neben ihn getreten. In der Linken eine Kaffeetasse in der Rechten eine Zigarre, stand er nach Seemannsart breitbeinig vor Carl. Das Gesicht zum wölfischen Grinsen verzogen, durchbohrten seine kalten Augen den Gegner. Carl versuchte, sich gleichgültig zu geben, was ihm einmal mehr nur bedingt gelingen wollte. Er ärgerte sich über die Unruhe, die ihn schon früher stets befallen hatte, wenn er diesem Mann gegenüber gestanden war. Heute war es nicht anders. Sein Magen rebellierte leicht.

»Wie soll ich eine Entscheidung treffen, wenn ich dir nicht trauen kann, Igor? Du musst mir dein Angebot im Detail unterbreiten, mir erklären, worum es geht. Einen Job erledigen für dich, für deine Organisation? Was ist das für ein Job? Eine einmalige Sache? Danach lässt du mich über die Klinge springen? Oder wie hast du dir das vorgestellt? Wir kennen uns zu gut, Igor, wir hassen uns zu innig, als dass wir so einfach wieder Partner sein könnten, was wir ja ohnehin nie waren.«

»Wer redet von Partnerschaft? Ich sagte, du könntest nützlich sein, das ist etwas ganz anderes, Charly.

Welche Wahl hast du schon? Von den Haien zerfleischt zu werden? Ist das eine Chance? Mir nützlich zu sein, wäre eine Chance, um wenigstens am Leben zu bleiben. Wie, wann und wo ich Verwendung für dich haben könnte, das erfährst du, wenn es so weit ist. Morgen nach dem Frühstück, ist deine letzte Frist. Bis dahin musst du dich entscheiden. Schönen Tag noch.«

Carl blickte seinem Peiniger stirnrunzelnd nach.

»Was bist du bloß für ein präpotentes Arschloch«, murmelte er und wandte sich angewidert ab.

Loly lag auf dem breiten Bett. Bleich, mit eingefallenen Wangen und tief in den Höhlen liegenden Augen, sah sie ihn an. Mitleid erfasste ihn beim Anblick seiner sonst so attraktiven Frau. Er wusste, dass er ihr zu viel zugemutet hatte, dass er die Schuld an dieser Misere trug. Zum wiederholten Mal verfluchte er sein verpfuschtes Leben. Wie schön hätte es verlaufen können, hätte er sein Studium beendet und nicht diesen idiotischen Schritt zur Polizei gemacht. Immer wieder redete er sich ein, es sei der größte Fehler seines Lebens gewesen. Verena und Mario könnten noch leben, sie könnten eine harmonische Familie sein. Aber hätte er Verena überhaupt kennengelernt, wäre er an der Uni geblieben? So viele sinnlose Fragen, auf die es keine Antwort gab. Was wäre gewesen, hätte er nicht den zweiten Fehler begangen, die Arbeit als verdeckter Ermittler anzunehmen? Er wäre Polizeijurist, ein ruhiger Bürojob.

Aber dann hätte er Kuzimov nicht wiedergetroffen. Seine Rachegefühle wären nicht wiedererwacht. Er konnte sein Schicksal drehen und wenden, wie er wollte, es war nun einmal so, wie es war. Nichts war im Nachhinein zu ändern, sinnlose Schuldzuweisungen, wehmütige Gedanken an die Vergangenheit und ewiges Grübeln über Schuld und Sühne, was brachte das ein? Wurde seine Situation dadurch besser, leichter zu ertragen oder gar gelöst? Nein!

Ein Ruck ging durch seinen Körper, als ströme neue Energie in sein Herz, in seine gequälte Seele, in sein von trüben Gedanken gesättigtes Hirn. Carl bedeutete Loly leise zu sprechen, gleichzeitig schaltete er die Stereoanlage ein. Glenn Millers *Chattanooga Choo Choo* erfüllte den engen Raum.

»Hör mir gut zu, Loly. Wir werden kämpfen! Du und ich, wir packen das. Wir werden frei sein und dieses Ungeheuer in die Hölle schicken. Ja, das werden wir!«

Ein schwaches Lächeln huschte über ihr besorgtes Gesicht. Liebevoll zog sie ihn zu sich auf das breite Bett. Mit zärtlichen Geste strich sie sein vom Wind zerzaustes Haar zurecht.

»Wie, stellst du dir das vor, du mein mutiger Matador? Welche Chancen haben wir? Mitten auf dem Atlantik, gegen diesen Hans und gegen Kuzimov? Ohne Waffen, ohne Telefon? Nein, Carlos, wir haben nicht den Funken einer Chance gegen diese Leute!«

Sie hatte sich angewöhnt ihn *Carlos* zu rufen. *Max* war aus ihrem Leben verschwunden.

»Nein, wir haben keine Chance. Es sei denn, du nimmst sein Angebot an, wirst zum Verbrecher! Vielleicht sogar zum Mörder? Ist das eine Alternative? Könnten wir beide so leben? Ich sage dir, ich kann es nicht, lieber bin ich tot, als dass ich diesem Schwein diene!«

Zornig war sie aufgesprungen, ihre Wangen hatten sich gerötet, Farbe war in ihr bislang fahles Gesicht zurückgekehrt.

»Im Grunde geht es mir wie dir, Loly. Ich muss allerdings einräumen, dass ich nicht gerne mit den Haien Bekanntschaft machen will. So weit geht mein Ehrgefühl wieder nicht. Ich werde zum Schein auf sein Angebot eingehen. Danach werden wir sehen, wie sich die Sache entwickelt. Es ist allergrößte Vorsicht geboten. Dem Kerl ist nicht zu trauen, er handelt immer nur zu seinem Vorteil. Menschenleben sind für ihn nebensächlich. Er ist es gewohnt, Menschen wie Marionetten zu benützen. Sie auszunützen, und wenn sie ihm im Wege stehen, sie skrupellos zu töten oder töten zu lassen. Wir machen vorerst gute Miene zum bösen Spiel. Komm jetzt, wir gehen an Deck, es ist ruhiger geworden, die frische Seeluft wir dir guttun.«

Über das Vorderdeck wehte trotz Sonnenschein ein böiger Wind. Nach wie vor schlugen hohe Wellen auf die Jacht ein. Lena rekelte sich in eine dicke Wolldecke gehüllt auf dem weichen Ledersofa.

In einer speziellen Halterung hatte sie eine Flasche *Dom Perignon* im Eiskübel bereitgestellt.

Ein halb gefülltes Glas in der Hand, prostete sie ihnen aufmunternd zu.

»Setzt euch zu mir. Ein Gläschen zur Beruhigung? Oder lieber einen kleinen Wodka?«

Augenzwinkernd wies sie auf die Schnapskaraffe. Allem Anschein nach hatte sie schon ausreichend an alkoholischen Köstlichkeiten genippt. Ihre Wangen waren jedenfalls nicht allein vom Wind gerötet.

Zögernd setzte sich Loly neben die Frau. Neben die Mutter von Nicola, die ihr Kind ihr eigen Fleisch und Blut direkt nach der Geburt weggegeben hatte. Sie wusste nicht, wie sie sich gegenüber dieser Person verhalten sollte, die gestern noch ihre Freundin gewesen war. Neben dem Stachel der Eifersucht, auch wenn die Liaison mit Carl schon viele Jahre vorbei war, empfand sie eine starke Abneigung, aber auch eine Art Mitleid. Neugier nagte in ihr. Sie wollte wissen, warum eine Mutter so handeln konnte? Was war der wahre Grund gewesen für ihre unfassbare Tat?

»Hatten Sie auch eine üble Nacht, Lena? Das war ein fürchterlicher Sturm. Kommt so etwas in dieser Gegend öfter vor?«

»Schlimm, sehr schlimm. Ich werde mich nie an dieses Leben an Bord gewöhnen, schon gar nicht an diese verdammten Seestürme. Mir ist noch immer speiübel. Am besten betrinkt man sich, das nimmt zumindest die Angst.«

Wie recht du hast, dachte Carl. Ein Glas Wodka wäre jetzt nicht zu verachten.

Vorsichtig griff er nach der Flasche mit Wasser, schenkte sich ein und leerte das Glas in einem Zug.

»Mein Gott, Charly, Wasser! Du hast die Flasche verfehlt, hier ist der Wodka!«

Lena kicherte aufgekratzt, griff unsicher nach der Schnapsflasche, um ihm einzuschenken.

»Danke Lena, ich trinke diese Dinge nicht mehr. Das habe ich hinter mir, glaube ich zumindest.«

»Respekt, Respekt. Hast du ihn umerzogen, Loly? Früher soff der wie ein Pferd. Bist du etwa krank, Charly? Komm schon, nimm einen Schluck, einen Schluck auf unser Baby.«

Ihre Stimme hatte einen leicht hysterischen Klang bekommen, Tränen standen in ihren Augen, langsam rannen einige davon über ihr immer noch schönes Gesicht. Hastig wischte sie darüber und leerte das Glas.

Auf der Treppe stand Kuzimov. Sein starrer Blick war auf Lena gerichtet. Im verwitterten Gesicht zuckte es heftig, er schürzte die wulstigen Lippen, ein schmatzender Laut entsprang seinem Mund.

»Good News Charly, sie liebt dich noch immer. Oder wie sonst soll ich deine Tränen deuten, Lena? Besser, du verziehst dich jetzt in deine Kajüte, verdammtes Miststück, aber ohne diese Flaschen. Ist das klar?«

Im Wissen, dass seine Worte keinen Widerspruch duldeten, verschwand er wieder im Unterdeck.

Lena gönnte sich noch einen kräftigen Schluck Champagner, öffnete die Tür zum Freideck und warf die Flasche, begleitet von einem lästerlichen Fluch in die brodelnden Fluten.

»Verdammt Carlos, was ist hier….«

Carl unterbrach seine Frau, fasste sie sachte am Arm und führte sie zurück in ihre Kajüte. Dort drehte er die Musik wieder lauter. Der Verdacht, dass eine Abhöranlage installiert war, ließ ihn vorsichtig sein. Ausgestreckt lag er am Bett, hörte Loly im Bad hantieren und ließ seinen Gedanken freien Lauf.

Was waren Kuzimovs Pläne? Warum behandelte er Lena wie eine Sklavin? Warum bewegte sich das Schiff nicht von der Stelle? Worauf warteten sie hier? Welche Rolle spielte Claudio in diesem Spiel? Über all diesen Fragen schlief er ein.

Es war später Nachmittag, als er erwachte. Loly schlief friedlich neben ihm. Der Seegang hatte merklich nachgelassen, die Yacht schaukelte leicht im Wellental des Meeres, die Motoren standen noch immer still. Durch das breite Fenster fiel der Schein einer milden Abendsonne. Carl nahm eine erfrischende Dusche, rasierte sich und schlenderte danach an Deck. Hans döste am Steuerpult vor sich hin, ansonsten war niemand zu sehen. In der Ferne konnte man nun deutlich eine Küste erkennen. Das muss La Palma sein, überlegte er. Wir liegen immer noch an derselben Stelle. Nachdenklich nahm er auf der Bank Platz und ließ seine Blicke über die tanzenden Schaumkronen schweifen.

53

Zwei Tage waren seit dem nächtlichen Orkan vergangen.

Die See hatte sich beruhigt und die Jacht lag an derselben Stelle vor La Palma. Carl hatte Kuzimov seine Entscheidung mitgeteilt, für ihn arbeiten zu wollen. Es war ein kurzes Gespräch gewesen. Zu kurz für Carls Geschmack. Er hatte zumindest eine Andeutung über seine künftige Tätigkeit erhofft. Nichts. Kuzimov hatte keinerlei Gefühlsregung gezeigt, als hätte er geahnt, wie Carl sich entscheiden würde, was angesichts der Alternativen nicht allzu schwer war. Der Gangsterboss stand offenbar unter Druck. Carl wurde den Eindruck nicht los, dass Kuzimov ein wichtiges Ereignis erwarte, was immer das sein mochte. Jedenfalls ließ er sich selten an Deck blicken, verbrachte die meiste Zeit in seiner Kajüte, zu welcher niemand Zutritt hatte.

Lena hatte seit ihrer Begegnung am Vorderdeck ihre Kajüte nicht mehr verlassen. In der zurückliegenden Nacht hatten sie den Gangster laut fluchen gehört, offenbar führte er ein unbefriedigendes Telefongespräch in seiner Muttersprache.

Kuzimov war nervös.

Die Anspannung auf dem Schiff war beinahe körperlich spürbar, es lag Ärger in der Luft. Eine Art von Ruhe vor dem Sturm.

Loly und Carl hatten sich in Erwartung eines herrlichen Sonnenunterganges auf das Vorderdeck begeben, wo ihnen Hans als Abendessen vorzüglichen Jamón Ibérico de Bellota, gereiften Ziegenkäse, Oliven und Weißbrot servierte. Loly genoss ein Glas Rioja, Carl blieb beim Wasser. Er wollte absolut nüchtern sein. Ein Gefühl sagte ihm, dass bald etwas Entscheidendes passieren würde.

Viel hätte er dafür gegeben, auch nur den winzigsten Hinweis zu bekommen. Er war sich zwar jetzt sicher, wo sie lagen, zumal das gute Wetter eine erstklassige Fernsicht erlaubte. Im Osten war der schneebedeckte Gipfel des majestätischen Pico del Teide auf der Hauptinsel Teneriffa zu erkennen. Das Land nordwestlich musste also die Südspitze von La Palma sein. Sie lagen im Dreieck La Palma, La Gomera und der kleinen Insel El Hierro vor Anker. Seit drei Tagen. Die sinkende Sonne hatte die schneeweiße Spitze des Teide kurzfristig rosafarbig erscheinen lassen, bevor sie als glutroter Ball im Meer verschwand. Fast unmittelbar darauf war es stockdunkel. Ein fantastischer Sternenhimmel tat sich vor ihren Augen auf. Viel zu schön im Vergleich zur Situation, in der sich die beiden Betrachter befanden.

Es war kühl geworden an Deck. Sie zogen sich in ihre gemütliche Kajüte zurück.

Mitternacht war gerade vorbei, als Carl durch das Brummen der Schiffsmotoren geweckt wurde. Sofort sprang er aus dem Bett. Der Blick durch das breite Fenster der Kajüte brachte nichts ein.

Einzig weiße Schaumkronen tanzten in der Dunkelheit. Das Schiff kam in Bewegung. Er spürte förmlich das Rollen der Wellen unter dem Bug. Jetzt kam Bewegung rein. Nervosität erfasste ihn. Sein Pulsschlag stieg merklich. Was würde passieren? Hastig kleidete er sich an, schnappte sich die Stablampe und eilte zur Tür.

»Was ist los, Carlo? Haben wir wieder Sturm? Was ist das für ein Geräusch?«

Schlaftrunken knipste Loly die kleine Lampe an.

»Wo willst du hin? Du bist angezogen. Es ist mitten in der Nacht, was ist hier los? Warte auf mich, ich komme mit, ich bleibe nicht alleine hier!«

»Doch Loly, du bleibst hier. Die Jacht ist unterwegs, ich will wissen, wohin. Ich gehe an Deck, komme gleich wieder keine Angst. Ich schau nur kurz raus, es ist nichts passiert, es sind die Motoren, die du hörst, sonst ist da nichts. Also leg dich wieder hin, mein Herz.«

Der Boden wankte leicht. Er schob den Sicherheitshebel der Kabinentür zurück und fasste den Knauf. Die Tür ihrer Kajüte war verschlossen. Es gab kein Schloss im herkömmlichen Sinn, daher auch keinen Schlüssel. Irgendwie war die Tür von außen verriegelt worden.

Kuzimov hatte sie eingesperrt!

Zornig rüttelte Carl am Knauf. Sinnlos, es bewegte sich nichts.

»Hallo! Hey! Aufmachen! Macht sofort diese verdammte Tür auf!«

Keine Antwort, nur das gleichmäßige Brummen der 2000 PS starken Motoren war zu hören.

Das Schiff erreichte innerhalb kurzer Zeit die Höchstgeschwindigkeit von 25 Knoten.

Hans saß am Steuer, Kuzimov beobachtete über seine Schulter hinweg die digitalen Instrumente. Vor ihnen teilte sich brodelnde Gischt um den schnittigen Bug. Die See war ruhig, sodass die hohe Geschwindigkeit an Bord kaum zu spüren war.

»Sechs Meilen noch, dann müssten wir sie sehen, Hans. Wir gehen längsseits und beginnen sofort mit der Umladung, ich will keine Minute verlieren. Zwei Mann kommen zu uns an Bord, die anderen verbleiben drüben. Ich überwache die Umladung, du bleibst auf der Brücke. Wir nehmen danach Kurs NNO. Raus aus den Hoheitsgewässern. Dann sehen wir weiter.«

Hans nickte. Es war nicht seine erste derartige Aktion. Diesmal war es allerdings anders. Kuzimov, der nie selbst vor Ort war und dessen private Jacht bisher nie in Verwendung stand, musste einen besonderen Grund haben, von seinen Gepflogenheiten abzuweichen. Normalerweise hatten sie für derartige Einsätze immer ein älteres Schiff angemietet. Sie waren nach der Umladung der Ware längere Zeit auf See geblieben, bevor die Ladung an der Küste Portugals gelöscht wurde. Diesmal war alles anders.

Das machte Hans nachdenklich.

Was sollten die beiden Passagiere an Bord? Ein völlig unnötiges Risiko, wie er meinte.

Sie hatten zwar in den Häfen Leute sitzen, die Informationen über das Auslaufen von Guardia Civil oder Zoll lieferten. Trotz alledem konnten sie nie sicher sein. Er nahm sein Handy zur Hand, tippte zwei, drei Worte ein. Die SMS verlor sich im Äther mit unbekanntem Ziel.

In dieser Nacht warteten sie auf die Hochseejacht *San Marido.* Sie war vor einigen Tagen aus dem Hafen von Port of Spain, der Hauptstadt der Karibikinsel Trinidad und Tobago, ausgelaufen. Das Schiff war in eine Sturmfront geraten und daher weit hinter dem vereinbarten Zeitplan. Hans hatte keine Ahnung, wie viel Kokain diesmal geliefert werden sollte. Eines wusste er aber mit Sicherheit. Die Lieferanten, ein kolumbianisches Kartell, hatten das Kokain über verschlungene Pfade durch Venezuela nach Trinidad geschmuggelt, zumal der Abtransport von dort wesentlich ungefährlicher erfolgen konnte. Häfen und Flugplätze in Kolumbien waren mittlerweile gut überwacht. Die Banden mussten sich stets neue Routen einfallen lassen. Hans wusste über die Situation genau Bescheid. Seine Aufgabe war es, die spanischen Hoheitsgebiete zu verlassen, bevor die Küstenwache sie am Radar hatte. Das war der Befehl, den er auszuführen hatte.

Nervös zündete sich Kuzimov eine Zigarette an. Sein Blick war starr nach vorne gerichtet.

»Da! Das müssen sie sein, siehst du die Positionslichter? Warum haben diese Idioten die Lichter an?
Verdammte Kacke.«

Hastig fasste er das Mikro des Funkgerätes, während Hans versuchte, eine Verbindung aufzubauen.
Nach kurzem Rauschen meldete sich der Skipper der
San Marido. Die Unterhaltung wurde auf Russisch
geführt.

»Sofort die Positionslichter aus, seid ihr noch zu
retten? Ihr gondelt wie ein Weihnachtsbaum durch
die Gegend. Denkt ihr, die Bullen sind blind?«

In seinem Gesicht gewitterte es heftig. Wut hatte
ihn erfasst, seine Hand zitterte, als er das Mikro neben dem Funkgerät ablegte.

Zwanzig Minuten später drehte die *San Marido*
bei. Dank ruhiger See konnte sie direkt an der Jacht
anlegen. Nun war deutlich der Größenunterschied zu
erkennen, die *San Marido* war gut 15 Meter länger
und wesentlich höher. Kaum waren die beiden Schiffe miteinander vertäut, begannen die Männer mit der
Umladung.

Hans zählte zweihundert dunkelbraune Jutesäcke,
die von den beiden Russen, die über die Reling auf
die Yacht gesprungen waren, übernommen und sofort in die unteren Räume gebracht wurden.

Kuzimov packte mit an, schleppte wie ein Irrer
die Ware über die Treppe nach unten, wobei er unflä-
tige Flüche ausstieß und die Männer zu mehr Geschwindigkeit anfeuerte.

In jedem Sack befanden sich fünfzehn Kunststoffpäckchen zu je einem Kilogramm Kokain. Hans wusste das aus früheren Lieferungen.

Drei Tonnen, überlegte er. Eine derart große Lieferung hatten sie bisher nie riskiert. Er schmunzelte gedankenverloren vor sich hin.

Die Umladung war beendet. Kuzimov unterhielt sich kurz mit dem Skipper der *San Marido*, dann gab er das Zeichen zum Ablegen. Langsam trennten sich die Schiffe und nahmen Fahrt auf.

Hans konzentrierte sich auf die Instrumente. Das *AIS* hatte er noch nicht in Betrieb. Dieses *Automatic Identification System,* war für Boote dieser Größenordnung verpflichtend. Es sendet über zwei spezielle UKW-Kanäle ständig dynamische und reisespezifische Daten. Diese enthalten Angaben zu Namen, Position, Kurs, Geschwindigkeit, Länge und Breite, Navigationsstatus und Art des Schiffes. Alle mit einem Empfänger ausgerüsteten Schiffe innerhalb der UKW-Reichweite können diese Daten empfangen und für ihre Zwecke verwenden, so auch Küstenwache und Zoll.

Das Programm dient vorwiegend der Sicherheit auf See, da es mögliche Kollisionskurse berechnet und gegebenenfalls Alarm gibt.

Skipper Hans rechnete in dieser Gegend nicht mit anderen Booten, schon gar nicht zu später Stunde. Sie waren weitab der gängigen Schifffahrtsrouten unterwegs. Private Jachten lagen um diese Zeit in den Häfen vor Anker.

Nach seiner Berechnung würden sie in wenigen Minuten spanische Hoheitsgewässer verlassen. Seine Anspannung stieg. Sie würden bald in relativer Sicherheit sein.

Insbesondere vor der Guardia Civil, die neben Zollbooten für die Überwachung der Küsten verantwortlich zeichnete und ständig nach Schmugglern Ausschau hielt.

Hans drehte sich genussvoll eine Zigarette, setzte sie mit seinem Sturmfeuerzeug in Brand und blies den Rauch in die kalte Nachtluft, als die Apokalypse über sein Schiff hereinbrach.

Urplötzlich war die Nacht zum Tag geworden. Zahlreiche Leuchtraketen explodierten über seinem Kopf, tauchten das Meer in gleißendes Licht. Ein mittlerer Zerstörer der spanischen Flotte verbaute den Fluchtweg auf das offene Meer. Die Umrisse des grauen Schiffes waren deutlich zu erkennen. Seine schweren Motoren brachten die bisher ruhige See zum Brodeln. Von Steuerbord näherte sich ein Boot der Guardia Civil, dessen rotgelben Streifen hell leuchteten. Über all dieser geballten Kraft staatlicher Gewalt schwebte ein Helikopter der Armee, dessen starker Suchscheinwerfer direkt auf die Jacht gerichtet war.

»Hier spricht Guardia Civil, drehen Sie bei und identifizieren Sie sich! Ich wiederhole, identifizieren Sie sich!«

Das Echo des Lautsprechers hallte über den nächtlichen Schauplatz.

»Achtung! Guardia Civil spricht hier. Alle Personen an Deck Hände über den Kopf! Drehen Sie sofort bei, sonst eröffnen wir das Feuer! Ich wiederhole....«

Mehrmals hallten die Worte in Englisch und Spanisch zu ihnen herüber. Skipper Hans hatte die Geschwindigkeit gedrosselt, langsam drehte die Jacht bei. Er hatte eine Hand erhoben.

Kuzimov kauerte im Zwischendeck auf dem frisch gebohnerten Holzboden. Er hantierte umständlich mit einer Maschinenpistole wobei er versuchte, ein überlanges Magazin anzustecken, was ihm nicht gelingen wollte. Das Schiff schwankte nun beträchtlich ob der durch den Zerstörer aufgewühlten See. Mit dem Kopf winkte er die beiden Männer zu sich, die mit der Ladung an Bord gekommen waren. Auch sie trugen jetzt Maschinenpistolen in Händen.

»Hans! Hey Hans! Zeig ihnen deine leeren Hände, lass sie glauben, du seist alleine an Bord. Sobald sie näher kommen, knallen wir die Schweine ab. Los, mach schon, ruf diesen Idioten etwas zu, lenke Sie ab!«

Kuzimov musste laut brüllen, um den tosenden Lärm zu übertönen. Skipper Hans hatte nun beide Hände erhoben und bedeutete den Männern auf dem sehr nahe gekommenen Boot der Guardia mit ihnen sprechen zu wollen.

Mehrere Polizisten, alle mit schweren Schutzwesten angetan, lehnten an der Reling die Schnellfeuerwaffen im Anschlag.

»Wir wissen, dass mehrere Menschen an Bord sind. Alle Leute sofort an Deck! Ich wiederhole! Alle an Bord befindlichen Leute kommen an Deck! Bei der geringsten Aggression eröffnen wir das Feuer!«

Der Lautsprecher verstummte. Nichts regte sich auf der gestellten Jacht.

Angespannte Gesichter auf dem Polizeiboot. Über allem schwebte der Helikopter und leuchtete die Szenerie aus wie die Freiluftbühne eines Sommertheaters.

Kuzimov gab seinen beiden Begleitern geflüsterte Anweisungen. Langsam bewegten sich die schwer bewaffneten Männer auf die Treppe zum Vorderdeck zu. Durch einen Spalt zwischen Treppenrand und Reling eröffneten sie plötzlich völlig überraschend das Feuer auf ihre Gegner. Pfeifend und jaulend fegten die heißen Projektile als Querschläger in den Nachthimmel.

Die Polizisten waren verschwunden, in Deckung gegangen oder getroffen. Auch Hans hatte sich fallen gelassen. Er kauerte eng an der Wand der Steuerkabine in sicherer Deckung.

Die beiden Gangster sprangen auf das Vorderdeck, ihre automatischen Waffen auf das Polizeiboot gerichtet, während Kuzimov vom Zwischendeck aus auf den Helikopter feuerte, der sofort abdrehte.

Jetzt jagen sie uns in die Luft, dachte Hans und duckte sich noch tiefer auf den Boden. Jeden Moment erwartete er einen Treffer des Zerstörers, der aus der Jacht Kleinholz machen würde.

Er sollte sich täuschen.

Die beiden Russen auf dem Vorderdeck waren eben im Begriff, in Deckung zu gehen, als sie von mehreren Salven getroffen wurden. Schreiend stürzten sie zu Boden, wo sie mit verrenkten Gliedern liegen blieben, zerfetzt von den Kugeln eines Maschinengewehres an Bord des Zerstörers.

Kuzimov kroch fluchend in Richtung Heck. Sein Ziel war ein Verschlag am hinteren Zwischendeck. Dort hatte er eine gefährliche Waffe aufbewahrt.

»Jetzt werde ich euch eure verdammten Ärsche aufreißen, ihr Schweine«, brüllte er laut. Sein Gesicht glich einer leuchtenden Fratze. Die schwarzen Augen glühten, Schweiß rann über seinen Nacken. Mit vor Zorn bebender Hand öffnete er den kleinen Riegel, schob einen Teil der Verkleidung zur Seite und entnahm dem Versteck eine *Panzerfaust 3 EX.* Die gefährliche Militärwaffe stammte aus dem Besitz der Schweizer Armee. Ein Rekrut hatte das mörderische Gerät einst gestohlen. Über dunkle Kanäle war es in die Hände des Gangsterbosses gelangt, der die Waffe nun zum Abschuss vorbereitete.

Vorsichtig blickte er über den hinteren Verbau der Jacht. Der Helikopter hatte sich etwas entfernt, seine Besatzung schien abzuwarten.

Kuzimov entschied sich für das Boot der Guardia Civil. Ein Treffer würde wildes Chaos auslösen. Er rechnete damit, dass Zerstörer und Helikopter dem Boot der Küstenwache zu Hilfe eilen würden.

In diesem herrlichen Durcheinander sah er die Chance, mit seinem Boot zu entkommen.

Behutsam richtete er sich auf, legte die Waffe auf seine Schulter und nahm das graugrün gestrichene Boot mit den rotgelben Streifen am Bug in sein Visier. Einen winzigen Augenblick überlegte er, wo er den Treffer platzieren sollte, um die beste Wirkung zu erzeugen.

Es sollte der letzte Gedanke im Leben des Anführers der Verbrecherorganisation *Qilich* sein.

Mit einem satten *Plopp* schlug das Projektil aus dem Spezialgewehr eines Scharfschützen der spanischen Armee in seine linke Halshälfte ein, durchschlug Halsschlagader samt Nackenwirbel und zerfetzte beim Austritt Teile der rechten Schulter.

Das alles bekam Igor Kuzimov nicht mehr mit. Blutüberströmt knickte sein schwerer Körper ein. Er stürzte zur Seite, wobei er den Abzug durchriss.

Die todbringende Waffe entlud sich fauchend. Der Geschosskopf fegte durch die offene Tür am Zwischendeck, durchschlug die schmale Wand der Kombüse und zerschellte am Gastank.

Eine gewaltige Feuersäule folgte der ohrenbetäubenden Explosion.

Die elegante Jacht samt millionenschwerer Drogenladung stand augenblicklich in Vollbrand.

54

Aufgeschreckt durch dass grelle Licht, war Carl zum breiten Fenster der Kajüte geeilt.

Im hellen Schein erkannte er das Patrouillenboot der Guardia Civil. Das Knattern des Helikopters drang zu ihnen herein, sehen konnte er das Fluggerät nicht. Verzerrt nahm er die Lautsprecherdurchsagen wahr, als plötzlich Schüsse durch den Gang der Jacht hallten. Instinktiv reagierte er richtig. Er riss die Schwimmwesten aus dem Notschrank, stülpte der vor Angst heftig zitternden Loly eine Weste über, drückte ihr die Notlampe in die Hand und schlüpfte in seine Weste.

Nach einigen Salven war es wieder still geworden. Carl lauschte angestrengt an der Tür. Mit einem wuchtigen Schlag wurde das Türblatt nach innen geschleudert. Carl erhielt einen Schlag an den Kopf und kam halb betäubt auf dem Bett zu liegen. Eine gewaltige Explosion ließ seine Ohren beinahe zerspringen. Durch den Schleier tiefer Benommenheit nahm er den unmittelbar folgenden Brand wahr.

»Feuer Carlo! Das Schiff brennt! Carlo, komm zu dir, wir müssen hier raus!«

Aus weiter Ferne drangen die Worte seiner Frau in den dröhnenden Kopf. Er richtete sich mühsam auf, spürte die enorme Hitze, die aus dem Gang in die Kajüte drang und sah den hellen Feuerschein.

Loly zerrte an seiner Hand, wollte ihn hinausziehen in den brennenden Gang. Plötzlich sah er wieder klar, erkannte die Gefahr des Feuers. Er schnappte sich den an der Wand angebrachten Feuerlöscher und schlug mit dessen Boden auf das breite Fenster ein. Nach mehrmaligem Hinschlagen zersprang das Sicherheitsglas. Mit viel Mühe konnte er das sich biegende Glasgefüge hinaus drücken. Eisiger Wind, angezogen von der Hitze, schoss durch die Kajüte.

»Das Fenster, Loly, wir müssen durch das Fenster ins Wasser springen! Es ist unsere einzige Chance. Mach schon, ich helfe dir.«

»Ich kann nicht Carlo, ich habe Angst! Wir werden ertrinken.«

»Blödsinn Loly! Kein Mensch ertrinkt mit einer Schwimmweste! Jetzt mach schon verdammt noch einmal, wir verbrennen hier. Los, spring! Du zuerst, ich komme nach und helfe dir, leg dich auf den Rücken, dann kann nichts passieren, die Leute vom Polizeiboot holen dich raus, keine Sorge.«

Sie hielt ihn in panischer Angst umschlungen, ihre tränenden Augen starrten ihn an. Er fasste sie im Schritt, hob sie unsanft hoch und schob sie durch die Öffnung des zerschlagenen Fensters.

Die zappelnden Beine und ihr ängstlicher Schrei waren das letzte, was er wahrnahm. Das Aufschlagen ihres Körpers im kalten Meerwasser wurde vom tosenden Lärm übertönt.

Wie in Trance taumelte Carl durch den Raum, fasste den Feuerlöscher, zog den Sicherungssplint heraus und drückte auf den Hebel.

Weißer Schaum schlug in den brennenden Gang hinaus, löschte die züngelnden Flammen, die jedoch immer wieder aufloderten. Der kalte Windzug fegte durch das zersprungene Fenster. Kurzfristig wurde dadurch der Rauch verjagt, allerdings auch das Feuer mit frischem Sauerstoff versorgt. Mit tränenden Augen, den immer noch sprühenden Löscher in der Hand, kämpfte sich Carl durch den Gang.

Am Fuße der Treppe zum Vorderdeck stolperte er über ein Hindernis. Vor ihm lag Lena am Boden.

War sie tot? Er bückte sich, fühlte ihren schwachen Puls, stellte den Feuerlöscher ab und fasste den schlaffen Körper unter den Armen. Hinter sich konnte er das Rauschen von Wasser hören. Bestürzt blickte er zurück. Große Teile der Steuerbordseite waren weggerissen worden, durch riesige Löcher strömte das Wasser in das brennende Schiff. Mit letzter Kraft erreichte er das Vorderdeck. Die Steuerkabine brannte lichterloh. Er sah den Skipper, der halb verbrannt in der Reling hing.

Hans war tot, das Feuer hatte ihn nicht entkommen lassen. Am Boden daneben die Leichen von zwei Menschen, Carl hatte keine Ahnung, wer sie waren. Sein einziger Gedanke war die Rettungsinsel. Er wusste, dass sie am Vorderdeck verstaut war. Behutsam legte er Lena ab.

Das Feuer kam gefährlich nahe.

Mit einem heftigen Tritt zerstörte er die kleine Holztür, riss die in der Truhe verstaute gelbrote Rettungsinsel heraus, zog an der Leine und warf die sich langsam aufblasende Plane über Bord.

Der Rauch wollte seine Lungen zerstören, er bekam kaum noch Luft. Mühsam erreichte er die reglose Lena. Sie trug keine Schwimmweste. Ihm blieb keine Wahl. Er fasste die Frau, zog sie hoch, lehnte sie an die Reling und wuchtete sie mit letzter Kraft von Bord. Dann sprang er selbst in die schäumende See.

Durch den Kälteschock war Lena aus ihrer Bewusstlosigkeit erwacht. Wild schlug sie mit den Armen um sich, sackte leicht ab, schluckte Wasser, kam wieder hoch, ruderte panisch und plärrte unverständliche Laute in die Nacht.

Carl war neben ihr, er versuchte sie zu beruhigen. Einige Meter entfernt trieb die kleine Rettungsinsel, tanzte fast vergnüglich auf den kleinen Wellen, unerreichbar für die beiden Menschen in höchster Not.

Die größte Gefahr war die brennende Jacht. Diese würde früher oder später sinken, das wusste Carl und er wusste auch, dass sie viel zu nahe am Schiff waren. Der Sog konnte sie in die Tiefe ziehen, trotz Schwimmweste.

Die Ereignisse der letzten Minuten hatten ihn nicht an Loly denken lassen. Siedend heiß stiegen Gedanke und Sorge in ihm hoch. Wo war sie? Wo war Loly? Sie musste hier irgendwo im Wasser treiben. Die immer noch um sich schlagende Lena im

Arm, rief er nach ihr. Immer und immer wieder. Keine Antwort, kein Laut nur der tosende Lärm des Helikopters über seinem Kopf.

Der Helikopter!

Carl blickte hoffnungsvoll nach oben. An einem roten Tau hängend, kam ein Engel im gelben Overall herabgeschwebt. Er wird auch Loly gerettet haben, war sein erster Gedanke und eine tiefe Erleichterung machte sich in seinem Inneren breit.

Zuerst wurde Lena hochgezogen. Auf dem Rücken im Meer treibend, sah er sie entschweben und in der Seitentür des riesigen Fluggerätes verschwinden. Kurz darauf war der Retter wieder bei ihm, klinkte auch ihn ein und beide wurden hochgezogen in die rettende Kabine. Kaum einmal in seinem ganzen Leben hatte Carl so tiefe Dankbarkeit für andere Menschen empfunden wie in diesen Minuten der Rettung aus dem Meer durch die Rettungsmannschaft.

In eine dicke Wolldecke gehüllt, saß er auf der schmalen Bank. Man hatte ihm einen Kopfhörer als Lärmschutz aufgesetzt. Sein Blick glitt suchend durch die schmale Kabine, deren Tür nun geschlossen war. Sein Retter kniete neben einer Bahre, auf der die wieder ohnmächtig gewordene Lena ruhte. Sonst war niemand an Bord. Wo war Loly? Ein eisiger Schauer lief über seinen ohnehin kalten Rücken.

»Wo ist meine Frau? Loly! Meine Frau, wo ist sie?«

Der Rettungsmann sah ihn verständnislos an. Carl hatte Deutsch gesprochen. Er wiederholte seine Fragen auf Spanisch. Der Mann klopfte ihm beruhigend auf die Schulter, drehte das Mikro an seinem Helm vor den Mund und sprach mit dem Piloten.

Carl konnte nicht hören, was er sagte, die Antwort des Piloten blieb ihm ebenso verborgen.

Der legte die Maschine in eine Seitenlage. In kleinen Schleifen überflogen sie die Unglücksstelle.

Sie suchten nach Loly.

In Carls Kopf machte sich ein schier unerträgliches Dröhnen breit. Sein verstörter Blick fiel durch das schmale Seitenfenster auf die brennende Jacht unter ihnen. Das ehemals so schöne Schiff bekam Schlagseite. Der Bug verschwand in den niedrigen Wellenbergen und wie durch eine unbekannte Hand gezogen, verschwand das brennende Boot in den Tiefen der See. Eine letzte Rauchwolke des zerstörten Feuers stieg hoch, dann war es dunkel unter ihnen.

Der Pilot hatte den Suchscheinwerfer eingeschaltet, dessen heller Strahl über die Meeresoberfläche strich. Der Schein erfasste die einsame Rettungsinsel, die zwischen verstreuten Kleinteilen der gesunkenen Jacht über die Schaumkronen tanzte. Die Insel war leer. Keine Spur einer Frau mit Schwimmweste.

Nach einer halben Stunde drehte der Pilot ab. Der Rettungsmann versuchte Carl zu trösten. Er konnte ihn nur in den Arm nehmen, seine Tränen konnte er nicht stillen.

Der Helikopter der Küstenwache landete um 02:30 auf dem Dach der Universitätsklinik von Santa Cruz. Lena, wieder bei Bewusstsein, rollte auf einer fahrbaren Trage zur Untersuchung.

Carl, von einer resoluten Krankenschwester in einen Rollstuhl gezwängt, brachte man in ein Krankenzimmer. Nach eingehender Untersuchung verpassten ihm die Ärzte einen zwölfstündigen Aufenthalt zur Beobachtung. Die Frage, ob er ein psychologisches Interventionsteam in Anspruch nehmen wolle, verneinte er.

Er wollte in seiner Trauer alleine sein. Wieder einmal alleine sein, nach einem schweren Schicksalsschlag. Das Frühstück rührte er nicht an. Er hatte nicht geschlafen, konnte kaum einen klaren Gedanken fassen. Immer wieder sah er die zappelnden Beine seiner Frau, hörte den ängstlichen Schrei.

Ich habe meine Loly getötet. Ja, ich bin schuld an ihrem Tod.

Langsam fraß sich dieser gefährliche Dorn in seine Seele. Das Gespräch mit dem Arzt verlief kurz. Der erfahrene Mediziner hatte den Zustand seines Patienten sofort erkannt. Er riet zu einem Aufenthalt in der Klinik samt psychologischer Betreuung. Carl lehnte ab, unterzeichnete einen Revers und verließ das Hospital.

Von einem Taxi ließ er sich in die Innenstadt bringen, wollte sich in der Wohnung ausruhen. Automatisch griff er beim Aussteigen in die Tasche seiner Hose nach Banknoten suchend. Mit einem Schlag war er in der Realität angelangt.

Er hatte weder Geld noch Papiere, hatte keine Wohnungsschlüssel, keine Büroschlüssel, kein Telefon und keine Kreditkarte.

Der Taxifahrer, ein älterer Mann mit riesigem Schnauzbart, wiederholte seine Forderung, bereits ahnend dass mit seinem Fahrgast etwas nicht in Ordnung war. Carl wählte die Flucht nach vorne. Er erzählte dem Mann in kurzen Sätzen seine Odyssee und ersuchte ihn, Kontakt mit seinen künftigen Arbeitgebern aufzunehmen. Der Mann bewies für einen spanischen Taxifahrer ungewöhnliche Geduld, telefonierte mit der Anwaltskanzlei, nickte einige Male würdevoll, bevor er auflegte. Er bedeutete Carl wieder einzusteigen, chauffierte ihn zum Büro seiner Arbeitgeber und begleitete ihn in den fünften Stock, um dort sein Salär zu erhalten. Carl bedankte sich bei seinem neuen Boss, der ihm ausreichend Bargeld vorstreckte. Zum Glück hatte er in seinem Schreibtisch einen Reserveschlüssel der Wohnung deponiert gehabt. Bevor er sich ausruhen wollte, informierte er die Klinik über seine Telefonnummer und bedankte sich noch einmal für die gute Behandlung. Er versprach, in den nächsten Tagen die geliehene Kleidung zu retournieren sowie die Rechnung zu begleichen.

Es war stockdunkel, als das schrille Läuten des Telefons seinen tiefen Schlaf beendete. Irritiert tastete er nach dem Lichtschalter, konnte ihn nicht finden.

Er war auf dem Sofa eingeschlafen. Langsam gewöhnten sich seine Augen an die Dunkelheit. Das Läuten hatte aufgehört, sein Schädel brummte weiter. Mühsam erhob er sich, sein rechtes Bein war eingeschlafen.

Er humpelte zur Küche, fand eine Schmerztablette, spülte sie mit einem Glas Wasser hinunter und schnappte sich das schnurlose Telefon.

Die Klinik hatte angerufen, er rief zurück. Nach längeren Erklärungsversuchen verband man ihn schließlich mit der richtigen Stelle. Eine Ärztin erklärte umständlich, dass die eingelieferte Frau ihn sehen wollte. Zuerst winkte er ab, was ging ihn Lena an? Die Ärztin gab nicht nach, sodass er zusagte, in einer Stunde vorbeizukommen. Er war hungrig geworden und wollte bei der Gelegenheit unterwegs eine Kleinigkeit essen. Außerdem musste er aus der Wohnung raus, jeder Gegenstand erinnerte an seine geliebte Loly, er war verzweifelt.

Der Versuch, nach der Flasche zu greifen, war übermächtig. Noch konnte er den Wunsch unterdrücken, noch hielt ihn sein eiserner Wille davon ab, sich in die vertraute Seligkeit des Alkohols zurückziehen. Wie lange? In seinem Kopf rotierten die Gedanken. Für und Wider waren zum Gefecht angetreten.

Was hast du zu verlieren? Allein, wie du jetzt wieder bist? Ohne jede Perspektive, ohne Hoffnung?

Lass dich nicht unterkriegen, bleib stark, du schaffst auch das noch, Kopf hoch!

Die Besuchszeit in der Klinik war längst vorbei, es war bereits nach 20:00. Der Portier machte die zuständige Ärztin ausfindig. Schweigend fuhren sie im Lift nach oben.

Im Schwesternzimmer der Intensivstation musste er einen dünnen Kunststoffumhang anlegen, eine Art Duschhaube aufsetzen und Hüllen über die Schuhe ziehen. Lena war wohl in eine Art Koma gefallen und deshalb hierher verlegt worden. In dieser Abteilung war es ungewöhnlich still. Es kam ihm vor, als lägen hier die Patienten, die sich bald in die ewige Stille zurückziehen würden. Carl schauderte leicht. Er hasste Krankenstationen. Lautlos glitten die Türen auseinander, sie traten in einen schwach beleuchteten Vorraum. Durch eine Milchglastür konnte man die Betten der Intensivpatienten erahnen. Zögernd folgte er der Ärztin in den nach Desinfektionsmittel riechenden Raum. Nur ein Bett war belegt. Die Patientin darin lag auf dem Rücken. Sie trug im Gesicht eine Art Sauerstoffmaske. Den Kopf bedeckte eine grüne Kunststoffhaube. Dunkle Haarspitzen lugten seitlich hervor. Langsam schritt er an den Bettrand. Die Frau öffnete ihre Augen.

Sein Herz stockte, Panik erfasste ihn.

»Loly! Großer Gott, Loly«, flüsterte er.

Die Ärztin war neben ihn getreten. Sie kontrollierte die Daten auf den Geräten, bevor sie Loly die Maske abnahm.

»Sie kennen diese Frau? Können Sie mir ihren Namen nennen?«

»Das ist Loly! Ich meine, Maria-Dolores, meine Frau..«, Carl stockte, er zitterte so stark, dass er die linke Hand mit den Fingern der rechten Hand einklemmen musste. Sein Gesicht zuckte, die feuchten Augen glänzten. Er atmete tief durch die Nase ein, presste die Luft langsam durch den Mund heraus.

Einmal, zweimal, dreimal. Die beste Methode, Panikattacken zu bekämpfen, das wusste er aus langjähriger Erfahrung.

Langsam zog sich der *Dämon* zurück. Lange hatte er nicht mehr von sich hören lassen.

»Das ist Maria-Dolores Dragner-Conderra, meine Ehefrau. Mein Gott Loly, du lebst.«

In ihrem blassen Gesicht formten die bläulichen Lippen ein schwaches Lächeln.

»Carlo, mein Herz«, flüsterte sie, dann fielen ihre Augen wieder zu.

Das selige Lächeln auf ihren Lippen blieb.

»Was ist mit ihr? Sie sieht so zerbrechlich aus?«

Carl wandte sich ängstlich an die Ärztin, die an der Dosierung der Infusion schraubte, um den optimalen Fluss des Medikamentes zu gewährleisten.

»Alles ist gut, Señor Dragner. Ihre Frau ist stabil. Sehr schwach, aber stabil, keine Angst. Sie braucht Ruhe, absolute Ruhe. Sie kam stark unterkühlt zu uns. Bald geht es ihr besser. Kommen Sie, Ihre Frau schläft jetzt, das tut ihr gut.«

Behutsam schob die Ärztin den verstörten Carl aus dem Intensivzimmer. Er musste einige Formulare ausfüllen, bevor er die Klinik verlassen konnte.

»Wie sind Sie auf mich gekommen? Meine Frau konnte doch nicht sprechen?«

»Sie haben recht, ihre Frau wurde ohne Bewusstsein eingeliefert. Ein Helikopter der Armee brachte sie am frühen Morgen. Sie, Herr Dragner, lagen zu diesem Zeitpunkt in einem unserer Krankenzimmer. Die andere Frau, Lena, nennt sie sich, sie wurde in der Nacht mit Ihnen eingeliefert. Wir kennen ihre genaue Identität noch immer nicht. Sie lag auch zur Beobachtung auf der Intensivstation. Am späten Nachmittag wurde sie dann auf die *Medizinische* verlegt. Dort erzählte sie der Stationsschwester, sie würde die Frau auf der Intensivstation kennen. So kamen wir auf Sie, meine Kollegin rief Sie an. Das ist alles.«

»Vielen Dank, Sie können sich nicht vorstellen, wie glücklich ich bin.«

Er schüttelte der Ärztin die Hand. Da fiel ihm etwas ein.

»Kann ich Lena besuchen? Wäre das möglich, ich möchte mit ihr reden.«

»Natürlich, aber nur kurz, es ist bereits Nachtruhe. Sie ist alleine auf einem Zimmer, daher kann ich eine Ausnahme machen. Kurz, wie gesagt. Ob sie der Polizist vor Ihrer Tür reinlässt, ist eine andere Frage.«

Der junge Polizeibeamte war ein guter Kerl, unter der Bedingung, dass er selbst im Zimmer anwesend sein würde, machte er eine Ausnahme.

Lena lag ausgestreckt auf ihrem Bett, sie trug ein am Rücken geknöpftes Nachthemd der Klinik, das ihre schönen Beine nur teilweise bedeckte. Ein Knie hatte sie angezogen, so dass Carl Dinge sehen konnte, die er eigentlich nicht sehen sollte.

Lena machte keine Anstalten, dagegen etwas zu tun. Im Gegenteil. Provozierend ließ sie das Bein hin und her pendeln. Der junge Polizeibeamte setzte sich errötend auf einen der Besucherstühle.

»Charly, hallo, wie gehts? Heiß hier drinnen findest du nicht auch?«

»Hallo Lena. Freue mich, dich gesund zu sehen. Wie fühlst du dich?«

»Es geht mir schon viel besser. Und du? Siehst ganz gut aus. Vielen Dank übrigens. Mir scheint, als hättest du mein Leben gerettet. Das war knapp, nicht wahr? Glück gehabt. Hauptsache dieses Schwein Igor hat ins Gras gebissen. Er ist doch tot oder hast du andere Informationen?«

Carl schüttelte den Kopf.

»Ich habe überhaupt keine Informationen. Ich denke, dass ich demnächst Besuch von der Kripo bekommen werde. Dann werde ich mehr wissen. Das Schiff ist jedenfalls gesunken, das habe ich mit eigenen Augen gesehen.«

»Nicht schade, um die verfluchte Jacht. Igor hat mich gezwungen, den Deal mit deiner Frau einzufädeln. Er hat mich in seiner Gewalt gehabt. Wie eine Sklavin. Ich blöde Kuh war ihm über lange Zeit hörig, er faszinierte mich, bis ich erkannte, welch abscheulicher Mensch er war. Na ja, nun ist es vorbei. Mich werden sie eine Weile in den Knast schicken. Obwohl, was habe ich schon getan? Ich war Geliebte und Ziehschwester eines Gangsterbosses, habe an seiner Seite gelebt, auch mit ihm geschlafen. Ist das verboten, Charly?«

Wieder ließ sie einen provozierenden Einblick gewähren. Er hätte lügen müssen, hätte er gesagt, dass ihn diese Frau nicht noch immer aufwühlte. Rasch verdrängte er den Gedanken.

»Das werden die Gerichte entscheiden, Lena. Da musst du jetzt durch. Niemand kann dir helfen, bestenfalls ein guter Anwalt.

Was ich dir sagen wollte, unsere Tochter hat bei einer guten Familie eine sorgenfreie Heimat gefunden. Ich werde mich, soweit dies notwendig ist, um sie kümmern. Ich denke das sollst wissen.«

Zum ersten Mal, seit er sie wiedergetroffen hatte, zeigte Lena eine intensive Gefühlsregung. Sie begann bitterlich zu weinen.

Er setzte sich auf den Bettrand, nahm sie in den Arm, um sie zu trösten. Wie weggeblasen war die Überheblichkeit, die arrogante Anbiederung, das gekünstelt zur Schau getragene Gehabe. Jetzt war sie plötzlich selbst das verlorene Kind, tieftraurig, einsam und hilflos.

Carl bettete sie behutsam auf das Kissen, hauchte ihr einen Kuss auf die Wange und verließ wortlos das Zimmer. Was hätte er auch tun können? Lena war selbst für ihr Leben verantwortlich, was immer ihn auch früher einmal mit ihr verbunden hatte.

Er war an der Plaza de España ausgestiegen und wanderte durch die Calle Castillo hinauf. Es war ein lauer Maiabend. Viele fröhliche Menschen bummelten durch die Gassen.

Vor den Lokalen waren die Tische gut besetzt. Ein riesiges Kreuzfahrtschiff war angekommen und hatte die Stadt mit Tausenden Menschen geflutet die zur Freude der Händler und Wirte lachend und fotografierend durch die Straßen zogen. Carl stand vor der Auslage eines Antiquitätenladens. Er bewunderte eine Reihe kunstvoller Vasen.

»Bist du etwa mit dem Kreuzfahrtschiff gekommen oder war dein Schiff eher kleinerer Art?«

Carl wirbelte auf dem Absatz herum.

Vor ihm stand Claudio Peruzzi.

Im Mundwinkel eine Zigarre, den Borsalino aus der Stirn geschoben, schenkte er ihm ein breites Lächeln. Carl war völlig überrumpelt. Den Italiener hatte er in den aufregenden Stunden glatt vergessen. Misstrauisch musterte er ihn, wobei er gleichzeitig das Umfeld checkte, um Gefahren auszumachen.

»Was willst du hier? Welches Spiel treibst du, Claudio?«

Der Italiener war ernst geworden, das Lächeln verschwunden.

»Ich kann dich verstehen, Carlo. Es ginge mir nicht anders, du trägst den Stachel des Misstrauens. Kein Wunder, nachdem was du durchgemacht hast.

Glaube mir, es ist vollkommen anders, als du denkst. Lass uns einen Drink nehmen, ich erkläre dir den Stand der Dinge, einverstanden?«

Carl blickte sich erneut nach allen Seiten um, musterte die Menschen auf den Gehsteigen, an den Tischen der Bars, auf der Straße.

Jeder konnte ein potenzieller Feind sein, ein Mitglied von *Qilich*, ein Rächer für Kuzimov. Nervös wandte er sich Claudio zu.

»Okay nehmen wir einen Drink zusammen, am besten gleich hier.«

Er wies auf einen kleinen Glastisch mit zwei Korbstühlen direkt neben der Tür einer Tapas-Bar.

»Wohin hast du dich verirrt Claudio? Du hast deine Prinzipien, deine Ehre über Bord geworfen, warum nur? Ich kann es einfach nicht verstehen? Ist es das Geld? Der Luxus?»

»Viele Fragen, mein alter Freund, viele Fragen, aber nur eine Antwort, die da lautet: Du irrst dich.

Ja, Carlo, du irrst dich. Ich bin nicht korrupt, ich bin nicht das verräterische Schwein, das du in mir vermutest. Aber wie bereits erwähnt, ich kann dich verstehen. Ich wusste, dass du misstrauisch werden würdest, zu gut kenne ich deinen Spürsinn. Du musstest dir einfach deine Gedanken machen, das war auch Teil unserer Strategie.«

»Strategie? Welche Strategie?«

»*Solo un momento*, einen Moment, beginnen wir ganz am Anfang. Ich habe dir vor Jahren erzählt, dass wir Kuzimov auf unserem Bildschirm haben.

Ich war damals noch bei Europol. Wir hatten viel Material über *Qilich* gesammelt. Ich ging aber zurück nach Neapel. Dort erfuhr ich, dass ihr Kuzimov dank deiner Hilfe dingfest gemacht hattet.

Von da an begann ich mich wieder für ihn zu interessieren.

Wir wussten, dass der Kerl aus dem Knast heraus seine Geschäfte weiter führte, nicht im großen Stil, aber laufend. Nach seinem Ausbruch stieg er dann wieder voll ein. Er aktivierte seine Drogengeschäfte mit den Kolumbianern. Einige Transporte liefen vorerst über Neapel. In Containern. Wir kontrollierten die Lieferungen, ließen die eine oder andere beim Weitertransport auffliegen, überwachten sein Zentrallager in der Slowakei und setzen drei Ermittler auf ihn an. Hans, der Skipper, war einer davon. Er ist leider umgekommen, letzte Nacht. Von einem Verbindungsbeamten erfuhr ich lose Teile deiner Probleme. Euer BKA lieferte leider keine Informationen über dich. Offiziell gab es dich nicht mehr. Kein Kommentar, hieß es von deinem Kindermädchen, wie hieß die gleich? Martina, oder? Ja richtig, Martina Kerbel. Ich wäre ein schlechter Ermittler, hätte ich nicht einiges über deinen Zustand und Aufenthalt in Erfahrung gebracht. Du gehörtest auf einmal zu einem Plan in unserer Abteilung. Wir hatten ein Auge auf dich, wussten wir doch, dass Kuzimov dir nie verzeihen würde. Außerdem war mir wichtig, dich soweit als möglich vor dem Kerl zu schützen. Ich will es nicht verschweigen, wir hofften, über dich an das Schwein ranzukommen, nenne es meinetwegen Lockvogel, aber immer kontrolliert. Als du dann nach Spanien gingst, wobei ich nie verstanden habe, warum du wieder deinen richtigen Namen angenommen hast, stand unser Plan endgültig fest.

Kuzimov hatte eine neue Route eröffnet, über die Kanaren. Zwei Lieferungen ließen wir ihm durchgehen. Die dritte, von unseren Informanten als besonders große Menge angekündigt, sollte Kuzimov das Genick brechen. Wir wussten, dass er dich ausfindig gemacht hatte. Wie er das angestellt hat, wissen wir bis heute nicht. Jedenfalls wollte er wohl zwei Fliegen mit einer Klappe schlagen. Drei Tonnen Kokain und seinen Todfeind als Zugabe.

Grande Finale, um es einmal so zu nennen.

Du gerietest unschuldig in unsere Überwachung. Ich konnte dich nicht rausnehmen. Kuzimov, der wusste, dass du in Teneriffa gelandet warst, hätte es mitbekommen. Unsere Aktion wäre geplatzt. Wir organisierten also die Überwachung der Umladung. Glaube mir, es hat mir beinahe das Herz gebrochen, als ich dich in Los Gigantes an Bord gehen sah. Ich konnte nicht einschreiten, durfte nicht reagieren, die gesamte Aktion wäre gefährdet gewesen, das verstehst du doch, Carlo?«

»Was ich verstehe, ist, dass ihr das Leben meiner Frau aufs Spiel gesetzt habt! Bist du noch zu retten, Claudio? Wer hat diesen ganzen Scheiß angeordnet? Ich werde ihm persönlich den Arsch aufreißen!«

»Bitte Carlo, brüll nicht so laut, muss ja keiner wissen, worüber wir hier sprechen. Es war eine Anordnung der Staatsanwaltschaft Neapel. Von höchster Stelle und vom Gericht abgesegnet.«

Carl atmete heftig, sein Zorn legte sich nur langsam. Er dachte an seine Frau in der Intensivstation. Dachte an die Angst, an die Verzweiflung, an die Qualen, die Loly durchgemacht hatte.

»Ich würde ebenso reagieren, verzeih mir. Es lag nicht in meiner Gewalt, den Plan zu ändern. Meine einzige Hoffnung war deine Professionalität, deine Erfahrung und nicht zuletzt die Einschätzung, dass die geplante Übergabe ohne Blutvergießen ablaufen würde. Wir hatten extra einen Zerstörer der spanischen Seestreitkräfte beigezogen, aus Gründen der Abschreckung. Niemand konnte annehmen, dass Kuzimov so verrückt sein würde, das Feuer zu eröffnen. Der Kerl war völlig wahnsinnig.

Ich war an Bord des Zerstörers während der Aktion. Ich habe gesehen, wie Kuzimov durch die Kugel eines Scharfschützen sein mörderisches Leben ließ. Ich habe auch gesehen, wie die Matrosen deine Frau aus dem Wasser gefischt haben. Im letzten Augenblick, der Nordatlantik ist kalt, wie du selbst gemerkt haben wirst. Ein Armeehubschrauber hat sie nach einer ersten Notbehandlung auf der Krankenstation des Zerstörers in die Klinik geflogen. Es geht ihr zum Glück gut, diese Nachricht war mir wichtiger als alles am heutigen Tag, Carlo. Das musst du mir glauben.«

Carl hatte sich beruhigt. Er bestellte sich einen doppelten Whisky, stürzte ihn mit einem Zug hinunter und stellte das Glas hart auf den Tisch.

Das hatte sein müssen, es ging nicht anders.

Claudio nickte verständnisvoll.

»Lass es bei einem Glas Feuerwasser bleiben, Carlo. Es ist besser so.«

»Willst du dich wieder in mein Leben einmischen, verdammt! Halt einfach nur die Klappe!«

Sie saßen lange schweigend da. Carl zog zwischendurch genussvoll an der *Cohiba*, die ihm Claudio gereicht hatte. Die Ereignisse der letzten 24 Stunden liefen wie ein Film vor seinem inneren Auge ab. Er kam zur Überzeugung, dass der Vorhang zu *Qilich* endgültig gefallen war. Wie auch immer die Italiener und Spanier gehandelt hatten, er und Loly waren mit einem blauen Auge davongekommen. Kuzimov war tot, das stand zweifelsfrei fest. Sein Syndikat würde zerschlagen werden, ein anderes würde auferstehen. Seine Schergen würden dort Arbeit finden, Drogen schmuggeln, Prostituierte versklaven, Menschen ermorden und damit die dunkle Seite dieser Welt aufrecht erhalten. Daran würde sich nichts ändern, in tausend Jahren nicht.

Carl kam in den Sinn, dass sein Leben ab jetzt wohl einen anderen, ruhigeren Verlauf nehmen würde. Insgeheim hatte er gewusst, dass erst der Tod von Igor Kuzimov Ruhe in sein Dasein bringen würde. Lange blickte er in die Augen seines Freundes Claudio, des Freundes, den er der Korruption verdächtigt hatte, dem er nicht vertraut hatte, an dessen Freundschaft er gezweifelt hatte.

»Eine Frage habe ich noch, Claudio. Wer finanziert euren teuren privaten Lebensstil?«

»Oh, das habe ich vergessen zu erzählen. Angelina ist die Tochter eines der reichsten Industriellen Spaniens, besser gesagt Kataloniens, auf diese Feststellung pocht mein Schwiegervater vehement.

Er lebt in Barcelona, zusammen mit Angelinas Mutter, eine Italienerin aus altem Adel. Sie haben nur die eine Tochter, der sie sozusagen alle Wünsche erfüllen. Ich habe das Glück, von Angelina geliebt zu werden.«

Der Neapolitaner lächelte verschmitzt.

Er stand auf, beugte sich über den Tisch, nahm Carls Gesicht in seine Hände und setze einen Kuss auf die Stirn des überraschten Freundes, was einige junge Spanierinnen am Nebentisch mit einem Applaus goutierten.

Epilog

Ruhig liegt der Genfer See in der spätherbstlichen Sonne. Die Promenade bevölkert ein buntes Gemisch vitaler Menschen aus aller Welt. Geschäftsleute eilen hastig einher, auf einem schmalen Rasenstreifen haben sich einige Muslime zu einem Picknick niedergelassen, daneben hockt ein Hindu mit gekreuzten Beinen tief in die Meditation versunken, einige Schritte weiter streiten sich zwei schwarzafrikanische Kinder um eine Tüte Bonbons, auf einer Bank hat es sich ein japanisches Ehepaar bequem gemacht und fotografiert den sich ständig ändernden, 140 Meter hohen *Jet d'eau*, einer der schönsten Springbrunnen der Erde und Genfer Wahrzeichen.

Es gibt kaum eine Stadt, die derart vielen Menschen verschiedener Nationalitäten zur Heimat geworden ist. Es liegt wohl an den Institutionen der UNO, aber auch daran, dass die Einwohner der zweitgrößten Schweizer Stadt nicht über das Schweizer Bürgerrecht verfügen. Eine Weltstadt mit Herz, offen für alle Menschen dieses Planeten und Vorbild…, für viele andere Metropolen unserer Erde.

Ein Paar in Begleitung eines jungen Mädchens schlendert am Seeufer entlang. Sie steuern auf eine Parkbank zu. Das hübsche Mädchen setzt sich, während die Erwachsenen weitergehen.

Bald nimmt eine andere Frau neben dem Mädchen Platz. Kurz darauf setzt sich ein Mann zu ihnen. Lange schweigen die drei Menschen, bis die Frau zu sprechen beginnt. Das in der Mitte sitzende Mädchen lauscht interessiert. Manchmal mischt sich auch der Mann in das angeregte Gespräch. Sie rücken immer näher zusammen, die Erwachsenen legen ihre Hände um die Schultern des Mädchens. Das idyllische Bild einer kleinen Familie am Ufer des Sees.

Nicht weit davon, unter einem riesigen Baum des Parks, hat es sich das andere Ehepaar bequem gemacht. Interessiert beobachten sie die Szene auf der Parkbank. Eine Frau gesellt sich zu ihnen, sie begrüßen sich auf Spanisch und umarmen sich wie langjährige Freunde. Die Damen können sich ihrer Tränen nicht erwehren. Alle blicken auf die Bank mit dem Mädchen.

»Es ist gut so. Sie musste es einmal erfahren. Sie hat ein Recht darauf, ihre wahren Eltern zu kennen.«

Xavier Moles nimmt sein Frau Isabella und ihre Freundin Maria-Dolores glücklich in den Arm.

Gemeinsam gehen sie zur Bank zurück. Das ausgesprochen hübsche Mädchen springt auf. Aufgeregt stellt sie die Menschen an ihrer Seite vor. Alle lachen, umarmen und freuen sich.

Ein schöner Anblick. Fünf glückliche Menschen, in der milden Herbstsonne,… am Genfer See.

Anmerkung des Autors

Der vorliegende Roman ist ein fiktionales Werk. Alle Figuren und Ereignisse sind frei erfunden. Ähnlichkeiten mit lebenden oder verstorbenen Personen sowie realen Ereignissen sind zufällig und nicht beabsichtigt. Der Autor nimmt sich die Freiheit, fiktive Handlungsabläufe zu konstruieren, wo es notwendig erscheint. Ähnlichkeiten mit lebenden Vorbildern oder Namensgleichheiten lassen sich jedoch niemals ganz vermeiden. Sollte sich jemand in diesem Werk wiedererkennen, so handelt es sich um reinen Zufall

www.ingramcontent.com/pod-product-compliance
Lightning Source LLC
Chambersburg PA
CBHW020228110726
47898CB00004B/1191